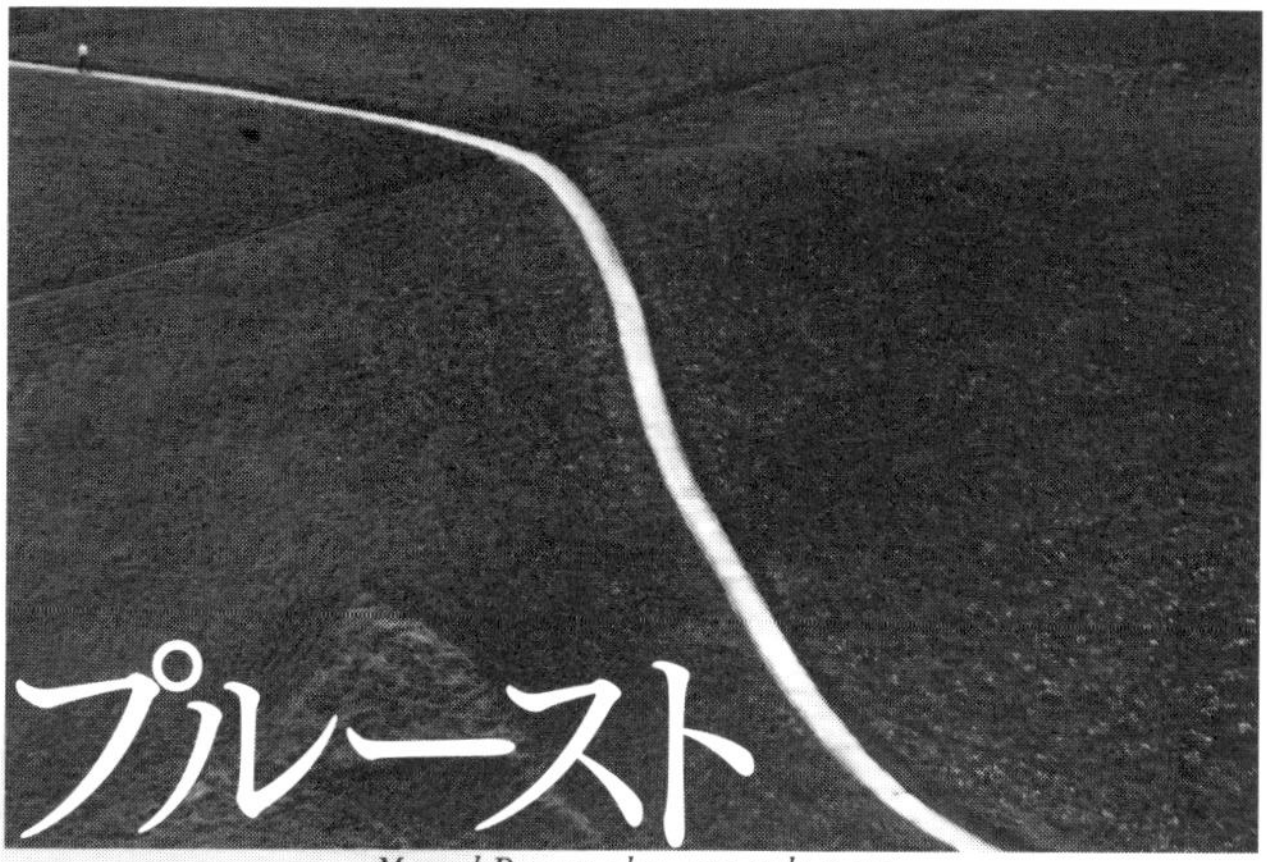

プルースト

Marcel Proust : les arts et le pays

芸術と土地

名古屋大学出版会

プルースト　芸術と土地

目　次

凡例

一、『失われた時を求めて』の引用は、すべてジャン＝イヴ・タディエ責任編集の新プレイヤッド版（一九八七―一九八九）に依った。引用文の出典表示は、巻数とページ数のみを（　）に入れて記した。

一、略号は、次のものを使用した。

Corr.　*Correspondance de Marcel Proust, éditée* par Philip Kolb, Plon, 1970–1993, 21 volumes

CSB　*Contre Sainte-Beuve* précédé de *Pastiches et mélanges* et suivi de *Essais et articles*, Gallimard, “Bibliothèque de la Pléiade”, 1971

EA　*Essais et articles*, Gallimard, “Bibliothèque de la Pléiade”, 1971

JS　*Jean Santeuil* précédé de *Les Plaisirs et les Jours*, Gallimard, “Bibliothèque de la Pléiade”, 1971

PM　*Pastiches et mélanges*, Gallimard, “Bibliothèque de la Pléiade,” 1971

一、プルーストの著作の引用については、『失われた時を求めて』は井上究一郎氏訳（筑摩書房）と鈴木道彦氏訳（集英社）を、その他は『プルースト全集』（筑摩書房）を参照しながら筆者が訳出した。

一、引用文中の［　］は筆者による補足である。

一、引用文中の強調は特に断りのないかぎり、引用者によるものである。

序

作家マルセル・プルースト Marcel Proust（一八七一―一九二二）が生涯をかけて追究した芸術創造の理念は、多方面にわたる文学的・美学的模索を経たのち、小説『失われた時を求めて』*À la recherche du temps perdu*（一九一三―一九二七）として結実する。作家の死によって未完のままに残されたこの記念碑的な書物は、「不断の生成の状態」にある「作品の観念」から紡ぎ出された一個の芸術作品であった（IV, 619）。そこには、文学はもちろんのこと、音楽や建築、絵画、彫刻などの諸芸術、そして哲学、医学、歴史学といった多種多様な知の領域に求められた素材が編み込まれている。ヴァルター・ベンヤミンによれば、この巨大な「テクスト＝織物」《textus》は、まさに「構成し得ないものを総合した結果」であり、「文学における大いなる特殊例」と呼ぶにふさわしいものであった[1]。それはいわば「神秘家の沈潜、散文家の技巧、風刺家の才気、学者の知識、偏執狂のこだわり」を集めて作り上げられた特異な作品であり、既存の基準では推し量ることのできない芸術的総体だったのである[2]。

プルーストは、この極めて「捉えがたい」書物のなかに一本の縦糸を通すようにして、彼が〈土地〉《pays》という言葉で捉えようとした主題をめぐる思索を織り込んでいる。それが読み手に対してもっとも端的に示されるのは、並行的な対称関係におかれた二つの章のタイトル――「土地の名―名」と「土地の名―土地」――においてであろう。虚構を巧みに織り交ぜながら描かれた様々な〈土地〉は、夢想と現実とのあいだで揺らぐ旅の目的地として、あるいは登場人物の心理や記憶、忘却と密接に絡み合った舞台装置として、物語全体の基盤を構成し、作品の

読解に不可欠な要素となっている。(3)

しかしながら、極めて広い射程を持ったこの主題の理解を深めるためには、物語の解釈に終始するだけではなく、作家が生きた時代背景を視野に入れながら、その生成と発展について考えることが必要ではないだろうか。そして、こうした視座のもとに考察を試みることによって初めて、プルーストの小説美学の主軸をなす〈土地〉の重要性が十全に浮き彫りになるのではないか。

プルーストが芸術と土地の主題に対して関心を抱いたきっかけとしてまず挙げなければならないのは、ジョン・ラスキン John Ruskin（一八一九―一九〇〇）の思想との出会いであろう。一八九〇年代後半、ラスキンの積極的な紹介者であったロベール・ド・ラ・シズランヌ Robert de la Sizeranne（一八六六―一九三二）の著述に親しむとともに、(4)ポール・デジャルダン Paul Desjardins（一八五九―一九四〇）が編集していた機関誌『道徳的行動のための同盟会報』*Bulletin de l'Union pour l'Action morale*（一八九二年創刊）に掲載されたラスキンの著作の翻訳抜粋に触れることで、作家は次第にラスキン美学への共鳴を顕著にしていった。ゴシック建築と、それをとりまく土地環境の密接な関わりについて考察は、そこから芽生えることになる。一九〇四年に刊行された『アミアンの聖書』翻訳序文の「あとがき」のなかで、プルーストはこのようなラスキン思想の特質に言及し、ラルフ・ワルド・エマソン Ralph Waldo Emerson（一八〇三―一八八二）(5)との比較を通して次のような指摘をおこなっている。

［……］ラスキンの思想は、たとえばエマソンのそれとは違い、すべてが一冊の書物にふくまれるようなものではない。別の言い方をすれば、それは抽象的ななにか、それ自体の純粋な記号ではないのである。たとえばラスキンの思想が適合し、切り離すことのできない対象は、非物質的なものではなく、地球の表面のほうぼうに散在している。それが存在するところに、つまりピザやフィレンツェやヴェネツィアに、ナショナル・ギャ

ラリーやルーアンやアミアンに、あるいはスイスの山々に、それを探しに行く必要があるのだ。このような思想、それ自体とは別の対象を持ち、空間のなかで具体化された思想、もはや無限かつ自由な思想ではなく、限定され従属させられていて、彫刻された大理石、雪に覆われた山々、描かれた顔などの事物に具現化された思想は、ひょっとすると崇高さにおいて純粋な思想にひけをとるかもしれない。しかしそうした類いの思想は世界を美しいものにしてくれる。あるいは少なくとも、世界をなすいくつかの個別の部分、名付けられた部分を、美しくしてくれる。というのも、思想がそれらの部分に触れたからであり、理解したいと望む私たちにそれらを愛するよう強いながら、そこへの道を示してくれたからである。(*PM*, 138)

プルーストは、大地に結びついた事物のなかに具象化するラスキンの思想が、「限定され従属させられた」性格のものであることを認めたうえで、世界をより魅力的にするこの思想に触れるためには、「それが存在するところに探しに行く必要がある」ことを強調する。ラ・シズランヌによるラスキン理解を受け継いだこの解釈は(6)、英国人美術史家の足跡をたどることを目的とした、フランス国内およびイタリアにおける「巡礼」の実践へと通じてゆく。ラスキンの導きによってキリスト教建築の美と精神性に目覚めた作家は、大聖堂という「最も偉大な芸術的総体」の本質について思索をめぐらせるなかで、思想や芸術作品が根ざす場としての〈土地〉の意義についての意識を高めていったのである。

また、一八九〇年代の終わりから一〇年ほどのあいだ旅行に対して積極的だったプルーストは、芸術鑑賞を目的とした移動をおこない、未知の〈土地〉で芸術作品との邂逅を果たす経験をしている。展覧会での絵画鑑賞を目的として一八九八年と一九〇二年に実現したオランダとベルギーへの旅行はその好例である。ラスキン巡礼も含めたこうした重要な芸術体験は、〈土地〉と芸術作品との絆が持つ意味についての考察を深めるきっかけとなる。そしてその考察に導かれるようにして、芸術作品と向き合う場としての美術館、あるいは作品が本来おかれるべき場所（ないしは「コンテクスト」）[7]についての分析がなされ、レンブラントやギュスターヴ・モロー、シャルダンといった画家についての断章が書き残されることになる。

いっぽう、こうした流れとあわせて踏まえておかねばならないのは、当時のフランスにおいて、広義の〈土地〉という主題が政治的・社会的な文脈でも大きな論点となっていた事実である。普仏戦争敗北による挫折感が生んだ「祖国」に対する（国家主義的な）意識の高まりはもとより、第三共和制（一八七〇―一九四〇）成立後、一八八〇年代に盛んになったといわれる「ひとつのフランス」をめぐる議論や、近代都市の発展が一九世紀末のフランス農村社会にもたらした変質と打撃、あるいはドレフュス事件が引き起こした動乱などを背景として、フランスの大地や祖国、故郷といった、いわゆる「起源の土地」をめぐる問題が激しい論議の的となっていた。加えて、非宗教化政策の一環として押し進められた政教分離法案採択（一九〇五）に向けた動きもまた、〈土地〉との絆の問題に深く関わる事柄であった。退廃の危機に瀕したキリスト教建築――大地に根ざした教会群――が伝統的なフランス・カトリック文化の象徴と位置づけられ、それらが体現する国の歴史（大地に堆積した時間の層）の価値があらためて強調されたのである。〈土地〉の記憶＝歴史をめぐるこのような視点は、歴史的なモニュメント全般の価値をめぐって交わされた当時の議論にも通じるものであった。

たとえば、こうした一連の動きに積極的に関わった人物の一人として、モーリス・バレス Maurice Barrès（一八六二―一九二三）の名を挙げることができる。「大地と死者」との絆の回復を求め続けた彼が「根ざすこと」の意義をめぐってたてた問いにも表されているように、〈土地〉という主題は政治的であると同時に、多分に実存的・存在論的な側面を持ってもいた。[8]このような時代状況と問題意識に身をさらし、時には積極的な発言も残しているプルーストの思考が、そこから完全に自由であったとは考えにくい。

芸術家として進むべき方向を模索し続けていた当時のプルーストは、根ざすことの意義をめぐる同時代の政治的・社会的な言説に触れるいっぽう、様々な〈土地〉で経験した芸術体験に基づいて、芸術作品と〈土地〉との絆についての考察を深めていった。そこでの作家の思考は、何よりもまず文学的・美学的な問題へと収斂していくことになるだろう。しかし、プルーストにとって、〈土地〉という主題は決して一面的なものではなく、関心の芽生えた当初から複数の領域にまたがる問題として把握されていたことを忘れてはならない。プレイヤッド版に収録された『模作と雑録』の編纂に携わったイヴ・サンドルは、複数のラスキン論や政教分離法案と教会建築に関する思索、母親殺しの問題を扱った記事などを集めた、一見雑多な印象を与える論集に内的なつながりを読み取り、プルースト美学の本質に触れるその連関を「美学と実存との混淆」《confusion de l'esthétique et de l'existentiel》と形容している。[9] セルジュ・ドゥブロフスキーの著作から引用されたこの表現は、そのままプルーストにおける〈土地〉の問題系にあてはめることができるだろう。芸術作品を取り囲むコンテクストの問題から、広義の「根」に関わる問題にまで通じているこの主題——そこには『雑録』と同様、ラスキン思想の影響、史的建造物に注がれた眼差し、あるいは「起源」としての母との結びつきといったモチーフが含まれる——は、まさに「美学と実存との混淆」というべき幅広い射程を獲得しているのである。

『失われた時を求めて』をはじめとした種々の言説と時代のコンテクストとの関係は、現在のプルースト研究において重要な考察対象のひとつとなっている。同時代の芸術的・社会的・政治的な思潮との影響関係を検証する試みはこれまでにも数多くなされ、作品の読解に新たな可能性をもたらしてきた。[10] しかしながら、広義の〈土地〉をめぐる同時代の様々な言説がプルーストの思想に与えた影響に関しては、その重要性にもかかわらず、これまでほとんど研究されてこなかったといってよい。[11] 本書の目的は、〈土地〉との絆をめぐって繰り広げられるプルーストの思考が、時代の思潮とどのような接点を持ち、どのような軌跡を描きながら独創性を獲得していったのかを検証することにある。それは、この作家の小説美学の生成過程に新たな角度から光を当てることでもある。「起源の土地」との結びつきの意義が強く問われるなかで自らの芸術理論を構築していったプルーストは、時代の問いかけに対してどのような答えを用意したのだろうか。この疑問に答えることは、作家が芸術創造に求めた本質的な理念を理解することにも通じるはずだ。

本書では、以下の構成にしたがって分析を進めてゆく。

第I部では、美術館・鉄道駅・展覧会という三つの空間装置をめぐる時代状況を切り口として、プルーストが芸術作品と〈土地〉との関係についてめぐらせた思索の独自性を明らかにしてゆきたい。第1章では、第三共和制下に著しい発展を遂げた美術館制度に着目し、世紀転換期のプルーストが、当時盛んに唱えられた反美術館的言説——作品を起源の地から引き剥がす美術館への批判——に通じながらも、〈土地〉から自由な芸術作品観を展開してゆく過程を検証する。第2章では、作家が鉄道駅というトポスと美術館との間にみとめた特異な交錯(『花咲く乙女たちのかげに』)を取り上げ、「離別」の場として描きだされた駅と、作品を〈土地〉から引き剥がす美術館とのあいだに引かれた補助線の意義を論じる。そして第3章では、作品と鑑賞者の国際的な「移動」を引き起こした〈展覧会〉の流行に着目し、芸術家と故郷、あるいは作品と出生地とのつながりが賭け金となった「文化事業」をめぐる経験が、芸術作品のあるべき場所についての思索をうながしたことを論証する。

第II部では、歴史的建造物の保存・修復・破壊をめぐって紡がれた伝統主義的な言説とプルーストとの関係を論じるいっぽう、〈土地〉の記憶=歴史へのこだわりが文学作品の解釈・受容に及ぼした影響を作家がどのようにうけとめたのかを問題とする。そこで第4章では、二〇世紀初頭の文壇で名を馳せた批評家アンドレ・アレーに着目し、政教分離で危機に瀕した教会建築保存の問題を切り口として、〈土地〉の記憶をめぐる作家と批評家との思想的な距離の変容を論じる。つづく第5章では、起源回帰を求める時代の心性を反映して一九〇〇年代初頭に生じた

「古典復興」の流れと当時のネルヴァル受容との関わりに着目する。ネルヴァルをめぐるプルーストの批評的実践は、そうした文学動向への反発と乗り越えを主要な動機としており、私的な記憶と〈土地〉をめぐる独自のネルヴァル解釈の背景には、〈土地〉との絆への執着に対する懐疑が影を落としていることが明らかになるだろう。

そして第III部は、記憶の層としての〈土地〉の崩壊をテーマとし、「死の都市」ヴェネツィアへの訪問と、第一次世界大戦による〈土地〉破壊の問題を取り上げる。まず第6章では、ヴェネツィアをめぐる過去追慕的な熱狂〈記憶への執着〉と、プルーストが描いた象徴的な「ヴェネツィアの廃墟」の光景を対比させることで、求める記憶と現実の場所との関わりを振り切ろうとする、決意に満ちた作家の軌跡をたどってゆきたい。第7章では、大地に対して注がれた伝統主義的・国家主義的な視線と比較しながら、小説に描かれた戦争と〈土地〉の破壊の特質を論じる。コンブレー破壊の挿話を、〈土地〉との絆の物理的な切断、あるいは記憶装置としての〈土地〉との訣別と解釈し、物語の「起源」である〈土地〉の喪失に込められた文学的意図を明らかにする。

最後に終章では、本書全体のまとめとして、プルースト自身が産み落とした作品＝書物と〈土地〉の関係、およびその書物をめぐる読書体験について、「個」と「普遍」との二項対立というプルースト的な構図を軸として論じることで、〈土地〉の記憶をエクリチュールに定着する営みにおいて「ネルヴァルよりも遠くへ」ゆくことを目標とした作家の到達点について問うてみたい。

第Ⅰ部　美術館と〈土地〉をめぐる芸術論

盗まれたモナ・リザ――ルーヴルの展示室に残された空隙，1911 年

第1章　プルーストと美術館というトポス

語の最良の意味において芸術の愛好家《アマトゥール》であったプルーストは、ルーヴルやリュクサンブールをはじめとした美術館に足しげく通い、数多くの芸術作品を鑑賞した。また、実際に赴くことこそなかったものの、国外の主要な美術館とその所蔵作品について一定の知識を持ち合わせていたことも事実である。『失われた時を求めて』を繙けば、ドレスデン王立ギャラリー（I, 347）やマウリッツハイス（I, 348）、大英博物館（II, 500）、あるいはベルリン・ナショナルギャラリー（III, 337）、プラド美術館（III, 470）、ヴェネツィア・アカデミア美術館（IV, 266）などへの言及を見つけられるだろう[1]。くしくも美術館は、作家の生きた第三共和制下に著しい発展を遂げることで、芸術家や文人だけでなく、ひろく一般大衆にとっても身近なものとなっていった。

あらめて強調するまでもなく、絵画芸術をはじめとした芸術作品と作家との関わりは重要な主題であり、これを論じた研究は文字通り枚挙にいとまがない。だが、プルーストの関心は、展示されている作品群にのみ向けられていたわけではなく、展示空間（としての美術館）もまた、彼にとっては重要な思索の対象であった。興味深いのは、一八九〇年代後半以降、プルーストが〈土地〉の絆をめぐる思考を書きつけてゆくなかで、美術館制度に関する同時代の議論への直接的・間接的な言及がなされ、それを契機として芸術作品（芸術家）のあるべき姿についての美学的考察が展開されている点である。なかでも、生来あるべき場所から作品を引き剥がす（すなわち〈土地〉との絆を切断する）否定的な制度として美術館を捉える思想的な文脈や、それがあらためて浮き彫りにした芸術作品と

〈土地〉との関係めぐる問題への関心が強かったことは注目に値する。一九〇〇年四月に発表されたラスキンに関する論考「アミアンのノートル＝ダム聖堂におけるラスキン」で描かれる「黄金の聖母」像と「モナ・リザ」との比較は、そうした関心を如実に反映しているといえるだろう。本章では、このテクストを分析の中心に据え、〈土地〉と芸術作品との絆の問題がプルースト的美学の生成にどのようなかたちで関わったのかを検証したい。美術館という、時代の大きなトポスが浮き彫りにするこの問題は、模索期にあったプルーストの思考の軌跡を跡づけるとともに、彼が〈土地〉と芸術作品との関係に見出そうとした独自の視点を浮かび上がらせるための、格好の切り口をもたらしてくれるはずだ。

1 プルーストが描いた「美術館の一室」

フランス革命を経て日の目を見た近代的な制度としての美術館は、一九世紀を通じて目覚ましい発展を続けてきた。そのことをもっとも端的に示しているのは、増加の一途をたどった美術館の数であろう。クシシトフ・ポミアンが示した統計によれば、一八一五年代には約三〇を数えるのみだったものが、一八七〇年には二〇〇へと急増し、一九一四年頃には約五五〇にまで達することになる。(2) 第一次世界大戦までに開設された美術館の総数の、実に六〇パーセントが第三共和制下に建てられたこともまた、その急速な勢いを如実に物語っている。また、一八〇六年から一九一四年の約一〇〇年間に、七〇以上の新聞や雑誌が《musée》という語をタイトルに用いたという事実からは、(3) 美術館がその身にまとう象徴的な力が、当時から極めて大きなものであったことが理解できるはずだ。

人々は、この新たな場に、実に多種多様な性格と役割とを見出してきた。たとえば美術館は、芸術作品を保存す

図1-1　エティエンヌ・アザンブル「ルーヴルにて（ボッティチェリのフレスコ画を複写する二人の女性）」1894年，ルーヴル美術館

る「文明の金庫」であることに加えて、芸術の進歩や、社会の健全な発展に寄与することを求められた。ルーヴル美術館が、展示作品の模写をする人たち（彼らの多くは芸術家の卵であり、「コピスト」《copiste》と呼ばれた）を数多く受け入れてきたことはその一例である。そのため、芸術家の「学校」ともなった館内は、時として雑然とした巨大なアトリエの様相を呈することもあったという（図1-1）[4]。また、フランス革命の精神に則り、原則としてあらゆる階層の人々に対して開かれていた美術館は、芸術家のみならず、労働者や職人をはじめとした一般大衆の教育にも一役買っていた[5]。「社会を『教化する』」役割を担ったこの場所で、彼らは様々な技術に関する知識を学ぶのである。また、美術館は歴史を再構成して提示する装置ともなり、分かりやすく視覚化された過去を人々に教える機能も果たした（国や民族、特定地域の歴史の表象が問題となれば、美術館のイデオロギー的な性格が前面に押し出されることにもなる）。あるいは一九世紀における歴史への志向と相まって、美術館は「過去の保存所」《conservatoire du passé》と呼ばれることにもなる。「歴史の夢想家」すなわち過去に沈潜する好みを持った人々にとって、この場は「日常からの避難所」と形容しうるものでもあった[6]。

そして、権力者の貴重な所有物や戦利品の蓄積が「コレクション」という総体としてその威信に寄与したように[7]、様々な芸術作品を一同に集めた美術館は、それを所有する国家の威信を象徴する場ともなった[8]。ピエール・ラルース編纂の『一九世紀万有大辞典』（一八六六―一八七六［『補遺』の出版は一八七八年と一八八八年］）の《Musée》の項目には、ルーヴル美術館を他国の美術館よりも優れたものとして位置づけようとするくだりを認めることができる。これは、同館がフランス国家の威光と不可分な関係にあることに対する意識のあらわれであろう。また、多くの人々が出入りし、行き交う場の常として、美術館は出会いや恋の駆け引きの場所ともなり、芸術というかたちをとって目に曝される裸体や、誘惑に満ちた仕種などが、時として欲望の磁場のようなものを生むことにもなった点を付け加えておこう（図1-2）。ギュスターヴ・フロベール Gustave Flaubert（一八二一―一八八〇）が『紋切り型辞典』に「美術館―ルーヴルのこと。若い娘さんたちには行かせないように」と書きつけたのは、こうした事情を踏まえてのことであった[9]。

図1-2　エドゥアール＝アントワーヌ・マルサル「サテュロスとディオニュソスの巫女」1887年，ポール・ヴァレリー美術館

アントワーヌ・コンパニョンがプルーストのルーヴル体験をめぐる分析を通して明らかにしたように、作家は美術館の多岐にわたる性質に意識的であった[10]。たとえば書簡のなかで、美術館を国立図書館と並べて「威厳にみちた場」《nobles lieux》と呼ぶいっぽう[11]、「シャルダンとレンブラント」と題された未完の断章では、芸術的な感性を持った若者が、新たなヴィジョンを学び取るためにルーヴルへと導かれる場面を描いている（*EA*, 372-373）。同じ断章のなかで、シャルダンが描いた日常の美が、絢爛豪華な場

としての美術館と対比されているのも、プルーストが美術館の放つ光彩を感じとっていればこその発想である。また、リュシアン・ドーデ Lucien Daudet（一八七八―一九四六）やレイナルド・アーン Reynaldo Hahn（一八七五―一九四七）らと連れ立って頻繁にルーヴル美術館を訪れていたのは、美術館が持つ文化的・教育的な場としての性格が、同性愛的な交際を不安視する母親に対する口実となることを期待したからだともいわれている。

しかし、そのプルーストが『失われた時を求めて』で描きだした美術館は、必ずしもそうした現実を反映するものばかりではなかった。テオドール・アドルノは、ポール・ヴァレリーとプルーストの比較を通して美術館をめぐる省察を試みているが[12]、そのなかで美術館についての「決定的な一節」と位置づけられたプルーストの文章には、すでに列挙した性格とは無縁な、極めて特異な場としての美術館が描かれている[13]。『花咲く乙女たちのかげに』第二部、バルベック旅行出発のエピソードを構成する問題の文章は、次のように書き始められる。

しかしあらゆる分野において、私たちの時代は、事物を、現実にそれを取り囲んでいるものとともにのみ示そうとする癖があり、そうすることで本質的なものを排除し、現実から事物を引き離した精神の行為を無駄にしてしまう。人々は一枚の絵画を、それと同じ時代の家具や骨董、壁掛けとともに「展示」するのであるが、こうした味気ない背景は、実に先日までは無知の最たるものであったのに、今では古文書を渉猟したり、図書館に通ったりして日々を送る一家の女主人が、今日の邸宅のなかに組み立てるのを得意としているような背景でしかない。そのなかで食事をしながら眺める傑作は、陶然とするような喜びをもたらしはしないのであって、そうした歓喜は、美術館の一室においてのみ求めるべきものなのである。裸形の、あらゆる余計な特殊性を除いた美術館の一室は、芸術家が創作のために身をひいた内的空間を、いっそう的確に象徴しているのだ。（II, 5-6）

プルーストは、絵画を飾るためにその歴史的な背景を室内に再構成しようとするブルジョワ愛好家の行為を批判し、芸術作品と向き合うために必要なのは歴史的コンテクストなどではなく、「美術館の一室」のような、あらゆる特性を取り去った裸形の空間であると指摘する。[14] 日常生活が営まれる室内とはかけ離れたこの特異な空間は、鑑賞者の純粋な眼差し以外の一切の関わりを作品から排除することで、芸術作品の真の鑑賞を可能にするかのようにみえる。ここで注意しなければならないのは、プルーストが描く「美術館の一室」の情景が、当時の展示環境と大きく異なっていたという点である。多くの美術館では、大時代的な装飾が施されたスペースに様々なジャンルの作品がひしめき合うようにして並べられ、混沌とした雰囲気を醸し出していたといわれている（図1-3）。絵画作品は、互いの額が触れ合わんばかりに壁一面に並べられることがほとんどであり、作品のひとつひとつに意識を集中して鑑賞することが容易ではなかったこのような状況は、「いくつかのオーケストラが同時に違った交響曲を演奏しているコンサートホール」に喩えられるほどであった。[15] ルーヴル美術館も例外ではなく、作品同士が肩を寄せ合うように並べられた展示状況は、展示室の装飾の問題も含めて、多くの批判を免れなかった[16]（図1-4）。

図1-3　ジョゼフ＝コルニエ・ミラモン「リュクサンブール美術館の展示ケース」1899年，ポール・ヴァレリー美術館

　プルーストの描写と実際の環境との相違には、美術館史の観点から見ても興味深い要素が認められるようにも思える。たとえば対照的な二つの状況からは、「空虚」《vide》と「装飾過剰」《trop-plein》（あ

図1-4　ジュゼッペ・カスティリオーネ「ルーヴル美術館のサロン・カレ」1861年，ルーヴル美術館

るいは「混沌」《chaos》という、より良い展示環境をめぐる議論のなかで絶えず問題にされてきた二つの極の対比を想起することができる。[17] これは一八五〇年代以降プルーストの時代に至るまで論じられてきた問題でもある。また、ジェラール・ジュネットが指摘するように、プルーストが描く「美術館の一室」の特質は、第一次世界大戦後の機能主義的な傾向が生み出す空間のありようを先取りしていると解釈することも可能だ。[18] また、過度の装飾とも色彩とも一切無縁な、作品のために構築されたかのような中性的な空間は、今日いうところの「ホワイト・キューブ」をも思わせる。[19]

　しかし、「美術館の一室」をめぐる一節の射程は、作品展示をめぐる歴史的な文脈に回収させるだけでは、十分に理解することができない。そこで問題になっているのはむしろ、芸術作品とその「コンテクスト」をめぐる思索であり、芸術作品はそれを取り巻く余剰物（再構成された歴史的コンテクスト）から切り離されて初めてその本質をあらわし得るのだという、プルースト的な命題にほかならない。「美術館の一室」が表す特異なプルースト的空間は、追究すべき美学的な理想を象徴する場として提示されているのではないか。そして問題の一節は、美術館訪問にまつわる個人的な体験や、実際の展示状況との関わりを超えて、芸術作品とその「コンテクスト」（すなわち広義での〈土地〉）に関する作家独自の思索へと開かれているのではないか。そのことを踏まえたうえで、芸術作品がおかれるべき場、あるいは芸術と向き合うために必要な場をめぐる作家の問題意識を積極的に読み取っていく必要があるだろう。

この点に関して、一九〇〇年四月号の『メルキュール・ド・フランス』に発表されたラスキン論「アミアンのノートル＝ダム聖堂におけるラスキン」のなかに、興味深い記述を認めることができる。プルーストはそこで、美術館制度（およびそれが内包する芸術作品と〈土地〉の問題）をめぐって世紀転換期に繰り広げられた思潮について、極めて示唆に富んだ分析を展開している。次節ではその特質を検証してみよう。

2　「黄金の聖母」像と〈土地〉の絆

一九〇〇年。一九世紀をしめくくる一年であり、パリ万博が高らかに開催されたことで華やぎもしたこの年は、何よりもまず、ラスキンが死去したことによってプルーストの記憶に刻まれた。作家はこの年、追悼記事も含め、いくつかの重要なラスキン論を発表している。「アミアンのノートル＝ダム聖堂におけるラスキン」もまた、そうした一連の論考のひとつであった。「ジョン・ラスキン」（『ガゼット・デ・ボー＝ザール』一九〇〇年四月号および八月号に発表）と並んで、のちに『アミアンの聖書』翻訳序文の一部を構成することになるこの論考は、読み手とともにアミアンにおけるラスキンの足跡をたどるかたちを取りながら、『詩篇』などへの言及をふんだんにちりばめつつ、この英国人美術史家の思想の特質を明らかにしようとするものであった。

プルーストの文章は、あたかもラスキン自身の経験を追体験するかのようにして、かつてラスキンの目に映ったアミアンの光景の数々をめぐって展開されてゆく。巨大な聖堂の一部をなす「黄金の聖母」像（図1-5）もまた、

図1－5　アミアン大聖堂の「黄金の聖母」像

そうした光景を形づくる要素のひとつであり、かつて黄金の彩色がほどこされたこの彫像について、ラスキンは長年にわたって省察をめぐらせてきたのである。プルーストは、太陽の光を浴びて輝きを放つ彫像の姿や、「機転のきく小粋な女中」（ラスキン）を思わせる聖母の微笑へと読者の注意を促し、ラスキン的な視点が捉えた美の印象へと導いている。そして、自らも享受したであろう印象の数々をめぐって、読み手である「あなた」に語りかけ、その手をひいてアミアンを「巡礼」しようとするのである。その語り口は、どこまでもラスキンに寄り添い、読者に寄り添おうとする者の心性を反映しているかのようでもある。しかしそうした姿勢が、作家独自の視点を織り込むことを妨げてはいない点にも注意を払う必要がある。なかでも注目したいのは、作家が「黄金の聖母」像をレオナルド・ダ・ヴィンチの「モナ・リザ」とを対置し、一見すると唐突な比較を試みている箇所である。というのも、巨大な歴史的建造物の一部をなす彫像と、ルーヴル美術館を代表する絵画をめぐる分析は、他ならぬ美術館というモチーフを取り込みながら、〈土地〉に根ざすこと／根ざさないことという同時代的な主題を、とりわけ美学的な視点から浮かび上がらせているからだ。

ラスキンの足跡をたどりながらアミアンの街を歩いてゆくなかで、大聖堂の南門にある「黄金の聖母」像の前で立ち止まったプルーストは、ラスキンが聖母に対して注いだはずの眼差しを意識しながら、この像について語り始める。作家はまず、聖母像のたたえる「あの独特な微笑み」《sourire si particulier》が、彼女をひとつの「独立した芸術作品」《œuvre d'art individuelle》たらしめているのだと指摘し、「モナ・リザ」を鑑賞するにはルーヴルに行かねばならないのと同様、聖母像を見るためには、大聖堂という「美術館」に直接赴く必要があると語る。ルーヴルであれアミアンであれ、作品には身をおくべき特定の場所がある。作家は、二つの作品をとりまく環境の相違に注意を払いながらも、作品と場所との深い関わりを指摘したうえで、両者に等しく芸術的価値を認めようとするのである。しかし、プルーストの思考はそこに留まることなく、自ら口にした大聖堂と美術館のアナロジーについて、今度は批判的な視点から考察を展開してゆくことになる。

しかし、もし人々が言ったように、大聖堂というものが中世宗教芸術の美術館であるとするならば、それはラ・シズランヌ、アンドレ・アレー両氏が文句のつけようのない、生きた美術館である。この美術館は芸術作品を受け入れるために作られたのではなく、芸術作品のほうが——それがいかに個性的であっても——大聖堂という美術館のために作られたのであって、冒涜なしには（私は美学的な冒涜についてのみ語っているのであるが）それが他所へ移されることはないであろう。[20]

大聖堂は、単なる美術館ではなく、「生きた美術館」である。作家がこのように書きつけるとき、そこにあえて付された「生きた」という形容詞には、大聖堂が持つ複雑で精緻な、ほとんど有機的ともいえる構造や、聖堂を舞台として幾世紀にもわたって続けられてきた宗教的な営みの息吹に対する作家の意識が映し出されている。あるいは、芸術作品の収蔵を目的とした器としての「美術館」と、作品が分かちがたく建築の一部をなしている聖堂とのあいだにある本質的な差異を確認する意図を読み取ることもできるだろう。[21] そしてさらに言えば、この「生きた美術館」という表現は、近代的な制度としての「美術館」が、むしろ「死」のモチーフと分かちがたく結びついていることを逆説的に示してもいる。事実、美術館とタナトスとの関わりを指摘する視点は、フランス革命期の政治家・

考古学者キャトルメール・ド・カンシー Quatremère de Quincy（一七五五―一八四九）をはじめとする反美術館論者の言説に多く認められた。(22) プルーストがここで触れている、芸術作品とその生来の枠組みとの関係や、作品の受け皿としてつくられた建築（すなわち美術館）への移動の問題は、つねに激しい論議の対象となってきたのである。(23)

作品の「死」に対する関心と不安の高まりを裏付けるかのように、二〇世紀初頭にはすでに、美術館を「芸術の墓地」に譬えることが一種の常套句となっていた感すらある。(24) のちに文化財破壊の歴史に関する大著『ヴァンダリスムの歴史』(25) を発表することになるルイ・レオー Louis Réau（一八八〇―一九六一）は、一九〇九年に著わした文章のなかで、次のように語っている。

人は芸術作品を異なった環境におくことで変質させてしまう。そして、山のように詰めこむことによって、その価値を貶めるのである。芸術作品は、本来の枠組みのなかでこそ美しいものの、ごたまぜになった美術館の展示室では、つまらなく、卑俗なものになる。そこでは、あまりに展示数が多いために、作品同士が押し合いへし合いしているのだ。美術館は芸術の監獄との異名をとった。しかし、むしろそこは、過去の芸術作品が雑然と、生気のない身体のようにその身を横たえる広大な墓地なのである。(26)

作品を「異なる環境におく」《dépayser》、すなわち「土地から切り離す」ことの弊害や（プルーストはこれを「美学的冒瀆」と呼んだ）、息が詰まるほどに作品がひしめく展示室のありかたに対する否定的な眼差しとともに、美術館における芸術作品の「死」が強調される。興味深いのは、プルーストがレオーの一節に要約されるような問題系を踏まえたうえで、ロベール・ド・ラ・シズランヌ Robert de la Sizeranne（一八六六―一九三二）とアンドレ・アレー André Hallays（一八五九―一九三〇）という二人の批評家の名前を出している点である。ジュネットは先に触れた論考のなかで、両者がともに美術館への反対姿勢を貫いていたことを指摘しているが、その根拠となる具体的なレフェランスは挙げていない[27]。この点について確認しておくと、プルーストの論考が発表される五ヶ月ほど前の一八八九年一一月一日、ラ・シズランヌは「芸術の監獄」と題された論考を『両世界評論』に発表している[28]。いっぽうアンドレ・アレーは、このラ・シズランヌの記事に触発され、同月一〇日から三週間（計三回）にわたって「美術館に対する盲信」という記事を「ジュルナル・デ・デバ」紙で書き綴っている[29]。それぞれの記事の発表時期と、二人の名前が挙げられた文脈を考えれば、プルーストが彼らの反美術館的発言に通じていたことは間違いない。

ラ・シズランヌは問題の論考において、美術館の相次ぐ建設と、都市開発による伝統的な景観の破壊を厳しく批判し、そうした傾向が近代化の大波に起因するものであることを指摘する[30]。美術館での「保存」を理由に歴史的建築物の破壊が正当化されたり、建築物そのものが美術館に転用されたりするケースが多く認められたこともあり、両者は根を同じくする問題として取り上げられたのである。批評家は、「自然」と芸術作品との交流を最重要視するラスキン的な視点（風景画家的ないしはロマン主義的視点）に基づいて、まさに美術館への作品の回収が、この交流を妨げるものであると主張する。そして、本来の用途を失わせてまで作品を美術館に収容することの無意味を説くことで、「保存」という言葉がはらむ矛盾を明らかにしようともするのである[31]。美術館という「監獄」に対するこうした批判の根底にあるのは、本来あるべき場所から作品を引き抜いてしまうことが、その作品の生命を絶つことに他ならないという考え方であった。ラ・シズランヌにとって、生来のものとは異なる環境に置かれた作品《œuvre dépaysée》は、「流謫の身」《exilée》であり、血の通わない「死体」《cadavre》でしかない[32]。

いっぽう、プルーストが定期購読していた「ジュルナル・デ・デバ」紙に連載を持っていた文芸批評家アンドレ・アレーは、美術館成立の過程と、その後の隆盛の背景にも視野を広げて論を進め、次のような呼びかけと警告を発している。

> 破壊を止めようではないか。まだしかるべき場所にあるものはしかるべき場所に留めおこうではないか。古い石や絵画の数々が静かに朽ちてゆくことを受け入れようではないか。そして、過去の残存物と自然の営為に敬意を払おうではないか！［……］美術館がたいへん危険なのは、そこに足繁く通う人々が、芸術を、生や歴史とは関係のない一種の形而上的な抽象とみなすことに慣れてしまうからである。流浪によって変質し、損害を受けた作品は、もっとも貴重で生気を帯びた美を失っているのだが、そうした作品で美術館を埋め尽くすのをやめることで、美術館の悪しき教えがもたらす災厄を軽減しておかねばならないだろう。(33)

ラ・シズランヌと同様、芸術作品には留まるべき「場所」があると強く主張するアレーは、「流謫」《exil》という名の破壊によって作品を死の危険にさらすよりは、それが朽ち果てるがままにすることを選択する。(34)そして、美術館は芸術を「生や歴史とは関係のない一種の形而上学的な抽象」に仕立て上げる（つまり美術館に収蔵されることによって、作品は与えられた機能を喪失し、それまでひとつの場所で積み重ねてきた過去から切り取られてしまう）と指摘し、その濫立と、美術館に対する人々の盲目的な評価に対して警鐘を鳴らすのである。ヴィオレ＝ル＝デュック Eugène Emmanuel Violet-le-Duc（一八一四—一八七九）に代表されるような修復の試みを「破壊行為」《vandalisme》と解釈し、修復を「建築が被りうるもっとも全的な破壊」と位置づけたラスキンと同様、アレーもまた、建築の歴史性を常に重要視していた。(35)ただし、伝統主義的な立場から史的建造物の保護を訴え続けた彼にとって大切だったのは、ラスキン＝ラ・シズランヌ的な「自然」との交感であるというよりも、フランスの「生と歴史」を体現する〈土地〉との緊密なつながりであり、それが建築物に与えていた、古き良き伝統の象徴としての機能であった。

作品の移動に関するこうした議論は、「アウラ」の喪失をめぐる問題を重ね合わせて整理することもできる。「複製」こそ直接には問題になっていないものの、〈土地〉に張られていたはずの根を断ち切ることは、「いま、ここにある」という一回性とともに「真正性」を失うことでもあり、作品はそれによって「歴史の証人となる能力」を喪失してしまう。そして、芸術作品の技術的な複製がそうであるように、「芸術が根づいてきた価値の伝統を崩壊」させてしまうことになるだろう。[36] 反美術館的な立場を標榜する者たちが示す「場所」へのこだわりは、複製技術時代における「アウラ」への強い執着であり、彼らのいう作品の「死」とは、「アウラ」の喪失でもあった。そして、そのような喪失の危機が、旧来の社会を支えてきた伝統の危機として捉えられる(ヴァルター・ベンヤミン)ことを考えれば、反美術館的論調の背景に、伝統へのこだわりが浮かび上がってくること自体も、当然の成り行きとして理解されるのである。

ラスキン美学と共通の視点を持った二人の批評家は、押し寄せる近代化の波と伝統的な場との拮抗、あるいは、アイデンティティを保証する起源としての〈土地〉との絆という、同時代の社会的・政治的トポスを反映させながら美術館制度を批判する。この点に通じていたプルーストは、〈土地〉に根ざすことで生き続ける作品と、その生命を断ち切る美術館、という構図を視野に入れたうえで、芸術作品と〈土地〉との関係についての美学的考察を進めていた。このことは、プルーストがのちに『アミアンの聖書』翻訳序文の草稿のなかで、アレー=ラ・シズランヌの視点を端的に「美術館における芸術作品の環境変化 dépaysement と死についての論理」(*PM*, n. 4, 85)と要約してみせていることからも明らかである。

この点を踏まえて、プルーストが「黄金の聖母」像について書いた一節を読んでみよう。名前の問題や汽車旅行というモチーフ、一度きりの刹那的な出会いなど、のちの創作にも通じる重要な要素がちりばめられた一節で強調されるのは、石でできた彫像の物質性であり、〈土地〉と聖母像とのあいだに認められる結びつきの強さであった。ポーチに彫り込まれたサンザシは聖母を囲んで今日も咲き続けている。プルーストはその光景に魅せられながらも、この「長くつづいた中世の春」にもいずれは終わりが来るだろうと語り、さらには「黄金の聖母」像もまた、やがては「石の風化」に見舞われてその「美」を失う日が来るに違いないと指摘する。事物のこうした儚さが「永遠」とは無縁であることを示唆した上で、プルーストは次のように書いている。

「黄金の聖母」像を芸術作品と呼んだのは間違いであったように思う。むしろそれは、大地のある場所、ある街、すなわち人と同じように名前を持ったものの一部をなしており、それとまったく同じものを諸大陸のうえに見出すことなど決してできない一個人なのだ。そして、それを見つけるためにはどうしても赴かなければならない場所で、鉄道員たちはその名を叫びながら、それとは知らずに「二度と目にすることのないものを愛せ」と話しかけているように思われるのだが、ひょっとすると、このような彫像は、芸術作品よりも普遍的ではない何かを持っているのかもしれない。いずれにせよ、それは芸術作品そのものよりもずっと強い絆、人と土地とが我々を放さずにおくために持っているような絆のひとつで、我々を引き留めるのである。［……］アミアン近郊の石切り場から生まれでて、［……］幾世紀も前からこの街の住人を見つめてきた彼女は、もっとも古くからの、もっとも出無精な住人であって、まさに一人の「アミアン女」なのである。それは、芸術作品ではないのだ。(37)

ラスキンが強い関心を示していたこの彫像にプルーストが惹きつけられたのはごく自然なことであった。だが、一三世紀にまでさかのぼるこの聖像に注がれた作家の眼差しは、単にラスキンの記憶を探し求めるだけのものではなく、すでに作家独自のヴィジョンを萌芽として宿しているように思われる。ここでまず示されるのは、「モナ・リザ」と同様、聖母像もまた「芸術作品」であると指摘した先ほどまでの考えをあっさりと否定するという、不意を突いた切り返しである。そしてそれに続いて強調されるのは、聖母像と〈土地〉との絆の存在であり、その強さであった。聖母像は永遠にアミアンの一部を成しており、両者の関係性は人間と〈土地〉との結びつきに比較される。

これまで長きにわたってアミアンに留まり続けたように、これからさきも「最も出不精な住人」としてこの街に根を張りつづける。〈土地〉とひとつになったその彫像は、何処にも連れ出すことができず、そこでしか会うことのできない「一個人」《individu》として、街の住人や訪れる人々の目に映り、彼らとのあいだに強固な結びつきを築こうとするのである。「黄金の聖母」像を指して「アミアン女」と呼ぶことの意味は、〈土地〉に根ざした彫像の在り方を、これ以上ないほど端的に示すことにあるだろう。作家はここで、聖なる母を、一人の〈土地〉の女として捉えなおしているのである。

だがここで注意しなければならないのは、作家のこうした解釈が、反美術館論的主張への同調を目的としたものではないという点である。唯一無二で固有な芸術作品の生命と価値は、〈土地〉に根ざすことによって保証されるという考えは、むしろ積極的に排除されることになる。「黄金の聖母」像を美術館が所蔵する芸術作品と同一視することはできず、大聖堂もまた、作品を収める「器」としての「美術館」とは一線を画している。作家は、美術館を批判する同時代の言説とは対照的に、〈土地〉に深く根ざした作品の在り方を問題視して、〈土地〉との絆が芸術作品の持つべき「普遍的な」《universel》性格の獲得の妨げになると指摘するのである。その背景には、作家にとって終生の主題となる、「個」(ないしは「特殊」)と「普遍」との二項対立についての思索が見え隠れしているが、その点については終章であらためて取り上げたいと思う。

かつてプルーストは、『ジャン・サントゥイユ』に収録された「ドゥカズヴィル教会」と題された断章のなかで、ラスキン美学の影響を色濃く反映した分析を試みている。一八九九年二月以降の執筆と推定され(38)、「アミアンのノートル゠ダム聖堂におけるラスキン」にやや先行するかたちで書かれたと思われるこの断章では、「黄金の聖母」像に関するものとは正反対の観点が示されている点で注目に値する。

ドゥカズヴィル教会は、モローの見事な連作絵画［キリスト降架図］の、知られざる墓場だった。［……］しかしいつの日か、モローの作品に入れ込んだ誰かがそれらを発見して、この豪奢で物言わぬ墓のうえに身をかがめ、亡くなった巨匠の人生の秘密について尋ねるだろう。というのも、人間が生み出した作品は、自然のある場所に固定されることによって、ついにはその一部を成すに至るのであって、その結果、その場所は半ば人間のような人格によって、そして連作絵画は一種の地域的な魅力によって、我々を惹きつけるのである。そして、モローの絵画は、ドゥカズヴィルの灰色の石をまとった小さな教会のなかにその紫と青の翼を永遠に固定させたことによって、またコンカルノーの穏やかな入り江は、一四世紀の美しい城壁を水の上に反映させることによって、よりいっそう人々に愛されるのである。芸術の美は、ひとつの場所に根ざしているのであって、それが密着している場所と同じように、すこしずつ、人間から自由な他に例を見ない何ものかになっていったように思われるのだ。その美は、我々がその場所に立ち返らなければ手にいれることのできない何ものかなのである。（*JS*, 366）

ギュスターヴ・モロー Gustave Moreau（一八二六—一八九八）がドゥカズヴィル[39]のノートル＝ダム教会に残した宗教画（連作「十字架の道行」）を問題にしたこの一節は、プルーストが「黄金の聖母」像について示す解釈と好対照をなしており、結果として後者の独自性を浮き彫りにする格好の比較対象となっている。人の手が生み出した作品は、ある場所に「永遠に」留まり続けることによって「地域の魅力」をまとい、よりいっそう愛されるものになる。そして、芸術作品の「美」はひとつの場所に「根ざす」ものであり、場所と不可分な関係を築き上げて「唯一無二」のものとなることにこそ意義があった。建築の一部をなす作品には、あくまで場所との関わりが求められるのだろうか。作品は、土地との絆を深めることによってはじめて、それを作り出した「人間」の手から離れ（作家はここで「芸術家」という言葉を用いていない)、永続的な美を獲得することができるだろうのか。そしてその魅力に触れるために、絶えずそこに立ち帰ることにもまた、芸術的な意義が見出せるのか。ここでの作家は、実在する場所と芸術作品を例に取りながら、こうした問いのすべてに肯定的な答えを出している。しかし、ラスキン美学が色濃く影を落とす問題設定に対して、プルーストは確実に距離を取ってゆく。恐らくはここに含まれた複数の問題――作者と作品との絆、作品が本来身をおくべき場所、作品を鑑賞する者のあるべき姿[40]、作者の死後につづく作品の生、〈土地〉の持つ絆の力(思想と〈土地〉の関わり)など――について、プルーストはその一つ一つを解きほぐしながら、答えを探ってゆくことになるだろう。そして、その過程であらわれる変化のなかにこそ、プルースト美学の独創性が萌芽として認められるのではないだろうか。

では、「黄金の聖母」像を通して示されたように、〈土地〉に根ざした作品がもはや「芸術作品ではない」とするならば、この時期のプルーストにとって、芸術作品とはどうあるべきものであり、その芸術作品と〈土地〉との関係はどうあるべきものだったのか。モローの絵画を例にとって〈土地〉との絆の重要性を強調したことを完全に打ち消すかのようにして、プルーストはやはり同じ絵画芸術である「モナ・リザ」を例にとり、「ドゥカズヴィル教会」の一節とは全く対照的な議論を展開することになる。次節では、「黄金の聖母」像の対称点に、レオナルド・ダ・ヴィンチの傑作を位置づけるプルーストの意図を探ってみよう。

3 「モナ・リザ」と芸術作品の普遍性

まず疑問に思われるのは、なぜ「黄金の聖母」像の比較対象として「モナ・リザ」が取り上げられたのかという点である。その理由については、いくつかの解釈が可能だろう。プルーストは若い頃からレオナルド・ダ・ヴィンチを高く評価していた。作家が二〇歳をすぎた頃に回答したとされる「質問帳」（自分の性格の主要な特徴、好きな仕事、住みたい国、愛する花、持ちたいと思う天分など、多岐にわたる問いに回答を記入するための帳面）では、「好みの画家」として、レンブラントと並んでレオナルドの名が挙げられている。[41] 愛する画家の代表作であると同時に、ルーヴル美術館全体を代表し得る作品として「モナ・リザ」が取り上げられたのは当然のことだったかもしれない。あるいは、一九世紀後半から二〇世紀初頭にかけて、ヨーロッパ各地で巻き起こった「モナ・リザ」ブームに着目することもできる。[42] ロジャー・シャタックによれば、一八六九年から一九一九年のあいだに、ヨーロッパではレオナルド・ダ・ヴィンチに関する書籍が約五〇冊も出版された。そして「モナ・リザ」のたたえる謎めいた微笑みが一世を風靡し、一八八〇年代のパリでは、客引きをする女性たちのあいだでその微笑みをまねることまでが流行したとも言われている。[43] そうした時代の趣向が作家の言説に影響を及ぼした可能性は否定できない。しかし、プルーストが「モナ・リザ」を選択した最大の理由は、画家レオナルドがこの絵画とともに晩年に経験した地理的な移動、すなわちフランス移住の体験にあったのではないか。フィレンツェで制作された「モナ・リザ」は、フランソワ一世の庇護をうけた画家とともに自らの「出生地」をあとにして、フランスという「異国」へと流れてきたのである。作家は絵画のこのような命運に着目して次のように記している。

「モナ・リザ」はダ・ヴィンチの「モナ・リザ」である。アレー氏の不興を買いたいわけではないが、その出生地は我々にとって重要ではないし、フランスに帰化したこともまた、どうでもよいことではないか？　彼女は賛嘆すべき「無国籍者」のようなものなのだ。思考が込められた視線が注がれるところであればどこであれ、彼女は「根こぎにされた女」ではあり得ないのである。しかし、微笑みをたたえ、彫刻をほどこされた彼女の姉妹である「黄金の聖母」像については、そうは言えない（そもそも、どれほど劣っているかということを言う必要があるだろうか？[44]）。

アミアンとの深い結びつきが強調された「黄金の聖母」像とは対照的に、「モナ・リザ」の「国籍」や「出生地」はプルーストにとって何ら重要性を持つことはない。そして、ある〈土地〉とのあいだに緊密な関係を築くのではなく、根ざす「祖国」を持たない（それゆえ「根こぎ」になることがない）「モナ・リザ」は、場所と一体となった聖母像よりも遥かに価値あるものとして（すなわち「普遍性」を持つものとして）描き出される。仮に「アレー氏の不興を買う」ことが意図されていなかったとしても、このような視点が、アレーの伝統主義的な論理とは相容れないものであることは明らかである。ジェラール・ジュネットは、プルーストの論理を整理する糸口として、作品の持つ内的な価値を傷つけることなく所蔵場所を変えることができる形式としての絵画《tableaux de chevalet》と、移動がその生命を断つことになる建築・彫刻との区別を取り上げている[45]。すなわち、二つの女性像の比較のうちに、建築というひとつの総体を構成している彫像（「固定された作品」《œuvres fixes》）と、それ自体で独立した絵画（「移動可能な作品」《œuvres mobiles》）という、異なった芸術様式の対比の問題を認めようとするわけである。たしかに、〈土地〉とのつながりの有無を軸として描きだされる「モナ・リザ」の特質を考える際には、ジュネットのいう「移動可能な作品」としての性格を無視することはできない。絵画作品を縁取る「額」が、周囲との境界線として実際的にも象徴的にも機能することを念頭に置く必要もあるだろう。例えば、ルーヴルの一部をなす（「それを見つけるためにはどうしてもそこに赴かねばならない」）かにも見えた「モナ・リザ」が盗難にあい忽然と姿を消した事実は、あとに残された空白とともに、作品と場所との関係について考えさせる（第I部扉）。ラ・シズランヌでさえ、すべての芸術作品を一括りにはせず、絵画というジャンルを例外的に扱おうとする素振りを見せていた。「芸術の監獄」のなかで、批評家は次のように書いている。

> ここで問題となるのは、それ自体でひとつの美学的総体を成すような芸術作品ではない。〔……〕そうした作品は、そもそも金の額縁によって周囲の環境から孤立しており、どこでも関係なく味わうことができる。つまり、画架判大の絵画が問題なのではない。それらにとって美術館は、もうひとつ別の環境といっていいようなものなのだ。(46)

そもそも絵画芸術は、場所を問わず鑑賞が可能なものであり、美術館という空間は、絵画にとってあまたある環境のひとつでしかない。ラ・シズランヌのこのような考え方に、「モナ・リザ」をめぐるプルーストの思索に共通するところが認められるのは事実である。しかし見落としてはならないのは、この一文に続けて批評家が直ぐさま次のように付け加える点である。

> たしかに公衆に対して絵画を提示する方法や、その絵画のまえに自分の身を置くやり方は、どうでもいいような事柄ではない。歴史画を、そこに描かれた歴史を経た部屋に配置することによって、あるいは節度を持って家具付けされたアパルトマンの、色合いの見事な均整が作用することで、絵画の内在的な価値がたいそう高まるのである。〔……〕さらには、もしその作品が、自らの作り出された場所に留まるなら――つまりはその存在を可能にした環境であり、かつ自分が広く知らしめた環境に留まるのなら――、その作品は、レンズが太陽光線を集めるようにして、自分の周囲に拡散していたすべての想い出をかき集め、反映することになるのではないだろうか。(47)

絵画独自の自立性をいったんは認めたものの、ラ・シズランヌはコンテクスト重視の論理へと舞い戻ってしまっている。額縁によって外の環境と区切られた作品であっても、その「内在的な価値」はやはり展示環境によって左右されるという視点は、「モナ・リザ」の「内在的な価値」を絶対的なものとするプルーストの考えと対照的である。また、作品と歴史的コンテクストとの関係も、先に見た『花咲く乙女たちのかげに』の一節にある芸術愛好家批判によって、完全に否定されることになる。生まれた〈土地〉の想い出を身にまとう作品、あるいは過去の記憶の収束点として機能する作品の在り方にプルーストが無関心であったわけではない。そうした関心は「黄金の聖母」像に託されることになるだろう。そのいっぽうで作家は、「モナ・リザ」をめぐる議論をとおして、〈土地〉と結びついた状態とは明らかに異なった作品の在り方を指向しているのである。

ラ・シズランヌやアレーらが示す時代の思潮と相容れないプルーストの分析が重要なのは、彫像と絵画という二つのジャンルのあいだに徹底した線引きをして、その相違を図式化し得たからではない。また、「モナ・リザ」を芸術作品と認め、聖母像の芸術性を二義的なものとするプルーストの姿勢に、絵画と彫刻との優劣に関する問題意識や、作家個人の美学的嗜好を読み取ろうとすることも、問題の本質を見誤らせることになるだろう。美術館という場を嫌ったポール・ヴァレリー Paul Valéry（一八七一―一九四五）は、一九二一年に発表した小論「博物館の問題」の末尾に、芸術作品のあるべき場所について示唆的な一節を残している。

「解釈」の悪魔は私にこう言う、「絵画」も「彫刻」も捨て子である、と。その母親は死んでしまったのだ、母親たる「建築」が。この母親が生きていた間は、「絵画」にも「彫刻」にも、その占むべき場所や、その仕事や、守るべき制約を与えていたのだ。彷徨い歩く自由は拒まれていたのである。「絵画」も「彫刻」も、その占むべき空間を持ち、明確に限定された光明をうけ、その主題、それと結びつくものを持っていたのだった……母親が生きている間は、「絵画」も「彫刻」も、自らが何を欲しているのかを心得ていたのだった

……と。(48)

美術館批判の文脈で書かれた絵画と彫刻をめぐるこの文章は、プルーストが二つの女性像の比較を通して目指したものを逆説的に明らかにしてくれる。プルーストが芸術作品のうちに積極的に求めたのは、ヴァレリーがここで否定的に描きだした状態、つまり自分の「場所」を指し示してくれる「建築」=「母」(「出生地」ないしは「起源の土地」も言い換えられるだろう)から切断された状態であった。「彷徨うことのできる自由」によって作品にもたらされるのは、迷いや躊躇いではなく、芸術に必要な「普遍性」であるとプルーストは考える。だからこそ作家は、「母」によってあてがわれた場所とはもはや無関係な「モナ・リザ」を評価するいっぽうで、「母」とともに「出生の場所」に留まり続ける聖母像の芸術的価値に対しては、否定的な判断をくだしたのではなかったか。「無国籍者」と位置づけた「モナ・リザ」にプルーストが芸術的な理想のひとつを認めるのは、特定の〈土地〉に根ざすことのない芸術作品の在り方に本質的な価値を見出そうとしていたからにほかならない。二つの女性像の比較から浮かびあがるのは、作品と〈土地〉との関係をめぐる、このような思考の痕跡なのである。

4　芸術と〈土地〉——二つのベクトルの萌芽

〈土地〉に結びついた美を称揚するラスキンに傾倒した世紀転換期のプルーストは、ラスキン美学の仲介者であるラ・シズランヌや「巡礼者」アレーの文章に接することによって、芸術作品と〈土地〉との関わりについての問題意識を高めていった。興味深いのは、一九〇〇年の時点ですでに、プルーストが特定の〈土地〉に根ざした思想の在り方に、明らかな疑問を呈していたという事実である。作家の思考は、同時代の思潮と距離を取るようにして、芸術作品と〈土地〉の絆に依拠した美学とは異なった、独自の軌跡を描きはじめている。

その背景にはさらに、次のような時代状況の反映を認めることもできるかもしれない。プルーストが問題の比較を執筆した当時、すなわち一九世紀末から二〇世紀の初頭にかけてのフランスでは、「国際的《コスモポリット》なパリ」に対する「フランス的な地方（province）」という構図がそれまで以上に鮮明に浮かび上がり、それを契機として、地方の歴史に対する意識が高まりを見せていた。[49] 地域的な「起源」に対する関心の盛り上がりは、フランスの〈土地〉に固有の過去を称揚しようとする国家レベルの動きにも合致したことが指摘されているが、[50] 時代のトポスであったこうした対立構図や、「普遍なるもの」《l'universel》よりも「固有なるもの」《le particulier》を称揚しようとする議論から、プルーストが完全に自由であったとは考えにくい。「特別な微笑み」をたたえているが故に、いったんは「独立した」芸術作品と捉えられたアミアンの聖母像と、〈土地〉に「根」を張ることなく「普遍性」を獲得した「モナ・リザ」をめぐる対比には、このような構図を透かし見ることもできる。すなわち作家は、「個」と「普遍」との対立をめぐる同時代的な問題を念頭におきながら、議論を美学的なレベルへと転じることによって、自らの創作における独創性を模索しているとも考えられるのである。

そして、「黄金の聖母」像と「モナ・リザ」を通して示された「特殊」と「普遍」との対立構図は、『花咲く乙女たちのかげに』第二部で語られる、バルベック教会の聖母像に関するエピソードの素地となり、敷衍されることになる（II, 20-21）。トロカデロ美術館にある複製や写真を通してのみ知っていたバルベック教会とその聖母像は、いつしか主人公の夢想のなかで、「普遍的な価値」を持った「朽ち果てることの無い芸術作品」として思い描かれていた。しかしついに現地を訪れる段になって、「かけがえのない本物」を目の前にして高まるはずの気持ちは、予想外の拍子抜けな思いに満たされてしまう。多少長くなるが、この揺らぎをめぐる一節を引用しよう。

私は心のなかで、正面入口の聖母像を、かつて見た複製とはかけ離れたものとして、複製であればおびやかされかねない災厄も手がとどかないものとして作りあげていた。［……］普遍的な価値を備えた観念的なものなのだと信じていたこの像、千回もくり返して彫り上げたこの像がそれに固有な石の外観に還元されたのを見て、私は動揺してしまった。手の届くところにひとつの場所を占めているにすぎないこの聖母像は、「広場」に縛りつけられていた［……］。しかも固有性という圧力に押さえこまれているので、もしかりに私がこの石の上に自分のサインをしたいと思ったなら、それまでは普遍的な存在と侵し得ない美とをあてがっていた、この名高く、かけがえのない（つまり残念ながらたったひとつしかない）バルベックの聖母像の［……］身体の上に、チョークの跡と名前の文字とを示すことになっただろう。つまり、私が長いあいだ求めつづけた不滅の芸術作品としての聖母像は、教会そのものと同様に変わってしまっていて、高さを測ったり、皺を数えたりできる一人の小柄な石の老婆に変貌していたのだ。（II, 20–21）

聖母像が突如として現実のなかに場所を占め（実在の〈土地〉に縛りつけられ）、傷つけようと思えば傷つけられる物質的な存在として、様々な日常的要素（カフェや路面電車、選挙のポスター、銀行の支店）と地続きな状態でたち現れたことに対して、主人公は驚きを隠せない。そして、「普遍的な存在と侵し得ない美」を獲得していたはずの聖母像は、個=特殊の圧倒的な力によって現実の〈土地〉に位置づけられ、だれの手にも届く「石でできた小さな老婆」へと変貌してしまう。「モナ・リザ」と「黄金の聖母」像の対比によって示された問題系は、ここでは夢想に続く幻滅というプルースト的構図へとかたちを変えて語られているものの、主人公の幻滅を通して浮かび上がるのは、「固有性」からの解放（すなわち〈土地〉の絆の抗いがたい力からの解放）に「美」の条件を見出そうとする作家の姿勢にほかならない。「モナ・リザ」への言及こそ姿を消すものの、ここで問題となっているのは変わらず

「特殊」と「普遍」の対立であり、芸術作品とそれを取り囲むコンテクストとの関わりなのである。[51]

作品に「普遍的な」性格を求めることは、必ずしも当時の思潮とは相容れないものであったに違いない。一九〇〇年前後の社会的・思想的状況下で、〈土地〉からの乖離に積極的な価値を見出そうとしたことの意義と特異性は、時代背景を考慮したうえで十分に強調されるべきである。ここでは示唆するに留めるが、作家をこのような考察へと導いたもうひとつの時代的な要因として、ドレフュス事件をめぐるモーリス・バレス的な言説の影響を無視することはできないだろう。一幅の絵画であるはずの「モナ・リザ」について語る際、その「国籍」や「出自」が問題にされ、それが「根こぎにされたもの」というバレス的な一語を用いて論じられていることは注目に値する。当時の読者にとって、これらの語が国家主義的な文脈を直接的に連想させるものであったことは間違いない。また、作家がそれをわざわざギュメでくくって用いていること自体、読み手に対する一種の念押し以外のなにものでもないようにも思われる。[52] あるいは逆に、大地に「根ざすこと」の重要性を声高に主張した議論に触れたことをきっかけとして、作家(彼もまたユダヤの血をひいていた)が〈土地〉との絆の意義についての再考を促され、「モナ・リザ」をめぐる件の表現を書きつけるに至ったと想像することもできるはずだ。

「死者と大地の思想」を唱えるバレスは、エミール・ゾラ Emile Zola(一八四〇―一九〇二)の出自について語り、何の躊躇いもなく「その男はフランス人ではない」と断言する。彼の祖先が「ヴェネツィア人」である以上、フランスに生きるゾラは「根こぎにされたヴェネツィア人」でしかないのであって、個人の「起源」は、「帰化」などによって書き換えられるようなものではない。[53] このようなバレスの考え方が、同じ言葉を用いてレオナルドの傑作を論じるプルーストの論理の対極にあることは一目瞭然である。作家は『アミアンの聖書』翻訳序文のための草稿のなかで、「モナ・リザ」の「祖国」を「ヴェネツィア」と明記している(「だが、ヴェネツィアが第一の祖国だったことも、彼女[=モナ・リザ]がフランスに帰化したことも、何ら重要ではないのだ」)。[54] 実際にはフィレンツェであるはずの出自をヴェネツィアと書いたのは、はたして単なる作家の取り違えによるものだったのか。当時「世紀末のマドンナ」と呼ばれた「モナ・リザ」の出生地をヴェネツィアに設定することで、「北のヴェネツィア」という別称を持つアミアンに結ばれたもう一人の「マドンナ」、すなわち「黄金の聖母」像とのあいだにさらなる補助線を引こうとしたのかもしれない。対称関係を築くことに多くの注意を払ったプルーストならではの配慮である。だが、それと同時に、ヴェネツィアが祖国であったことなど問題ではないと主張する作家の脳裏に、「われ弾劾す」(一八九八)を著わして間もなかった自然主義作家の存在が思い浮かばなかったと言い切れるだろうか。そこには、果敢な「ヴェネツィア人」を攻撃した反ドレフュス主義者たちの論拠に対する、密かな反駁の声を聞き取れるのではないか。(55)

「モナ・リザ」と「黄金の聖母」像が示す二つのベクトルには、政治的・社会的な時代状況を重ね合わせることができる。作家の美学的な思索と時代状況との交錯の背後には、同時代の思潮を自分の考察のなかに巧みに溶かし込もうとしたプルーストの意図を読み取ることができるだろう。だが湯沢英彦氏が的確に指摘したように、「黄金の聖母」像を通してプルーストが語る、教会と〈土地〉あるいは人と〈土地〉の絆に、政治的なニュアンスは希薄になっている。プルーストは明らかに、「ラスキンを媒介に、〈土地〉というバレスの主題を、そこから政治的なモチーフを差し引いたかたちで肯定する方向に向かっている」(56)。すなわち、〈土地〉との絆に対する関心は保たれ続け、バレス的な文脈とは異なった解釈が施されてゆくのである。

『失われた時を求めて』を構成する主要テーマのひとつである、〈土地〉と女性との象徴的な結合(〈土地〉に対する欲望と、女性への欲望との交錯と混淆)もまた、その一例であろう。これは「旅と愛に対する欲望」とも言い換えられるが、汽車のなかから見かけたカフェ・オ・レを売る少女のような、「農民の娘」《paysanne》(すなわち〈土地〉の娘)に主人公が魅了されるケースがその典型である。また、聖母像をめぐって素描された「根ざすこと」の意義や、私的な想い出と〈土地〉との絆の問題は、教会建築の在り方や、ネルヴァル的な〈土地〉の詩学をめぐるその後の思索をへて、コンブレーと名付けられる〈土地〉として結実してゆくことになるだろう。この街は、ゲルマント一族をはじめとした〈土地〉の貴族の歴史と不可分な関係にある。それに加えて、「郷土の古の力」を体現するフランソワーズや、彼女とともにサン＝タンドレ＝デ＝シャン教会の彫像に重ね合わされるテオドール、あるいはレオニー伯母やユーラリといった、〈土地〉に深く根ざした登場人物たちを生み出してもいる。[57] そして、何よりもこの〈土地〉には、幼い日々の記憶がちりばめられ、それによって主人公＝語り手自身が深く根ざす特権的な場でもあった（実際にはこの「根」が断ち切られることにこそ芸術的な意義が認められるのだが、その点については第7章で詳しく論じたい）。

「モナ・リザ」について語るプルーストは、バレス的な意味での大地との絆の重要性を、芸術作品と〈土地〉をめぐる美学的考察のなかで否定し、根ざすこと／根ざさないことをめぐって突きつけられた問いを、芸術的な位相に移し替え、美学的な議論へと収斂させることで乗り越えようと努めているように思われる。作品が〈土地〉の束縛から解放されることを積極的に肯定する作家の視点はその表れであろう。それは、一人の知識人として、あるいはユダヤの血を引く者として問題に寄り添うのではなく、あくまで芸術創造に携わる者としての立場からバレス的な議論に抗しようとする試みでもあった。

ただ美しさのみをたたえる「モナ・リザ」は、記憶（公的な歴史／私的な想い出）と一体化した〈土地〉との関係を解消して、時間的・場所的なコンテクストの限定とは無縁の状態に身をおいている。特定の場所と時間の流れとに分かちがたく結びついたモニュメントへの関心が持ち続けられるいっぽうで、記憶の痕跡が一切削ぎ落とされた無個性で無限定な場や、純粋に美を享受し創造するための裸形の空間（すなわち「美術館の一室」）へと通じる思索の道は、ここに開かれるのではないか。美術館制度が、その語源——記憶の女神ムネモシュネの娘たちを祀った神殿の名「ムセイオン」《mouseion》に由来——や、担うべき本質的な役割において、常に記憶や過去と結びついていることを考えれば、プルースト的な美術館の特異性がいっそう際立つはずだ。

「美術館の一室」というモチーフを選択して、小説美学に関わる主張を展開するプルーストの関心は、文化装置として発展の一途をたどっていた美術館制度の現状に向けられていたわけではなかった。その思索の背景にあったのは、〈土地〉からの乖離（あるいは根の切断）という、プルーストの小説創造にとって決定的な選択である。体系的な知、歴史、伝統、国威などを象徴し、あらゆる階層の人々に開かれた教育の場として期待されていたはずの美術館という場は、こうして、時代の潮流からは外れた全く異なる意味合いを帯びることになる。

現実の美術館との直接的な関係を回避した「美術館の一室」は、「創作のために芸術家がこもる内的空間」にも譬えられる。このことの意味もまた、くみ取る必要があるだろう。フィリップ・アモンは、一九世紀の文学テクストと美術館との関わりを分析するなかで、教養小説や風俗小説の主人公の多くが、その成長の過程で鏡像段階ならぬ「美術館段階」《stade du musée》を経ることを指摘する。[58] それは、「図書館段階」（ド・ラ・モール侯爵の城館でのジュリアン・ソレル）や「劇場段階」（ルーアンでのボヴァリー夫人）、「舞踏会段階」（ロザネット宅でのフレデリック・モロー）などと並んで重要な「段階」のひとつとなる。舞台となるのは必ずしも美術館だけでなく、絵画のサロン展や、美術工芸品・芸術作品が展示されている場所全般（百貨店や画家のアトリエ、教会、競売場、万国博覧会、商店、愛好家のサロンや個人コレクション）が含まれるという。『失われた時を求めて』の主人公について、成長の直接の舞台の例として挙げられるのは、バルベックにある画家エルスチールのアトリエであろう（II, 190-219）。周知の通り、ここを訪れた主人公は、画家の作品を通して芸術家固有のヴィジョンについて多くを学ぶ。また、主人公自身の経験ではないものの、フェルメールの絵画を前にして作家ベルゴットが啓示をうける場面（III, 692）も、「美術館段階」の重要性を裏付けているようにも思える。

だが、プルーストの見た「美術館の一室」は、明らかにそうした枠組みをはみ出している。それは成長に必要な通過儀礼の場として思い描かれているわけではない。むしろプルースト独自の美学を象徴することによって、主人公＝語り手が目指すべき到達点のひとつとして提示されていると考えるべきだろう。作品と向かい合うための理想的な場であると同時に、作品が生み出されるために必要な空間。作家はそこに、芸術作品の制作と鑑賞、創造と受容の本質を、二つながらに取り込んだ両義的な場を認めているのである。

＊

「黄金の聖母」像と「モナ・リザ」の対比は、重層的で広範な射程を持った美学的な思索のあらわれであった。プルーストは、宗教的な普遍性を身にまとうはずの聖母＝マドンナと特定の〈土地〉とのあいだに固有の関係を認めるいっぽう、イタリアの地に生をうけた一女性をモデルとした「世紀末のマドンナ」の肖像画には、〈土地〉とは無縁な芸術作品の普遍性を体現させたのだった(59)。そして両者の巧みな比較は、次にあげる示唆的な一節によって締めくくられている。

私の寝室では、モナ・リザの写真がただ傑作の美のみをたたえている。そのそばでは、黄金の聖母の写真が、ある想い出の憂愁をまとっているのだ(60)。

二つの作品は、作家の寝室という、どちらの出自とも関係のない場所に移されて佇んでいる。そして、それまでの対比を通して示されたそれぞれの特質をなぞるようにして、場所をかえても芸術作品としての性質に変化を被ることなく、ただ美のみを持ち続けている「モナ・リザ」に対し、〈土地〉に根ざした聖母像は、おそらくはアミアンにおける数世紀来の場所の記憶を指すのだろう、愁いを帯びた「想い出」を感じさせるのであった。

細かいことであるが、実際にこれらの写真が作家の寝室を飾っていたという確たる証拠は残されていない。それが事実であったことを否定する要素がないこともまたたしかだが、考察の最後にやや唐突なかたちで書き添えられたこの光景は、それぞれの作品と〈土地〉との関係性を示すために描かれた、ひとつの虚構と捉えることもできるだろう。プルーストはここで、写真という「複製技術」に頼ることによって、本来ならばかけ離れたところにあるはずの二つの作品を隣同士に並べることに成功している。ただしこの一文が綴られたとき、複製による芸術体験の問題がどこまで意識されていたのかは判然としない。むしろプルーストは、あくまで場所と作品との関係性を問題にしてきたそのしめくくりとして、ルーヴル美術館でもアミアンでもない、自分の寝室という第三の場所を舞台として、いま一度、しかも一望のもとに、それぞれの作品を読み手に対して提示する機会を作ったと考えるべきではないか。(61)

最後の一節は、プルーストの素描した二つの対照的なベクトルを極めて端的に要約している。しかし作家は、普遍的な「美」と、場所に根ざした「想い出」という二つの極を提示しながらも、一方だけを切り捨てることなく、両者のあいだでとるべき立ち位置を探ろうしているようでもある。事実このさき、〈土地〉との絆や、〈土地〉に根ざした記憶という主題が創作のなかで比重を占めてゆくいっぽう、絆を断つことで〈土地〉の束縛から解き放たれた状態もまた、さらなる重要性を獲得してゆくことになる。

ラスキンの美学や、美術館をめぐる同時代の言説とは一線を画した、積極的な意味での〈土地〉からの乖離という視点は、時流に対する反発を包み込みながら、芸術作品と向き合うための環境、ひいては、芸術家自身の在り方にも通じる本質として、プルーストの小説美学の骨格を構成するはずのものである。次章ではこの点に関して、『失われた時を求めて』の主人公にとっての旅＝移動というファクターに着目しながら考察を進めてゆきたい。

第2章　鉄道駅と美術館とのプルースト的交錯

自らを「絹糸の温もりの中に住む蚕」に喩えるプルーストは[1]、その後半生のほとんどを絵画ひとつ飾られることのなかったという裸形の壁に囲まれて過ごし、昼を夜に変えて文章の「長い絹糸」を紡いでいた。長いあいだ病の床という「箱舟」に留まることを余儀無くされた作家は、室内という閉鎖空間から外界を把握する視点を獲得し、これを文学的営為の軸のひとつとしたのである。だがそのいっぽうで、動のモメントとしての旅という行為が持つ魅力が、プルーストのなかで失われることはなかった。なかでも『花咲く乙女たちのかげに』第二部「土地の名――土地」の冒頭近くで展開される汽車旅行と駅に関する考察は、プルーストにおける芸術体験と〈土地〉との関わり、あるいは芸術作品と〈土地〉との絆について、新たな視座をもたらしてくれるように思われる。というのも、前章で分析した「美術館の一室」をめぐる文章は、この考察のなかに不意をつくようにして挿入されるからであり、一見全く関わりを持たないかに見える二つの近代的なトポスの結びつきには、プルーストにおける〈土地〉の美学を考える上で極めて重要な要素が含まれているからである。

数多くの作家・芸術家の霊感源となり、芸術作品のモチーフともなった鉄道駅という場[2]にプルーストは何を見出したのか。未知の〈土地〉に対して開かれた扉として機能し、『失われた時を求めて』の主人公の成長にとって不可欠な、「旅」という移動の経験をもたらす鉄道駅の在り方を確認したうえで、駅と美術館とのアナロジーが生み出すプルースト的なトポスの意義について考えてみたい。そこでまず、フランスにおける鉄道発達の初期にあって、作家テオフィル・ゴーチエ Théophile Gautier（一八一一―一八七二）が駅に対して抱いた関心とその背景を例にとり、作家が駅に期待した種々の可能性について概観する。そして、ゴーチエが駅舎に関して提示した美学的な視座と比較するかたちで、プルーストと鉄道駅との独自な関わりの一端を明らかにしたい。

1 テオフィル・ゴーチエと鉄道駅

一八三七年、フランスにおいて初となる人員輸送のための鉄道パリ―サン＝ジェルマン線が開通したのち、一八四〇年代後半から五〇年代半ばにかけて、現在のパリにある主要な駅の数々が建設されてゆく。そして、鉄道というこの革新的な交通手段は、人々の時間感覚と空間感覚とに大きな変化をもたらしながら、一九世紀後半を通じて目まぐるしい発展を遂げることになる。(3) テオフィル・ゴーチエは、そうした同時代の流れに独自の視点から強い関心を寄せた人物の一人であった。『モーパン嬢』（一八三五）の序文を契機に「芸術のための芸術」を主張して芸術の自律性を求めながら、一八三〇年代後半以降は美術批評や劇評を数多く残したことでも知られるゴーチエは、一九世紀の産物である駅舎という建築に、芸術の新たな展開の可能性を見出したのである。彼は一八四六年六月一六日付の「ラ・プレス」紙に「北鉄道開通式」と題された記事を寄せ、パリ―リール間の路線開通に際しての人々の期待と熱狂、豪華なセレモニーの模様などを伝えながら、駅舎の威容を次のように描き出している。

待合室は巨大な規模を誇り、古典的な建築が予知することの出来なかった、ある種の壮大さをたたえている。［……］大きく口を開いた門、桁外れの屋根、そして力強い扶壁が、この現代産業の宮殿に極めて特異な性格を与えている。それはもっとも反抗的な人たちをも打ち抜く一種の威厳なのだ。退廃と死が語られて久しい建築が、鉄道をきっかけとして生まれた建築物のうちに、その再生の源を見出さないとしたら、それは奇妙なことであろう。それぞれの信仰は、自分たちの寺院の建築様式を生み出す術を心得ている。昨今建てられた教会と比較しても、今世紀の宗教が鉄道の宗教であることがたいへんよく分かるのだ。ホールや格納庫、倉庫、屋根裏など、ほとんどすべてが見事な美しさと完全に行き届いた整然さをもっており、それを見れば、我々がいま述べたことも、必要に応じて裏付けられるだろう。(4)

鉄道の普及によってもたらされた新たな建築空間である駅舎を「現代産業の宮殿」と捉え、「今世紀［＝一九世紀］の宗教は、鉄道の宗教である」と言い切るこの一節は、ゴーチエ自身が感じていたであろう昂揚感を余すところなく伝えている。また、その後の鉄道の目ざましい発展と、それが近代社会に占める比重の大きさとが予見されているという点でも興味深い資料だということができる。ゴーチエは、近代工業の勢いを象徴する交通手段としての側面に加えて、「退廃と死」が囁かれていた建築領域に登場した駅舎建築の可能性に抗いがたい魅力を感じていた。常設市場や展覧会場のホール、パサージュ、百貨店などと並んで「流通建築」と呼ばれた一九世紀特有の駅舎建築は、新たな技術の後押しを受けて生み出される現代的な要素と、従来の古典的な建築様式との拮抗に晒されていた。駅構内のホールと、駅舎正面入り口の建物とのスタイルの相違から「半分工場、半分宮殿」とも呼ばれたこの建築は、技術者の応用芸術と美術大学校出の建築家の美学とがぶつかり合う場だったのである。(5)そして建築史上例を見なかったこの空間は、古典的な様式からは逸脱した「極めて特殊な性格」を帯びることによって、当時行き詰まりを見せていた建築の再生に新たな道を開く鍵として捉えられたのであった。

そして、ゴーチエが駅に認めた可能性は、建築としての新しさに限られるものではなかった。「ラ・プレス」紙への寄稿から七年後の一八五三年、ゴーチエは『アルティスト』誌に「現代芸術について」という二ページあまりの記事を掲載し、同時代の芸術が独自のスタイルを築くことのないまま折衷主義的・順応主義的な状態に甘んじていることに対する不満を表明する。そしてさらに、芸術家が肖像画の注文制作と政府による買い上げ以外に活動の場を見出せずにおり、諸芸術が社会において本来持つべき場を喪失している現状を指摘したうえで、その打開の糸口を駅という新たな空間に求めるのである。

> 今日のような時代にあって、記念碑的な身廊を持った、中世の大聖堂を思わせる乗降用のプラットホームを、巨大な象徴的、寓意的作品で飾らないというのはどういうわけであろうか？　鉄道の権利委譲をおこなう際に、その条件として、一〇〇万ないしは二〇〇万フラン相当を絵画・彫刻芸術のために用いることを課すのは、政府にとっても容易いことだろう。というのも、鉄道の「終着駅」、すなわちこの現代的な着想の神殿以上に、装飾に値するものなど無いからである。[6]

終着駅の巨大な建築は、それ自体が「記念碑的な《モニュマンタル》」性格を持つことで、中世の大聖堂にもなぞらえられる。[7]その空間を絵画と彫刻とで飾ることによって芸術の発展を促そうというゴーチエの主張には、公共建築としての駅の装飾が、大芸術の衰退に救済の手段をもたらすことへの期待が込められている。そして、「芸術が生活と隣接しながらもそれに交わることがない」という、批評家にとって案ずるべき現状の打開への思いもまた、そこには込められていた。[8]美術批評家としてのゴーチエが建築装飾に強い関心を寄せていたことはすでに指摘されるところである。[9]彼が建築装飾に期待したのは、隆盛するブルジョワ社会と、翳りのみえ始めた古典的な絵画（ないしその価値観）との間に生じた齟齬の解消であった。すなわちゴーチエは、駅舎の装飾が、ブルジョワ階級の人々の生活と芸術との新たな接点となることを望んだのである。[10]「現代的思想の殿堂」としての終着駅が、建築の規模において大聖堂に匹敵するだけでなく、あらゆる階層・国籍の人々が日々往来する場であることを考えれば、ゴーチエの考えが決して奇抜なものではなかったことが理解されるはずだ。実際、こうしたゴーチエの期待に応えるかのようにして、駅舎の多くには多彩な装飾が施されてゆく。一八六八年にパリ―リヨン駅構内に施された、パリ、マルセイユ、モンプリエ、ジュネーヴという四大都市をあらわした装飾絵画はその一例である[11]。

今日とは違い、当時はまだ私営だった鉄道会社各社は、様々な駅舎のうちでも終着駅の装飾に次第に力を入れるようになり、国家と教会に取って代わる勢いで芸術家たちの創作に投資してゆく。だが、鉄道会社のこうした動きは、必ずしもゴーチエが望んだ結果をもたらしはしなかった。のちに「大衆消費にあてがわれた最後の巨大な絵本のひとつ[12]」とも呼ばれることになる、装飾空間に溢れた鉄道駅は、互いに激しい競争を展開していた鉄道各社にとっては何よりの広告塔であり、その経済的・商業的な価値は計り知れないものがあった。そのため駅舎の装飾はまず、会社の威容を誇示したり、旅に対する憧憬と欲望をかき立てたりするための格好の道具として活用されることになったのである。しかも、駅装飾のための絵画や彫刻は、新しい芸術を作り上げようという気鋭の芸術家たちではなく、極めて保守的な（そして時としてはほぼ無名の）芸術家に依頼されて作られたものが大多数であった。そして作品の大半は、エレガントな女性、広がる海、光に満ちた空といった、芸術創造への配慮とはかけ離れた、ステレオタイプなイメージを取り上げてゆく[13]。大衆の生活と密接な関係を築きつつあった鉄道駅の空間は、その関係ゆえに芸術と人との新たな接点として機能することを期待された。しかし、皮肉にも全く同じ理由によって、ゴーチエらが思い描いたものとは大きく異なった性格を付与されることになるのである。

2 プルーストとサン゠ラザール駅

プルーストが生をうけた当時の鉄道は、加速度的な発展を遂げながら、一般市民の生活といっそう深く結びついてゆく時期にあった。日常の一部となりつつあった鉄道は、積極的な旅行者などではなかったプルーストにとってもごく身近なものだったのである。そして、一九世紀が生んだこの交通機関に対して作家が幼い頃から感じていた詩情は、小説執筆の時に至るまで失われることはなかった。『スワン家のほうへ』の冒頭で、夜中に目覚めた主人公に初めて距離の広がりを感じさせるのが他ならぬ「列車の汽笛」であり、それを契機として駅から駅へと急ぐ一人の旅人が思い描かれる象徴的な一節（I, 3-4）が、そのことを告げているということもできる。

「私はあなたのご近所さんというわけですな。」一九一二年三月下旬、サン゠ラザール駅の正面に位置するホテル・ガルニエ゠ペロンセルに逗留していたロベール・ド・モンテスキウ Robert de Montesquiou（一八五五―一九二一）は、プルーストに宛てた手紙のなかでこのように書いている。[14] 当時、オスマン大通り一〇二番地に住んでいたプルーストにとって、モンテスキウの滞在先が目と鼻の先の距離にあったことは、パリの地図をひもとけばすぐに確認できる。母親との死別（一九〇五年九月二六日）から一年以上たった一九〇六年一二月、ヴェルサイユでの五ヶ月あまりにわたる滞在を経て選んだこの界隈を、プルーストは決して好んではいなかった。[15] 作家がこのアパルトマンに移り住む決心をしたのは、大叔父ルイ・ヴェイユの所有であったこの住居に母との想い出を求めたからである。[16] しかし、ここであらためて確認しておきたいのは、不都合を顧みず選択したオスマン大通りのアパルトマンが、結果としてサン゠ラザール駅という巨大な終着駅の極めて近くに位置していたという事実である。一九一九年一〇月の引越で一六区のアムラン街に移るまで、プルーストはその生涯の大半をパリ八区のブルジョワ地区で過ごす。つまり、家族とともに暮らしたマルゼルブ街での生活（一八七三年から一九〇〇年の秋口まで）を含めて、彼は常にこの駅の存在を身近に感じていたことになる。

西鉄道会社の終着駅として機能していたサン＝ラザール駅は、一八八五年当初から年間利用者数約二五〇〇万人という数字を残して他の駅の追随を許さなかった。[17] この終着駅が、ヴェルサイユやサン＝ジェルマン＝アン＝レイ、そしてオートゥイユといった郊外への窓口[18]であるとともに、遠くノルマンディやブルターニュといった地方に向かって開かれていたことを考えれば、所縁の深いこれらの土地に赴くプルーストが頻繁にサン＝ラザール駅を利用したことは疑い得ない。[19] また、一八八九年の万博を視野に入れ、サン＝ラザール駅では五年近くに及ぶ大規模な拡張工事が行われるが（一八八五―一八八九）、当時マルゼルブ街に住んでいた作家が、建築家ジュスト・リッシュ Juste Lisch（一八二八―一九一〇）[20]の指揮による工事を目の当りにしていたこともほぼ間違いないはずだ。プルーストの生活圏には、近代のトポスとして確立した鉄道駅の存在が密接に関わっていたのである。

そして鉄道駅は、作家の実生活のみならず、『失われた時を求めて』の小説世界のなかでも重要な舞台として機能している。シャルリュス男爵とモレルとの運命的な出会いの場となるのは、軍の駐屯地でもあるドンシエールの駅であるし（III, 254-257）[21]、パリに住まうソドムの人々がドイツ軍の空爆から逃がれて身を潜め、快楽に耽るのは地下鉄駅の通路であった（IV, 413）。また、ヴェネツィア滞在ののち意地をはって当地に居残ろうとした主人公が、ホテルを後にした母親とヴェネツィアの駅で合流を果たす場面も想起される（IV, 233-234）。そして、死んだはずの祖母を夢に見る場面を描いた「心情の間歇」をめぐる草稿のひとつでは、駅は離別の舞台となり、汽車が非情にも祖母を運び去ってゆく（III, 1032-1048）[22]。駅の名前をめぐる夢想はもちろんのこと、バルベック近郊で主人公が営んだ社交的な生活の記憶が小さな鉄道駅の数々と結びつき、汽車の旅程をなぞるようにして想い出が語られるという点も忘れてはならない（III, 461-497）。このように鉄道駅は、同性愛的なテーマ、母や祖母との絆・離別・死、社交生活や記憶の語りといった主題と結びついていることが分かる。

しかし、駅舎が秘めた可能性に対してゴーチエが示した熱狂とは対照的に、プルーストはパリの終着駅が持つ社会的な影響力や建築上の革新性に関心をいだく素振りを見せず、同時代的なテーマであったはずの駅舎と装飾との関係についても口を閉ざしている。すでに指摘されているように、『失われた時を求めて』の舞台のひとつであるパリは「主人公（あるいはスワン）の心理的、主観的現実に強く統御された、断片的な、または空洞化された切片として」描き出されている[23]。こうした視座にたてば、鉄道駅という場所もまた、主人公の心理や内的ヴィジョンとの関わりにおいて捉えられているということができる。サン＝ラザール駅は主人公と祖母のバルベック旅行出発の舞台となるが、この終着駅に関してプルーストは次のように書いている。

遠く離れた目的地に向けた出発点となる駅舎というこの見事な場所は、残念ながら、悲劇的な場所でもあった。というのも、なるほどそこでは奇跡がおこなわれて、頭のなかでしか存在しなかった土地の数々が、私たちが生活する土地となろうとしているのだが、それとまったく同じ理由によって、駅の待合室から出たときには、つい先ほどまで身をおいていた慣れ親しんだ寝室にすぐ戻ることを諦めねばならないからだ。神秘へと通じる悪臭のたちこめた洞窟、サン＝ラザール駅のようなガラス張りの巨大なアトリエのひとつに入り込むことを決めたが最後、家に帰って床につく希望はいっさい捨てなければならない。私がバルベック行きの列車に乗るサン＝ラザール駅は、腹を引き裂かれたかのような街の上空に、悲劇の脅威が詰めこまれ、生々しく、でっぷりとした巨大な空のひとつを広げていた。それは、ほとんどパリ的といってよい現代性をもった空、マンテーニャやヴェロネーゼの描いた空に似ていて、その空のもとでは、汽車での出立や、磔刑のための十字架の建立といった、なにか恐ろしくも荘厳なおこないだけが完遂されうるのだった。（II, 6）

主人公＝語り手の眼に映った駅構内を描いたこの一節に、プルースト自身が生きた時代の駅舎建築に関する証言が含まれていることはたしかである。サン＝ラザール駅を「ガラス張りの巨大なアトリエ」に見立てる要因となるのは、技術の発達が実現した鉄とガラスの建築である駅のホールのイメージであるし、そこから見える空に「パリの現代性」を見る一文は、駅舎が生み出す光景の近代的な性格をプルーストが感じ取っていたことを示している。また、キリストの磔刑を描いたマンテーニャやヴェロネーゼといった巨匠たちのヴィジョンと、工業発展の象徴でもある駅舎を据えたパリの近代的な光景との重ね合わせは、「芸術」と「産業」の交錯という側面に加えて、「聖」と「俗」とのあいだにひかれるべき境界の解消を表わすものとしても捉えられるはずだ。[24] この点でプルーストは、様々な対立要素が拮抗し交錯する場としての駅の在り方に忠実であるとともに、そこに新たな側面を付け加えたと考えることもできる。

しかしながら、磔刑の十字架を建てる行為と鉄道による旅立ちとの連関が示すように、主人公にとって、「神秘」とだけ名付けられた未知の〈土地〉に向けて出発することの意味は重大であった。それは彼のうちに大きな欲望をかき立てるいっぽう、このうえない苦しみを用意することにもなる。出立の舞台となる駅は、「神秘」に対して開かれた魅惑的な場となるとともに、習慣が支配する寝室との関係放棄と、親愛なる母との離別という、痛みを伴った試練を経験する舞台にも変貌し得るのだ。日常の生活空間から離れた場所に赴くために、駅という「悪臭のたちこめた洞窟」に入り込むということは、「家に帰って床につく希望」を捨て去り、日々の習慣に支配されたもっとも親しい場である寝室との関係を放棄することに他ならない。それが生む苦痛の大きさは、旅先であてがわれる未知の部屋を想像するだけで、主人公の身体が強い拒絶反応示すという事実によっても理解される（II, 6）。そして寝室との別れに（一時的なものではあれ）母との離別という要素が加わるとき、汽車に乗ってパリを離れるという行為がまぎれもない「悲劇」として成立し、「磔刑」にも譬えられる苦しみを主人公のうちに生むことになる。幼き日のコンブレー滞在でのこと、来客によって機会を奪われた母からのお休みのキスをめぐって繰り広げられる「就寝の悲劇」は、最愛の人との絆（を裂かれること）についての主人公の悲痛な経験を象徴し、母をめぐる記憶の基底となる出来事であったが、サン＝ラザールでの別れは、この「就寝の悲劇」にも重ね合わせることのできる、いわば「駅の悲劇」とでも呼ばれるべき経験であった[25]。

しかし、親しんだ環境＝コンテクストから主人公自身が「根こぎ」にされるこの経験は、精神的・肉体的な苦痛という否定的な側面のみを伴ったものではない。次節以降では、当時の鉄道駅と密接に結びついた広告ポスターとプルーストの関わりに着目しながら、「旅」という離別に与えられた積極的な意味について検討したい。それは同時に、鉄道駅というトポスがプルーストの小説世界で獲得した重要性に、新たな角度から光を当てる試みともなるだろう。

3　広告ポスターと〈土地〉の夢想

鉄道会社によって経済的価値が重視されるにつれて、次第に芸術との隔たりを深めていった近代建築空間としての駅は、プルーストの物語が展開する時代を規定するための道具として用いられることはない。サン＝ラザール駅の例に見たように、それは他の様々な場所と同様、主人公の心理との関わりのなかではじめて重要な意味を持つ。だが、『失われた時を求めて』を注意深く読んでゆくと、鉄道会社が駅で展開した企業戦略のひとつである広告ポスターが、主人公の夢想とのつながりで密かに物語のなかに組み込まれていることに気づかされる[26]。時代を直接に映しだす、優れて商業的なイメージを主人公の個人的な経験のなかに溶かし込むことで、プルーストは何を描こうとしたのだろうか。

まず、演劇をはじめとしたスペクタクルのポスターに魅了されてモーリス広告塔に日参する主人公が（I, 72-73）、鉄道会社の広告（各社がしのぎを削るなかで、サン＝ラザール駅を拠点とする西鉄道会社が特に積極的であったといわれる）にも大きな関心を寄せていたことを確認しよう。たとえば、『スワン家のほうへ』第三部「土地の名―名」の冒頭で示されるのは、主人公があこがれるサン＝ラザール駅発「一時二二分の列車」の発車時刻が、「鉄道会社の宣伝と周遊旅行の広告の中」（I, 378）に書き込まれているという事実であり、旅への欲望と広告との深い関わりである。そしてさらに興味深いのは、土地の名前が主人公のうちに喚起するイメージの特質にも、そうしたポスターのスタイルが影を落としているという点である。この大衆的な同時代のモチーフは、主人公の夢想に密かな痕跡を残している。そのイメージについて、プルーストはたとえば次のように書きつける。

［……］名前は、人間について、そして町について――名前があることで、私たちは町が人間と同じように個別で特殊だと信じることに慣れているのだが――、漠然としたイメージを提示する。そしてそのイメージは、名前から、明るかったり暗かったりするその音の響きから、色彩を引き出し、その色彩で単調に塗りつぶされているのだ。それはまるで、全体が青や赤で塗りつぶされている広告ポスターのようであり、用いられた手法が限られていたために、あるいは装飾画家の気紛れのために、空や海だけでなく、舟や教会、通行人までもが、青や赤に塗られているようなものなのだ。（I, 380-381）

「語」《les mots》が事物に関して明解で日常的なイメージを示すのに対し、「名」《les noms》が主人公のうちに想起するイメージは現実的な様相を帯びることがない。それはまさに、単色で塗り込められた「広告ポスター」を思わせる色彩を引き出している。夢想が描き出す光景についてのこの一節の直前には、ひとつの都市が主人公の想像力によって実際よりも美しく加工される過程が、「名前」の持つ力と併せて語られている。〈土地〉につけられた固有名は、それぞれの〈土地〉について「私［主人公］の持っていたイメージを永遠に吸収」するのだが、同時にそのイメージを「変形してしまい」、つねに「名前固有の法則に従わせ」ることになるのだった（I, 380）。その結果として、名前は、「イメージを美化するいっぽう、それをノルマンディやトスカーナの町の現実の姿とは異なったものにする」ことになる。夢想が現実に対して施すこうした修正は、誘惑を目的として広告ポスターが頻繁におこなった現実の光景の美化や変形の作業を思わせる。また、主人公にとって、夢想の源泉となる〈土地〉の名前はひとつの「器」に譬えられるべきものであり、その中には「［その名前を冠する］都市の、二つないしは三つの主要な『名所旧跡』」が「隙間もないような状態で隣り合って」（I, 382）いた。こうした捉え方は、限られた面積のなかに、土地の見どころが、地理的な位置関係や縮尺などを無視して凝縮されている広告のスタイルとも呼応するはずである。そもそも、一九世紀末にはすでに、海水浴場や湯治場へと旅行者を誘うことを目的とした広告の特質について、次のような指摘がなされていた。

鉄道会社が交通手段を提供しているのだから、海水浴場や湯治場の支配人たちは、こうした最初の便利な案内所に、カジノの眺めや、美しい海岸の光景などをつけ加えて、七月が近づくと心が波立つ人々の気を悩ませる必要があったのだ。

そしてそこでもまた、あの約束事が君臨し、支配している。砂地の海岸はもっとも繊細なビロードでできた本物の絨毯であり、浜の砂利は篩にかけられ厳選されている。砂丘は豊かに茂った植物に覆われており、断崖は驚くべき高さに達している。建築に関していえば、建物は巨大な規模を誇っている。広告は数え切れないほどの特権を享受するべきだと認めることで、そこに描かれた一切のものは真実となる。しかも、心地よく魅力

図 **2**－**1**　作者不詳「トルーヴィル」1892 年

図 **2**－**2**　ミスティ「トルーヴィル・シュル・メール」1900 年頃

的であるならば、それが厳密には真実ではないということなど、ほとんど重要ではないのである。(27)

大きな魅惑の力を生む限りにおいて、広告は現実に忠実である必要はないという考えに基づいて、イメージを極端に美化したり誇張したりするスタイルは当時から認識されていた。まさにこうした「自由」こそが広告の「特権」だったのである。このような戦略を用いた広告に対して主人公が感じた興奮の背景には、一八九〇年代から大量に制作された鉄道関連の広告に対して当時の大衆が覚えた同様の感情を垣間見ることができる。

また、誘惑の手段としての側面に関しては、駅の装飾画や鉄道広告に、官能的ともいえる女性のイメージが多用されたことも忘れてはならないだろう(28)（図2-1・2-2）。『失われた時を求めて』の主要テーマのひとつである「土地」と「女性」との融合、および両者に対して主人公が抱く欲望の背後には、商業戦略としてうちだされた、誘惑に満ちた両者の組み合わせが隠されていると考えることもできるのだ。ただし、プルーストは広告ポスターのイメージをあるがままに取り込んだわけではない。バルベックという名前を通して主人公が夢見るイメージ――地獄を思わせる最果ての地や、嵐にもまれる海といった光景――が、海水浴と社交の場を描いたポスターのイメージと対極にあることに注意しよう。バルベックをめぐる夢想は、ヴェネツィアやフィレンツェといった、光に満ちあふれた暖かい南の〈土地〉のイメージと対称をなすだけではない。それは、当時から毎年積極的に新しいポスターを作成していたトルーヴィルやカブールといった、バルベックのモデルともなる海水浴場の広告が用いた型通りのイメージ――晴れ渡った空、澄み切った海、ビロードのような砂浜、緑豊かな大地など――の裏返し（あるいはそれらに対する皮肉）としても読むことができるのである。

なるほど広告ポスターの誘惑は、若き日の主人公に対して、密やかながら確かな影響を及ぼしていた。だが、旅への夢想と分かちがたく結びついたイメージの世界は、果たしていつまでその効力を保つことができるのだろうか。バルベックに初めて向かう汽車のなかでの一場面――呼吸困難の発作を防ぐために、医師の勧めもあってアルコールを取ろうとする主人公と、それを快く思わない祖母とのやりとりを描いた箇所――に、この点に関して示唆的な一節を認めることができる。

祖母は私のほうを見ないようにしながら答えた。「きっとお前は、すこし眠らなければいけないんだよ。」そして目を窓のほうに向けた。私たちは日除けのカーテンをおろしてしまっていたのだが、窓枠全部が覆われてはいなかったために、日の光が入ってきて、ワックスが塗られた扉の樫材のうえや、座席の布のうえに（自然と交わる生活へと誘う広告のように、しかも、鉄道会社が車室のあまりに高い位置に掛けたために私には名前を読むこともできなかった風景をあらわしている広告よりも、ずっと説得的な広告のように）、林の空き地で昼寝をする、生暖

かくてよどんだ光と同じ光を差し込ませているのだった。(II, 12)

主人公は、風景の描き込まれた広告ポスターに対して、もはやかつてと同じ魅力を感じていない。夢想の対象でしかなかった〈土地〉に向けて実際に旅立った彼の目には、鉄道会社が用意した広告よりも、隙間から差し込む日の光のほうが、より確かで魅力的な旅への誘いと映るのである。(29) パリからバルベックへの移動を描いたこの場面は、夢想の世界から現実への移行にあわせて、広告ポスターが〈土地〉の夢想に及ぼしていた影響力が消え去りつつあることを暗示しているのではないか。夢想の源であった〈土地〉の「名前」を広告のなかに「読むことができない」という状況は、この点で極めて示唆的である。鉄道という近代的なトポスをめぐる様々な状況を同時代的に生きたプルーストは、そこから広告ポスターという商業戦略的な色合いを帯びたイメージをすくいあげる。そして、ポスターの影響力の問題を夢想の詩学に取り入れるいっぽう、主人公が経る美学的成長のステップとしても位置づけているのである。そしてさらには、汽車のなかで見た広告をめぐる些細な発見があたかも重要な予告であったかのように、美学的啓示の旅でもあるバルベック滞在では、それまでに繰り広げられてきた夢想の世界が、新たな芸術的ヴィジョンの獲得によって乗り越えられることになる。

バルベックへの旅立ちは、親しんだ環境(根ざした〈土地〉)をはなれ、母のもとに留まることの安らぎを放棄するという意味において、主人公の実存を揺るがしかねない経験であった。だが苦痛を伴ったこの経験は、このような絆を切断することによって初めて、芸術創造への歩みが可能になることを示唆してもいるように思われる。そして、切断が重要な意味を持つからこそ、その痛みの代償として画家エルスチールとの出会いが用意され、主人公に新たな美学的ヴィジョンを獲得するきっかけが与えられるのではないか。マリー・ミゲ゠オラニエによれば、(30)「悲劇」の舞台であるサン゠ラザールの駅舎は、作家が「ガラス張りの巨大なアトリエ」と形容することによって芸術創造とのつながりを示唆され、さらには旅先にある「エルスチールのアトリエに通じる玄関」として位置づけられることにもなる。出立の苦しみが強調され過ぎたためか、主人公＝語り手がこの悲劇に際して次のように付け加えていることは、これまであまり注目されることがなかった。

だが、バルベックを眺めにいくことを苦痛と引き替えに手に入れねばならなかったからといって、それが私にとって望ましくなくなったわけではない。むしろ反対に、その苦痛は、これから私が探しに行く印象が現実のものであることを表し、それを保証するように思えた。その印象は、それと同等の価値があると言い張るどんな光景でも、帰宅して自分のベットで寝ることを妨げられることなく見に行けただろうどんな「パノラマ」でも、それに取って代わることのできない代物なのだ。［……］私が愛するものが何であれ、それは苦しい追跡の果てにのみ位置づけられるだろうということ、そしてその追跡の過程では、まずこの至上の善のために自分の快楽を犠牲にしなければいけないのであって、そこに快楽を探し求めるのではないのだということを、私は学んでいたのだった。（II, 6-7）

まだ幼さの抜けない主人公とはいささか不釣り合いな、強い意志の現れを感じさせるこの一節には、「愛するもの」、「至上の善」に到達するために快楽を捨て、根を断つ痛みを積極的に引き受けることの重要性を説くプルースト自身の声を聞き取ることができる。ジャン・ミイは、プルースト作品における旅行の主題に関する論考で、乗り物による移動を描いた場面の重要性を指摘している。なかでも、移動の場面がしばしば重要な「物語の転換点」として機能するとともに、登場人物にもたらされる身体的、心的あるいは社会的な面での大きな変化を強調するという指摘は興味深い[31]。実際にある場所に赴くのではなく、様々に異なった眼差しで世界を見ることこそが「唯一にして真の旅」（III, 762）であるという見解が、プルーストの美学的な到達点であったことはたしかである。しかし同時に、習慣によって根づいた〈土地〉を離れ、未知の〈土地〉に実際に赴くという現実の旅＝移動は、主人公の美学的な成長にとって不可欠な要素となるのである。

そして、このような視点に立ったとき、先に見た一枚の広告ポスター――空と海、船、教会と通行人が描き込まれた、いわば典型的な広告のイメージ――と、画家エルスチールが残した一枚の絵画とのあいだに、意外な連関を認めることができる。エルスチール作「カルクチュイの港」のなかに、問題のポスターと全く同じモチーフが描き込まれているのは偶然ではない（II, 192-194）。広告ポスターは、「技術的な問題」か「制作者の気紛れ」によって全体が単色で塗り込められることによって、描かれたモチーフ相互の区別が曖昧になり、均質なつながりを与えられていた。いっぽう、エルスチールの眼は、色彩や技術的な制約とは無関係なところで、個々のモチーフ（あるいは「名辞」《termes》と名付けられる要素）のあいだに引かれた「境界線」《démarcation》を確固たる意志のもとに消し去ることによって、本来相容れないはずのモチーフが交錯し、融合する独自の世界を描きあげる。夢想に影を落とした広告のイメージは、旅先で出会った画家のヴィジョンと重なり合いながら、決定的に乗り越えられることになる。そしてそこにこそ、汽車による空間移動によっても象徴された、「名の時代」から「土地の時代」への移行という大きな流れが浮き彫りになるのである。

プルーストは、鉄道駅を彩った大衆的な要素と、主人公のうちに生成しつつある芸術的ヴィジョンとを交錯させた。そしてこの交錯を旅立ちというファクターに結びつけることによって、未知の〈土地〉への移動そのものが、新たな美学的啓示へのステップとして機能していることを密かに告げている。それはいわば、従来のコンテクストから我が身を引き剥がし、習慣の支配から脱することによって、新たなヴィジョンを獲得する経験でもあった。

また、さらにいうならば、「母」との絆の問題、あるいは「母」という存在が象徴する「起源の土地」との絆の問題をめぐっては、建築と絵画・彫刻との密接な関係を語ったポール・ヴァレリーの一節に立ち返ることもできるだろう（第1章）。そこに描かれた「母」と「子」の依存関係に照らし合わせて考えれば、プルーストが主人公を通して指向したのは、「居場所」を与えてくれる「母」からの乖離だということができる。それは「母」がもたらす「制約」からの解放でもあり、「母」に依存することなく自らの意志を明確化しようとつとめることでもある（「母親が生きている間は、「絵画」も「彫刻」も、自らが何を欲しているのかを心得ていたのだった……」）。このように考えれば、芸術作品に対して求められる理想（「愛すべき無国籍者」としての在り方）と、芸術家として成長するために必要な条件（経験しなければいけない「痛み」）とが、作家にとっては全く別のものではなく、むしろ積極的に重なり合っていることが理解される。

4 鉄道駅と美術館との交錯――絆の切断を志向する美学

プルーストの小説世界に取り込まれた鉄道駅には、社会的・歴史的な視点が浮き彫りにするものとは明らかに異なった性格が付与されている。そこには、作家の芸術観（芸術家と作品に注がれた眼差し）の特質が映し込まれており、「アトリエ」という一語に託された連関は、その特異性を理解する契機となるだろう。だが、恐らくそれ以上に重要なのは、いかなる論理的説明もないまま、「沈黙のうちに」[32]おこなわれる、「駅」と「美術館」との交錯に込められた意味を問うことではないか。

「土地の名―名」の冒頭、サン゠ラザール駅に関する問題の一節の直前で、プルーストは自動車旅行と比較しながら、汽車旅行と駅についての考察を展開している（II, 5-7）。汽車での旅は、定められた道順をたどりながら、ひとつの駅から別の駅へと乗客を導いてゆく。それは同時に、ある名前から別の名前への移動でもあり、物理的・心的な距離によって隔てられた、固有名を冠する二つの「個性」《individualité》(すなわち二つの土地ないしは駅)を結びつける営みである。

〈土地〉に「密着」した車での移動と異なり、汽車による移動の経験は、「出発と到着との間の差異」を「可能な限り深め」るのであって、旅の喜びはその差異を十全に感じることにこそある。[33] 求められるのは、道すがら思いのままに立ち止まったり、好きなときに車を降りて周囲を散策する自由ではない。そして、「神秘的な作業」(II, 5)としての汽車旅行によって結ばれる個々の駅は、「いわば都市の一部を成さないながらも、駅標にその名前を掲げているように、その都市の人格の本質を含みもっている」ような「特別な場」(*Ibid.*)として定義されることになる。

前章で分析した美術館についての「決定的な一節」は、駅の魅力に関するこうした指摘のあとに、サン＝ラザール駅の帯びる悲劇性に割かれた一節とのあいだに挟み込まれるようにして書かれていた。では、鉄道駅の考察のなかに「美術館の一室」に関する文章を挿入したとき、プルーストは駅と美術館とのあいだに、どのような関係を感じ取っていたのであろうか。すでに触れたように、鉄道駅が、ゴーチエの求めた芸術と生との交錯点として成立することはなかった。いっぽう、駅をめぐるこの「挫折」とは対照的に、プルーストの時代には美術館が「大衆と絵画との間の必要不可欠な媒介手段、芸術へ接触するための近代的な枠組み」としての機能を十全に果たすようになる。[34] いわば正反対の道に進んだ駅と美術館とのあいだにプルーストが認めた連関は、決して論理的に導きだされたものではないだろう。しかし、ゴーチエ的な観点からは完全に明暗をわけた二つの公共空間が並列されている点にこそ、作家の独自性を探るべきではないか。

アントワーヌ・コンパニョンは、プルーストの描く小説世界において「美術館と芸術都市とのアナロジー」が成立し、「主人公の文化的夢想のなかで旅と美術館とが分かちがたく結びついている」ことを指摘している。[35] 作家は欲望の対象である都市に旅するかわりに、ルーヴル美術館を訪れて芸術作品を鑑賞することによってその欲望を満たそうとした。鉄道駅が未知の〈土地〉の「神秘」に通じる場であったように、プルーストにとっての美術館は、此処ではない〈土地〉（の夢想）に対して開かれた空間としても機能していたのである。[36] あるいは、ヨーロッパ各地で開かれる展覧会の鑑賞を目的とした旅行が一九世紀末に本格的に流行しつつあったという時代状況を考慮に入れる必要もある（この点については次章で詳しく取り上げる）。プルーストにも少なからず影響を及ぼしたこの文化的流行の本格化も、美術館、旅、駅という三つの場の交錯に寄与しているだろう。しかし、このような文化的・社会的な時代背景の影響を認めるだけで、はたしてこの特異な交錯の射程を十分に理解できるだろうか。プルースト自身は知る由もなかったものの、オルセー駅がたどる命運（一九〇〇年七月一四日に落成。一九三九年以降は、事実上廃駅と化したが、一九八六年に美術館へと変貌を遂げた）を思わせもする美術館と鉄道駅との交錯は、時代状況を反映した表面的な観念連合が導いた挿入として片付けてしまうべきではないだろう。

　ここで、プルーストが別の視点から自動車と汽車とを比較している、もうひとつの文章を取り上げてみたい。

> 私が鉄道での夢幻劇のような旅行を愛していたために、自動車を前にしたアルベルチーヌの感嘆を共有できなかったのだろう。自動車は、病人でさえ望むところへと連れてゆくし、目的の場所を――これまでに私がそうしていたように――、個性的な符号として、代用がきかない不動の美の本質として、考えることを妨げる。そして恐らくは、私がパリからバルベックへやってきたときの鉄道は、その目的地を、日常生活で起こる偶然の出来事からは免れたひとつの目標地点としたのだが、自動車ではそうはいかなかった。汽車で出発するとき、その行き先はほとんど観念的な目標だったし、到着するのは駅という大きな住まいであり、そこには誰も住んでおらず、ただ町の名前を冠しているだけの場所なので、目標は観念的なままだった。しかし、駅がそれを物

質化するもののひとつであるように、ついには目標への接近を約束しているように思われるのだった。（III, 394）

『花咲く乙女たちのかげに』では都市のエッセンスのみを含み持つ「特別な場」として描きだされていた駅は、『ソドムとゴモラ』第二部に書かれたこの一節において、その抽象性を保ちながら「日常生活で起こる偶然の出来事からは免れたひとつの目標地点」と言い換えられる。本来、経済や産業、芸術といったあらゆるレベルでの戦略的な機能を担う複雑多様な場と目されてきたはずの駅は、大衆の往来や生活に関する部分をそっくりそぎ落とされてしまっている。そして、当時の駅舎がまとったイメージと対立するこのプルースト的な駅は、さらに「誰も住んでいない大きな住居」に見立てられることによって、その特異性をよりいっそう鮮明にするのである。『パリ――一九世紀の首都』を著したヴァルター・ベンヤミンにとって、「住むということは痕跡を残すということ」であり、「室内の真の住人は蒐集家」であった[37]。蒐集家・蒐集行為に対して否定的であったプルーストが、鉄道駅という「住居」から、まさに「住む」行為によって残される日常的な痕跡を消し去っていることは極めて示唆的である。日常性をそぎ落とされた「裸形の空間」としての駅は、それが位置する街と同じ名前を冠することで、その〈土地〉が秘めた「不動の美の本質」へと通じる扉として機能する。人々の生活と交わることのない抽象的な空間として描かれた駅は、はからずも、絵画の傑作を「夕食をとりながら眺める」蒐集家の邸宅に見られるような、芸術と日常との混交の対極に位置づけられるのである。

かつてプルーストは、居住空間であると同時にアトリエとしても機能していた画家ギュスターヴ・モローの邸宅に大きな関心を寄せていた。作家は、モローに関する思索を綴った未完の断章（「ギュスターヴ・モローの神秘的世界についての覚え書」）で、美術館へと変貌を遂げようとしていたこの邸宅に触れて、多くの興味深い指摘をおこなっている。そのなかには、次のような一節がある。

> ギュスターヴ・モローの家は、彼が他界したいま、美術館になろうとしている。これは、そうあるべきことだ。生前からすでに、詩人の家は、文字どおりの一軒の家ではなくなっている。そこで為されることは、もはや部分的には詩人に属するものではなくなっており、すでに万人のものになっている。［……］突然の変貌によって、この家は、美術館として整備される前にすでに美術館となったのだ。［……］時おり神となり、万人のために生きていた人間が、いまは神その人となり、もはや自分のためではなく他者のために存在している。その人物のうちには、もはや存在していない自我を思い出させるものは何一つない。個人的な自我の障壁のなかで、詩人は他の人々と同じ一人の人間だったのだが、その障害は崩れ去った。家具調度品を運び去りたまえ。必要なのは、詩人が頻繁に達する内的な魂に拠って立ち、万人に語りかける数々の絵画だけなのだ。（*EA*, 672）

邸宅を見つめるプルーストの眼に映ったのは、「内的な魂」の断片的な実現である絵画作品が徐々に室内に満ちることで、日常が支配する「家」が、特権的な空間としての「美術館」へと段階的に移行してゆくさまであった。画家の死によってその移行は決定的なものとなり、室内空間の性質は大きな変化にさらされることになる。プルーストは画家の死に際して、邸宅＝アトリエから「家具調度品を運び去りたまえ」（*EA*, 672）と言い放つ。それは、そうしたものすべてが日常生活の営みを象徴するからであり、それを排除することによって生まれる場の美学的な意義を作家が感じとっていたからにほかならない[38]。そこから「美術館の一室」までの距離は、ごくわずかである。

松浦寿輝氏が的確に指摘するように、「交通」と「〈美〉の蒐集と展示」とに関わる、「都市に固有な二つの空間装置」を併置したプルーストがこの二つの場にみとめたのは、たしかに「差異と断絶と非連続性の空間」であったということができる[39]。そして「同化と連続性に対立」するこの特質こそが、駅と美術館とのアナロジーを支え、さらにはその基盤となる作家の芸術観そのものにとっての重要な賭け金となっているはずだ。様々な位相のコンテクストから芸術作品を解放し、中性化することによって、作品の本質と向き合うことを可能にするむき出しの空間としての美術館と、未知の〈土地〉を純粋な形で形象化し、「不動の美の本質」への入り口となる「無人の住居」としての駅。あるいは、芸術家の営みに不可欠な「内的空間」との類似を通して、芸術創造の営みとの深い関わりが示唆される美術館と、愛する存在や親しんだ生活空間からの二重の「切断」を招くことで、芸術家としての成長と、来るべき美学的啓示への道を開く鉄道駅。作家自身の言葉を用いるならば、この二つの場のあいだには一本の「横断線」《transversale》が引かれていたと考えることができる。

根ざしていたはずの〈土地〉との「断絶」を生み、未知の〈土地〉で感じる「差異」[40]を予感させる場としての駅は、「同化と連続性」からは距離を取ったところに生じる芸術的な営為と交わることになる。直観的なだけにいっそうプルースト的でもあるこの交錯——時代の文脈や日常性との関わりから完全に自由な駅＝美術館というトポス——は、論理性の欠如を理由に看過されるべきではない。

だからこそ、死の時を間近に控えた作家ベルゴットが、友人に対して次のように語りかけるとき、冗談めかした口調とは裏腹に、その一言は非常な重みを持つことになるのではないか。

「どうしろというんだい、きみ。アナクサゴラスが言っただろう、人生は旅なり、と。」(III, 689)

病気に深く蝕まれ、自宅に閉じこもって寒さに震えながら、くしくも「汽車に乗る際に身にまとう一切合財」(*Ibid.*) にくるまってベルゴットはこう語る。そして、こののちベルゴットは、生命の危険を顧みずに訪れた美術館の展覧会場でその最期を迎えることになるのである。プルーストは、「人生」という(汽車の)「旅」を続けてきた一人の作家の死の舞台を「美術館の一室」のなかに用意する。そこにはたしかに、ジュ・ド・ポムで開催されたオランダ絵画展(一九二一年四月二一日から五月三一日)を訪れたプルースト自身の経験が反映されている。しかし、これを単なる伝記的要素の翻案とのみ捉えたのでは、この挿話の本質を見誤ることになるだろう。〈土地〉と芸術体験をめぐる思索から駅＝美術館という特異な交錯の場を導きだしたプルーストにとって、ベルゴットの「旅」が終わりを告げる場所＝「終着駅」が展覧会場である「美術館の一室」に位置づけられ、そこにおいて「デルフトの眺望」による決定的な芸術上の啓示がもたらされるという設定は、作家自身の美学的論理を凝縮した、もっとも自然な帰結だったのである。

第3章　プルーストと〈展覧会〉をめぐる問題

一八九八年四月一八日、プルーストを魅了した画家の一人であるギュスターヴ・モローは、七二年にわたる生涯に幕を閉じた。この死を決定的な契機として、居住空間でありアトリエでもあったパリ第九区ラ・ロシュフーコー街の邸宅は、「モロー美術館」の実現に向けて大きな一歩をふみだすことになる。(1) これは画家自身の遺志でもあった。前章で確認したように、画家の生前から動き出していたこの計画に通じていたプルーストは、「住まい」から「美術館」への変貌の過程に大きな刺激をうけて、芸術創造の場と、芸術鑑賞の場とについての考察を展開する。その痕跡は「ギュスターヴ・モローの神秘的世界についての覚え書」と題された断章に認めることができた。いっぽう、モローに関するこうした思索の営みと前後して、プルーストは一八九八年一〇月、当時アムステルダム市立美術館 Stedelijk Museum で開かれていたレンブラント展（開催期間は九月八日から一〇月三一日）を訪れていた。世界各地から集められたレンブラントの作品群を鑑賞した経験は、モローに関する考察と呼応するようにして、美術館という展示空間への関心をいっそう高めることになる。プルーストはこの経験をきっかけとして、レンブラントに関する示唆に富んだ考察を試みている。そして未完に終わったこの断章の冒頭を飾ったのは、ほかならぬ「美術館」についての端的な指摘であった。

美術館とは、思想だけを宿らせた家である。（*EA*, 659）

日常生活が営まれる空間と芸術創造の場との混交が、後者に優位なかたちで解消してゆくモローの住まいへの関心と、一人の巨匠の作品群のために美術館を舞台として組織された〈展覧会〉という、当時としては画期的な文化事業をめぐる経験。これらは厳密な意味では「美術館」体験とは呼べないかもしれない。しかし、この二つの特殊な経験を重ね合わせることによって、両者に共通するプルーストの関心の在処が理解されるはずだ。モローとレンブラントの作品鑑賞をめぐる思索が、芸術家と芸術作品にとっての特権的な空間をめぐる考察をうながし、作家独自の美学的ヴィジョンの形成に大きな影響をおよぼしていることは疑い得ない。

本章では、とりわけ、〈展覧会〉というトポスに焦点をあてて考察を進めたい。一八九八年のオランダ訪問は、積極的な旅行者であったとは言いがたいプルーストが、芸術作品の鑑賞を目的として国外にまで赴いた数少ない機会のひとつであった。〈土地〉と芸術作品との絆について考察するうえでこの体験が重要なのは、プルーストを惹きつけた〈展覧会〉という催しが、芸術作品そのものの〈移動〉に加えて、芸術作品の鑑賞を目的とした人々の〈移動〉に関する問題と不可分な関係にあるからである。国際的な広がりを見せつつあったそのような〈移動〉が、国家主義的な感情の高まりと対を成していたという点も注目に値する。こうした問題は、外国文化との交流に対して肯定的な姿勢と、それに危機感を覚えて自国の伝統を固持しようとする姿勢との衝突、ひいてはコスモポリタニズムとナショナリズムとの拮抗にも通じるいっぽうで、芸術作品の置かれるべき場所や、芸術鑑賞に求められる条件をめぐる問いを浮き彫りにする。それは、世紀転換期のフランスにおいて高まりを見せていた「起源の土地」に対する意識が、芸術という範疇においても重要な問題として再認識されたことを意味してもいる。〈移動〉に対する熱狂と〈土地〉への執着とが交錯するそのような状況からプルーストは何を導き出したのか。まずは時代の思潮の特質をいくつか概観して参照点とし、そのうえで、〈土地〉について作家が試みた美学的な思索との距離を検証したい。

図3-1　ベルギー鉄道　パリ駅正面玄関の建設プロジェクト，1838年頃

1　二つの潮流の拮抗

情報伝達速度の加速と、情報量の増大を可能にした様々な技術革新のなかでも、鉄道という機械交通メディアの目覚ましい発達は、文化交流の国際化を促した大きな要因のひとつであった。そうした交流の窓口として機能した鉄道駅――とりわけ起点／帰着点としての性格が強い終着駅――が、しばしば「扉」ないしは「門」を表象する形態をあてがわれたのは自然なことであった。「終着駅」を意味する《terminus》という語が、ローマ神話における「境界神（敷居神）」をその語源としている点を想起してもよい。たとえば一八三〇年代末のブルノ（チェコ共和国）やロンドンのユーストンでは、記念碑的な市門の役割を与えられた駅が建設されているし、結果的に実現はしなかったものの、同時期に作成されたベルギー鉄道の駅建設プロジェクト（パリ「北駅」）には鉄道会社名を刻み込んだアーチ門の絵が描かれてもいる（図3-1）[2]。つまり人々は、駅という場に、空間的な刻印の意味合いを濃く帯びた「閾」としての性格を強く感じ取っていたのである。『失われた時を求めて』の主人公にとって、旅立ちの場となるサン＝ラザール駅が、日常と未知の〈土

地〉とのあいだに横たわる「閾」として存在し、これを越えることが、「通過儀礼」として大きな意味を持っていたことはすでに確認した通りだ。

しかしながら、駅の形象は、都市の内と外を仕切る扉＝境界線としてのイメージに特化されるわけではない。次第に国境を越えた交通・交流の象徴として機能しはじめる鉄道駅は、当時から、国際交流が加速する時代の潮流を反映した示唆的なイメージのもとに描き出されている。ゴーチエが一八六〇年代末に書きつけた一節を例にとろう。

私たちが汽車の車両のなかで話していたのは［……］、やがて駅は人類の大聖堂になるだろうということであった。それは、人々を惹きつける場所であり、国々が出会う場、全てが収斂する中心点、地の果てまでのびる鉄の放射線で作られた巨大な星々の核なのである。(3)

あらゆる国籍の人々が集う「人類の大聖堂」、地の果てまで広がる巨大な網の目の中心点としての駅は、産業革命の波に乗って発展してゆく大都市の性格を象徴的にあらわしている。このイメージは明らかに、一九世紀ヨーロッパにおいて絶対的な地位を保ってきた「コスモポリットな都市」パリ(4)を念頭に置いて書かれたものだろう。だがそれは同時に、放射状に拡大してゆく交通網によってフランスの首都と結ばれつつ、徐々に拮抗するかたちで発展してゆく欧州各国の主要都市――ベルリン、ブタペスト、ウイーン、マドリード、ブリュッセルなど――の行く末を予見するものでもあった。パリが築き上げてきた「ヨーロッパの首都」としての地位は、普仏戦争におけるフランスの敗北によって大きく揺らぎ、他の都市との関係は次第に相対化されてゆく。それを契機に、交通・通信メディアによって緊密に結ばれつつあった都市同士の交流に拍車がかかったのは当然の結果であった。そして、パリという都市の視点に立てば、それは、これまでにないほど急激な外国文化の流入を意味していた。

忘れてはならないのは、こうした交流の活性化が、自国の伝統への固執という反動を表面化させ、さらにはその反動が、第一次世界大戦にまで通じる国家間の激しい競合へと高まっていったという事実である。[5] アカデミー・フランセーズ会員であり、ロシア文学の積極的な紹介者でもあったウジェーヌ＝メルキオール・ド・ヴォギュエ Eugène-Melchior de Vogüé（一八四八―一九一〇）は、この拮抗が生む緊張関係の重大さを強く認識していた。一九〇一年二月の『両世界評論』掲載の論考「世紀の出発点において――コスモポリタニズムとナショナリズム」のなかで、ヴォギュエは次のように書いている。

> 将来の問題のなかでも、もっとも混乱し、もっとも広範な問題は、明らかにコスモポリタニズムとナショナリズムとのあいだに始まった争いである。というのも、他のほとんどの問題をそこに含めることができるのだから。いったいどうしたら、同じ原因から、これほど相反する結果が生み出されるのだろうか？　果たして我々は、文明の相反する二つの力のあいだで、バランスを保つことができるだろうか。正反対の引力のあいだで揺らぐこのヨーロッパにおいて、いったいどちらの主義が勝るのだろうか？[6]

一九世紀という時代を振り返り、それが「民族の世紀」《le siècle des nationalités》であると同時に「コスモポリタニズムの世紀」《le siècle du cosmopolitisme》でもあったと指摘したヴォギュエは、複雑な様相を呈してきた二つの潮流の激突はまだ始まったばかりであり、両者の互角の戦いは二〇世紀の最大の懸案となるだろうと書く。[7] 果たして、どちらの潮流が勝利を収めるのか。予想を宙づりにする素振りを見せながらも、論が進むに連れて、この批評家の主張の端々には自国フランスの伝統を重んじる主張が滲み出してくる。ここには、プルーストがのちに、ネルヴァルに関する断章のなかで批判するヴォギュエの伝統主義的・国家主義的立場を確認することもできる。[8] しかしここでまず重要なのは、コスモポリタニズムとナショナリズムとの錯綜が、「他のほとんどの問題を内包し得る」という筆者の指摘であり、同時代人の眼に、この拮抗が大きな影を投げかけていたという事実であろう。実際、ヴォギュエの見解は決して誇張されたものではなく、問題の拮抗は、進歩と伝統、歴史と現代性、個人主義と連帯といった対立と交錯することで、様々な領域で顕在化することになる。(9)

なかでも万国博覧会という国際規模の祭典は、錯綜した文化的・政治的対立とその時代状況を反映した好例である。ヴォギュエは、一九〇〇年パリ万博の閉会後まもなく発表した一九〇〇年一一月の記事のなかでこの点に着目し、あらゆる国と人種の民族性を表象したパヴィリオンが立ち並ぶ「国際通り」《rue des Nations》に、コスモポリタニズムとナショナリズムとのあいだの矛盾・拮抗の反映を見出している。

世界中の群衆が、我々のバベルの塔のなかで、つまり国際通りに沿ってひとつに溶けあう。そこでは、それぞれのパヴィリオンが、その土地と種族の民族的な特徴を湛えている。全てが有利に働きかけているコスモポリタニズムと、日に日に頑なになり、民族や言語、法律、伝統の完全さの保持と修復に、場所を問わずいっそう躍起になってゆくナショナリズムとの矛盾。そこにこそ、我々の時代が後につづく者へと引き継ぐ問題のもっとも未知なる要素のひとつがあるのではないか？　相対する二つの本能のあいだに、どのようにして和解がなされるのか、そして、それはどのような抗争のあとのことなのか。敢えてこの主題について託宣を垂れようとするのは、なかなかに大胆なことである。(10)

ヴォギュエの問題提起のうちには、国際交流と自国文化の称揚という二つのファクターを両方ともに賭け金としていた万国博覧会の性格が端的に示されている。湯沢英彦氏が明解にまとめているように、万博は「あらゆる土地が人工的に演出され、そこへあたかも旅したかのような感覚を与えてくれる」装置であり、「土地の魂」とは無関係な「どこでもない場所」をパリに出現させている。引用した一節で取り上げられた通りは、そうした「非―場」(11)の典型であり、「万国」《universel》とは、同時に「普遍的」でもあることを可視化するものであったはずだ。しかし一方で、パヴィリオンという人工的な〈土地〉が実現した「地方色」を強調する言説が編まれていたことも無視できない。各国の館は、「民族の魂」を包含しており、「土地の特徴的な容貌」を喚起する力を備えているという視点もまた、たしかに存在した。パリに滞在する外国人にとって、自国のパヴィリオンは、自分が異国にいることを忘れさせる束の間の〈故郷〉でもあったのである。そして、「どこでもない」はずの「国際通り」は、開催国フランスに都合のよい視点から解釈されることによって、世界各国を巧みに受け入れる「フランスのもてなし」の見事な象徴として、(半ば強引にではあるが)国の美徳に結びつけられもするのだ(12)。

『一九〇〇年万博そぞろ歩き』というタイトルのもとにまとめられたアンドレ・アレーの万博時評(「ジュルナル・デ・デバ」紙に連載)は、当時の雰囲気を証言する貴重な資料のひとつであるが、そのなかに描かれた万博通いをする二人の女性の会話には、この祭典において交錯する二つの価値観が端的にあらわれている。

私たちは、とても行儀よくおしゃべりをしたのです。「私が万博を好きなのは、それが人類の団結にとっての勝利だからですわ。」彼女はこう言いました。私はといえば、「私が万博を好きなのは、それがフランスの精髄の勝利だからですの」と答えるにとどめたのです(13)。

いっぽうで万国博覧会は、過去の威光にすがるよりも国際的な競争の道を積極的に選択することがフランス文化を発展させるのだという、共和主義的な発想の実践として位置づけられた。これは一八八九年パリ万博の際にすでに鮮明に打ち出された性格でもある。そして他方、第三共和制発足以来、傷ついた国家意識を抱えて凋落の空気を感じ続けてきた人々は、「バベルの塔」にも比せられる万博の性格を逆手に取って、首都パリの豊かさや、開催国の威信を外国に対してアピールし、フランス的なるものを称揚する機会として捉え直したのである。

普仏戦争直後の混乱のなかで生を受けたプルーストは、国境を越えた情報と人の移動が加速しつづけてきたことを肌で感じ、それがナショナリズムと表裏一体の関係を保ちながら、第一次世界大戦に通じる激しい競合へと変貌してゆくさまを見届けた。プルースト自身が万国博覧会についてどのような考えを抱いていたのかを明らかにする資料はほとんど残されていない。しかし、伝統重視の傾向と外国文化に開かれた傾向との対立は、作家の関心を強くひきつけていた。芳野まい氏はこの点に着目し、シャンゼリゼ劇場をめぐる二〇世紀初頭の言説を取り上げながら、『失われた時を求めて』に問題の拮抗がどのように書き込まれているかを分析している。[14]伝統・歴史の象徴としての貴族社会と、国際化を象徴するヴェルデュラン家の趣向、ドレフュス事件における両者の対立、外国文化(ワーグナーやロシア・バレエ)に対するヴェルデュラン夫人の関心と、それに対する貴族社会の反発と歩み寄り。あるいは、第一次世界大戦を契機とした文化的排他主義の盛り上がりと、それに追随したヴェルデュラン夫人の宗旨替え。[15]プルーストはこうした要素を通じて、小説世界に時代の動向をたくみに写し取っている。そこには、コスモポリタニズムとナショナリズムとの拮抗に無関心ではあり得なかった同時代人の眼差しが認められるのである。

では、はたしてプルーストは、一観察者としてのみ二つの潮流と関わってきたのであろうか。すでに触れたように、一八九〇年代後半から一〇年ほどのあいだ、作家は旅行に対して積極的な時期を送った。なかでも、国外で催された絵画の展覧会にわざわざ足を運んでいるという事実は注目に値する。プルーストは、一八九八年一〇月、アムステルダムで開催されていたレンブラント展を鑑賞し、それから四年後の一九〇二年一〇月には、ブリュージュで開かれたフランドル・プリミティヴ派の展覧会を訪れ(開催期間は一九〇二年六月一五日から一〇月五日)[16]、この機会に再びオランダを旅行している。興味深いのは、この〈展覧会〉《exposition temporaire》という文化的行事もまた、コスモポリタニズムとナショナリズムをめぐる時代の性格、そして芸術作品と〈土地〉との絆をめぐる問題を強く反映しているという点である。そして、国際的な規模での集客に成功しつつあったこの種の文化事業は、プルーストにとって、外国の芸術を鑑賞するために自ら移動する動機付けとなった点も忘れてはならないだろう。次節では、とりわけ一八九八年のレンブラント展を取り上げ、作家の旅行＝移動をめぐる文化的・社会的な時代背景に焦点を当てながら、プルースト的な芸術体験との関わりを考察する。

2 〈展覧会〉という中心点

美術史家フランシス・ハスケルは、オールド・マスターと称される巨匠をテーマとした展覧会の歴史に着目して、一七世紀から今日に至る流れのなかで、その芸術的・イデオロギー的・政治的な側面を明らかにしつつ、過去の芸術に対する眼差しの変遷を跡づけている。[17] ハスケルは、遺作となった『つかのまの美術館』*The Ephemeral Museum*（二〇〇〇）でのこうした試みのなかで、プルーストが訪れたアムステルダムでのレンブラント展にも言及し、この企画を展覧会史上の重要な転換点と位置づけている。一過性のイベントのためだけに、教会の祭壇や美術館に掛けられた作品を貸与・移動させるという行為が野心的に過ぎると考えられていたなかで、一八九八年のレンブラント展はそれを実現に導いたという点で画期的であった（図3-2）。[18] 特定の画家を主題とした展覧会という意味では、一八七七年のベルギーにおいてすでに、ルーベンス生誕三〇〇年を記念した大回顧展が開催されているが、作品の貸与は思うように実現していない（展覧会の企画者たちは、画家自身も携った版画による複製を集めることで困難な状況を乗り切ったという）。[19] ハスケルは、一二四の絵画と三五〇のデッサンを集めたというレンブラント展を「初の近代的大展覧会」と形容しているが、世界各国に流出していた傑作の数々は、まさに「つかのまの美術館」に展示されるために国境を越えることになるのである。[20]

事実、イギリス、ドイツ、フランス、ロシアやポーランドなどから集まった作品群そのものが、ヨーロッパ規模

図3－2　レンブラント展の展示室，1898年

での交流を象徴していたといえる。イギリスの「タイムズ」紙はそのことに関して、「はじめて、本当の意味で全世界的《コスモポリタン》な寄与への呼びかけが計画されたのだ[21]」と伝えている。また、アルセーヌ・アレクサンドル Arsène Alexandre（一八五九―一九三七）は、一八九八年九月、「フィガロ」紙に二回にわたって展覧会関連の記事を寄せている。そこで作品ごとに挙げられる各方面の所有者の名は、出展された絵画が様々な土地から集められたことを強調することに寄与しているようにも思えるほどだ[22]。

そして、絵画鑑賞を目的とした大規模な人々の動きは、今日ではブロックバスターと呼ばれるような大規模展覧会の動員数には遠く及ばないものの、当時としては眼を見張るものがあった。展覧会訪問を動機とした旅行の流行に火がつくのは一九世紀末であるが、その契機のひとつとなったこのレンブラント展は、二ヶ月弱で四万三〇〇〇人を集めている。「文明国のあらゆる人々が訪れるだろう」ともいわれたこの「つかのまの美術館」は、鑑賞者と作品の画期的な規模での移動を実現することで、当時の人々に大きなインパクトを与えたのだ。その点については、展覧会開催当初から次のような指摘がなされている。

これだけわずかなスペースに、巨匠のこれほどのコレクションが集められたことは一度もない。そして、こうした試みを組織した人々は、どれだけ賞賛してもたりないだろう。彼らは、オランダに留まっていた傑作のもとに、大変な数の見事な作品、しかもそのうちの何点かは第一級の作品を集め得たのであり、随分以前から散逸していて、そのうちのいくつかは忘れられていたような作品の数々を、いっとき故郷に連れ帰ることができたのだ。［……］これほど多くの崇拝者が絵画作品のために移動し、駆けまわるのを目にするのは、たしかにこれがはじめてのことである。そして、数々の巡礼を引き起こし、これほどの群衆とエリートたちを一ヶ所に引き寄せる特権は、もはや盛大な音楽の儀式だけのものではないのだ。[23]

集められた作品の数と、絵画鑑賞を目的とした人々の移動の規模に対する驚きが表明され、こうした現象がこれまでに全く例を見なかったことが強調されている。そして何よりもまず、展覧会は、オランダ国外に流出した作品が「故郷」に帰る機会として捉えられたのである。また、アントワーヌ・コンパニョンも着目しているように、絵画をめぐる熱狂的な移動＝「巡礼」が、音楽をめぐって沸き起こった同様の現象（バイロイト音楽祭がその典型）と比較されている点も無視できないだろう。[24] プルーストも訪れたレンブラント展は、集めた作品と観衆という二つの面で革新的な変化をもたらした。言い換えれば、このようにして生み出された国際規模での移動こそが、レンブラント展に新たな近代性を付与したとも考えられる。

しかしこの文化イベントは、その国際性のみを特色としたのではなく、同時に、開催国であるオランダの威信を示す役割を担っていたことにも留意しなければならない。[25] 一八九八年のレンブラント展が、オランダ女王戴冠という行事に附随した祝祭的なイベントであったという事実が物語っているように、画家とオランダとのつながりは、誰の目にも明らかなかたちで強調されたのである。芸術家の放つ威光とその「故郷」との連関は、フランス人の目にも自明のことと映ったのであろう、美術批評家シャルル・モリス Charles Morice（一八六一―一九一九）は、一八九八年一一月の『メルキュール・ド・フランス』誌に掲載された「オランダ女王の戴冠とレンブラント展」のなかで、レンブラントをオランダが生んだ「もっとも偉大な息子」と位置づけ、画家とその「祖国」との絆を強調している。(26) そしてまた、レンブラントの精髄が「非常に普遍的である」とともに「優れてオランダ的でもある」と指摘することを躊躇わなかった。(27) また、『ガゼット・デ・ボザール』誌に展覧会関連の記事を寄せたエミール・ミシェル Emile Michel（一八一八—一九〇九）は、女王戴冠を祝うために「もっとも輝かしい記憶の数々」を国の歴史のなかに探し求めるオランダの人々に理解を示し、多くの画家たちのうちでも「もっとも偉大な」レンブラントの作品に彼らが思い至ったことは当然の結果であったと指摘している。(28) ウジェーヌ・フロマンタン Eugène Fromentin（一八二〇—一八七六）が、オランダとベルギーの絵画芸術を扱って大きな成功を収めた『昔日の巨匠たち』（一八七六）のなかで、オランダ画派の極めて豊かな地域性を指摘し、画家たちの「熱烈な愛郷心」をその特色として挙げていることを想起してもよい。(29) さらに言えば、レンブラントの展覧会を通して強調された、画家と祖国との絆が示すイデオロギー的な側面は、こうした枠に収まりきるものではなかった。第一次世界大戦に向けて過熱してゆくヨーロッパ各国の競合と対立のなかで、〈展覧会〉は国の威信を対外的に誇示する機能を前面に出してゆくのである。(30)

参考までに触れておくと、プルーストがブリュージュで一九〇二年一〇月に訪れたフランドル・プリミティヴ派展もまた同様の性格を帯びていた。開催初日におこなわれたベルギー王家の行進が、国家的行事としての性格を何よりも雄弁に語っている（図3-3）。(31) そもそも「プリミティヴ派」という概念自体が、自国の文化の歴史的な古さを訴える道具となったともいわれている。そのことを裏付けるように、一九〇四年四月から七月にかけて、パリではベルギーと競うようにしてフランス・プリミティヴ派展が開催されることにもなった。(32) 一八九八年のレンブラント展は、芸術家とその祖国とのつながりや、散逸した作品群の「帰郷」を強調する機会として読みかえられることで、〈展覧会〉という文化行事にあたえられたイデオロギー的・政治的な性格を浮き彫りにする結果を招いたので

図 **3 - 3**　展覧会場に向かうレオポルド 2 世とクレマンティーヌ王女の隊列，1902 年 6 月 15 日

ある。

3　作品の移動　鑑賞者の移動

国際的な文化事業としての絵画の展覧会は、一九世紀末以降、新たな性格を付与される。それは芸術鑑賞の舞台であると同時に、作品が「祖国」に帰る契機ともなり、また、様々な国から集まる観客に開催国の威信を誇る場としても機能した。ではプルーストは、その最初の例であるレンブラント展を訪れた経験から、何を導き出したのか。レンブラント展訪問後に書かれたと推定される未完の断章（「レンブラント」）は、次のように書きはじめられている。

> 美術館とは、思想だけを宿らせた家である。その思想を見極める能力がもっとも乏しい者たちでも、次から次へと並べられた絵画のなかに自分たちが見ているものが思想であるということを承知しているのだ［……］。
> （*EA*, 659）

プルーストは展覧会の舞台となった美術館に、絵画という思想の断片を宿す「住まい」を見出している。そこには、一人の画家の作品にうめ尽くされた特権的な空間に対する、作家の強い関心を読み取ることができるだろう。絵画作品で溢れた画家ギュスターヴ・モローの邸宅にも通じる状況がここにある。しかし、プレイヤッド版にして六ページあまりの断章のなかで、レンブラントとオランダとの結びつきが取り上げられることはなく、詰めかけていたはずの観客について語られることもない。展覧会が国際的な集客を誇ったことを窺わせるのは、死を間近にひかえたラスキン来訪のエピソード（プルーストの創作であり、実際には訪れていない）のみである。ヨーロッパ中のインテリが集う場であるとともに、開催国の祝祭としても機能していた展覧会特有の性格が意外にも欠落しているのは、ただ単に作家の無関心が原因なのだろうか。プルーストはむしろ、そうした性格を意図的に削除したのではないか。展覧会訪問から二年と経たない一九〇〇年四月に発表された記事で、プルーストが展覧会詣でを批判的に取り上げていることに留意しよう。

触れるものをすべて真っ当に見せかけるスノビスムは、恐らくまだ［……］この美学的散策［ラスキン巡礼］を損なってはいない。あなたが、バイロイトにワーグナーのオペラを聞きに行くとか、アムステルダムに展覧会を見に行くと言えば、人は一緒にいけないことを悔やむだろう。しかし、もしあなたが、ラ岬に嵐を見に行くとか、ノルマンディに咲くリンゴの花を見に行くとか、ラスキンが愛した彫像を見にアミアンへ行くと告げたなら、人は笑いを禁じ得ないだろう。それでも私は、あなたがこの文章を読んだあとでは、アミアンに行きたいと思うことを望んでいるのだ。(33)

プルーストは特定していないものの、「アムステルダムで訪れた展覧会」がレンブラントのそれを指すことは明らかである。作家の実体験でもあるこの旅行は、スノビスムに冒されたものとして、作家自身の手で批判されている。(34)すなわちプルーストは、芸術家の祖国に赴いて、そこで生み出された作品を鑑賞するという行為になんら重要性を認めていないのであって、そのことはこの一節に先立つ部分にもはっきりと示されている。

私たちは、偉大な人間の生まれた場所や、この世を去った場所を訪れる。しかし、偉人が何物にもまして称讃していた場所の数々――私たちは彼の書物のなかでその美しさを愛するのだが――、そこにこそ彼は、より長く住まっていたのではないだろうか。私たちは、幻影にすぎないフェティシズムによってラスキンの墓石を尊ぶが、そこにはラスキン自身ではないものしか残されていない。そして私たちは、かつてラスキンが自分の思想を求めたアミアンの石、今なおその思想を保っているその石の前でひざまづくために、わざわざ出かけていったりはしないに違いない[……](35)。

作家は、芸術家の生や死にまつわる場所に執着することで本質を見落としてしまう傾向を「フェティシズム」と結びつけて批判し、自らが実践する美学的散策と峻別する。ここには、〈土地〉との関係に敏感であったラスキンについて語りながらも、すでに〈土地〉に対する独自な視点・関係を打ち出そうとするプルーストの試みを読み取ることができるだろう。第II部で詳しく取り上げるが、それが伝統主義的な立場とも、国家主義者のそれとも異なるということは、『サント＝ブーヴに反論する』に収録されるネルヴァル断章のなかで明らかにされる(36)。

このことは、先に引用した一節に見られるワーグナー巡礼に関する言及からも容易に推察できる。すでに触れたように、バイロイトを目的地としたワーグナー巡礼は、展覧会という催しに先行して、人々に「文化的観光」《tourisme culturel》という移動のきっかけを与えていた。そして、「巡礼」に対するこの熱狂は、やはり展覧会の流行に先行するかたちで、芸術家や芸術作品と〈土地〉との絆の問題を浮かび上がらせていたのである。鑑賞の場所に対するこだわりが生む人々の移動の意義に加えて、ワーグナー作品が国境をこえて異国の〈土地〉で上演されることの意義が、当時から取り沙汰されていた。若いころから熱狂的なワグネリアンだったカチュル・マンデス

Catulle Mendès（一八四一―一九〇九）は、一八九四年四月一五日付の『ルヴュ・ド・パリ』誌に「フランスにおけるワーグナー作品」と題された論考を寄せて、バイロイトという「聖地」に対する情熱的な思いを次のように書いている。

なるほど、バイロイトがあるではないか！　バイロイト、それは聖地であり、「墓碑」に隣接した「神殿」なのだ。そこでは、ワーグナーの魂が大気のなかに分散していて、彼の記憶に対する厳かな崇拝の念が、『パルジファル』や『トリスタンとイゾルデ』の上演を聖別する。そうなのだ、ワーグナーの作品を十全に知りたい者たちは、そこに赴かねばならず、そこに立ち返らねばならないのである。(37)

ワーグナーの作品がパリで積極的に上演されつつあった状況を受けて書かれたこの論考で、マンデスはパリ上演に必要な条件を模索しながらも、作品の本質は根本的な部分でバイロイトの外に持ち出すことができないという主張を随所ににじませている。この姿勢が、プルーストによって批判された「フェティシズム」の典型であることはあらためて指摘するまでもない。またクリストフ・プロシャッソンが指摘するように、パリで上演されるシェイクスピアの作品なども巻き込むことになるこうした議論は、「死者と大地」の称揚や、「根こぎにされたもの」に対する批判を展開するバレス的（ないしはブールジェ的）視点にも通じるだろう。(38)プルーストはワーグナー巡礼を経験しなかったものの、祝祭劇場での鑑賞のための移動、あるいは芸術作品の越境と流入が浮き彫りにした議論に通じていたことはたしかである。

時代は多少くだるが、ここで一九〇四年八月一六日付の「フィガロ」紙に発表された「大聖堂の死」という論考に眼を転じてみよう。プルーストは、政教分離政策について論じたこの記事の冒頭で、カトリシズムが失われ、大聖堂での礼拝の伝承が喪失して長い時がたった状況を想定したうえで、果たしてそれらの営みは、学術的な調査をもとに再発見＝再構築されることで本来の生命を取り戻すことができるのかを問うている。そうした可能性を否定するプルーストは、礼拝が再開されたとしても、大聖堂を擁する都市も結局はスノビスムの標的にしかなり得ないことを示唆しながら、バイロイトやオランジュを例にとって次のように語っている。

スノッブの隊列が聖都［……］に足を運ぶ。そして、彼らは年に一度、かつてバイロイトやオランジュで探し求めていた感情の高まりをそこで感じるのである。すなわち、芸術作品を、その作品のためにつくられた枠組みそのもののなかで味わうのだ。だが不幸なことに、オランジュにおけるのと同様、彼らはそこでも、野次馬や「ディレッタント」でしかあり得ない［……］。(*PM*, 142-143)

芸術作品のために作られた枠組みのなかでそれを味わうこと。プルーストは移動と芸術鑑賞がはらむ問題の核心をこのように簡潔に要約している。これは、美術館制度をめぐって問われてきた問題でもあった。ここで具体例として挙げられているのは、ローマ時代から続くプロヴァンス地方の小村オランジュと、この村にある二〇〇〇年近い歴史を持った古代劇場である。四世紀以来、劇場としての機能を放棄した状態にあったこの遺跡は、プロスペル・メリメ Prosper Mérimée（一八〇三―一八七〇）の史的建造物監督官としての活動によって一八二〇年代に修復計画が立てられたものの、その作業が本格化したのは一九世紀末になってからのことであった。プルーストは、「プロヴァンス語作家たち」《félibres》が劇場の復興のために尽力したことを認めながらも (*PM*, 142)、「過去の魂」の喪失は免れないと考えるのである。バイロイトは、そうした再構築の問題とは別に、芸術本来の場所・枠組みとしての劇場の在り方を強く意識した例として挙げられているが、ご当地で味わう「感動」へのこだわりが生むバイロイト巡礼の意義について、作家は明らかに疑問を感じている。これはプルーストが同じ論考のなかで、バイロイトでのワーグナー作品の上演と、シャルトル大聖堂で営まれるミサとを比較して、後者により大きな価値を認めていることからも推察できるだろう（*PM*, 146-147）[39]。たしかにバイロイト祝祭劇場は、ワーグナーが自分の楽劇を最高の条件で上演することができるように数々の工夫を凝らして作られている。また『パルジファル』（一八八二）はこの劇場での上演を想定して創作された歌劇であったし、ワーグナーの死後三〇年間は同劇場以外での上演も禁じられていた。作家がそうした事情に通じていたかどうかは明らかではない。だが、プルーストの批判は、ワーグナー自身の芸術的なコンセプトに対するものであるというよりは、同時代のスノッブたちが生み出した流行や、バイロイト詣でを政治的な文脈に取り込んで語る傾向などにむけられていたと考えるべきだろう。劇場という枠組みと上演作品との関係のみならず、芸術家の魂と〈土地〉との絆（あるいは作品とその出生地との関わり）が強調されて、「ディレッタント」的な流行としての越境を促していることに対して、プルーストは一貫して批判的な態度を取りつづけるのである。

4　芸術家の使命——作品の場所についての思考

レンブラントの絵画で満たされた空間との出会いが、国境を越えたプルーストにとってこの上なく貴重な経験であったとするならば、何よりもそれは、鑑賞者と芸術作品の移動、あるいは、画家と〈土地〉との関係を前にした作家が、芸術作品の置かれるべき場や、作品と〈土地〉との絆の意味について考える契機を与えられたことによるだろう。そして、芸術作品の本質を理解する上で、故郷の〈土地〉との絆は問題にならないという意識は、この問題をめぐる思索によってもたらされたのではなかっただろうか[40]。この「美術館」体験から約二年ののち、こうした問題意識はラスキン論のなかに再び顔を出し、「思想を伴った視線が注がれるところにおいて、［芸術作品］は根こぎになり得ない」[41]という、「モナ・リザ」についての思索として明示されることになるのである。

コスモポリットな交流とそれに対する反動は、芸術作品の受容に関する議論を盛んにし、芸術作品の「出生地」や芸術家の国籍といった、起源としての〈土地〉をめぐる問題系を浮き彫りにする。額縁によって周囲と区切られた絵画というジャンルにおいてすら、その「出生地」にこだわる姿勢が根強くあったことは、第1章で見た通りである。では、移動に対する熱狂と〈土地〉への執着とが交錯する時代状況を、プルーストはどう受け止め、創作上の糧としてどのように消化したのか。その鍵は、レンブラント論の冒頭にも認められる「家」という語、集団的な熱狂や故郷との絆をめぐる声高な主張とは縁遠い印象すら与えるこの言葉にこそ、込められているように思われる。吉川一義氏が指摘するように、世紀転換期のプルーストは、芸術家のたどるべき命運とその「祖国」をめぐる問いや、生み出された作品の後世とに関する思索を深めていたということができる[42]。その痕跡は、モローの死をきっかけにして書かれた断章と、画家の死と同年に訪れたレンブラント展がもたらした断章に残されており、両者には同じ問題意識のもとに書かれたと思しき部分が少なくない。なかでも、二つの断章に共有され、美術館という特異な場と重ね合わされる〈住まい〉というモチーフ、すなわち芸術作品という思想の断片を宿す器としての場＝〈住まい〉にこそ、この問題の本質が反映されているといえるだろう[43]。さらにいえば、それは、作品と真に向き合うために必要な場と、作品が在るべき場をめぐる独自のヴィジョンにも通じている。プルーストは、モロー断章のなかで、芸術家がなすべき努めについて次のような指摘をしている。

しかし彼らが彼ら自身であるかぎり、つまり彼らが流謫の身ではなく、内的な魂そのものであるとき、芸術家は一種の本能によって行動する。その本能には、昆虫たちの本能と同じように、自分たちの務めの大きさと命の短さについての密やかな予感が重ね合わされている。そのため彼らは、他のすべての務めを見限って、自分たちの子孫が生きてゆく住まいを創造するのだ。そして、つづいて自分が死ぬ準備を整えながら、その住まいに子孫《posterité》を住まわせる。画家が絵《toile》を描くときの熱の入れようを見てみるとよい。そして、蜘蛛が自分の巣《toile》を編みあげるときに、果たしてそれ以上の熱意を込めるかどうか、言ってみてほしい。(*EA*, 672)

すでに触れたように、一八九八年頃の執筆とされるこの断章には、ドレフュス事件をめぐる時代状況が影を投げかけており、ここに見る「流謫の身」《exilé》や「祖国」《patrie》をはじめとしたいくつかの語の選択にも、その影響が顕著に表れているように思われる。しかし作家は、根ざすことの重要性をめぐる議論を逆手にとり、自らの芸術観を展開するきっかけとしている。プルーストは、芸術家の内面世界にその「祖国」を求め、実際の〈土地〉との絆を問題にしなかっただけではなく、その〈土地〉にとどまること、日常の生活に囚われ続けることは、逆に「祖国を追われた」《exilé》状態に身をおくに等しいと考えていた。そして、個々の作品は「内的な祖国」=「神秘的世界」の断片的なあらわれと位置づけられる。[44] ここで用いられる《postérité》という語は、作品を生み出した当の芸術家にとっての「後生」、すなわち彼の「あとに続く世代の人びと」を指すのではなく、後の世に残される作品そのもの（芸術家が産み落とす「子孫」）、あるいは生みの親である芸術家の死後につづく芸術作品の生を含意するものとして解釈できる。プルーストにとって、芸術家の務めとは、そのための場所=〈住まい〉を作り上げることであった。それは、後世に残る作品が置かれるべき器を作り上げることであり、芸術作品にひとつの理想的な〈場所〉を与えることを意味してもいる。ただし、ここで思い描かれたその〈場所〉は、一九世紀のブルジョワ蒐集家たちが、過去への執着や、空虚に対する恐怖、あるいは歴史的コンテクストに対するこだわりから作り上げた私的な室内とも、「彼方」を指向しながらも閉塞したデ・ゼッサント的な空間とも異なるものとして生成するはずだ。

芸術家によって創造されたその〈場所〉は、「思想のみを宿す家」（美術館）がそうであったように、〈土地〉をめぐる拮抗からは無縁である。ジル・ドゥルーズによれば、『失われた時を求めて』の語り手が創り上げる作品は、「大聖堂」でも「一着のドレス」でもなく、シーニュを感知する糸で編まれた「蜘蛛の巣」《toile d'araignée》であり、その中心にこそ語り手＝蜘蛛が腰をすえているという。[45] 奇しくもプルーストは、芸術家の本能を蜘蛛のそれに喩え、《toile》という語を交錯点として「絵画」と「蜘蛛の巣」とを結びつけた重要な一節をのこしている。ドゥルーズがそのことを知っていたかどうかはここでは重要ではない。蜘蛛＝芸術家の巣は、それを造り出した者にとっての〈住まい〉であるとともに、芸術作品が納められる場所でもある。また、死を賭して創られるこの〈住まい〉には、芸術家にとっての「最後の住まい＝墓」《dernière demeure》としての意味合いが倍音となって響いている。そして、場所的な限定を回避するようにして宙に張られたこの蜘蛛＝芸術家の「墓」は、あくまで〈土地〉とは無縁であり、「聖地」として規定されディレッタントな「巡礼」の対象となることを頑なに拒否するはずだ。

さらにいえば、巣＝《toile》＝絵画によって指向されるものは、〈住まい〉であり〈場所〉であると同時に、作品そのものでもあったのではないか。プルーストは、放射状に広がる線路の交錯点である鉄道駅や、ヨーロッパ各地の知識人が刺激を求めて集うその収束点、あるいは国の威信を四方に放つ光源としての展覧会的な場とは異なった網の目《toile》を思い描いている。美術館に変貌するモローの〈住まい〉について、さらに一節引用しよう。

生前からすでに、詩人の家は、文字どおりの家ではなくなっている。そこで為されることは、もはや部分的には詩人個人に属するものではなくなっており、すでに万人のものになっていることに気づかされる。そして、その家はたびたび、一人の人間の家ではないように感じられるのだ。たびたび、というのは、詩人がそのもっとも内的な魂であるたびごとに、ということである。それは赤道や極のような、地球上の観念的な地点のよう

> であり、神秘的な流れの数々が出会う場なのである。(*EA*, 671)

プルースト的な蜘蛛＝芸術家が居場所を見出すのは、「数々の神秘的な流れ」の交錯によって編まれた〈住まい〉の中心である。それは現実の場所として存在するのではなく、あくまで「観念的な地点」として内に秘められている。そしてこの〈住まい〉では、芸術家自身が、単なる一個人ではなくひとつの特異な場所、すなわち「作品の成就される場所」[46] そのものへと昇華してゆくことにもなるのである。

＊

プルーストは〈土地〉との絆の強靭さを十分に認識しながら、その絆に対する伝統主義的・国家主義的な意識からは逸れるようにして、個人の思想や記憶と現実の〈土地〉との関わりに対する関心を深めてゆく。そこで作家が求めたのは、芸術家の内面に広がるもうひとつの〈土地〉であった。プルーストはつぎのように書く。

> 芸術作品がその断片的な現れとなっているその土地は、詩人の魂であり、あらゆる魂のなかでもっとも奥深いところにある真の魂なのだ。それは詩人にとって真の祖国でもあるが、彼は稀な瞬間にしかそこで生きることがない。(*EA*, 670)

芸術家は「真の祖国」《patrie véritable》を、自己の内奥に秘めている。[47] 彼が帰還（帰郷）すべき〈土地〉があるとすれば、それは自分をとりまく現実世界のなかにではなく、自らの魂のうちにこそ見出されるであろう。

プルーストは、国境を取り払った国際的《コスモポリット》な交流に身をさらし、そうした交流を象徴する場（美術館・駅・展覧会場など）を描きながらも、そこから人々の喧噪や痕跡を消し去った特異な場を造形してゆく。ジョルジュ・ディディ＝ユベルマンは、〈場所〉《lieu》と芸術家の創作とをめぐる考察のなかで、「芸術家は場所の発明家であり、ありそうもない、不可能な、あるいは思考を絶した空間を作り上げ、それに形を与える」のだと指摘する。(48) これまでにない〈場所〉を着想し、具現することが芸術家の目的であり使命であるならば、世紀転換期のプルーストが思い描き、追い求めたのは、〈土地〉をめぐる対立・拮抗にまみれた時代状況からは、はっきり距離をとった〈場所〉――芸術作品の置かれる〈場所〉であり、それ自体が芸術作品でもある〈場所〉――であったといえるだろう。(49)

そうした〈場所〉への指向が、来るべき小説作品の創造にどのようなかたちで反映されてゆくのか。第II部では、「歴史」という過去を表象する役割を担わされた、史的建造物というモニュメントと〈土地〉とに注がれた同時代の眼差しに着目しながら、『サント＝ブーヴに反論する』に向けた作家の歩みの一端を検証することにしたい。

第II部　〈土地〉の記憶に注がれた視線

アミアンの眺望，1908 年（写真提供 BnF）

第4章　批評家アンドレ・アレーとの距離

世紀転換期のプルーストが〈土地〉という主題に対して関心を抱いた背景には、何よりもまず、思想と〈土地〉との絆を説いたラスキン美学との出会いがあった。様々な具体的・物質的対象と結びつき、「大地の表面のそこかしこに散らばった」ラスキンの思想との直接の出会いを求める「巡礼」の実践が、この出会いの影響力の大きさを物語っている。プルーストのこの営みは、アミアンであれ、ルーアンであれ、ヴェネツィアであれ、「それがあるところに探しに行かなければならない」という考えに駆り立てられたものだったのである（*PM*, 138）。そして「巡礼の日々」を送るプルーストは、初めての〈土地〉を訪れ、数々の芸術作品との出会いを経験することになる。なかでも大聖堂をはじめとするキリスト教建築との出会いは、作家の旅の大きな目的となった。ラスキンの導きによって教会建築の美に目覚めた作家は、「もっとも偉大な芸術的総体」である聖堂や史的建造物のあり方を問うなかで、「土地の魅力」と不可分なものと考えられたそれらの美についての分析を深めてゆくことになる。

世紀転換期に芽生えたこのような関心を出発点として、『サント＝ブーヴに反論する』（特にネルヴァルをめぐる断章）を経て『失われた時を求めて』に至る流れのなかで深化してゆく〈土地〉という主題の変遷をたどり直す際に、同時代の作家・批評家たちが残した言説は重要な切り口を提供してくれるだろう。本章で取り上げるアンドレ・アレー André Hallays（一八五九―一九三〇）はその好例である。今日、この批評家の言説はほとんど顧みられることがない。たが、そのことは生前の知名度や影響力の大きさを否定するものではなく、むしろ、アレーが書き残した著作の数々は、「すべての文人に知られている」（モーリス・バレス）[1]といわれるほどに広く認知され、一九〇〇年代初頭から多くの読者を獲得していた。また、批評家の代名詞というべき史的建造物の保存をめぐる主張は、本人の死後も重要な参照点のひとつであり続けたのである。[2]

美術館の問題をめぐって第1章で検証したことでもあるが、この批評家の文章のいくつかに目を通せば、プルースト美学が依って立つところとの本質的な相違に気づくのにさほど時間はかからないだろう。しかし、フランスという〈土地〉を舞台にしてアレーが書いた、古い町並みやキリスト教建築、風光明媚な光景についての文章が、ラスキン体験によって教会の建築美と精神性とに目覚めた時期のプルーストにとって身近なものであったという事実は強調されてよい。アレーの言説においては、たとえばバレスのように〈土地〉をめぐる主張が政治思想と直結して前面に出されることが少なかった。批評家は、新聞連載というむしろ気軽な読み物に近いスタイルを用いて、フランス各地の史的建造物について語り続けたのである。本章では、プルーストとアレーという二人の同時代人の距離に光を当てることで、プルースト的な芸術体験の特質についての考察を進めてゆきたい。

1　プルーストと「そぞろ歩き」

アンドレ・アレーは、一七世紀フランス文学に対する強い関心から、ポール・ロワイヤルやセヴィニェ夫人、シャルル・ペローなどに関する書物を著し、ラ・フォンテーヌやラシーヌについても文章を残すいっぽう、「ジュルナル・デ・デバ」紙の書き手の一人として、「そぞろ歩き」《En flânant》と題された連載を担当して数多くの記事を残した（第一回は一八九八年一一月四日。以後、ほぼ週一回のペースで掲載される）。同紙を定期購読していたプルーストにとって、アレーはまず、この連載記事の書き手として認識されていたはずである。記事の多くは、のちに『フランスそぞろ歩き』*En flânant à travers la France* という総題のもとにまとめられ、「パリ」、「ブルターニュ」、「トゥーレーヌ」、「プロヴァンス」、「アルザス」といった地域ごとに書物として出版されることになる。

では、プルーストが習慣的に眼を通していた「そぞろ歩き」の意図するところはどこにあったのか。この点をアレー自身の言葉とともに確認することから始めたい。イル゠ド゠フランスに関係した記事を集めて編まれた『フランスそぞろ歩き——パリ近郊』第一巻（一九一〇）に付された序文のなかで、アレーはその逍遥の動機について語っている。

数々の小旅行で私を導いていたのは、なんらかの過去の形象を、その生まれ故郷や慣れ親しんだ住まいにおいて取り上げたいという気紛れであり、破壊者たちが脅かす建築や景観を守りたいという欲求であり、典型的なモニュメントのうちに、ある時代の芸術と歴史を認める楽しみであった。［……］［本書に］見出されるのはただ、フランスの光や風景、モニュメントや聖遺物を愛する一人の観光客が感じた印象の数々である。［……］その観光客は、今日のフランスにおいて、かつてのフランスの偉大さや魅力を明らかにするものすべてを発見することに喜びを感じ、それらを愛してもらうことを強く望んでいるのだ(3)。

アレーの目的は、フランスの風土の体系的な描写を試みることでも、各地の歴史的・考古学的ガイドを編纂することでもなく、「過去の形象をその故郷において想起する」ことである。そのために、アレーは「一人の観光客」として、フランスと名付けられた〈土地〉の歴史と伝統を体現する「光や風景、モニュメントや聖遺物」を積極的に見てまわる。そして、それらにまつわる「印象の数々」を書きつけることによって、「今日のフランス」に残された「かつてのフランスの偉大さや魅力」を語って聞かせようとしたのである。一連の記事を通して、史的建造物は常にこの「偉大さや魅力」を体現するものとして取り上げられ、称揚される。「ジュルナル・デ・デバ」紙で執筆をはじめる以前には弁護士としての経歴も持ち、何ごとにおいても「弁護」《plaidoyer》という行為で独創性を築いてきたこの批評家の生涯は、そうした建築物を擁護する徹底した主張によって貫かれることになる。(4) したがって、近代化に伴う開発はいうにおよばず、建築物の修復や補修、あるいは保護を目的とした美術館などへの部分的回収などが、アレーの目に「破壊行為」《vandalisme》と映ったことは驚くにはあたらない。アレーは技術者や古物商を槍玉に挙げるだけでなく、「建築家―修復家」《architectes-restaurateurs》を「破壊者」《Vandales》の最たるものとして断罪し、目の敵とするのである。「そぞろ歩き」に目を通していたプルーストにとって、アレーの論理は、おおむねこうした主張に要約されると考えてよい。

プルーストが初めてアレーに言及するのは、一九〇〇年四月に発表された「アミアンのノートル＝ダム聖堂におけるラスキン」においてのことである。死の影が射す「美術館」と生きた「聖堂」との対比についてはすでに第1章で触れたが、アレーの名は、まずこの対立構図を描き出す契機のひとつとして機能していた。そして作家は、「モナ・リザ」と〈土地〉に関する独自の論理を展開するなかで、再びこの批評家の名を持ちだすことになる（『モナ・リザ』は、ダ・ヴィンチの『モナ・リザ』である。アレー氏の不興を買いたいわけではないが、その出生地は我々にとって重要ではないし、フランスに帰化したこともまたどうでもよいことではないか？(5)」）。二度にわたる言及は、プルーストがアレーの反美術館的言説に通じていたという事実のみならず、批評家特有の論理における〈土地〉と作品（とりわけ歴史的価値のある建築物）との絆の重要性を十分に理解していたことを示唆している。(6) しかし、理解の深さは必ずしも評価の高さを意味するわけではない。「アレー氏の不興を買いたいわけではないが」という挿入句に読み取るべきなのは、アレーの論理に対する共感ではなく、むしろ同時代の著名な批評家に対するプルースト特有の社交的な目配せであろう。事実、〈土地〉の束縛から解き放たれた「モナ・リザ」の在り方に対するプルーストの関心は、建造物や景観に刻まれたフランスの過去＝歴史に固執し続ける立場と一線を画している。キリスト教信仰の影もなく、政治的な活動とも距離をとりながら芸術的総体としての大聖堂を称讃するプルーストに対して、教会建築に魅せられながらも、その言説の背後には祖国フランスの歴史と伝統への思い入れが見え隠れするアレー。このように対比すれば、両者の差異はすぐにでも明白になる。

しかし、プルーストがアレーの理論を直接的に批判し、これを切り捨てるまでには、今しばらくの時間が必要だった。ラスキンの思想から多くを吸収しつつあった時期のプルーストにとって、フランス各地の建築・景観をめぐるアレーの言説は、情報源として興味深かっただけでなく、(7)ラスキンに近いその立ち位置は、共鳴し得る要素を含んでもいた。一例として、アレーがイル＝ド＝フランスの一都市であるサンリスについて書いた一節を見てみよう。

人間の創りだした作品の持つ若々しい大胆さ、逞しくも軽やかな姿と、新しく芽生える植物の勝ち誇った新鮮さとのあいだには、神秘的な調和が支配している。そもそも、ゴシック芸術のモニュメントは、生活の親しみに対するのと同様、自然の親密さにも見事なまでに順応するのだ。こうした親交は、愚かにも大聖堂を障害物として取り除くことであれほど頻繁に失われたのであるが、我々はその価値を、ここサンリスのパルヴィ＝ノートル＝ダム広場で感じている。［……］この昔ながらの枠組みのなかで、この孤独のただ中で、大聖堂はその若さをあますところなく保っているのだ。つまりここでは、建築物とその周囲とのあいだに、非の打ち所のない関係が存在する。木々、壁面、そして家々が建築と調和しているだけでなく、その均整が歪められなかったために、建築自体が生き続けているのだ。(8)

建築とその周囲とが奏でる調和を讃えたこの一節に、ラスキン美学が強調した「大聖堂の美」と「土地の魅力」との結びつきとの共通項を認めることはたやすい。プルーストは、やはり一九〇〇年に発表されたラスキン論のひとつ（「ジョン・ラスキン」第二部）のなかで、『アミアンの聖書』に挿入されたラスキンの手になるデッサンに着目し、そこに描かれたソム川の岸辺と大聖堂とが、現実にはあり得ないアングルで緊密に結び合わされていることを喚起する。プルーストにとっては、記憶に基づいたその光景こそが、建築と場所との結びつきへのラスキンならではのこだわりを示す説得的な例であった（*PM*, 122)。また、プルーストは同じラスキン論のなかに次の一文を残している。

『アミアンの聖書』の第一章が「流れる水のほとりで」と題されていただけでなく、ラスキンがシャルトル大聖堂について書こうと計画していた書物は『ウール川の源』と題されるはずだった。つまり、彼が教会建築を川の畔に位置づけるのも、ゴシック様式の大聖堂が持つ偉大さとフランス的な景観の優雅さとを結びつけるのも、デッサンのなかでだけのことではなかったのだ。（*PM*, 122)

「土地に固有な詩情」と教会建築との関わりを重要視していたラスキンにとって、「ゴシック大聖堂が持つ偉大さ」は「フランス的な景観の優雅さ」と不可分であった。プルーストがラスキンの著作のタイトルにまで認めたこのような姿勢を、サンリスを描いたアンドレ・アレーはたしかに共有していたはずだ(9)。プルーストが残したラスキン論を収録したプレイヤッド版の編者は、ラスキン美学の要請として「自然へ回帰する欲望」と「造型芸術に対する情熱」の両立を挙げているが（プルーストはそれを「大聖堂と河川」との関わりに着目して指摘してみせる）（*EA*, 718)、アレーの文章にも、明らかにこのような視座を見て取ることができる。

そして、一九〇七年一月、アレーがエクス大司教館のタペストリーについて書いた次の一節も興味深い。

エクス大司教館のタペストリーは、この街に持ち込まれて一世紀半が経つが、それらはいわばエクスの女となったのだ。制作された時代の記憶に飾られたこの輝かしい建築都市をおいて他に、いったいどの街に、よりいっそうこのタペストリーに適した場所があるというのだろうか[10]。

アミアンの「黄金の聖母」像にまつわるプルーストの視点を、あたかも七年後の批評家が取り入れたかのようにも思われるこの一節で強調されるのは、やはり〈土地〉に根ざした作品の在り方である。聖母像が「アミアンの女」であったように、タペストリーは、長い時を経て〈土地〉との絆を深め、「エクスの女」となる。これに従えば、作品には、それが置かれるべき場所があり、そこにおいてこそ作品本来の輝きが保たれることになる。

アレーの文章にはラスキン的な視点との共通項が随所に認められる。〈土地〉の絆の有無についての関心を高めてゆくなかで、プルーストがラスキンのヴィジョンを媒介としてアレー的な視点を理解し、ある程度までそれを共有していたと考えることは、強引なことではない。そして、アレーに対するプルーストの関心は、政教分離法案をめぐる動きのなかでさらに高まってゆく。フランスの教会建築全般が晒された二〇世紀初頭の危機的状況が、プルーストとアレーとのあいだにもう一つの接点をもたらすことになるのである。

2　大聖堂の「死」をめぐる思索

アレーへの最初の言及から四年後の一九〇四年八月一六日、「フィガロ」紙に「大聖堂の死」と題した記事を発表したプルーストは再びこの批評家を取り上げる。しかしそこでの作家は、先のラスキン論に見られた控えめな言及にとどまるのではなく、第三共和制下の懸案であった政教分離法案反対のために立ち上がるよう、アレーに対して熱のこもった積極的な呼びかけをおこなっている。当該箇所を引用してみよう。

ああ、アンドレ・アレー氏よ！　芸術作品は、その創造に先立つ目的に寄与しなくなるや否や、生命を失ってしまうということ、そして骨董品に成り果てた家具や美術館へと変貌する宮殿は凍りついてしまい、もはや我々の心に語りかけることもなく、ついには死んでしまうということをくり返されるあなた！　どうか、あなたが監視しておられるフランスを日々脅かす、少なからず不手際な修復作業を告発するのを一時お止めになって頂きたい。そして、立ち上がり、発言して頂きたいのです。必要とあればショーミエ氏を攻撃し、ド・モンズィ氏を法廷に引き出し、ジョン・ラビュスキエール氏を味方につけ、史的建造物委員会を召集なさることを私は望んでいます。創意に満ちたあなたの熱意は、多くの場合効果的でした。そのあなたが、一撃のもとにフランスのすべての教会を死にゆくのをほうっておかれることはないでしょう。［……］教会を廃するぐらいなら、破壊し尽くしたほうがましです。そこでミサが執り行われる限りは、仮に破損していたとしても、少なくとも教会はそのわずかな生命を保つのです。教会は廃された日に死ぬのであって、かりに史的建造物であることによって言語道断な装いから守られていたとしても、それはもはや美術館でしかないのです。(*PM*, n. 4, 144)

第三共和制のもとで推し進められた非宗教化政策、とりわけ政教分離法案の採択に向けた動きは、フランス国民のあいだに計り知れない規模の闘争を引き起こしていた。当時のプルーストの書簡に目を通せば、「フランス革命以来試みられたもっとも大がかりな改革[11]」とも言われたこの政策が作家の周辺でも大きな議論を巻き起こしていたことが理解できる。[12] ドレフュス事件や第一次世界大戦などをのぞけば、プルーストが政治的な事柄について直接的な発言を残すことはほとんどなかった。その彼が積極的な態度表明ともとれる文章を書き残したという事実が、政教分離をめぐる事態の影響力の大きさを示している。

問題の論考をみれば、プルーストがアリスティッド・ブリアン Aristide Briand（一八六二―一九三二）の提出した政教分離についての法案の詳細に通じていたことは明らかであり、「フィガロ」紙初出の際に付せられた原注には、プルーストがブリアンの法案を他の草案の数々と比較検討したことをうかがわせる記述もある。(13) また、作家が問題の動向を追うなかで種々の言説に接していたことも間違いなく、同注では、ポール・デジャルダン Paul Desjardins（一八五九―一九四〇）が創設した機関誌『道徳的行動のための同盟会報』*Bulletin de l'Union pour l'Action morale* に掲載された、経済学者シャルル・ジッド Charles Gide（一八四七―一九三二）の政教分離関連の講演を高く評価してもいる。(14) あるいは先に引用した一節に見るように、政教分離反対の立場から批判すべき人物として、ジョゼフ・ショーミエ Joseph Chaumié（一八四九―一九一四）、アナトール・ド・モンズィ Anatole de Monzie（一八七六―一九四七）、ジョン・ラビュスキエール John Labusquière（一八五二―一九三九）といった、当時の政界に関わる固有名が立て続けに並べられていることからも、問題に対する作家の関心の高さをうかがい知ることができる。

作家がもっとも危惧していたのは、政教分離政策がもたらすであろう文化的な破壊であった。たしかに非宗教化政策は、政治闘争であると同時に文化闘争でもあり、とりわけ、道徳的・精神的統一のための中心課題として位置づけられた教育改革（公教育の非宗教化）は、「神学から科学の時代へ、すなわち理性と進歩の信条を掲げる近代文明への交代を目指し、キリスト教的伝統によって築かれた過去の文明との断絶及び破壊を視野に入れていた。(15) 同法案が原因となった教会建築保存をめぐる環境悪化はその具体的な表れでもあり、それはのちに、「行政の文化遺産破壊行為」《le vandalisme administratif》と位置づけられることにもなる。(16) 論考の最後でみずから述べているように、作家がそこで喚起したいと考えていたのは終始芸術的な関心であり、危機に直面した建築の現状であった。(17) プルーストがアレーに呼びかけたのは、こうした事態を見極めたうえでのことであり、過去との絆の切断に対して極めて敏感なアレーの論理を知ってのことであった。

教会建築の「生」と「死」について問うプルーストにとって、大聖堂という「フランスの神髄の最も高らかで独創的な表現」（*PM*, 142）から生来の機能を奪い去ることは、建築から魂と生命を奪う「冒涜行為」であった。大聖堂で昔から息づいてきた儀式が失われてしまうことは、聖堂そのものの「死」を意味している。そして「正確かもしれないが冷えきった、再構成や懐古的な再現の枠組み」（*PM*, 143）[18]にはめ込まれて演出された儀式は、いかに綿密な調査に基づいたものであっても、バイロイトに代わるスノッブたちの新たな「巡礼」の目的地とはなれ、本質である「かつての魂」については何一つ語ることはない。本来大聖堂は、過去を体現するモニュメントとして機能すると同時に、「いま現在もその全き生命を生き、建立された目的と今なお一致している唯一のもの」であった[19]。作家がいくぶん挑発的な口調で、「本来の用途をそぎ落とすならば荒廃させてしまうほうがましだ」とまで付け加えるのは、教会建築の生に対するこのようなヴィジョンに基づいてのことである[20]。プルーストは、このような視点に立って、修復という「死」の危険から数々のモニュメントを守ってきたアレーの情熱が政教分離の問題にも傾けられることを期待したのである。そしてさらに、アレーの文章を長々と引用しながら、以下のように論を展開している。

重要なのは、大聖堂がその生命を保つことであって、フランスがたちまちのうちに干涸びた砂浜へと変貌しないことである。その砂浜には、彫琢された巨大な貝殻が打ち上げられていて、そこに住まっていた生命は抜き取られたかのようであり、その貝殻を耳にかざしても、もはやかつての漠としたざわめきすらもたらすことはない。それらは単なる美術館の収蔵品、いや、冷えきった美術館そのものなのである。アンドレ・アレー氏は数年前に次のように書いていた。「一部のヴェズレーの住人の心に生じたらしい突飛な考えを指摘するのは手遅れではない。彼らはヴェズレー教会を廃したいと思っているのだ。反教権主義は、たいそう馬鹿げたことを吹き込むものである。聖堂を廃するということは、そこに残されたわずかばかりの魂を抜き取ろうとすることである。内陣の奥に輝く小さなランプを消してしまえば、ヴェズレーは考古学的な好奇心の対象でしかなくなるであろう。人はそこに、美術館の、墓場を思わせる臭いを嗅ぐことになるのだ。」事物がその美と生を保つのは、それらに元来あてがわれていた務めを果たし続けることによってなのである。(*PM*, n. 1, 148)

プルーストはここで再び「美術館」というモチーフを取り上げ、そこからイメージの連鎖(死んだ大聖堂=中身の無い巨大な貝殻=冷えきった美術館)を展開することで、美術館に「墓場を思わせる臭い」を嗅ぎ付けるアレーの感性と巧みに呼応している。またそこには、歴史的な建造物の用途転用をめぐる議論も色濃く影を落としており、批評家への確実な目配せとなっていることは、改めて強調するまでもない。

「大聖堂の死」を収録したプレイヤッド版にはアレーからの引用についての注釈がないが、ヴェズレーに関するこの一節の初出は、一八九五年一〇月一九日付の「デバ」紙である。いくつかの句読点の相違以外は極めて正確な引用であることから、プルーストが手許にテクストをおいていたことは確実である。あくまで推測の域は出ないものの、執筆にあたって一〇年近く前の新聞を取り出してきたと考えるよりは、同記事を収録した一八九九年出版の著作『そぞろ歩き』(一連の『フランスそぞろ歩き』の祖型的な書物)を参照したと考えるほうが現実的だろう。[21] いずれにせよ、厳密な引用をすることが少ないプルーストにしては例外的な配慮といってよい。

また、政教分離法案公布(一九〇五年一二月一一日)ののち約一年を経過した当時の現状について、アレーは次のような文章を残している。

もはや宗教的な祭式がおこなわれることのない教会には、別の用途が割り当てられるだろう。そうすれば、教会をホールや公共の集会場にする自治体も、それを管理せざるをえないだろう、というのである。それが彼らの関心なのだ。しかし、そうするのならば、建築の整理と格付けが不可欠になるはずだ。というのも、もし自治体が、石工の酔狂にしたがって自由に扉を拡張したり、石柱を切ったりすることができるとするならば、そうした変貌には取り返しのつかない損害が伴うからである……もし選ばねばならないとしたら、愚かな改築のために教会が破壊され、虐殺されるさまを見るよりは、うち捨てられて閑散とした教会が、悪天候の思いのままに、徐々に朽ち果ててゆくのを目にしたいと思うだろう。(22)

法案成立に反対していた人々の危惧は現実のものとなり、各地の教会建築を様々な公共スペースとして転用する傾向が強まっていた。転用という「虐殺」を目の当たりにするくらいならば、建築が朽ち果ててゆくがままにしておくほうが好ましいと語るアレーの憤りは、プルーストが「大聖堂の死」で表明した意見と一致する。果たしてアレーはプルーストの記事を目にしたのか。もし読んだとすれば、それをどのように受け止めたのか。そのことを明らかにする資料は見つかっていない。だが、さしあたって重要なのは、プルーストのテクストが、批評家の理論と実践のつぼを的確に押さえた働きかけとして機能しているという事実である。

教会建築とその本来的な用途との絆についてのプルーストの主張は、決してアレーへの歩み寄りや妥協の結果ではなかった。確かに作家にとって、キリスト教建築の生と美は、生来の場と機能からは切り離されるべきものではなかった。しかしそのいっぽうで、「モナ・リザ」という「無国籍者」によって例示されたように、作家は、生来の場所や使用目的との関係を越えたところに芸術作品の理想を見ようとした。相反するように思われる二つの主張は、作家のなかでどのように整理されるのか。この点では、一九〇五年一月にポール・グリュヌボーム゠バランPaul Grunebaum-Ballin（一八七一―一九六九）に宛てた書簡が興味深い。リセ・コンドルセの上級生でもあったグリュヌボーム゠バランは、一九〇四年に発表した『教会と国家の分離――ブリアン法案と政府法案に関する法律的研究』のなかで、プルーストの「大聖堂の死」にやや批判的な言及を加えている。問題の手紙は、それに対するプルーストからの反論を含んだ内容となっている。果たして、「使用目的を失ってしまった芸術作品の運命」は「死」であるのか。この問いが議論の対象となるなかで、作家はここでも、「信仰の儀式は、その信仰のために建築され、彫刻され、描かれ、塗りあげられ、組み立てられ、思考された建物のなかで執り行われるべきだ」と主張し、「大聖堂の用途転用」についての批判的な姿勢を崩さない。しかしこの手紙でさらに注目したいのは、プルーストが、パスカルの『パンセ』校訂者としても著名なレオン・ブランシュヴィック Léon Brunschvicg（一八六九―一九四四）の『精神生活序説』（一九〇〇）を喚起しつつ、建築を含めた事物の美を理解する方法が、ほかにもあることを示している点である。

その主張は（本の主題とはいっさい関係ないのですが）ブランシュヴィックのあの非常に美しい『精神生活序説』のなかで繰り広げられています。僕はそれを『アミアンの聖書』の注で要約しました。［……］それは力に満ちた考えです。我々にとって事物がもはや信仰の対象ではなく、無償の熟視の対象となったときにはじめて、我々はそれを美しいと思うのです。ただそれは、僕が四年に渡って身を浸してきたラスキンとは正反対の考えなのです。それでもなお、我々の感情は信仰とは全く異なります。そして無償であるとはいっても、それは芸術作品の真の意味を内包する熟視なのです。[23]

作家自身が触れているように、こうした主張の背景にあったのはラスキンへの反発であった。書簡集の校訂者であるフィリップ・コルブも確認しているように、ブランシュヴィックへの言及は、「建築形態を生みだした精神的な意図」への共感が、その形態の持つ美を理解する上では不可欠であるとするラスキンへの反駁を目的としている。[24]事物は、その「外的な目的」ではなく、あくまで自己の「内的な状態」との関係で捉えられるべきであり、ブランシュヴィックいわく、「ひとつの大聖堂は、そのなかに救済の道具、都市の社会生活の中心を見ないときに芸術作品となる」。この数理哲学者にとって、そのような考えを象徴し、ひとつの作品を「芸術作品」として鑑賞するために必要とされるのが「無償の熟視」《contemplation desintéressée》であった。そこには明らかに、「モナ・リザ」に対して注がれ、彼女が「根こぎ」であることを無意味にしてしまう「視線」に呼応するものが認められる。

この書簡からもうかがい知ることができるように、この時期の作家の思考にも、一見すると矛盾した二つの考えが依然として共存している。そしてその両者が、ラスキンの翻訳作業や、政教分離をめぐるアレーへの関心によって交錯しながら、どちらか一方が切り捨てられることなく、ともに深められつつあったことが理解されるのである。

3 「アレー主義」からの乖離

アレーという名の一人の「巡礼者」が、自らの足で様々な地方を訪れながら「そぞろ歩き」を連載していた時期と[25]、プルーストがラスキンの足跡を追って各地を「巡礼」する時期とが重なりあうことを思えば、作家がアレーの連載に特別な関心を持つことがあったことは想像に難くない。一九〇三年一〇月、マリー・ノードリンガー Marie Nordlinger（一八七六―一九六一）に宛てた手紙のなかで、「ロマネスクの拝廊からゴシックの後陣まで」を見るためにフランス各地を訪れた経験について語るプルーストの頭に、果たしてアレーの存在がよぎらなかったと言い切れるだろうか[26]。

ラスキン体験がもたらした〈土地〉への視線がアレーへの関心を生んだことに加え、美術館制度をめぐってアレーとロベール・ド・ラ・シズランヌが主張を同じくしていたという事実は、結果としてプルーストとアレーとのあいだにいくつかの接点を生むことになった[27]。そして、教会建築をはじめとしたキリスト教文化・キリスト芸術の伝統を脅かす時代の流れに抵抗するという、いわば共通の目的が、互いの根本的な差異をある程度まで包み隠しながら、二人を再び引き寄せることになったのである。しかし、むしろ近いとすら思えた両者の距離は、果たしてこの後も保たれ続けるのだろうか。

「大聖堂の死」が発表された一九〇四年以降、プルーストの生前に公にされた文章にアレーへの直接の言及は無い。しかし、批評家とのあいだで共有された視点は、書簡をはじめとしたその後の言説にも認めることができる。一九〇七年八月、ノルマンディやブルターニュで訪れるべき名所旧跡を推奨してもらうためにエミール・マール Émile Mâle（一八六二—一九五四）に送った手紙はその一例である。そのなかで、自分が訪れてみたいと思い描いている場所について語る作家は、「風景が多少なりともモニュメントとのあいだに調和をもたらしている」ことを条件のひとつとして挙げている[28]。これは、先に確認したラスキン＝アレー的ヴィジョンがプルーストのうちに痕跡を残していることを窺わせるものである。そしてさらに、同じ手紙には次のような一節が認められる。

ノルマンディー地方で、いっそう興味深い観賞物といえば何がありますでしょうか？　私は別に大聖堂や史的建造物にこだわるものではありません。ともかくも、とりたてて特別というわけではないような——あるいは真に崇高ではないような——大聖堂よりは、ひとつの街が手つかずの状態に留まっていれば、私の夢想にとってはその方が豊かなものをもたらしてくれるでしょう（かつて鉄道から見た、そしてたいそう私の気に入ったスミュールがそうであったように[29]）。

プルーストを豊かな夢想へと誘うのは「手つかずの状態」で保存されている街、すなわち都市計画の推進や修復という破壊行為を受けげず昔のままにとどまっている景観であった。ひとたび手が施された建築や景観は本来の魅力を失うのであって、それらはもはや修復以前と同じ印象を与えることはない。それは『胡麻と百合』翻訳の序文（「読書について」と題され、一九〇五年六月一五日付『ラテン復興』誌に発表）のなかで、ボーヌの古い町並みを歩く幸福感を語った一節にも通じる見解である。「ひとつの時代が消え去りながらそこに忘れていったかのようなすべてのもの」[30]、ある時代に特有な過去の痕跡に対する憧憬は、プルーストにおいてもアレーにおいても重要な位置を占めているのである（ただし後者が認める「過去」は徐々にイデオロギー的な性格を強めるのであるが）。それは例えば、ヴィオレ゠ル゠デュックに対する両者の否定的な評価にも端的にあらわれる。[31]建築物の復興とは「それまで一度たりとも存在しなかったような完全な状態でそれを回復することなのだ」という定義に基づいた建築家の創造的な修復が、アレーにとって受け入れ難いものであったことは容易に想像がつくだろう。

しかし、『アミアンの聖書』（一九〇四）に続いて『胡麻と百合』の翻訳（一九〇六）が出版されたのち、ラスキンの思想的影響と徐々に距離をとりながら『サント゠ブーヴに反論する』に向かって動き出そうとしていた時期にあっても、プルーストはアレー的な視点との近接性を保ち続けていたと結論づけることができるだろうか。マール宛の手紙に例を見たように、一九〇七年のいくつかの書簡にはそう思わせる記述が認められる。しかし、「自分にとって最後となるかもしれない旅行」のために、幾度もマールに教えを乞い、カブール近郊のトルーヴィル、ウルガット、バイユー、カン、ディーヴ、あるいはエヴルーなどを訪れて教会建築を鑑賞したこの年は、これまで表面化しなかったアレーとの差異が、プルースト自身によって鮮明に意識される転換点でもあった。ノルマンディ旅行を終えて一〇月にはパリに戻っていたプルーストは、その経験をもとに「自動車旅行の印象」と題された記事を同年一一月一九日付の「フィガロ」紙に発表し、それから一ヶ月ほどのちの一二月上旬、再びマールに宛てて次のように書いている。

しかし、思うに、こういった研究のための才能を全く持ち合わせていない私のような者は、書く物のなかに、自分が学び得たごくわずかな事柄を混ぜ込むことを避けねばならないのです。私はフィガロ紙に「もはやない教会」についての記事を、つまり、革命家たちや、プロテスタントの愚かさ、考古学者たちの錯乱、聖職者の無知、盗人の大胆さや行政当局の配慮が徐々にその身ぐるみを剝いでしまう前の教会についての記事を書くことを約束していました。しかしながら、二番煎じにならざるを得ない書き物のなかに、二、三の私的な印象が持ち得るわずかながらの詩情を溶かし込むことを恐れた私は、その記事を断念したというわけです。アンドレ・アレーの例はあまり勇気づけられるものではありません。(32)

「フィガロ」紙に約束していたという「もはやない教会」に関する記事について語るプルーストは、そのテーマがどのようなものであったかを伝えながら、記事を放棄するにいたった理由を述べる。(33) 作家は、史的建造物に対する愚行・蛮行が繰り返される以前の教会建築について語ろうとしながらも、自分にはマールのような緻密で図像学的な研究をおこなう才能（あるいはその道に専念する意志）が欠如していることを知っていた。(34) そこで思い至ったアンドレ・アレー的なスタイルも、彼にとっては決して説得的なものではなく、建築と〈土地〉について語る際にこの批評家がとった手法に追随することを自らに禁じたプルーストは、「二、三の私的な印象が持ち得るわずかながらの詩情」の重要性について語っている。美術史をはじめとして、文学、哲学、神学、歴史学といった多様な視点からのアプローチを駆使して、図像という過去の思想の結晶を「読み解く」ことへの知的な関心が失われることはない。『花咲く乙女たちのかげに』において、エルスチールが披瀝するバルベック教会についての知識などはその典型である（II, 196-198）。(35) しかし、プルーストは、教会建築を自己のヴィジョンのなかで「見る」ことによって、あるいは建築の散策をめぐる私的／詩的な印象を積極的にすくいあげることによって、独自のスタイルを築き上げようとした。単なる旅行記の枠には納まり切らない、散文詩的なスタイルで教会建築を語った「自動車旅行の印象」という記事は、そうした「詩情」をめぐるプルースト的な実践のひとつと考えられるだろう。[36] ここで語られる「印象」へのこだわりはその後の文学的営為の本質でもあり、アレーが『フランスそぞろ歩き――パリ近郊』の序文で語っていた「一観光客」の「印象」とは一線を画している。だからこそプルーストは、中心主題であるはずの教会建築について詳細に語るのではなく、移動する車から見える鐘塔の「動き」に心を奪われるのだし、各地の教会を訪れた際の私的な経験を、詩情を込めて描こうとするのである。[37]

破壊の憂き目にあって「もはや存在しない」、あるいは今まさに喪失の危機に瀕している教会を救うためにはどうするべきなのか。教会の「死」を意識しながら書かれた「自動車旅行の印象」は、この問いに答える試みでもあったはずだ。この記事は、第一次世界大戦後の一九一九年、『模作と雑録』のなかで「虐殺された教会の想い出に」《En mémoire des églises assassinées》という総題のもとに他三篇の記事とともにまとめられた際、新たに「救われた教会」《Les églises sauvées》というタイトルを付けられる。それが、総題にある「虐殺された教会」《églises assassinées》との対称関係を意識したものであることは明らかだろう。しかしそこには同時に、プルーストがこの記事の執筆を契機として、アレー的な主張とは異なったかたちで教会を「救う」糸口を見出していたことを示す意図も込められていたのではないか。それは教会が戦争による破壊を「免れた」《sauvées》ことを意味するとともに、教会をめぐる「私的な印象」を書き残した作家自身の手によって、「死」の危険から「救われた」ことも示唆しているはずだ。

史的建造物保護を声高に叫ぶのではなく、教会をめぐる個人的な印象を詩情とともに書き留めることを選択したプルーストは、のちにそれを『失われた時を求めて』の主人公に託し、マルタンヴィルの鐘塔のエピソード（I, 178-180）へと昇華させることで教会建築の印象＝本質を救ったのではなかったか。修復や複製によってオリジナルの持つ「真正性」が喪失し、その結果として伝統の概念が揺さぶられる危機を前にして、作家は、「私的印象」を賭け金とするだろう。それは「アウラ」と同様に、「時間と空間が独特に縺れ合ってひとつになったもの」であり、「一回限りの現象」であるいっぽう、物質的な事物の権威や歴史、あるいは「芸術文化にたいして抱く一種の共同幻想」[38]とは無縁な、あくまでそれを感じる一個人のみを問題にするべき経験であった。

そして、一九〇七年末のマール宛書簡で示されたアレーに対する違和感は、創作手帳のひとつ（カルネ1）[39]に残された批評家への二度の言及に至って、はっきりとした反アレー的態度として顕われることになる。以下に引用する最初の言及は、一九〇八年秋頃の執筆と推定されるメモである。

芸術家はコレクションや女性以上に、アレー主義に信をおくことはない。それはただ熱を上げるためだけのものである。破壊者と呼びつける以上に、複製に対する称讃を理解することに困難を覚えるという、アレー的態度の愚かさ。[40]

プルーストは、アレーに象徴されるような立ち位置を「アレー主義」《Hallaynsisme》という造語で端的に示したうえで、芸術家がこれを信じることはないと指摘する。史的建造物保存に関する批評家の理論は、女性に対する関心や蒐集という行為と同じく、自己完結的・自己満足的なものとして明確に否定されるのである。また、「複製」という行為に対して理解を示すことなく、単にこれを「破壊者」と呼び捨てる「アレー的態度」についても、その「愚かさ」が批判されている。[41]では、「自動車旅行の印象」執筆後にプルーストが表明していたアレーとのずれが、このような決定的な批判にまで至った要因は何だったのか。その疑問に答えるために、次節ではとくに、問題の書き込みが、ネルヴァルに対するプルーストの関心の高まりと時期を同じくしている点に着目したい。[42]プルーストが「生涯でもっとも感銘を受けた」という『シルヴィ』の再読と、『サント＝ブーヴに反論する』に収録されたネルヴアルについての断章へむけた思索の深まりにおいて、アレー否定の要因は、その輪郭を浮かび上がらせることになるのである。

4 アレーとネルヴァル――〈土地〉への視線の差異

プルーストをネルヴァル断章（*CSB*, 233-242）執筆へと駆り立てた具体的な背景については、同時代の思潮との影響関係を視野に入れながら次章で詳しく分析することとし、ここでは、同断章で問題となるイル＝ド＝フランス地方というトポスに着目することで、プルーストが感じ取っていたネルヴァルとアレーとの対比を素描するにとどめたい。以下に見る、カルネ1に残されたアレーへの二つ目の言及は、その一助となるだろう。プルースト的な命題である知性への不信についてのメモの直後に位置するその書き込みは、走り書きのメモを思わせるような、これ以上ないほどに簡潔な記述でありながら、極めて示唆的な広がりを内包している。

ジュベールとサント＝ブーヴ（ネルヴァルとアレーのように）[43]

吉川一義氏が推定するように、サント＝ブーヴ Charles-Augustin Saint-Beuve（一八〇四―一八六九）の著作を渉猟しながらメモを残してゆく過程で書きつけられたこの一節が一九〇九年の秋以降のものであるならば[44]、プルーストはネルヴァルの『シルヴィ』とヴァロワをめぐる思索を書き残したうえでこれを記したことになる。サント＝ブーヴがジョゼフ・ジュベール Joseph Joubert（一七五四―一八二四）について論考を残しているのに対して、管見の限りアレーのネルヴァルに対する言及は見つかっていない[45]。しかし、プルーストがネルヴァルとアレーを併置した理由に関しては、すでに指摘されているように、両者が全く異なったヴィジョンのもとにヴァロワ地方を描きだしたからだと考えるのが、言及の有無に関わらず説得的であるように思われる。(46) 事実、ネルヴァル断章のなかでプルーストは、そうした差異を意識した一節を残している。この一文には、原文に忠実に訳出しただけでは意味がとりづらい箇所が散見されるので、ここでは、理解を助けるために、適宜［ ］のなかに言葉を補って訳出することとする。

イル＝ド＝フランス、中庸の土地、適度な魅力を持った土地、そういったものは如何にネルヴァルの土地から懸け離れていることか！ そこには爽快さや朝、好天や過去の喚起すらも超えた、何か表現し得ぬものが存在するのだ。［……］さて、それを示唆するためにバレス氏はどうするだろうか？ 彼は［土地の］名前の数々を引用し、一見伝統的な装いをした物事について「我々の埋葬のなかで、昼日中に揺らぐ蝋燭の神聖なる穏やかさ」、「一〇月の霧に聴く鐘の音」といったように語るのである。そして思うに、伝統的な装いをした物事を［本当の意味で］感じ、それを愛することは、［実は伝統や古典への傾倒とは異なって］非常に今日的［現代的・反古典的］なのであって、そこに［伝統主義者たちが価値を見出す］控えめさなどなく、アレー氏とブーランジェ氏によるところの「中庸の魅力」や「イル＝ド＝フランス」などと相容れることはない。そして、［こうした違いを示す］もっともよい証拠として、数ページ先で今度はド・ヴォギュエ氏が同じヴァロワ地方を喚起するのであるが、彼はトゥーレーヌに執着し、「我々の趣向に沿って組み合わされた」風景や、「ブロンドのロワール河」［といった平板な表現］にこだわる有り様なのだ。こういったもの［すなわち、イル＝ド＝フランス、中庸の土地、適度な魅力を持った土地にこだわるヴォギュエ、アレー、ブーランジェらの描くもの］は、ジェラールから如何に遠く隔たったところあることか！（CSB, 240）

イル＝ド＝フランス地方について語る際に、伝統主義的な立場からくり返されてきた「中庸の土地、適度な魅力を持った土地」といった表現が、ネルヴァルの描き出した〈土地〉からいかにかけ離れたものであるか。このことを示すために書かれたこの一文において、プルーストの批判の鋒先は、シャンティイに居を構えてフランス語の伝統擁護に尽力したマルセル・ブーランジェ Marcel Boulenger（一八七三―一九三二）[47]と、イル＝ド＝フランスの各地を逍遥して多くの文章を残したアンドレ・アレー、第3章でその伝統主義的な性格の思想に言及したウジェーヌ＝メルキオール・ド・ヴォギュエに向けられる。そして、恐らくこの一節は、これまで考えられてきたほどには、反バレス的ではないように思われる。イル＝ド＝フランス地方の土地の「名前を引用し、一見伝統的な装いをした事柄について語る」バレスは、少なくとも「風景の節度ある魅力」の向こうにある何かを感じ取り、（恐らくはそこに到達できないながらも）「狂気」によって捉えられたその何かに近づこうと努めている。プルーストはこのように考えて、バレスに対して一定の評価をしているのではないか。こう解釈することで初めて、次に見る吉川氏の的確な指摘が、テクスト全体の流れのなかに位置づけられるはずだ。「ところで、ネルヴァルの狂気が無害であり、穏やかで、ほとんど伝統的で古代的な性格を持っていたことを喚起するのは、バレスにおける愛すべき趣向の欠如なのである。」（*CSB*, 241 [cahier 6, f° 35 r°]）プレイヤッド版の編者が読解にためらいを見せる強調部の読みについて、吉川氏はこれが「欠如」《une manque》ではなく、「証し」《une marque》であることを明らかにし、この一文をバレスにとって肯定的なものとして捉え直している（図4-1）。プルーストが見たバレスは、ネルヴァルのうちに「甘美な狂人」《fol délicieux》を感じ取る「愛すべき趣味」《goût charmant》を持った存在であったはずだ。[48]

ネルヴァルの本質は「表現し得ないもの」、「魂のほとんど掴み得ぬ印象の数々」（*CSB*, 237）にこそあるのであって、風景の表面的な描写に留まっていたのでは、〈土地〉の名前や、〈土地〉にしみ込んだネルヴァルの精髄を捉えることはできない。平易な表現によってフランスの大地の風景美について語るアレーが、まさに「優美さ」《grâce》や「中庸」《mesure》といった語を用いたのとは対照的に、[49]ネルヴァルの〈土地〉は、平明さの先にある

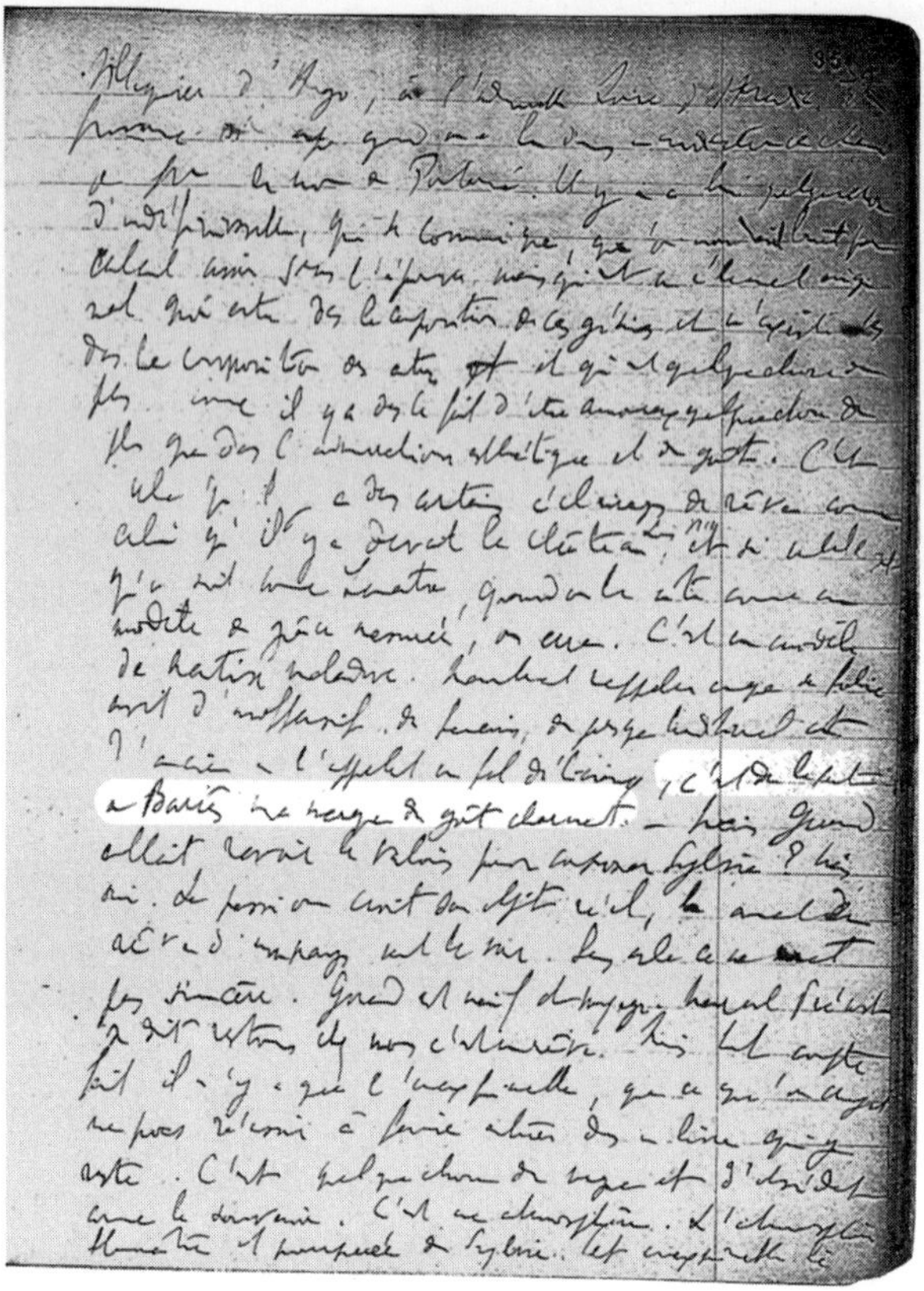

図4-1　カイエ6, f° 35 r°。白く浮き出した部分（«C'est de la part de Barrès une marque de goût charmant»）は引用者による強調

渾沌とした領域としての「夢」、あるいは「非理性的なるもの」[50]«l'irrationnel»へと開かれているのである。知性に対する不信を表明する一文に続くアレーとネルヴァルの対置は、したがって、伝統主義的なものの捉え方とネルヴァルの本質との対比が簡潔に表されたものとも考えられるだろう。

また、おなじカルネ1のf° 20 r°には「ジェラール ブーランジェ」«Gérard Boulanger [sic.]»と書き込まれていることも想起しておこう。フィリップ・コルブがカルネ1を校訂した段階では、この「ブーランジェ」という語に対する解釈はなされていない。二〇〇二年にアントワーヌ・コンパニョン、フロランス・カリュ両氏によって発表されたエディションでは、これが«Marcel Boulenger»として索引に組み込まれるに至ったが、これは極めて的確な判断であろう。「ネルヴァルとアレー」という対立同様、このメモもまた、『シルヴィ』をめぐる一節を残した作家が、アレーやブーランジェをこそ意識していたことを示すものである。カルネ1のメモに残された二つの対比は、その素っ気無いまでの短さにもかかわらず、ネルヴァルに関する作家の視点を明確にする力を秘めている。

＊

ラスキン美学との邂逅や、ラ・シズランヌという批評家の存在、あるいは政教分離政策といった要素が、アンドレ・アレーとプルーストとのあいだにあった根本的な距離に霞をかけるとともに、プルーストがアレーの論理を意図的に取り入れ、共有するきっかけを与えていた時期があった。とりわけ、教会建築をはじめとした史的建造物全般に対する両者の考えには、重なりあう部分を見て取ることができる。〈土地〉をめぐる思考の根本的な違いに対して目隠しをしたかのように、こうした状況は一八九〇年代後半から一九〇七年頃まで、恐らくはプルーストによっても強く意識されることのないままに続いていたのではないか。しかし『サント＝ブーヴに反論する』と『失われた時を求めて』に向けて歩み始めた作家は、ネルヴァルの『シルヴィ』の読解を通じて、自らその違いを前面に打ち出すことになる。「アレー主義」を否定し切ったプルーストは、ネルヴァルに見る私的な過去を含みもった〈土地〉、それ自体が夢の中にたゆたうような〈土地〉への志向を明らかにするのである。

このように見れば、アンドレ・アレーとの距離は、〈土地〉の問題系をめぐるプルーストの意識が、芸術家の内奥、印象、記憶と〈土地〉との関係へと向けられてゆく過程に迫る糸口ともなるだろう。次章ではさらに視野を広げて、ネルヴァル受容の問題を軸としながら、アレーを含め、フランスの大地に対する伝統主義的な視線を生んだ同時代の文学的・社会的動向に着目することで、コンブレーに代表されるようなプルースト的な〈土地〉の生成についての考察を進めてゆく。

第5章　古典復興運動とプルーストのネルヴァル観

　プルーストは、教会建築の「死」をめぐる同時代の議論に積極的に関わることで、小説美学の基盤をなす「私的印象」の重要性を明確に意識するにいたった。批評家アンドレ・アレーを指標とすることで明らかになったように、建築と〈土地〉に対するプルーストの視線が新たな展開の兆しを見せはじめた時期は、ネルヴァルに対する関心と思索が深まりを見せた時期と重なり合っていた。両者の密接な関係は、カルネ1の書き込みによって示唆されている通りである。本章では、新たな視点から『サント゠ブーヴに反論する』に収録されたネルヴァル断章の再読を試みることで、『失われた時を求めて』の執筆に向けて動き出そうとしていたプルーストにとって、〈土地〉という主題がどのような広がりを持っていたのか、さらに検討してゆきたい。

　プルーストの小説美学がジェラール・ド・ネルヴァルの作品に負うところは大きく、この点についてはすでに数多くの研究がなされてきた(1)。書簡集を含めた相当量に上る言説のなかでも、カルネ1に残されたネルヴァル関連のメモや、草稿帳に書きつけられた『シルヴィ』についての考察は、来るべき小説作品の生成と不可分なものとして様々な角度から分析されている。『失われた時を求めて』におけるネルヴァルへの直接の言及は二回のみであるが(2)、よく知られているように、プルーストの小説には、言及回数の少なさが重要性の無さを意味するとは言い切れない部分がある。実際、眠りや夢の果たす役割、無意志的記憶や回想の法則に対する関心、あるいは、創作に適した表現形式を模索するなかで生じるためらいや揺らぎまでもが、二人の作家の深い親和性を裏付けている。また、系譜学や土地の名前に対する関心、「起源の土地」に対して注がれた視線などに着目することもできるだろう。

だが、本章でネルヴァル断章を取り上げるにあたっては、両者の美学的な近接性を問題にするのではなく、断章で素描されるプルースト独自の小説美学と、同時代の文学的・批評的な流れとの関わりに着目する。そして多種多様な当時の文学動向のなかにプルーストの批評的実践をあらためて位置づけることによって、ネルヴァル断章に新たな角度から光をあてたい(3)。それによって、同断章にあらわされたヴィジョンの独創性をはかることも可能になるだろう。

二〇世紀初頭の文学界は、「不明瞭で、矛盾をはらみ、不確かな」数々の文学動向の絡み合いをひとつの特徴とし、当時の人々の眼にも「非常に多様で、絶えずその様相を変える」ものと映っていた(4)。このように複雑に錯綜した状況を問題にするうえで注目したいのは、第一次世界大戦に先立つ一〇年あまりのあいだに隆盛を極めた「古典復興」《renaissance classique》と呼ばれる文学的・社会的潮流である。というのも、ネルヴァルをめぐるプルーストのテクストには、古典主義的価値観への回帰を謳ったこの反動的な運動についての痕跡がひとつならず残されており、ほかならぬこの潮流への反発が〈土地〉をめぐるプルースト独自のネルヴァル観を発現させる重要な要素となっているからである。

1　起源への回帰――二〇世紀初頭の古典復興運動

まず、プルーストのテクストの具体的な分析に入る前に、二〇世紀初頭に巻き起こった古典復興とは一体どのような動向であったのか概観しておこう。

今日ではほとんど顧みられることがなく、文学史のなかでも忘れ去られてしまった感があるものの、一七世紀フランスの古典主義を称揚し、秩序への回帰を徹底しようとした欲求は、大きな時代のうねりを成していた。多くの芸術領域で次々と革新的・前衛的な運動が生まれた激動の時代にあって、過去遡及的な性格が後世の関心をひきつけ得なかったことが、こうした忘却を招いた主要因であったといわれている。しかし、古典回帰の流れは、一九〇〇年代初めから「古典復興」という名称を与えられて激しい議論の対象となり、とりわけ一九〇七年頃から第一次世界大戦開戦前夜にかけて主要な文学的トポスのひとつを形成していた。ギョーム・アポリネール研究の大家でもあるミシェル・デコーダンは、一八九五年から一九一四年にかけてのフランス詩の変遷を詳らかにした大著『象徴主義的価値の危機』(一九八一)のなかでこの動向に光をあてているが、恐らくはこれが、古典復興をめぐって文学史的な視点からなされた最初の詳細な考察であろう。また、近年ではウイリアム・マルクスが近代批評の誕生と古典復興との密接な関わりについて考察し、件の文学動向について興味深い意味づけをおこなっている。ここで、この二人の批評家の研究に依拠しながら、古典復興運動の特質をまとめてみよう。

デコーダンによれば、この動向は何よりもまず、伝統という名の過去との絆が断たれてしまうことへの不安をかかえた時代の要求を端的に示す兆候であった。デコーダンは、「復興」《renaissance》と名付けられたこの運動の本質が、「起源への回帰」《retour aux sources》を希求することにある点を指摘したうえで、次のように書いている。

[……]問題は、現実離れしたと判断される芸術を、本来の現実と伝統へと連れ戻すことである。パリの文学結社の人工的な雰囲気に対しては、地方に根をはること。すべてを差しおいて求められる独創性に対しては、古典的な美徳に忠実であること。地方復興《renaissance provinciale》に古典復興《renaissance classique》が呼応する。そして二つの動向は、しばしば緊密に結びついているのだ。(5)

「根ざすこと」、すなわち、「起源」とのつながりを確かなものとすることに対する欲求は、国政における地方の役割の増大や、民俗学の発展などに後押しされた地域主義と相まって著しい高まりをみせる。[6] 古典復興運動は、「パリ」対「地方」という伝統的な構図を下敷きとした時代の流れに深く関わると同時に、国外からのイデオロギーの流入やコスモポリタニズム拡大への抵抗とも結びつくことによって、文化的、社会的、政治的な要素が錯綜した大きな流れを形成する。ウイリアム・マルクスは、当時にあって古典主義的価値観への回帰を最初に唱えたのが、『知性の未来』（一九〇四）を著わしたシャルル・モーラス Charles Maurras（一八六八—一九五二）であったという思想的な背景を踏まえたうえで、古典復興の特質のひとつとして「美学とイデオロギーとの混淆——あるいは混乱——」を挙げている。事実、古典復興という時代の要請は、モーラス主義と響きあうことによって、国家主義や反ドレフュス主義、反ユダヤ主義に通じることにもなるだろう。古典復興の流れに歩みを合わせた批評家ガストン・ソヴボワ Gaston Sauvebois（生没年不詳）が一九一一年に発表した著作『古典主義の曖昧さ』には、こうした可能性がはっきりと示されている。

うち捨てられ、放棄され、焼き尽くされた一切のものへの回帰。国家的な基盤への回帰。すなわちそれは古典主義への回帰である。なぜなら、もっとも偉大な規律が古典主義のうちにはあるからであり、それが永遠の傑作を生み出したからであり、もっとも純粋なフランスの精髄の本質を明示しているからである。——そうすれば、外国の悪しき提供物は押し返されるであろうし、われわれのもつ最良の天分、真の力、文学的生産のためのもっとも確かな方法が復権するだろう。[7]

「古典復興小史」と題された章において、古典復興運動の文学史的な位置を定義する試みのなかに挿入されたこの一文は、デコーダンがこの運動のうちに認めた「秩序」と「教義」に対する強い欲求の存在を裏付けるとともに、その「もっとも純粋なフランスの精髄」に対するこだわりが、自民族至上主義に直結する思想をはらんだものであることをはっきりと示している。

文学の実践の場において古典復興を提唱する人々が目指したのは、ギリシャ・ローマを規範とする一七世紀フランスの古典主義的な諸形式への「回帰」であり、デコーダンの引用にも見た「古典的な美徳」《vertus classiques》(「明快さ」《clarté》、「秩序」《ordre》、「中庸」《mesure》、「鑑識力」《goût》、「調和」《harmonie》といった概念)を、詩や小説において復権させようとする流れであった(8)(ただし、そうした主張は実作よりも批評的な試みとして実を結ぶことのほうが多かったともいわれている(9))。こうした古典回帰の傾向は反高踏派・反象徴主義的立場を前面に出し、とりわけ詩の領域においては、「自由詩派」《vers-librisme》に対する反発や、ステファヌ・マラルメ Stéphane Mallarmé(一八四二―一八九八)に対する激しい批判となってあらわれる(10)。また、モーラスの著作の数々を引くまでもなく、古典復興支持者たちが反ロマン主義的態度を鮮明に打ち出していたことは容易に想像できるだろう。なかでも、文芸批評家にして哲学教師でもあったピエール・ラセール Pierre Lasserre(一八六七―一九三〇)が一九〇七年に発表した『フランス・ロマン主義』はその典型である。ロマン主義批判の系譜をまとめあげ、これを正当化する試みであったこの闘争の書は、古典復興に新たな教義的基盤をもたらすと同時に、激烈な論議を巻き起こして、この問題をめぐるアンケートが新聞や雑誌を賑わす契機ともなった(11)。

ウィリアム・マルクスによれば、古典復興はひとつの流派のように体系的に組織された「運動」であったというよりも、様々な流れの足並みが、結果的に共通した目的のもとに揃うことによって生まれた「星雲」《nébuleuse》に近いものであった。ただし、それがいかに「混沌としたもの」だったとはいえ、古典復興のスローガンは比較的簡単に要約され得るものでもあった。マルクスは次のようにまとめている。

［……］国家と地域の霊感を旨とする文学の推進。一七世紀の古典的伝統、規則的な詩の形態、明快さへの回帰。そして根本的な反象徴主義。(12)

規則正しさや明解さへの極端なまでのこだわりや、ひとつの頂点と考えられていた一七世紀フランス文学への傾倒なども、古典復興の大きな特質であった。マルクスが明らかにしたように、こうした傾向は第一次世界大戦の混乱とともに解消するものの、一九三〇年代初頭に至るまで、文芸批評に関する多くの議論に影響を与えつづけることになる。実際、戦前の古典復興の高まりのなかで深められたプルーストの問題意識（芸術の革新性や、芸術における進歩の概念、模倣の域を出ることのない「古典回帰」の限界など）も時間的に広い射程を獲得しており、最晩年に至るまで、折に触れてその言説のなかに顔を出すことになる。本章では、プルーストのうちにこうした視点が芽生えた時期に重点をおいて分析を試みるが、その際、ネルヴァルに関する批評的な実践の時期（一九〇八―一九〇九年頃）が、古典復興隆盛の幕開けと重なっているという事実に注意をうながしたい。そして、両者のパラレルな関係を念頭に置き、既述した古典復興に関するいくつかの特質を踏まえることによって、これまでとは違った角度からネルヴァル断章の再読を試みたいと思う。

2　歪められたネルヴァル像

プルーストの死後「ジェラール・ド・ネルヴァル」と題されて『サント＝ブーヴに反論する』に収録された一〇ページあまりのテクストは、二つの草稿帳――カイエ5（N. a. fr. 16645）とカイエ6（N. a. fr. 16646）――に別々に書き残された断章によって構成されている。[13] テクスト全体の約五分の四を占めるカイエ5の断章（以下、前半部と呼ぶこととする）は、ジュール・ルメートル Jules Lemaitre（一八五三―一九一四）が一九〇八年に出版した『ジャン・ラシーヌ』における『シルヴィ』への言及が直接の契機となって書かれたものであり、[14] カイエ6の断章（以下、後半部と呼ぶ）は、モーリス・バレスが一九〇七年一月二七日におこなったアカデミー・フランセーズ入会演説と、この演説に対するヴォギュエの返答に触発されて書かれている。[15] 前章で取り上げたアレーとブーランジェに関する一節は、この後半部に組み込まれたものであった。

ここで注意しなければならないのは、ネルヴァルをめぐるこれらの思索が、反サント＝ブーヴという命題のもとに綴られたテクスト群のひとつと位置づけられながらも、必ずしもこの批評家を標的としていない点である。たしかにプルーストは、サント＝ブーヴのネルヴァル観に否定的な態度をとっていた。プレイヤッド版の注でも指摘されているように、『新月曜閑談』に見られる「パリとミュンヘンを行き来した文学の外交販売員」《le commis voyageur littéraire de Paris à Munich》といった表現や「愛想がよく親切なジェラール・ド・ネルヴァル」《l'aimable et gentil Gérard de Nerval》といった表現（ゲーテの翻訳者ないしはドイツ文学の紹介者としてのネルヴァルに限定された指摘）に対する違和感がその例である。[16] しかし、ネルヴァル断章での批判の矛先が、近代文芸批評の祖というべき存在とは別のところに向けられていたことは、前半部冒頭の一節にすでに示されている。

このような評価は、人々が一致して『シルヴィ』は傑作だと唱えている今日、意表を突くように思われるかもしれない。しかし私は言いたい。つまり、今日『シルヴィ』はあまりに的を外したかたちで賞賛されているのだから、この作品のためにも、サント＝ブーヴが置き去った忘却の方がまだしも好ましいように思われるのだ。忘却の底からならば、『シルヴィ』はその奇跡的な若々しさのままに、傷ひとつうけることなく出てくること

もできたはずだ。（*CSB*, 233）

同時代の作家に対して的確な評価を下せないサント＝ブーヴ以上にプルーストを苛立たせていたのは、二〇世紀初頭におけるネルヴァル受容の実情、とりわけ『シルヴィ』をめぐる伝統主義的な作品解釈であった。これに対する反発は、ネルヴァル断章の前半部と後半部に一貫した主題でもある。仮に好意に満ちた解釈であったとしても、それが「的を外した」ものであるかぎり、作品の本当の美は損なわれ、歪められてしまう。それに比べれば、サント＝ブーヴがネルヴァルを追いやった忘却のほうがまだしもましである。このように主張するプルーストは、芸術作品に施される歪んだ解釈をめぐる問題系を敷衍するべく、次のような例を挙げている。

ひょっとすると、ギリシャ彫刻はアカデミーの解釈によって、ラシーヌの悲劇は新古典主義者たちによって、完全に忘れ去られた場合よりもはるかにその評価を貶められたのではないか。カンピストロンの影を見ようとするくらいなら、ラシーヌなど読まないほうがよかったのだ。しかし今日では、ラシーヌはこうした月並みな見方を洗い落として、全く知られていなかった場合と同じほどに、独創的で新鮮な姿を私たちに見せてくれるのである。ギリシャ彫刻についても同様だ。それを明らかにしているのは、あのロダン、すなわち一人の反古典主義者なのだ。（*CSB*, 233）

「アカデミー」や「新古典派」の視点からなされる古代彫刻や古典の作品解釈への不信感が表明されるいっぽう、当時から優れて現代的な彫刻家と考えられていたオーギュスト・ロダン Auguste Rodin（一八四〇―一九一七）が、ギリシャ彫刻の真の理解者として引き合いに出される。この「ロダン」という選択肢に注目しよう。プルーストのこのようなロダン観は、『胡麻と百合』翻訳の序文「読書について」の原注のひとつですでに描き出されていた。[17]

そのなかで彫刻家は、対極に位置づけられるもののうちにこそ最良の理解者を見出すことができるというプルーストのテーゼ（たとえば、「ロマン主義者」こそが「古典派」の第一の解説者であるという考え）を、芸術の領域にまで広げる好例として取り上げられている。[18] 作家みずからが同注で典拠を明らかにしているように、プルーストは批評家カミーユ・モークレール Camille Mauclair（一八七二—一九四五）が一九〇五年五月一五日付の『ラテン復興』誌に寄せた「ロダン氏の技法と象徴主義に関する覚え書」に大きな共感を覚えたようである。[19] モークレールはこの論考で、彫刻家自身の言葉をふんだんに盛り込みながら、ロダンが示した革新性の背後にある古代ギリシャ彫刻への深い理解を明らかにしたのだった。

一九〇八年にプルーストが再びこの彫刻家について語ったのは、この点を念頭に置いたうえでのことであった。その際に、一九〇五年の時点では用いられていなかった「反古典主義者」《anticlassique》という表現を取り入れている点は示唆的である。間接的にではあれ、こうした語の選択は、断章執筆時のプルーストが同時代の新古典主義的な流れとその「反動」とを意識していたことを窺わせる。また、モークレールを引くまでもなく、ロダンの作品群が優れて「象徴主義的」であったことを考慮すれば、この芸術動向を敵視する古典復興運動の支持者たちの目にロダンが「反古典的」と映ったことは想像に難くない。プルーストがおこなったロダンへの言及は、決して恣意的な選択に基づいたものではなかったはずだ。

では、古代ギリシャ彫刻に対するロダンに匹敵するような良き理解者に恵まれていなかったネルヴァルは、当時、どのようなイメージを付与されていたのだろうか。プルーストは次のようにまとめている。

今日、ジェラール・ド・ネルヴァルは、遅れてきた一八世紀の作家であり、ロマン主義の影響を受けなかったとされている。彼は伝統に忠実であり、地方色をもった生粋のガリア人であり、『シルヴィ』では、理想化さ

れたフランス人の生活を、素朴で繊細な筆致で描きだしたというのである。(CSB, 233)

ここで簡潔に描きだされた「今日の」ネルヴァル像が、伝統主義的なフィルターを通して捉えられたものであることは明らかであり、そこに古典復興運動の影響を見ることは困難ではない。古典回帰の欲求が作り出した文脈において、ネルヴァルがロマン主義の系譜に組み込まれることはなく、ましてや象徴主義の先駆者として定義されることもない。[20] むしろそこには、ネルヴァルとそうした文学動向との関係を積極的に否定することで、この作家を古典主義的なコンテクストのなかに回収してしまおうという強い力が作用しているといえる。一部の文学者以外からはほとんど忘れられていたネルヴァルが、忘却の淵から掘り起こされることでたどりつつあったこの命運に、プルーストは強い苛立ちを覚えていたのである。

一九〇三年一一月に創刊された文芸雑誌『レ・マルジュ』の書き手であったウジェーヌ・モンフォール Eugène Monfort(一八七七―一九三六)は、創刊号に「愛しうるロマン派作家ジェラール・ド・ネルヴァル」と題された記事を寄せている。[21] モンフォールはここで、ヴィクトル・ユゴーが体現したロマン主義を痛烈に批判する。その目的は、ロマン主義時代を生きたネルヴァルを、ロマン主義的傾向とは無縁な例外的存在として肯定的に捉えることにあった。モンフォールは、作家を取り巻く環境や知己にロマン主義的色彩が強かったことを認めながらも、ネルヴァル自身の芸術が全くその影響を受けなかったと主張してこれを高く評価している。そして、ネルヴァルに関するテオフィル・ゴーチエの証言を取り上げながら、「ネルヴァルがロマン主義者たちのなかで唯一の文人であり、「血筋、気質、そして精神において」他のだれよりもフランス的であった」ことを強調するのである。[22] また、モンフォールは『レ・マルジュ』誌で展開してきた自分の論理を正当化する目的で書いた一九〇七年四月の記事で、「愛しうるロマン派作家」であるネルヴァルが「ロマン主義時代のあいだ、古典的であるすべを心得ていた」ことを、あらためて強調することになる。[23] こうした視点が、プルーストの批判するネルヴァル像の生成に一役買っていたことはいうまでもない。

いっぽう、フランスの理想的な生活の舞台となる自然豊かな景観を、優美な筆致で描く「風景画家」としてネルヴァルを位置づける傾向も存在した。一九〇六年九月、モーリス・バレスはスポーツ専門紙のはしりである「ロト」紙にネルヴァルに関する記事を寄せて、次のように書いている。

自動車を運転する人たち、自転車に乗る人たち、そしてジョギング好きの人たち、パリ近郊を駆けめぐるのを愛するすべての人たちに、或る偉大な芸術家の小品をお薦めする［……］。私が言わんとしているのは、ジェラール・ド・ネルヴァルという筆名を用いていた、ラブリュニーのことである。彼らはそこに、イル＝ド＝フランスで楽しむための新たなきっかけを見出すであろう。この地方の霊的で寛いだ優美さを、ネルヴァル以上に感じた人間は一人もいないのだ。[24]

ネルヴァルの作品が、文学的教養を備えた人々だけではなく、広く一般大衆にも受け入れられ得ることを意識したバレスは、いたって平易な語り口で、この「ヴァロワ地方の画家」ネルヴァルが『シルヴィ』で描く情景と人々の豊かな日常とを結びつけている。この例に見られるように、新古典主義的、伝統主義的なコンテクストからは離れたところでも、人々は『シルヴィ』という作品に込められたイル＝ド＝フランスの森林の美しさや、そこを舞台として展開する豊かな田園生活と庶民の日常的な営みに惹きつけられていた。たとえば、一八八六年にリュドヴィク・アレヴィ Ludovic Halévy（一八三四―一九〇八）の序文を付けて出版されたエディションに組み込まれている四二枚の挿絵は、そのどれもが「素朴で繊細」であり、当時の人々の『シルヴィ』観の一端を見事に証言しているといえよう（図5-1）。[25]

だが、物語の舞台となるヴァロワ地方やイル＝ド＝フランスは、古典主義的価値を称揚する人々にとって、単に風光明媚な場所として考えられていたわけではない。フランス史上もっとも古い地域のひとつであり、ラシーヌやラ・フォンテーヌをはじめとした古典主義文学の巨匠たちとも結びついたこの地方は、「フランスの心臓」と呼ばれるにふさわしい歴史的価値を帯びている。古典復興支持者たちはこの〈土地〉を美しく描き出したネルヴァルの

GÉRARD DE NERVAL

SYLVIE

SOUVENIRS DU VALOIS

PRÉFACE PAR LUDOVIC HALÉVY

42 compositions dessinées et gravées à l'eau-forte

PAR ED. RUDAUX

PARIS
LIBRAIRIE L. CONQUET
5, RUE DROUOT, 5

1886

III

Tout m'était expliqué par ce souvenir à demi rêvé. Cet amour vague et sans espoir, conçu pour une femme de théâtre, qui tous les soirs me prenait à l'heure du spectacle, pour ne me quitter qu'à l'heure du som-

X

J'ai repris le chemin de Loisy; tout le monde était réveillé. Sylvie avait une toilette de demoiselle, presque dans le goût de la ville. Elle me fit monter à sa chambre

図5－1　『シルヴィ』(1886年）の挿絵

作品世界に、国家の伝統やフランス語の顕揚につながるモチーフを探るのである。ジュール・ルメートルがラシーヌ論のなかでおこなっているのは、まさに「伝統的で、非常にフランス的な」《traditionnel, bien français》ネルヴァルをめぐる読解であった。

外国人には立ち入ることができず、ひょっとしたら、南フランスに寄りすぎていたり、北フランスに寄りすぎていたりする土地のすべての人たちにも立ち入ることができない、ラシーヌの故郷というものがあると考えたくなる。これはひとつの神秘であり、ラシーヌはそれを通じて、我々が民族の精髄と呼ぶであろうもの、すなわち秩序、理性、中庸の感情、優美さに包まれた力を表現する。ラシーヌの悲劇からは、極めて古い故郷の存在が察せられるのだ。［……］私が思い出すのは、魅力的で非常に素朴な、無邪気ですらある小品『シルヴィ』である。それはロマン主義者たちのなかに迷い込んだラ・フォンテーヌのような夢想家の作品である。物語は、まさにラシーヌの土地であるヴァロワ地方を舞台としている。それは各ページごとに、古代ギリシャや古き聖書の時代などではなく、古のフランスを感じさせる。しかし、ジェラール・ド・ネルヴァルがジャン・ラシーヌの生まれた土地の歌謡について語ることは、ラシーヌの複雑な悲劇の数々についても言えることのように思えるのだ。「少女たちは、母親から教わった古い調べをうたいながら、芝生の上で輪になって踊っていた。その調べは、飾り気のない、とても純粋なフランス語のものなので、千年以上にわたってフランスの心臓が脈打ってきたこのヴァロワ地方の古き土地にいるのだということが、はっきりと感じられたのだった。」[26]

イル＝ド＝フランスに実在する街フェルテ＝ミロン（ラシーヌの出生地）を意識しながらであろう、ルメートルは、ラシーヌの「故郷」を「フランスの精髄」が溢れ出る創作の源として想い描く。[27] 外国人はおろか、北方のフランス人も南方の人々も触れることができないその場所が、北でも南でもない、まさにフランスの「心臓部」＝「中心」

（すなわちイル＝ド＝フランス）に位置することが示唆されている点に留意しよう。フランスを代表する劇作家の才能と〈土地〉との絆を描くその口調は、あきらかに伝統主義的な調子を帯びている。『シルヴィ』を形容する際に用いられる《simple》や《naïf》といった語が、プルーストのネルヴァル観と相容れないことは改めて強調するまでもない。ルメートルにとってのネルヴァルは、ロマン主義者たちを代表する作家などではなく、あくまで彼らのなかに「迷い込んだ」存在であった。くわえて、ネルヴァルにゆかりのあるヴァロワ地方をラシーヌと結びつけ、ネルヴァル自身をラ・フォンテーヌに重ね合わせる視点が示すのは、新古典的なスタンスを特徴づける、一七世紀フランス文学への深い思い入れにほかならない。ここで『シルヴィ』から引用されるのは、「アドリエンヌ」と題された章の一節である。だが、実際には半覚醒の状態に落ちた語り手が想起する光景の一部であるにもかかわらず、ルメートルは、躊躇うことなくそれを伝統主義的コンテクストのなかに接ぎ木している。(28)

このような視点は、ルメートルに限られたわけではない。一九一三年に『規律——古典復興の文学的・社会的必要性』と題された古典復興運動に関する総合的な理論書を出版したアンリ・クルアール Henri Clouard（一八八九—一九七四）は、「フランス的な伝統」という章のなかに次のような一節を残している。

人々は、洗練された国家遺産の保管者たちのように、唯一フランス文学こそが自国を代表する権利を有しているのだと、すすんで考えるだろう。そして、ただ一人のフランス人だけが、イル＝ド＝フランス地方の純朴な少女について、ありのままの姿を損なうことなく、「彼女の微笑みには、アテナイの人のように明敏な何かがある」と書くことができる。それはシルヴィの微笑みなのだ。(29)

直接に名指しされることはないものの、シルヴィという登場人物を描き切った「フランス人」こそはネルヴァルであり、彼の作品は、国民的なフランス文学の典型として持ち出されている。ネルヴァル作品の賞賛者でもあったクルアールは、[30] 一九二〇年代後半にネルヴァル関連の校訂(ル・ディヴァン社から出版されたネルヴァル作品集。『幻視者』、『東方紀行』、『火の娘』、『オーレリア』などを収録)をいくつも手がけているが、一九二四年に出版された『ネルヴァル選集』の序文には、さらに次のような指摘が見て取れる。

要するにジェラールは、もっとも教養があり、人の気を引くことにもっとも長けた、ドイツ文学の普及者だったのだ。しかし、それにもかかわらず、彼は優れたフランス人であり、生きた伝統の証人なのであって、時間に抗い、すでに若返ってすらいるのである。[31]

根ざすことによる安心や保証などからは縁遠く、時間と空間のなかで不安に満ちた彷徨を続けることを運命づけられたネルヴァルの姿は覆い隠され、[32] フランスの大地と伝統に根づいた人間としてのジェラール像が強調される。そしてネルヴァルは何よりもまず、「洗練されたフランス人」であることを求められたのである。

3　古典復興運動に抗して

「これほど『シルヴィ』からかけ離れたものはない!」(*CSB*, 237)

「ネルヴァルの精髄」が〈土地〉の名前や〈土地〉そのものに浸透させた「狂気」を感じ取る努力をせず、本質に届くことのない表面的な観察を繰り返して「民族の精髄」を顕揚する姿勢は、プルーストにとって断固たる批判の対象だった。これは、「風景が持つ中庸の優美さを素材としながらも、ネルヴァルがその向こう側へと向かっていく」（*CSB*, 240）ことを理解せず、そこで語られる〈土地〉の数々にフランスの精髄との絆しか見ようとしないことと根を同じくする問題である。ネルヴァル断章の軸となっているのは、「非理性」や「描写し得ないもの」、あるいは「無意識」といった要素を読み取ろうとせず、「知性」を優先して平易で単調な読解・描写を繰り返すことに対する批判であった。前章で問題にしたアンドレ・アレーがネルヴァル論のなかで批判された背景には、〈土地〉をめぐるこのような文脈が一役買っていたことが理解される。平明な筆致でイル＝ド＝フランスの風景を描いたアレーは「王家の領地であるこの土地においてフランスの魂が形成された」のだということ、そして「ここにおいて我が国の芸術が生まれた」ことを確信していたのである。[33]

プルーストはこうした傾向に抗うかたちで、ネルヴァルのヴィジョンが捉えたヴァロワ地方の美と、新古典主義的な「節度あるフランスの美」とを峻別する。[34]『シルヴィ』に描かれるのは、「明解で平易な水彩画」《claires et faciles aquarelles》でも「節度あるフランスの水彩画的な色調」《les tons aquarellés de [la] France modérée》でもない。そして人々が「素朴な絵画」と呼ぶところのものは、実際には「ある夢についての夢」であり、そこでは、平明さという言葉ではかることのできない「捉え難い印象の数々」が問題になっていることをプルーストは指摘するのである。

時代は下ることになるが、「水彩画」に対するプルーストの抵抗は、『失われた時を求めて』の最終巻に描かれた、文学への決別をめぐるエピソード（IV, 433-434）の下敷きになっているように思われる。主人公は、療養のために滞在していたサナトリウムからパリに戻る汽車のなかで、「フランスでももっとも美しいと評判の田園のひとつ」（IV, 443）を目にするのだが、全く創作の意欲が駆り立てられることがない。そのことに愕然とした彼は、ゴンクール兄弟の『日記』を再読したときに味わった、自分の文学的才能に対する諦めの感覚（IV, 295-301）を思い起こすのである。しかし、美しい自然を前にしながらも、全く感じ入ることが無かった主人公について語られた次の一節には、そうした諦念の素直な表明とは別の意図がふくまれているのではないか。

> もしも私が本当に芸術家の魂をもっていたら、夕日に照らされて並ぶ木々を前にして、ほとんど車両のステップの高さにまで伸びている土手の愛くるしい花々を前にして、大きな喜びを感じないことがあるだろうか。私には、その花々の花びらの数を数えることもできた。しかし、多くの優れた文人たちがするようにして、その色彩を描写することは慎重に避けるだろう。というのも、自分では感じられなかった喜びを、読者に伝えることなど望めないからだ。（IV, 434）

草稿のひとつでは「文学によって描かれたもっとも芸術的なスペクタクル」とも表現された光景が目の前に広がっていることに驚きながら、[35] 主人公はそれを「多くの優れた文人たち」の描くような「色彩」によってなぞり直すことができずにいる。この問題を、ネルヴァル断章での〈土地〉をめぐる思索に照らし合わせて考えてみれば、自らに失望する主人公＝語り手の口調とは裏腹に、作者であるプルーストがそこに本当の意味での文学的な挫折を認めていないことは、自ずと理解される。「小川」や「花々」、「苔」などに満ちた「イル＝ド＝フランス」を思わせる田園について用いられた表現（あるいは、主人公が味わった挫折の経験自体）は、既存の平易な「文学的」描写に対する密かな皮肉と読み替えることができる。そして、のちに主人公のこの体験が無意識的記憶として蘇り、本当の「快楽」をもたらす（IV, 446-447）ことを考えれば、「芸術家の魂」は「優れた文人たち」の安易な描写とはべつのところに見出されるという帰結への伏線が張られていると推察するべきだろう。木々に対して語りかける主人公の台詞は、小説のもっとも古いエピソードのひとつとして、すでにカルネ1のなかに書き残されている（Carnet 1, ff^{os} 4 v°-5 r°）。このメモの執筆は一九〇八年の夏頃と推定されているが、それがまさにネルヴァルをめぐる思索が深められつつあった時期と一致することは、〈土地〉の「印象」を捉えるヴィジョンの生成を考えるうえで、念頭に置いておかねばならない重要な事実である。

そしてネルヴァル断章におけるプルーストの考察は、〈土地〉を捉える「ヴィジョン」の問題から、〈土地〉の「印象」について語る際の「文体」の問題にも広がってゆく。議論はもはやネルヴァル論の枠組みに限定されることなく、フランス語の伝統への崇拝（あるいはその喪失への危機感）という、古典復興運動のもうひとつの重要な側面の意義が問われることになる。

断章前半部の冒頭のわずか一ページ弱のテクストのなかに「今日《こんにち》」《aujourd'hui》という語が四回も用いられていることからも推察できるように、ネルヴァル断章は、この作家をめぐる「今日」、さらには『サント＝ブーヴに反論する』全体を貫いている文芸批評という主題をめぐる「今日」を強く意識して書かれたものであった。そして、「文体」の問題についての言及もまた、次のように書き始められる。

今日、ひとつの流派が存在し、かつて支配的だった抽象的で意味のない言葉の羅列に対する反動としては、実を言うと有効だったのだが、その流派が芸術に対して、旧来の働きを一新したと信じていた新たな役どころを強要したのだった。文章を重々しくしないためには、何一つものをいわせなくてかまわない。書物の輪郭をはっきりさせるためには、表現しにくい印象や思考などはすべて排除してかまわない。そして言語にその伝統的な性格を保たせるためには、既存の、出来合いの文章で絶えず満足し、それらを再考する努力をしなくてもかまわない。まずはこうしたことへの合意からはじめるくらいだから、文の調子にスピード感があっても、統辞法が良質であっても、文章の歩みがなかなかに軽快であっても、たいした利点などないのだ。（CSB, 237）

「晦渋に抗して」と題された象徴主義批判の記事を『ルヴュ・ブランシュ』誌に発表してから約一二年ののち、[36] プルーストはフランス語の「明解さ」を声高に称揚する「流派」を弾劾する。すでに指摘されているように、かつて

「支配的だった抽象的で意味のない言葉の羅列」が指すのは、象徴主義運動が生み出した様々な文学的所産である。(37) ここで語られているのは、古典回帰の流れが示した象徴主義者たちに対する反発であり、プルーストがこうした状況を明確に認識していたことが理解できる。作家はこのような反動が「有効であった」ことを認めながらも、新古典主義的な文体の特質に対しては否定的な見解を示し、常套句に対する好み、フランス語の伝統的性格に対するこだわり、平易な（安直な）統辞法の多用といった点を列挙しながらきびしく批判するのである。(38)

また、フランス語の文法や文体をめぐる当時の議論に作家が無関心でなかったという事実は、当時の書簡にもあらわれている。一九〇八年一一月初旬にストロース夫人 Mme Emile Straus, née Geneviève Halévy（一八四九—一九二六）に宛てた手紙のなかで、「フィガロ」紙に掲載されたルイ・ガンドラックス Louis Ganderax（一八五五—一九四〇）の記事（『ジョルジュ・ビゼー書簡集』に寄せた序文全文(39)）に言及したプルーストは、ガンドラックスが示した「フランス語の擁護と顕揚」の姿勢を批判して、次のように書く。

顕揚のためではありません。擁護のためでもないのです。フランス語を擁護する唯一の人々は、（ドレフュス事件における軍部のように）「それを攻撃する」人々なのです。［……］どのヴァイオリニストも自分自身の「音」を作り出さなければいけないように、どの作家も自らの手で自分の言語を作らなければなりません。［……］そして、フランス語を擁護したいと思うならば、実際には、古典的なフランス語とは正反対に書くことです。(40)

「顕揚」や「擁護」という積極的な態度表明自体が、フランス語の変容に対して伝統主義者が感じた不安の裏返しでしかないことを見透かしたかのように、プルーストはガンドラックスの姿勢を真っ向から否定する。一七世紀古典主義文学にも造詣が深いはずのプルーストが拒絶するのは、フランス語の持つ古典的な価値そのものではなく、文学的な営みを古典作品の表面的な模倣や「無意識のパスティッシュ」に貶めかねない古典復興運動の教養であった。[41] 古典的規範の不毛な繰り返しに陥るのではなく、それを「攻撃する」ことで初めて、新たな「古典」の名にふさわしい独創性を築くことができる。[42] 作家が打ち出すこの命題は、生涯揺らぐことがない。

多少の脱線となるが、ネルヴァル断章の読解を通じて浮かび上がるこのような視点は、プルーストが詩人ジャン・モレアス Jean Moréas（一八五六—一九一〇）に対して否定的な態度を取り続けたという事実によっても裏付けられる。「象徴主義宣言」（一八八六）の人としてではなく、古代ギリシャ・ローマと古典主義を範とするロマーヌ派の創設者としてのモレアスは、古典復興運動の重要人物と位置づけられていた。アンリ・クルアールは、先に取り上げた『規律』のなかの「古典主義の歩み」と題された章で、モレアスに一一ページを割き、『スタンス集』（一八九九、一九〇一）を著わした詩人の「歩み」を賞讃している。[43] プルーストは、自ら「モレアス」と題した未完の断章を残しているが、[44] ネルヴァル断章と同様『サント＝ブーヴに反論する』に収められたこのテクストで作家が批判したのは、モレアスの擬古主義的態度であった。

この擬古主義は、多くの不誠実からなっている。そのひとつは、古代の作家たちの天才の資質のうち、外面的な特質であれば同化吸収できると考えている点にある。文体模写をすれば喚起できるだろうが、それは当の作家たちが意識していなかったものだ。というのも、彼らの文体は、さらに昔の人たちのものを写しとっていたわけではないのだから。［……］モレアスは、彼自身が一言で素描するところによるなら、ひとつの流派（ブーランジェ派？）——あるいはバレス派——、つまりは暗示派に属している。それはロマン・ロランとは正反対だ。しかし、これもひとつの長所にすぎず、内容の空虚さと独創性の欠落を覆い隠すに足るものではない。

(*CSB*, 310-311)

表面的な模倣に終始することの「不誠実さ」を批判するプルーストは、モレアスの作品のうちに「内容の空虚さと独創性の欠如」しか認めない。ロマーヌ派の活動を象徴する詩集である『スタンス集』も、プルーストにとっては、「凡庸さ」と「活力の欠如」を伝えるだけのものだったのである。[45]

このテクストがプルーストの生前に発表されることはなかったが、モレアスにおける古典回帰の問題は、戦後のプルーストの言説にもあらわれる。[46] 一九二〇年三月から四月にかけて、この詩人の死後一〇年を記念して数々の記事が書かれたことに触発されたプルーストは、書簡のなかでたびたびモレアスについて言及している。[47] 六月下旬、ジャン・ド・ピエールフウ Jean de Pierrefeu（一八八三―一九四〇）に宛てた手紙もその例であり、そこでもモレアスに対する作家評価は否定的であった。

[……] モレアスの才能については、正直に申し上げて、どうして「伝統」を拠り所にすることができるのか、私にはわかりません。この手の松葉杖の助けを借りて歩んでいくすべての芸術は、心地よいものではあっても何ら実質を持たない戯れでしかないのです。マネの「オランピア」は、アングルの模倣者たちよりも巧みにアングルを継承していますし、ヴィクトル・ユゴーはカンピストロンらよりも巧みにラシーヌを継承しているのです。[48]

一読して分かるように、ネルヴァル断章の冒頭に見た古典理解をめぐる視点は依然として有効である（ネルヴァル断章でもラシーヌとカンピストロンが例として挙げられていたことを想起）。そして作家はさらに、一九二一年六月の『新フランス評論』に掲載されたボードレール論「ボードレールについて」の末尾でもこの論理を繰り返している。

[……] 今日、ヴォルテールの語彙しか使わない作家について「彼はヴォルテールと同じくらい巧みに書く」などと言われる。そんなことはないのであって、ヴォルテールと同じくらい巧みに書くためには、彼とはちが

ったかたちで書き始める必要があるはずだ。モレアスの名をめぐってなされた復興のなかでは、いくらかこうした誤解が力をふるっている。(*EA*, 639)

詩人の名と結びついた文学状況を指して「復興」《renaissance》という語を用いていることからも分かるように、プルーストはモレアスを中心とした古典の「復興」の意義を疑問視していた。[49] この擬古主義的な詩人をめぐる議論によって浮かび上がるのは、「古典」あるいは「古典主義」の定義や、芸術の進歩・刷新の問題についてのプルーストの思索であり、古典復興運動に対する反発がプルーストの美学に及ぼした影響の大きさである。[50] そして、世紀転換期における象徴主義関連の議論から、戦後のモダニズム文学をめぐる問題に至るまで、古典復興の流れとプルーストの文学的成長の歩みとが直接的・間接的に関わりつづけたことも確認できるはずだ。ネルヴァル断章の思索は、このような広い射程のもとに捉えることで初めて十全に理解することができるのである。

*

古典復興運動は、『サント＝ブーヴに反論する』執筆の背景として無視できないトポスのひとつであった。プルーストの批評意識の形成には、この流れに対する抵抗感が少なからず関わっていたということができる。そのことが明確に表れていたのが、ネルヴァル断章における「古典復興」的なネルヴァル解釈への批判であった。それは結果として、ネルヴァルにおける夢や夢想、狂気の重要性を強調する契機ともなっている。「中庸の優雅さのモデル」と考えられた〈土地〉は実際には「病的な強迫観念」と結びついており、描かれた〈土地〉の光景が帯びる「単純さ」の背後には、「心の動揺」《trouble》が浸透している。そこに浮かび上がるのは、フランスの大地に根ざした「純粋なガリア人」ではなく、起源への憧憬を胸に、絶えず彷徨い続けるネルヴァル像であるはずだ。

そして、〈土地〉が象徴する過去の記憶＝歴史に対して注がれた古典復興的な視線もまた、ネルヴァル断章の思索が深まる契機となったはずだ。そこには、来るべきコンブレーの創造へと続く、小説創造と〈土地〉、そして記憶の関わりをめぐる思索の一端を見て取ることができる。すでに確認したように、古典復興運動ないしは伝統主義的な視点が捉える〈土地〉は、歴史という名の「過去」が層を成して形成されたものとして捉えられていた。アンドレ・アレーがイル＝ド＝フランスのサンリスについて記した一節に例をとろう。

サンリスは王家の城館の廃墟を保ち続けた。それは想い出に満ちた場所である。知っての通り、カロリング王家からアンリ四世まで、大変な数のフランス王がこの地にやってきて居を構えたのだ。(51)

この〈土地〉に満ちた「想い出」は、フランス王家にまつわる記憶以外の何ものでもなく、アレーはそのことを既知の事実として語っている。いっぽうネルヴァルは、フランス王朝史と不可分なイル＝ド＝フランスのヴァロワ地方を取り上げながらも、自らが生まれ育った土地固有の伝承や地方史に対するこだわりを国史に優先させているように思われる。プルーストが指摘したように、ネルヴァルにとっての〈土地〉は、「少なくとも地図上と同じほどに心の中にもはっきりと存在する過去」(CSB, 238) でもあって、その「過去」自体はフランスの伝統とは無縁な、私的な性格の強いものであった。幼年時代を過ごした〈土地〉がかき立てる「過去」について物語るネルヴァルの『シルヴィ』が「ヴァロワの想い出」《Souvenirs du Valois》という副題を冠していることを思えば、同じ《souvenirs》という語が歴史的な記憶を指すものとして用いられるアレーのテクストとの違いは歴然としている。〈土地〉が喚起する「過去」という主題に関心を抱きながらも、アレーが語る「過去」は公の記憶としての歴史であり、プルーストがネルヴァルとともに考察を深めてゆく個人の記憶とは異なるベクトルのもとにあった。(52) プルーストのこうした歩みは、ピエール・ノラが大著『記憶の場』に寄せた論考で指摘した、世紀転換期における〈記憶〉の変質をめぐる動き――「歴史的なものから心理的なものへ、社会的なものから個人的なものへ、伝達可能なものから主観的なものへ、繰り返すものから思い出すものへ」の「決定的な移行」――と照応する。[53] 古典復興という同時代の潮流に対する反動によって、プルーストの思考にこのような対立構図が素描されたことは強調されてよい。

〈土地〉をめぐる思考は、『失われた時を求めて』に向けてさらにその重要性を増してゆく。そのことを十分に理解するためには、小説の主人公（ないしは作者自身）の記憶と結びついた〈土地〉（すなわち彼らが根ざす〈土地〉）が獲得する意義についての理解を深める必要があるだろう。ヴァロワという名の〈土地〉を作品のなかに定着させようとする際に、この場所を再訪することを禁じ得なかったネルヴァルの「素朴さ」を指摘したプルーストが（「ジェラールは純朴であり、それゆえに旅をする」CSB, 242)、コンブレーという〈土地〉とのあいだにどのような関係を築こうとしたのか。第Ⅲ部では、これらの点について分析を試みることで、「ジェラールよりも遠くへ」進もうとしていたプルーストにおいて、小説の執筆と記憶の〈土地〉の問題がどのような関係を築いてゆくのかを問う。

第III部　〈土地〉の破壊と芸術創造

倒壊したサン＝マルコの鐘楼，1902 年

第6章　崩れ去るヴェネツィアと〈土地〉の記憶

かつて訪れた想い出の土地について何かを書こうとする際、果たして記憶の源泉はその土地そのものに求められるべきなのか。文学の素材としての過去は、果たして現実の場所のうちに保存されているのだろうか。

ネルヴァル断章のなかで、『シルヴィ』とヴァロワ地方の関係を例にとったプルーストは、個人的な記憶と結びついた土地をどのように描き出すべきかという問題について考察を試みている。「ジェラールは『シルヴィ』を書くためにヴァロワ地方を再び訪れていたのだろうか?」(*CSB*, 241) 自らたてたこの問いを、自信を持って肯定するプルーストは、「ある土地を愛する者がその土地を見たいと思う」(*Ibid.*) 心理に対して理解を示している。しかし、「現実の対象物」を信じることが「誠実な」態度であると語るいっぽうで、ヴァロワを再訪することを禁じ得なかったネルヴァルの「素朴さ」に疑問を感じていないわけではなかった。この点に、ネルヴァルを乗り越えようとしたプルーストが、場所の記憶の探求をめぐって築き上げる小説美学の芽生えを認めることができるだろう。

夢想された〈土地〉とも、現実に見た〈土地〉とも異なった、記憶のなかの〈土地〉のイメージは、想い出が交錯する結節点となって、(1) かつて訪れたその場所に再び足を運んでみたいという心的な欲求を掻きたてる。しかしプルーストは、自身の小説創造に関して〈土地〉の再訪を必要とせず、創作のための懐古的な「故郷回帰」を否定するに至るように思われる。プルーストは、個人的な記憶をまとった〈土地〉をどのような距離感のもとに位置づけ、小説のなかに取り込んだのだろうか。本章では、作家が一九〇〇年に母親を伴って訪れたヴェネツィアを取りあげて、この問題について考えてみたい。事実、プルーストにとってのヴェネツィアは、夢想の対象として大きな意味を持っていたことに加え、実際にそこで過ごした時間の記憶もまた、最晩年の執筆活動に至るまでその価値を失うことがなかった。

そこでまず、作家のテクストを読みこむための準備として、過去の記憶と〈土地〉との関わりという観点から、「モニュメント」と呼ばれる構築物の特質を整理し直し、建築をめぐるラスキン美学を視野に入れながらヴェネツィアという都市空間のモニュメント性について概観する。またこれとあわせて、プルーストと同時代の人々がこの都市に注いだ視線についても触れておきたい。

1　モニュメントという記憶装置

歴史家フェルナン・ブローデルは、晩年の著作『都市ヴェネツィア』(一九八四)で次のように書いている。

夢のなかでのように、ヴェネツィアの時間の流れ方は普通とちがっている。[……] 歴史への愛、芸術への愛、あるいは衒学趣味への愛のためにさえ、その過去の継起をひとつまたひとつと見分けて楽しむことができるのだ。というのもそれらは一見してすぐに読み取れるし、私たちを楽しませるためかのように、歩く道筋に沿って配置されているからだ。どこにいようと、私たちは目と手でそれらに触れる。(2)

ブローデルが「約束の土地」と呼んだ都市ヴェネツィアには、語の本質的な意味における「モニュメント」が満ち溢れており、その形容しがたい「魔力」《sortilèges》によって過去を現前させている。本書ではすでに、教会建築や歴史的な城館といった「史的建造物」《monument historique》と呼ばれる文化財について、世紀転換期の言説（とりわけその保存や修復をめぐる議論）を取り上げて考察の対象としてきた。ここで「史的建造物」の概念上の定義や、その歴史的な変遷の問題に詳しく立ち入ることはしない。[3] しかし、「モニュメント」を意味するフランス語の普通名詞《monument》の語義と語源について概観し、この建築物の特徴のいくつかをあらためて確認しておくのは意味のないことではないだろう。エミール・リトレ Emile Littré（一八〇一―一八八一）の『フランス語辞典』と、ピエール・ラルース Pierre Larousse（一八一七―一八七五）の『一九世紀万有大辞典』では、それぞれ次のような定義がなされている。

モニュメント――著名な人物や、重大な出来事の記憶を後世に伝えるために作られた建造物。Monument ――Construction faite pour transmettre à la postérité la mémoire de quelque personnage illustre, ou de quelque événement considérable. (Émile Littré, *Dictionnaire de la langue française*)

モニュメント――重大な事実や、傑出した人物の記憶を保存することを目的とした、建築ないしは彫刻の重要な構築物。Monument ―― Ouvrage considérable d'architecture ou de sculpture, destiné à perpétuer le souvenir de quelque fait important ou de quelque homme remarquable. (Pierre Larousse, *Grand Dictionnaire universel du XIXe siècle*)

モニュメントという「構築物」が担う役割は、何よりもまず「記憶を後世に伝える」ことであり、また、その「記憶」を「不朽のものとする」ことであった。それは、ある出来事やある人物の記憶が時間をこえて共有されることを可能にするとともに、曖昧模糊とした記憶に具体的な形象を与えて確かなものとする機能を持つ。[4] ラテン語の《*monere*》［= faire penser à ; faire se souvenir ; avertir］「〜を思わせる、思い出させる、注意をうながす」から派生した《*monumentum*》［= ce qui rappelle le souvenir］「記憶を呼び覚ますもの」が《monument》の語源となっていることからも分かるように、モニュメントは何よりもまず記憶との絆をその本質としている。

プルーストの小説美学の発展に大きな影響を与えたジョン・ラスキンは、建築と記憶との関係を重視した。一八四九年五月に出版された『建築の七灯』は一八四八年に没頭したソールズベリでの実地調査や、同年夏におこなったノルマンディ各地の聖堂の調査結果などを踏まえて書かれたものだが、その第六章「記憶の灯」において、ラスキンは次のように書いている。

建築無くして生活することも礼拝することもできるだろう。だが、建築なしには記憶することはできないのだ。当代の国民が書きあらわし、朽ち果てることのない大理石が保持するものに比べれば、あらゆる歴史は如何に冷きっており、あらゆる修辞的表現は如何に生命を欠いていることだろう！　わずかばかりの石が互いに重なって残されていたことで、おぼつかない記録を載せたページをどれだけ救うことができたことだろう！［……］人間の忘却に勝る征服者はただ二人のみ存在する。それは「詩」と「建築」である。そして後者はある意味で前者をうちに含んでおり、その実質においていっそう力を持っているのだ［……］。(5)

ラスキンにとって、「建築」は記憶との絆を十全に保証するものであり、個々の建造物を構成する頑強な大理石は、エクリチュールとして残されたテクストとは比較にならない力で過去を鮮明によみがえらせることができる。「建築」は、「詩」と同程度あるいはそれ以上の力強さをもった、人間の「忘却」に打ち勝つための手段と考えられたのである。

では、そのラスキンにとって、「建築」に結びついた記憶とはどのような性質のものであったのか。都市論・建築理論の歴史に通暁するフランソワーズ・ショエも指摘するように(6)、ラスキンが問題にする「過去」は、それぞれの建築や場所をめぐる「歴史」である以上に、失われた遠い世代の人々を指している。ラスキンがモニュメントに見出したのは、歴史的事象の象徴としての価値や芸術的な価値に加え、「過去」（の人びと）に対する「敬愛の価値」《valeur de piété》と呼ぶべきものだった。「過去の世代」との対話を可能にするからこそ、「過去の時代の建築を、遺産のなかでもっとも貴重なものとして保存する」必要があるとラスキンは考えたのである。(7)

「歴史」と呼ばれる時間の層であれ、「過ぎ去った世代の人びと」であれ、「過去」との繋がりを確立することは、現在を生きる自己のアイデンティティに対する保証を獲得するために不可欠な要素であった。モニュメントと「過去」の記憶との関わりについて、ショエは次のような解説を加えている。

モニュメントは、時間の本質を払いのけることで、保証し、不安をぬぐい去り、心を静める。それは起源を保証するものであり、始まりの不確かさが生む不安を鎮めるのだ。モニュメントは、エントロピー、すなわち時間が自然物と人工物のいっさいに及ぼす溶解作用に対する挑戦であり、死と消滅の懊悩を鎮めようと試みる。それが生きられた時間と記憶とのあいだに結ぶ関係、別の言い方をすればその人類学的機能が、モニュメントの本質をなしているのだ。(8)

モニュメントが喚起するのは、無作為に選びとられた任意の記憶ではない。それは「民族ないしは宗教、国家、部族あるいは家族の共同体のアイデンティティを保つことに寄与する」記憶でなければならなかった。共同体のなかで広く共有された記憶を体現するモニュメントは、はるかな昔から綿々と続く時間の流れのなかに人を組み込むことによって、その人間の「起源」を確かなものとして実感させ、さらには時間が持つ破壊力に対する防波堤としての機能も果たしている。〈土地〉に根ざすことの重要性が叫ばれた時代にあって、モニュメントが、伝統や歴史、「起源」との絆を重んじる人びとの拠り所となったのは当然の流れであった。また、ひとつの場所に「根ざす」建築としての性格ゆえに、多くの場合、モニュメントはそれが屹立する場所と不可分な関係性のうちに描き出される。

たとえば、モーリス・バレスにとって、自国の歴史的なモニュメントは「精神生活の源」であり、「フランスの大地の身体的、精神的な像」をむすぶ「過去の廃墟」として是非とも保存されるべきものであった。[9] 破壊であれ、修復であれ、モニュメントに手を触れ、過去の痕跡を喪失させるということは、「身体的、精神的な」痛みとともに、共有された記憶や起源との絆を失うことを意味していたのである。

興味深いのは、こうしたモニュメント観が、個々の建築物のみならず、ひとつの街ないしは都市という空間的な広がりにも当てはまるという点である。都市社会学を専門とする若林幹夫氏によれば、多くの場合、近代以前の都市は「『歴史的なもの』や『伝統的なもの』という時間的な属性」を備えており、「歴史的な意味での『起源』、すなわち創建の時」を持つとともに、「その時に都市としての形象の原型が与えられ、その原型が時の流れをこえて保持されるものとして存在してきた」という。氏は、都市と記憶との関係を論じるなかでこのように指摘したうえで、さらに次のように続けている。

こうした都市においてはまた、その創建の時から現在に至る時の流れの中で生じたさまざまな出来事が、街路や場所の名称として記憶されたり、特定の建物と結びつけられたり、像や記念碑に記されたりして、都市の「現在」を構成する要素となってきた。こうして都市の「現在」は、その起源とその後の流れを体現し、刻み込み、「現在」を生きる人々にその歴史を表示する、一種の記憶装置として機能する。[10]

一九世紀中葉以降、近代都市の誕生（すなわち近代以前の都市の喪失）に向けて動き出した時代を生きたラスキンは、こうした「記憶装置」としての「都市という総体」《ensembles urbains》に対する意識を明確に提示した最初の一人であった。[11] セーヌ県知事オスマン Georges Eugène Haussmann（一八〇九—一八九一）による改造計画が進められていた当時のパリでも、都市をひとつの総体として把握し、その全体を文化遺産と考える視点はまだ生まれていなかった。オスマンの計画による新たな町並みを侮蔑していたユゴーですら、旧市街の破壊による都市の変貌への抗議は一切していない[12]。モンタランベール Charles de Montalembert（一八一〇—一八七〇）と同様に、史的建造物の保護に尽力したはずのユゴーに見られるこのようなスタンスは、様々な要素が編み込まれて作られた「組織」=「織物」としての都市に対する意識が、必ずしも浸透していなかったことを示している[13]。おなじ時代をイギリスに生きていたラスキンは、歴史的な価値を帯びた都市の構造そのものを変えてしまうような介入に反対する姿勢を前面に出す。それは『建築の七灯』（とりわけ「記憶の灯」）のなかで、町並みを形成する「普通建築」や「住宅建築」に建築の本源をみとめる姿勢にも表れていた[14]。ラスキンは、工業化される以前の都市に手を加えることが一種の冒涜であると訴えることで、都市そのものに「記念碑的な形象」を与えることに寄与したのである[15]。

そのラスキンはもちろんのこと、彼の美学を共有した人々にとって、「過去」をその本質とするヴェネツィアの都市空間そのものが、現在のなかに屹立するもっとも重要なモニュメントのひとつと考えられていたことは間違いない。ヴェネツィアは、ヨーロッパに点在する他の歴史都市にはない「魔力」を持っていた。ブローデルは、本章冒頭で引用した一文に続けて、ヴェネツィアとそれ以外の歴史的な都市との相違について触れ、水の都では、「歴史」や「想像力」を持ち出すまでもなく、「現在は自分から逃げだしてしまう」こと、そして、「それほどまでに過去がいたるところに偏在している」のであり、そこに身をおくことは、「ものみなを包みこむ、柔らかく分厚い壺にはまり込んだかのようなのだ」と指摘している[16]。人々は、この特異な「壺」の中で「生きた過去」に触れるために、都市ヴェネツィアを訪れる。

そして、プルーストが生きた一九世紀から二〇世紀への転換期は、「生きた過去」に満たされた水上都市への熱狂が一世を風靡した時代でもあった。

2 ヴェネツィアをめぐる熱狂と対立

ルネサンス期を頂点として栄華を極めたヴェネツィア共和国は、一七九七年の消滅以降、フランス、オーストリアによる数十年におよぶ支配を経験する。かつて手中に収めていた地中海での経済的覇権の面影はなく、都市は凋落と停滞の空気に満ちていた。そして、一八六六年にイタリア国家に編入されたのちも、そうした状況が変わることはなかった。

しかしながら、ラスキンに愛され、プルーストが二度にわたって訪れたこの水上都市は、衰退の影に深く覆われながらも、国籍を問わず非常に多くの作家・芸術家を魅了してきた。なかでも一八八〇年代の終わりから二〇世紀前半にかけてのフランスにおいて、ヴェネツィアは重要な文学的主題となり、数多くの作品に描かれることになる。プルーストは、『ヴェネツィアの石』仏訳版の書評（一九〇六年五月五日付の『骨董芸術時評』*La Chronique des arts et de la curiosité* 初出）のなかで、こうした時代状況について次のように書いている。

えり抜きの知識人たちのなかで、ヴェネツィアが今日ほど特別で深い好意を享受したことはなかった。［……］いささか通俗で雑駁なヴェネツィアの流行は［……］、偏愛へと変貌し、現代のもっともたぐい稀な精神の持ち主たちによって、絶えず洗練され、深められている。バレスの瀕死のヴェネツィア、レニエのカーニヴァルのときのヴェネツィアと死後のヴェネツィア、ノアイユ夫人の満たされない恋のヴェネツィア、レオン・ドーデやジャック・ヴォンタドのヴェネツィア、それらは、あらゆる高貴な想像力に、他に類を見ない魅惑の力を及ぼしているのだ。（*EA*, 520-521）(17)

ここに列挙されているように、モーリス・バレスが『ヴェネツィアの死』によって都市の「死と官能のフレスコ画」を描き出したのをはじめ、アンナ・ド・ノアイユ Anna de Noailles（一八七六―一九三三）やアンリ・ド・レニエ Henri de Régnier（一八六四―一九三六）、レオン・ドーデ Léon Daudet（一八六七―一九四二）、そして「ジャック・ヴォンタド」の筆名で文学時評を著わし、「フェミナ」《Fœmina》の筆名で「フィガロ」紙に記事を寄せていたオーギュスティーヌ・ビュルトー Augustine Bulteau（一八六〇―一九二二）といった、プルーストとも縁のある文人たちの多くがヴェネツィアに魅せられ、筆をとった。このほかにも、ポール・ブールジェ Paul Bourget（一八五二―一九三三）、アベル・エルマン Abel Hermant（一八六二―一九五〇）、ルネ・ボワレーブ René Boylesve（一八六七―一九二六）、ジャン・ロラン Jean Lorrain（一八五五―一九〇六）、ダヌンツィオ Gabriele D'Annunzio（一八六三―一九三八）、ジャン＝ルイ・ヴォドワイエ Jean-Louis Vaudoyer（一八八三―一九六三）などの名前を挙げることができる。プルーストが特に晩年に親しく交流したポール・モラン Paul Morand（一八八八―一九七六）、などは、『折々のヴェネツィア』（一九七四）と題された著作のなかで、運河に流れる水を作家たちが筆を浸すインクに見立てて、都市と文人たちとの深い関わりを表現している。(18)

プルーストが生きた一九〇〇年代初頭のフランスの文壇には、ヴェネツィアを「ひとつの文学的本質」《une entité littéraire》にまで引き上げた「ヴェネツィアへの熱狂」《folie vénitienne》が渦巻いていた。(19) また、アドリア海の水上都市は、フィレンツェと並んで重要なスノビスムの舞台ともなり、(20) 人々は毎年のように大挙して「巡礼」を敢行していた。文人のみならず、様々な階層の人間がこの都市の熱に浮かされていたのであり、プルーストのテクストに見る「やや大衆的な流行」という表現に、そうした事情の反映を読み取ることもできる。(21)

第一次世界大戦に先立つ一九〇二年から一九一三年までの時期――すなわちバレス的なヴェネツィア像の影響が反映された時期――は、ヴェネツィアを題材とした小説が、その量やアプローチの多様さにおいてもっとも際立った時期であった。[22]作家たちをひきつけた都市の美しさは、とりわけ「死」や「崩壊」あるいは「滅び」といったモチーフと一体化することで、すでに喪失した（あるいは喪失しつつある）時間や事物に対する郷愁をかきたてきた。[23]これには、ヴェネツィア共和国がたどった歴史的な命運だけでなく、都市を構成する建築物の老朽化（廃墟化）の進行がロマン主義的な感性に訴えたところも大きい。

そもそも、フランスにおけるこの都市への関心は、一九世紀前半、シャトーブリアンやゴーチエ、ジョルジュ・サンド、アルフレッド・ド・ミュッセといった文人たちによって切り開かれてきた。イポリット・テーヌによる『イタリア紀行』（一八六六年）の出版に至って「発見の時代」がひとつの区切りを迎えたのちも、フランスでは、ヴェネツィアを自分たちの文化的・社会的領域に取り込もうとする「適合の時代」がおとずれ、水上都市は、フランスの「国家遺産」と認識されるまでになった。[24]ソフィー・バッシュが指摘するところによれば、こうした「熱狂」の高まりのなかで、一九世紀末のヴェネツィアは、ピエール・ノラ的な意味での「記憶の場」、すなわち「現代的な心理を象徴し表象する場」として位置づけられたのである。そしてこの「現代的な心理」を特徴づける要素のひとつが、失われた「過去」に対する強い憧憬であった。ラスキンが「海辺の砂上の幽霊」[25]にも喩えた都市空間を構成する数々の「廃墟」は、「ヴェネツィアにとって至上の装身具」であり、積み上げられたレンガは「数々の季節、年月、世紀によるフレスコ画」にほかならない。[26]それらは、過ぎ去った年月が創りだした芸術作品だったのである。

しかし、ヴェネツィアは「過去」の現前を感じることのできる場であると同時に、それが脆くも崩れ去り、喪失してしまう危機感とも緊密に結びついていた。

その要因のひとつとして、急激な都市近代化の流れを挙げることができる。水都を脅かす現代文明の侵攻は、過去をまとったヴェネツィアを愛でる人々にとって大きな脅威だった。ロベール・ド・ラ・シズランヌの反美術館論を取りあげた際にも触れたように、相次ぐ都市開発によって昔ながらの町並みや景観が失われ、〈土地〉の持つ「建築的容貌」(バレス)が大きく変わってゆく抗いがたい流れが、歴史都市ヴェネツィアにも迫まりつつあったのである。

たとえば、プルーストが当地を訪れた年でもある一九〇〇年八月一日付の『ルヴュ・ド・パリ』誌には、ロベール・ド・スーザ Robert de Souza(一八六五―一九四六)の論考「危機に瀕したヴェネツィア」が掲載され、「進歩」や「現代文明」の侵攻と、それに脅かされるヴェネツィアの「過去」との典型的な対立構図が描き出されている。[27]ラスキンを「偉大な美の伝道者」と形容するこの批評家は、ヨーロッパ各地に押し寄せていた都市開発の波がヴェネツィアに達することに対して危機感を募らせるいっぽう、「湧きおこる記憶」に満たされた歴史的な都市の「生」の重要性について力説する。[28]都市が朽ち果ててゆくさまに惹きつけられ、時がもたらす死のイメージを強調する傾向に加えて、近代的進歩による破壊=死=忘却を危惧する傾向をここに認めることができる。スーザにとって、「語りかけてくる過去の形象」である建築の「石」を破壊する時代は「忘却の世紀」と呼ぶにふさわしいものであり、ヴェネツィアがヴェネツィアであるためには、破壊という「忘却」に抗うこと(過去の記憶を保つこと)こそが不可欠だったのである。

また、この論考から一〇年ののち、水の都をめぐる「文学的熱狂」を論じたジュール・ベルトー Jules Bertaut(一八七七―一九五九)は次のように書いている。

　これほど長いあいだヴェネツィアへの侵略をふせぎ、文明からこの都市を守ってきたこの海は、手つかずの過去を求めて止まない我々の精神にもっとも見合った作品を完成させるのだ。結局のところ、ヴェネツィアは今日のヨーロッパでもっとも独創的な都市であり、自転車や自動車、路面電車、デパート、「巨大な」カフェレストランなど、身近になりすぎた些細なものを一切目にせずに済む、恐らくは唯一の大都市である。驚嘆すべき時代錯誤、これがヴェネツィアだ。他のすべての都市からはかけ離れた都市。この点をしっかり心にとめておいてほしい。(29)

「手つかずの過去」に大きな魅力を感じていた二〇世紀初頭の人々――プルーストもまた例外ではなかった――にとって、ヴェネツィアは「もっとも称讃に値する作品」であった。(30)「文明」という名の現代生活に浸食されていないこの都市は、「驚嘆すべき時代錯誤」を体現するものとして、肯定的に捉えられていたのである。世紀転換期にくり返し表明されたこのような称讃や、そうした感情の裏返しでもある工業化への危機感は、いずれも「過去」に対する執着に根ざしたものであった。

一方、多くの文人・芸術家が過去の痕跡を擁護する論陣をはったのに対して、未来主義を提唱するマリネッティ Filippo Tommaso Marinetti（一八七六―一九四四）らは徹底した「反過去主義的立場」《anti-passéiste》を標榜している。(31)一見意外な取り合わせのようにも思えるかもしれないが、プルーストの言説のなかにも、こうした動きへの示唆がある。『囚われの女』からの引用である。

二年のあいだ、聡明な人々や芸術家たちは、シエナやヴェネツィア、グラナダを陳腐だと考え、つまらない乗合馬車や汽車の車両のことを「これこそが美だ」と語っていた。そして、この趣向は、他の趣向と同様、消え去った。人々が再び「過去の高貴な事物を破壊する冒瀆」に立ち戻ったかどうかは、私のあずかり知るところではない。いずれにしても、一等車両がヴェネツィアのサン＝マルコ寺院よりも美しいと、頭から考えられることは無くなった。人々は「それこそが人生なのであって、過去への後戻りはまがいものなのだ」と語っていたのだが、かといって明確な結論を引き出すには至らなかったのだった。（III, 642）

ナタリー・モーリアックも確認しているように、歴史的都市の美を否定するいっぽうで、現代的な交通機関を讃えた人々が未来主義者を指すことは明らかである。彼らの主張の軸を成していたのは、「過去の高貴な事物の破壊」であり、それが「冒涜」であるという考え方に対する過剰なまでの反発であった。[32] その彼らが、フィレンツェやオクスフォード、ブルッヘ（ブリュージュ）といった歴史的な都市（「博物館的都市」とも呼ばれる）に加えて、ヴェネツィアを攻撃の大きな標的としたのは当然の流れであった。一九一〇年、サン＝マルコ広場の時計台から「過去主義的ヴェネツィアに抗して」と題されたビラを大量にばらまいた未来主義の指導者たちは、ヴェネツィアを「過去主義の大下水道」と呼び、その工業化＝未来主義化を声高に主張した。[33] このような文脈のなかで、ヴェネツィアと深く結びついたラスキンが批判の的となったことも驚くにはあたらない。事実マリネッティは、同年三月、ロンドンのリュケイオン・クラブにおける講演で、イタリアに残された「過去の痕跡」を擁護するラスキンを徹底的に批判している。また、「未来主義者と過去主義者との戦い」の場となったヴェネツィアのフェニーチェ歌劇場では「ヴェネツィア人への未来主義演説」と題された扇動的な演説がおこなわれ、そのなかでマリネッティは次のように述べている。

過去の奴隷であるヴェネツィア人よ、お前たちがいうところの、蒸気機関や路面電車、自動車の醜さに対してわめき立てるな。我々は天賦の才をもってそこから偉大な未来派の美学を引き出すのだ！［……］ヴェネツィア人よ！ヴェネツィア人よ！なぜお前たちは、いまだに、そして常にかわることなく、過去の忠実な奴隷、歴史上もっとも巨大な淫売宿の醜い番人、感傷主義のウイルスに致命的に毒された魂が鬱屈している、世界でもっとも嘆かわしい病院の看護師であろうとするのか？[34]

「速度」の美学を信奉する未来主義者たちにとって、時間の流れが停滞したかに見えるこの土地は、格好の攻撃対象であった。逆に言えば、ヴェネツィアを礼讃する言説において、自転車や自動車、路面電車といった数々の乗り物の不在が好意的に描かれていた背景には、技術的進歩の象徴を導入するための環境整備に対する強い抵抗感に加え、「速度」という現代的・未来主義的な要素に対する反発を読み取ることができるだろう。(35) 過去主義的美の支持者たちが、何よりもまず「想い出」や「郷愁」を重視するいっぽう、自らを「有益な破壊の人間」(36) と定義する未来主義者たちは、「健康的忘却」を追求する。「今日の建築を歴史的たらしめ」る必要があると主張したラスキンが、「建築の最大の栄光」は「建築が経た時代のうちにある」と考えたのに対して、(37) それに真っ向から対立する未来主義建築の特質は、「過去からの独立性と一時性」であり、歴史的連続性への不服従であった。(38)

しかし、都市近代化の現実的な流れや、未来主義者の破壊的な言説もさることながら、プルーストの時代において、崩れ去るヴェネツィア像をもっとも象徴的に示した事件は、一九〇二年七月一四日におきたサン＝マルコの鐘楼の倒壊ではなかっただろうか (39)（第Ⅲ部扉）。建築を支える地盤の脆さが囁かれていたなかで、いわば起きるべくして起きた出来事であったとはいえ、ヴェネツィアを代表する建築物の倒壊が人々にあたえた衝撃の大きさは容易に想像できる。ラ・シズランヌは、ラスキン著『ヴェネツィアの石』の仏語訳（一九〇六）に寄せた序文の末尾でこの大事件に言及している。批評家によれば、鐘楼は六〇〇年以上のあいだヴェネツィアのランドマークであり続け、「都市の他の部分に先んじて［船乗りたちの］目に入る」存在であった。その鐘楼が消失することによって、水の都を目指す旅人たちは路頭に迷い、「ヴェネツィア人たちは、もはやヴェネツィアをそれと認識できなかった」のである (40)（図6-1）。この序文を目にしたプルーストは、ラ・シズランヌに宛てた一九〇六年六月の書簡で、水の都におけるカンパニーレを文学におけるルクレティウスやウェルギリウスの存在にたとえ、喪失の重大さに関するラ・シズランヌの主張に共鳴している。(41) 書簡集などを見る限り、作家がこの事件に言及するのはこの一度のみである。しかし、『消え去ったアルベルチーヌ』第三章「ヴェネツィアでの滞在」の冒頭を飾ることになる鐘楼が、一九〇二年に脆くも倒壊したという現実が、作家にとって大きな衝撃だったことは間違いないだろう。

過去の記憶に対する憧憬と、崩壊によるその消失の恐れとは、二〇世紀初頭の重要な問題系をなしていた。都市ヴェネツィアは、時の破壊作用による崩落や、近代化の現実と深く関わることで、「記憶」と「忘却」との拮抗の

図6-1　サン＝マルコの鐘楼の倒壊以前（上）と以後（下）のヴェネツィアの光景

舞台となり、さらにはその拮抗をめぐる、強迫観念に近い時代の心性を映し出していたのである。

3 〈無国籍者〉アルベルチーヌの肖像

一九〇〇年にヴェネツィアを訪れたプルーストは、都市をめぐって紡がれた文学的・社会的な幻想や、喪失への不安、偶像崇拝的な偏愛を、ある程度まで共有していたように思われる。そして、多くの同時代人にとってと同様、作家にとってもまた、水の都はまず、過去と緊密に結びついた場であり、ひとつのモニュメント＝「記憶を喚起するもの」として思い描かれる。

「都市において、ひとは、ある場所を散策するようにして記憶のなかを徘徊する。都市とは、場所となった記憶なのである。」モーリス・バレスと都市ヴェネツィアとの関わりについて論じたエマニュエル・ゴドーはこのように書いている。(42) 世紀転換期にひろまったヴェネツィア像に多大な影響を与えたとされる『ヴェネツィアの死』、とりわけその第三章を繙けば、そこにちりばめられた画家や歴史家への言及を通して、バレスにとってのヴェネツィアが、「死と官能の都市」であると同時に「芸術の記憶」でもあったことが理解されるだろう。そこを歩くことは、数多くの作家・芸術家の残した痕跡のただ中に分け入ることであり、そうした記憶の層に我が身を浸すことでもあった。

そして「芸術の記憶」をめぐるこの指摘は、ラスキンの足跡をたどるためにこの都市を訪れたプルーストにとってもまた真実だった。作家がヴェネツィアに向けて旅立ったのは、何よりもまずラスキンの思想に「近づき、触れる」ためであり、その思想が、「ぐったりとしているものの、まだ薔薇色に建っている館の数々に具現されているのを見る」ためであった（*PM*, 139）。それはとりもなおさず、ラスキンがこの地に残した足跡＝記憶をみずからの足でたどりなおす営みでもあった。だが、この都市をめぐるプルーストの記憶が、過去の芸術との出会いや歴史との交錯を軸とするのではなく、次第に私的な色合いを強く帯びてゆくことにも留意しなければならない。ひとたび訪れたこの土地についてプルーストが問題にするのは、都市の歴史＝公の記憶でも、その忘却をめぐる議論でもなく、恐らくはラスキンの記憶ですらなくなってゆくのである。

母と親交の厚かったカチュス夫人 Mme Anatole Catusse（一八五八―一九二八）に宛てた一九〇六年五月初旬の手紙でヴェネツィアに話が及んだときにプルーストが語ったのは、何よりもヴェネツィアという「幸福の墓地」に立ち帰る苦しみについてであった。[43] 母親との死別から一年と経っていなかった当時、彼女と過ごしたヴェネツィアの記憶は、作家にとって比べることのできない重みを持っていた。ヴェネツィアに再び赴くことを「強く望んでいる」と語るその思いが心からのものであるいっぽう、母を失った痛みが、彼女とともに滞在した想い出の場所を訪れるのを躊躇わせたことは驚くにあたらない。しかし、自らの身体で母の死を共有しようとさえ努めた時期を越え、小説の創造に向かって歩みだしたのちも、プルーストが水の都を再訪することはない。『シルヴィ』を書くためにヴァロワを訪れたネルヴァルの「素朴さ」とは対照的に、プルーストはかつて訪れたヴェネツィアが、もはや「夢」でしかないことを引き受けるのだろうか。[44] ヴェネツィア滞在から一〇年近くが経過した一九一〇年二月、親友レイナルド・アーンに宛てて書かれた手紙にも、この都市に対する「郷愁」を吐露する一文を認めることができる。[45] しかし、作家はヴェネツィアへの「郷愁」を、現実の〈土地〉への空間的な回帰へと結びつけることを回避しているように思われる。[46] 不安定な健康や、旅＝移動に対する不安という実際的な問題はあったかもしれない。だがそこには、ヴェネツィアを再訪しないことへの、ある種の意志をみてとれるのではないか。

では、プルーストは、一九〇〇年の記憶が刻まれたはずのこの場所を、『失われた時を求めて』のなかでどのように描き出しているだろうか。ここでは、記憶を身にまとった「モニュメント」としてのヴェネツィアの「破壊」を描いた二つのエピソードを通して検証しよう。

プルーストがヴェネツィアにもたらす第一の「破壊」は、『囚われの女』のなかに描き出される。矛盾するようではあるが、それは主人公が問題の都市を訪れる以前のことであり、アルベルチーヌとの同棲生活において、次第にヴェネツィアへの思いを募らせてゆくなかでの出来事であった。パリの街路で商人たちが発する音楽的な売り声に耳を傾けていたアルベルチーヌは、想像をたくましくしながら主人公に様々な食べ物をねだるのだが、彼女特有の気まぐれからか、ふとした拍子にアイスクリームに対する欲求を口にする。そして、主人公を驚かせるほど機知に富んだ語り口で、アイスクリームを食べる自分を次のように形容してみせたのだった。

アイスクリームっていえば、［……］［流行遅れの型に入れてできた］寺院とか教会とかオベリスクとか岩山とかを食べるときはいつも、私はまずそれを、ちょっと変わった地理のようにながめるの。それから、木苺とかヴァニラのモニュメントを、のどの中で冷たさの感覚にかえてしまうのよ。(III, 636)

様々な味とかたちのアイスクリームを寺院や教会などにみたてるアルベルチーヌは、本来なら強固な石でできているはずの「モニュメント」を自分がいとも簡単に溶かして平らげる様子を、ほとんど官能的な口調で語って聞かせる。そして、彼女の自由な連想は、色とりどりのアイスクリームを、ヴァンドーム広場の円柱や「エルスチールが描く山」に結びつけ、さらには次のような一節を導きだすことになる。

私は自分の唇を使って、苺の斑岩でできたヴェネツィアの教会の数々を、柱から柱へと順々に壊していくの。そして、大目に見て残しておいたものは、信徒たちの上に落としちゃうのよ。そう、このモニュメントはみんな、石の広場から私の胸のなかに場所をうつすの。そこでは、冷えたモニュメントが溶けていって、もう、ひくひくと脈打っているわ。(III, 637)

アルベルチーヌの「破壊」行為の対象として具体的に「ヴェネツィアの教会」が挙げられていることは極めて示唆的である。(47) プルーストによるこの選択には、いくつかの理由が考えられる。夢想の対象であったヴェネツィアがアルベルチーヌによって溶かされてしまうという図式は、彼女との関係が足枷となってヴェネツィアに赴くことができない主人公の状態を間接的に示しているとも解釈できるだろうか。また、この光景が「狂おしいほどの快楽」とともに語られることの背後には、のちに主人公が母親と訪れることになる〈土地〉に対する冒涜の影が隠されているかもしれない。壊された建築物が襲いかかる「信徒たち」の姿に、サン＝マルコ聖堂を訪れることになる母子の姿を重ね合わせることは強引なことではない。だが、アルベルチーヌという登場人物に与えられた「逃げ去る女」《la fugitive》としての特性について考えたとき、彼女によるヴェネツィア＝モニュメントの「破壊」を描いたこの光景には、もうひとつの意味を読み取ることができる。

主人公の眼前に彼女が初めて姿を現わすバルベック海岸での散歩の場面(II, 145–148)にも読み取れるように、アルベルチーヌの本質は、絶えず変容する運動のなかで何ものにも縛られることのない「逃げ去る存在」であり続けることである。折に触れて示される彼女の軽やかな身のこなしがそのことを物語っているし、そもそも主人公を魅了したのは、手に触れることすら不可能に思えた自由闊達な少女の姿であった。この点に関して湯沢英彦氏は、アルベルチーヌが持つ「出自」の曖昧さを切り口として、束縛とは無縁な彼女の特質を浮き彫りにしている。物語を代表する貴族の一人であるシャルリュス男爵が、貴族の血ゆえに歴史的な時間の流れや系譜的な秩序のなかに積極的に組み込まれるのとは対照的に、アルベルチーヌは、はやくに両親を失って伯父夫婦に育てられた「孤児」であり、出生の場所や血筋に関する具体的な何かを明らかにすることがない。シャルリュスが系統樹という血の絆につなぎ止められた存在であるのに対して、この少女は「起源の欠落において突出している存在」である。絶えず到達不可能な側面を含みつつ、「分類」や「序列」をも拒絶するアルベルチーヌ（III, 574）は、「系統樹的な力学とは縁のない地帯に生き」ることによって、「起源」という名の〈土地〉すらすり抜けてしまうのである。(48)

特定の場所に「根ざす」ことなどなく、あらゆる限定と無縁な彼女の特性は、時間と空間のなかに根づくことで「過去」とのつながりを確かなものにするモニュメントの特性とは対照的なところにある。アルベルチーヌは主人公を「過去の探求」へと誘うことで「偉大な時の女神」にたとえられるが、(49)この「探求」が、彼女の「過去」をめぐる具体的・限定的な事象に結びつくことはない。ナタリー・モーリアックは未来主義運動への示唆を含んだ『囚われの女』の一節（III, 642）を取り上げて、ヴェネツィアの破壊を声高に主張する未来派の美学と、アルベルチーヌがアイスクリームの場面で示した偶像破壊行為との近親性を示唆する指摘をおこなっている。(50)アルベルチーヌが未来主義的な存在であると断定することを巧みに回避したうえでのこの指摘は、反ヴェネツィア的・反モニュメント的なアルベルチーヌの性質を確認する切り口として有効である。また、モーリアックは言及していないものの、アルベルチーヌが、未来主義者の称揚した「速度」を象徴する乗り物（自転車、自動車、そして飛行機）と密接に結びついた存在であることを考えてもよい。そもそも現代的な交通手段が、ヴェネツィアの都市空間と相容れなかったことを想起すれば、(51)アルベルチーヌとこの〈土地〉との対立が別の角度からも浮かび上がるはずだ。

「起源」との関係を断った反モニュメント的なアルベルチーヌは、〈土地〉の絆に縛られない状態を絶えず追い求めている。彼女をはじめとした「花咲く乙女たち」が「カモメの一団」に譬えられるのは（II, 146）、少女たちが海を背景にして登場したからというだけではなく、空を飛翔するこの生き物が、大地との結びつきから自由になり得るからであろう。(52)また、アルベルチーヌが海に浮かぶカモメのイメージを通じて「睡蓮」《nymphéa》に結びつけられる理由は（III, 203）、彼女が海辺の「ニンフ」《nymphe》を思わせることに加えて、大地に直接根を張らない水生植物の在り方そのものがアルベルチーヌ的だという点に求めることもできる。[53] コンブレーに流れるヴィヴォンヌ川の水面に空のイメージが反射して、水にたゆたう睡蓮が天空に咲くかに見える光景（I, 168）をあわせて想起すれば、アルベルチーヌをめぐって連鎖するモチーフのどれもが、〈土地〉の束縛を断ち切った在り方を指向していることが理解される。[54]

根を張る場所も故郷も持たない彼女は、軽やかに「祖国を持たぬ者」《sans-patrie》であり続ける。[55] アルベルチーヌとおなじように「孤児」であったオデット（幼い頃に実の母親によって「あるイギリス人の富豪」に引き渡されたという設定［I, 361］）が、スワンという「芸術の独身者」のもとに「蒐集」されたのに対して、アルベルチーヌはそうした状況を回避するだろう。主人公にとっての唯一の「コレクション」として一度は「蒐集」されたアルベルチーヌは、ひとつの「芸術作品」として彼の寝室を飾るかに見えた。だが、パリのアパルトマンにつなぎ止められた「囚われの」状態は、自分本来の在り方を取り戻すべく企てられた突然の「逃亡」によって決着がついてしまうのである。[56]

主人公のもとに根づくことを求められたアルベルチーヌは、自分の本質に反した状況に対する不満を解消するかのようにして、モニュメントに見立てたアイスクリームを柔らかく溶かし切ってしまう。堅牢かつ不動であるはずの建築物の数々がいとも簡単に「消化」されてしまう光景には、「起源」や「過去」の記憶、そして〈土地〉との絆を手玉にとる反モニュメント的なアルベルチーヌの姿が溶かし込まれている。溶けてゆくヴェネツィアのイメージは、本来あるべき堅牢なモニュメントとしての性格を逆説的に浮かび上がらせると同時に、主人公が母親と訪れることになる水の都に、あらかじめ「崩壊」の影を落としている。問題のエピソードが、『消え去ったアルベルチーヌ』第三章に描かれる「ヴェネツィアの廃墟」との対称関係を考慮して挿入されたという事実が、[57] そうした作家の意図を裏付けているのではないか。

では、こうして密かに予告されたヴェネツィアの「崩壊」の光景には、さらにどのような文学的意図を読み取ることができるだろうか。次節では、「ヴェネツィアの廃墟」をめぐる新たな解釈の可能性を探ってみよう。

4　「ヴェネツィアの廃墟」に秘められた意味

幼少の頃から夢想の対象であり続けたヴェネツィアに主人公が初めて訪れる挿話は、『消え去ったアルベルチーヌ』第三章に描かれる。このヴェネツィア滞在は、何よりも先ず、アルベルチーヌとの苦しい恋からの解放と、最愛の存在である母への回帰を象徴するエピソードとして位置づけられる。そして、文明の喧噪とは無縁な静寂の土地は、母親との幸福な時間に満たされ、彼女の記憶と結びついた「モニュメント」として描き出される。すでに指摘されているように、プルーストはかつて「ラスキンの至聖所[58]」と呼んだサン＝マルコ洗礼堂を「母親の墓所」とすることで、亡き母の思い出をここに封印したのである。[59] そのことをもっとも象徴的にあらわしているのは、主人公が母と連れ立ってサン＝マルコ洗礼堂を訪れる有名なくだりである。多少長くなるが、引用する。

今日、私にとって確かだと思われるのは、ある人といっしょに美しいものを見る歓びではなくても、少なくともそれをいっしょに見たという歓びが存在するということである。ゴンドラが小広場《ピアツェッタ》の前で私たちを待っているあいだ、聖ヨハネがキリストに洗礼をほどこすヨルダン川の流れを描いた光景を前にしていたのだが、あの洗礼堂を思い出すと、ひんやりとした薄暗がりのなか、一人の女性が自分のそばにいることに無関心を貫くことができず、その時のことを思い出す時間がいまの私には訪れたのだ。ヴェネツィアにあるカルパッチョの『聖女ウルスラ物語』のなかの年老いた女性のように、恭しさと気持ちの高まりとを伴った熱心さで喪服に身を包んだその女性は、頬を赤らめ、悲しげな瞳をして、黒いヴェールに覆われている。そして、何物も彼女を、穏やかな明かりに照らされたサン＝マルコ聖堂から連れ出すことはできないであろうし、あたかもモザイク画のように、彼女のために不動の場所が定められていたので、いまもそこに行けば再び彼女を見つけられることを、私は確信している。そして、その女性こそ、私の母なのだ。(IV, 225)

プルーストは、亡き母ジャンヌに捧げたこの一節を通して、冷たく静謐な空気に満たされた空間のなかに、「母」のために確保された「不動の場所」を用意する。あたかも「モザイク画」のように、二度とそこから連れ出すことはできないものの、そこに赴けば必ず彼女に会うことができる特別な「場所」を定めるのである。ほかならぬこの「場所」こそが「母」のための「墓標」であった。社会学者ジャン＝ディディエ・ユルバンは、死と場所との関わりにおいてモニュメントが果たす役割について論じるなかで、「場所を持たない死者」は当て所もなく彷徨う存在であること、それゆえ「喪にとって、場所は不可欠であ」り、「墓碑銘は彷徨いの状態を中断し、『彼はここにいる』と語ることで不確かさを一掃する」役割を担うことを指摘している[60]。作家は、洗礼堂という象徴的な「墓所」について語りながら、まさに「彼女はここにいる」と書くことによって、失われた母親――何処にでもいると同時に何処にもいない感覚――がかき立てる「不確かさ」を払拭し、喪の「場所」を定めたのだということができる[61]。だからこそ、水路をすすむゴンドラに揺られる主人公の眼には、この聖堂が、歴史的・芸術的な価値のみを帯びた「単なる歴史的建造物」としてではなく、「サン＝マルコが分ちがたい生きた一体をなす春の海路」の先にある「終着点」として、象徴的にたち現れるのである (IV, 224)。

船乗りたちにとってそうであったように、鐘楼を擁した聖堂は、主人公にとってもまた、目指すべき場所の「指標」として機能している。さきに取りあげた『ヴェネツィアの石』仏訳序文のなかで、一九〇二年に起きた鐘楼の倒壊が問題になった際、ラ・シズランヌは、ヴェネツィアをめぐるラスキンの功績を念頭において次のような一節を残している。

ラスキンがヴェネツィアに建てた、完全に非物質的なモニュメントは、今後、人々の想像のなかでこの都市にそびえ立つのだ。しかし、それがあまたの鐘楼と同じ命運をたどることはないだろう。いかなる地震がおきても、標識灯や港を探し求める航海者である我々すべて――つまり二〇世紀の人間たち――にとって、このモニュメントは、鮮明な姿で、腐敗することなく、光り輝いて現れることだろう。我々の目にそれが映ることは二度とないだろう。だが我々の心が変わらずそれを見分けることになるのだ(62)。

ラ・シズランヌは、ヴェネツィアの象徴であるサン゠マルコの鐘楼にかわって「ラスキンが建てた非物質的なモニュメント」がこの都市を支配することを、強い期待を込めて予見している。鐘楼の倒壊と喪失をめぐる一節に共鳴したはずのプルーストは、不思議にも、その一節に続くこの指摘に対しては沈黙したままであった。鐘楼を失ったヴェネツィアの地にプルーストが思い描いていたのは、ラスキンの思想が結晶した「モニュメント」ではなく、母の想い出をつなぎ止めるもうひとつの「モニュメント」だったのか。ヴェネツィアとサン゠マルコの鐘楼の関係がそうであったように、あるいはコンブレーの街とサン゠チレール教会の鐘塔の関係がそうであったように、この〈土地〉を秩序立てる(ヴェネツィアをヴェネツィアたらしめる)のは、最愛の存在の記憶でなければならなかったのか。水の都はもはや、「歴史を表示する一種の記憶装置」ではなく、私的な記憶によって新たな秩序を与えられる、想い出の〈土地〉へと変貌をとげたのか。

しかしプルーストは、唯一無二のものとしたはずのこの「場所」が崩れ去る光景を描くことを躊躇わない。『囚われの女』のなかで予告されたヴェネツィアの「崩壊」は、『消え去ったアルベルチーヌ』にいたって現実のものとなる。ヴェネツィア滞在の終盤、予定通りにパリに帰ろうとする母に対して意地を張る主人公は、彼女と別れてもそこに留まろうとする。だが一人取り残される不安が膨らみ、彼女との別離が現実味を増すことによって、主人公の目に映る風景は「ヴェネツィアであることを止め」てしまう。滞在中に慣れ親しんだはずの都市は「魂」を喪失し（主人公の母親は「ヴェネツィアの魂」とも形容される）、完全な「廃墟」と化してゆくのだ。それは、ロマン主義的な画趣に富んだ光景などではなく、あらゆる建築の「個性を作っている観念が剝ぎ取られ、取るに足らない物質的な構成要素に分解する」、ほとんど化学的な溶解の進行するさまであった（IV, 231）[63]。母の「墓標」を建てることによって特化されたはずのこの都市は、一度も訪れたことなど無いかのような「取るに足らない場所」(*Ibid.*)へと変貌してしまうのである。

自分自身の居場所を指し示してくれるとともに、周囲の事物に安定をもたらしてくれるはずの存在。そこから切断された状態を引き受けられずにいる状況には、母との絆の重みや、別離に対する強い抵抗を読み取ることができる。『ジャン・サントゥイユ』には、ジャンと母との諍いによって壊れてしまった大切な「ヴェネツィアン・グラス」が、件の二人にとって、もはやこれ以上「打ち壊すことのできない結合の象徴」として捉えられる場面がある[64]。ならば、やはり母親との諍いが原因で「崩壊」し「廃墟」と化す水の都それ自体もまた、主人公と母親との「結合の象徴」として逆説的に機能していると考えられるのかも知れない[65]。

しかし、この特異な光景は、はたしてこれまで幾度となく語られてきた母との絆を強調するためだけに描かれたのであろうか。むしろこの「崩壊」はまず、一個の「モニュメント」が崩落する光景として捉えられるべきではないか。啞然とするようなこの光景は、かつて訪れたことのある「場所となった記憶」が喪失したことを意味し、再びそこに立ち返る可能性が失われたことを示唆しているのではないか。そしてさらに言えば、そこにこそ、場所の想い出とエクリチュールの営みをめぐって作家が導きだした小説美学の核心を探ることができるのではないか。

「ヴェネツィアでの滞在」の章の冒頭には、カンパニーレと、その頂きに輝く黄金の天使の描写がおかれている。水上都市の象徴的な存在は、滞在の幕開けにふさわしい効果を生んでいるといえるだろう。この光景の意味に着目したナタリー・モーリアックは、実際の鐘楼が果たしてきたランドマークとしての役割が、小説に描かれた鐘楼にも意識的に与えられているのだと推察している(66)。作家にとってもまた、それは都市の中心であり、唯一の導き手だったのである。廃墟と化すヴェネツィアを描いた文章のなかに、サン=マルコの鐘楼の倒壊が直接に語られることはない（そこには、史実を連想させることで物語に歴史的な時間を持ち込んでしまうことを回避しようとする作家の配慮も認められるだろうか）。だがプルーストはその代わりとして、主人公の心的なヴィジョンを通して、モニュメントとしての都市全体の解体を描くことを選択したのではないか。

水の都の「崩壊」は鐘楼の崩落でもあった。そのことを裏付けるかのように、プルーストが描くヴェネツィアは、パラッツォや大運河、リアルト橋までをも巻き込んで崩れてゆき、一九〇二年のカンパニーレ倒壊の時にそうであったように、都市はもはや中心の軸を失ったかのようにそれと認識できなくなる。ランドマークは消失し、〈土地〉を再訪する可能性もまた、失われてしまう。

だが、過去を現前させるはずのモニュメント=都市が崩れ去った光景は、そこに結びついた記憶の喪失を意味してはいない。事実、プルーストが密かに書き込む「不揃いの敷石」は、無意志的記憶の経験を引き起こす装置として、すなわち作家独自の「モヌメントゥム=記憶を喚起するもの」として、最終巻『見出された時』における過去の完全な再生を準備している。そこには、「場所となった記憶」の喪失と、失われたかに見えた記憶の蘇生についての、新たな可能性を読み取ることができる。

吉田城氏は、サン＝マルコ洗礼堂の場面をめぐる考察で、他ならぬ「洗礼」という行為が「新しい命への生まれ変わりを祝うもの」である点に着目し、洗礼堂が「すぐれて『蘇生』に結びついた場」であることを指摘する。この洗礼の場においてこそ主人公は、冷たい水の感覚を伴った「死」を通過することでアルベルチーヌとの愛を清算し、新たな生を獲得するのであった(67)。さらに言えば、洗礼堂はこのような「蘇生」の舞台となると同時に、その場所自体が、ヴェネツィア全体の「崩壊」のなかで「死」を経たのちに、「敷石」の感覚とともに時を隔てて新たな「生」を吹きこまれることになる。この意味で洗礼堂は、プルースト的な「蘇生」を二重に体現する場だといえるはずだ。

このような再生が約束されている以上、記憶を求めて現実の場所に戻る必要もまた失われる。ユダヤ系ロシアの血をひく思想家ヴラジミール・ジャンケレヴィッチ Vladimir Jankélévitch（一九〇三―一九八五）は、『還らぬ時と郷愁』（一九七四）のなかで、オデュッセウスを例にとりながら「郷愁」《nostalgie》の持つ時間性を論じ、次のように指摘する。

> 郷愁のほんとうの対象は、現存に対立する不在ではなく、現在との関係における過去だ。郷愁に対するほんとうの治療薬は、空間上のあと戻りではなく、時においての過去への後退だ(68)。

プルーストへの直接の言及こそないものの、作家における場所と記憶との関係の本質を端的に要約した見解だといえる。記憶の再生を視野に入れたうえでの〈土地〉の崩壊は、その〈土地〉への再訪の問題とも深く関わっている。そもそも、『見出された時』で展開される無意志的記憶についての思索で強調されるのは、この記憶の経験が、かつて訪れた土地に立ち返りたいという欲求を排除するという点であった(69)。

現実において自己の奥深くにあるものに到達することの不可能を、私はあまりに多く経験してしまったのだった。私が失われた「時」を見出すとすれば、それはサン＝マルコ広場においてではなく、二度目に訪れたバルベックでもなければ、ジルベルトに会うために再訪したタンソンヴィルでもなかったのである。そして旅というものは、かつての印象の数々が、自分自身の外で、とある広場の片隅に存在するという錯覚を今一度与えるだけであって、私が探し求める方法にはなり得なかったのだ。（IV, 455）

不揃いの敷石を踏みしめた感覚によってヴェネツィアの光景が完全に蘇った際、主人公はその場に立ち返ろうという考えに一時たりとも留まらなかった。そして現実の場所における実際の経験への不信を表明して、内面の探求を積極的に肯定する。〈土地〉にまつわる過去の記憶＝「失われた時」が、そこに「旅すること」によって見出されることはないと理解して、かつて訪れた場所を再び経験することの意義を否定するに至る。

ヴェネツィアが跡形も無く崩れさる光景は、想い出の〈土地〉の崩壊が決して過去の喪失を意味しないことを示唆すると同時に、『見出された時』での啓示に先だつかたちで、「郷愁」をかき立てる場所への空間的な回帰を否定するためのものだったのではないだろうか。主人公は結局、母のもとに駆けつけて汽車に飛び乗り、彼女とともにパリへの帰途につく。個性すら失った「ヴェネツィアの廃墟」をあとにする光景は、母との「再会」を描いたものであると同時に（あるいはそれ以上に）、都市ヴェネツィアという「場所となった記憶」との「別離」の光景として読み替えることができる。

過去の探求と〈土地〉への再訪との関わりは、『失われた時を求めて』の「ヴェネツィアでの滞在」にも深く根を張る問題である。多くの同時代人がヴェネツィアの喚起する「生きた過去」に魅せられていたなかで、プルーストが水の都を通して描こうとしたのは、絶対的なモニュメントとしての性格ではなかった。作家は、そこに自らの記憶の源があることを敢えて否定し、〈土地〉への帰還という選択肢を密かに捨て去ることで、小説創造への道を切り開いているのである。

そして、ヴェネツィアが「廃墟」と化すさまを通して示唆された〈土地〉と記憶の問題は、第一次世界大戦におけるコンブレーの破壊に込められた意図について考えることで、より鮮明に浮かび上がるだろう。ヴェネツィアの破壊が主人公の見た心理的な光景にとどまったのに対して、コンブレーは『見出された時』において戦場と化し、激しい戦火に曝される。そしてサンザシの散歩道やヴィヴォンヌ川の橋はもちろんのこと、街全体を要約し、旅人にとってのランドマークとなってきたサン＝チレール教会までもが破壊されてしまうのである。

「ヴェネツィアでの滞在」の冒頭、水の都とコンブレーとが比較されるなかで、サン＝マルコの鐘楼とサン＝チレール教会の鐘塔とのアナロジーが提示されている (IV, 203)。この試みは、一九〇八年に執筆されたとされる「ヴェネツィアでの滞在」冒頭場面の粗型ともいうべき草稿 (IV, 689-696 [Cahier 3]) にすでに書き込まれていた[70]。一九〇八年当時、カンパニーレ再建にはあと四年（一九一二年に完成）を必要としていたこともあり、この建築には依然として衝撃的な崩落のイメージがまとわりついていたといわれるが[71]、いうまでもなく、最初に比較を試みた時点で、来るべき戦争の破壊に想像をめぐらせることは不可能だった。だが、ヴェネツィアとコンブレーがともに「廃墟」と化す運命にあること、そして、重要な記憶の結節点である二つの土地を象徴するランドマークが、奇しくも「崩壊」というテーマによって共鳴することになるのは極めて示唆的である。

そこで次章では、第一次世界大戦というトポスに着目しながら、小説全体の基盤でもあるコンブレーの破壊と、そこに結びついた記憶との関係を検証したい。それによって、プルーストが〈土地〉という主題を通して追い求めた小説創造の本質に迫ることができるだろう。

第7章　第一次世界大戦と〈土地〉の破壊

ヨーロッパの人々の記憶に深く刻み込まれた第一次世界大戦の幕開けは、かつて一度も経験されたことのなかった規模の争乱のはじまりを意味していた。総動員体制がしかれた挙国一致の戦いは、技術の発展とともに積極的に導入されてゆく自動火器や手榴弾、戦車、戦闘機、毒ガスなどによって、ヨーロッパのほぼ全域を巻き込んだ破壊をもたらした。動員総数約七三八〇万人、戦死者および行方不明者約九四〇万人、負傷者にいたっては約二一二〇万人を数えるといわれ(1)、今日でもその正確な数が定まらないという事実が、戦争が生んだ状況の悲惨さを物語っている。

いうまでもなく、戦争の時代を生きた数多くの作家・芸術家は、実際に動員された者も、それを免れた者も、何らかのかたちでこの未曾有の出来事に関わることを余儀なくされた(2)。知識人たちのなかには、愛国主義的な立場(ドイツ的な野蛮性に対するフランス文明の戦いという構図)から積極的にプロパガンダを展開するものもいれば(3)、総力戦という戦闘行為を観察することによって、自らの論理に新たな展開をもたらすきっかけとしたものもいた(4)。また、戦争がヨーロッパ世界にもたらした物理的・精神的な変動は、その大きさゆえに非常な危機意識をかき立てたいっぽう(ポール・ヴァレリー「精神の危機」)、その新しさゆえにこれまでにない文学的・芸術的主題の源泉ともなった(5)。

そして、多くの同時代人たちの例にもれず、プルーストもまた第一次世界大戦から強い衝撃を受けていた。この戦争が作家の創作にも深い痕跡を残したことは、戦時中の書簡や『失われた時を求めて』の最終巻を一読すれば明らかである。だがプルーストと戦争との関わりという主題は、その複雑さや豊かさにもかかわらず、中心的な研究主題として取り上げられる機会が多かったとはいえない(6)。そこで本章では、小説における第一次世界大戦に関する書き込み、とりわけ戦争によるコンブレーの破壊のエピソードに着目し、プルーストがこの歴史的要素を物語に取り込んだ意味の一端を明らかにしたい。

幼年時代の記憶がちりばめられた場所の崩壊という象徴的な出来事のうちには、フランスの大地・モニュメントの破壊をめぐる時代状況の反映が認められることに加え、私的な記憶と結びついた、物語の起源の土地が喪失することの文学的な意図を読み取ることができるだろう。戦争に対するプルーストの関心は、たんなる時事評論的なレベルに留まるものではない。それは〈土地〉と記憶の問題を絡めとって、小説創造の根幹へと切り開く主題となるのである。

1 プルーストと第一次世界大戦

平素よりとうてい健康とはいえなかったプルーストは、弟のロベールや、親しかった友人たちのように実際に従軍することはなく、一連の兵役回避の画策も功を奏したことにより、前線からは遠く離れたいわゆる「銃後」に留まり続けていた。なるほど作家が眠れぬ夜を過ごすのは習慣に支配された寝室においてでしかなく、砲弾の降り注ぐ前線に築かれた塹壕であるはずもなかった。しかしながら、作家がこの戦争に大きな関心を寄せ、確固たる意図のもとに小説に取り込んだことは確かな事実であり、その意義はこれまで以上に強調されるべきだろう。『夜の訪問者』を著わしたポール・モラン Paul Morand（一八八八―一九七六）は、プルーストと戦争について次のような一節を残している。

戦争だった。マルセルの友人の多くは不在だった。彼が大好きだった弟は、前線で衛生班を率いていた。マルセルは比較的一人ですごしていて、未完の作品と向かい合っていられることを喜びながらも、時代との関係を保つことを不快に感じてはいなかった。プルーストは戦争に熱を上げていた。勇敢で愛国的だったから、自分も参戦したいと望んだであろう。好んで戦争について語り、軍当局の公報を突き合わせ、（医師の見立てについてそうしていたように）その誤りを見つけたりしていた。［……］私が同盟国の首府から持ってくることのできた情報が彼の興味を引き、彼にとっては朝刊だった「タン」紙と「デバ」紙の読み方を変えたのだった。(7)

戦争を「全面的な殺戮機械」に譬え、それが作動することを「最後の瞬間で食い止めるような奇跡」に期待をかけていたプルーストが、(8)従軍の意志を強く抱いていたとする点には一考の余地がある。たが戦時下のプルーストが、創作に没頭する象牙の塔の人ではなく、時代の動向を追う注意深い観察者であったことは確かである。戦争をめぐる様々な情報にひきつけられていた作家は、モランが挙げる「タン」紙や「デバ」紙のみならず、「七つの新聞に眼を通す」ことを日課として、(9)軍の戦略や戦況の推移、あるいは戦場にいる知人の安否を追いかける日々を送っていた。(10)プルーストは自分と戦争とのこのような距離感を、ポール・モランの妻となるスーゾ大公妃 princesse Dimitri Soutzo-Doudesco（一八七九―一九七五）に宛てた手紙のなかで次のように表現している。

大公妃、戦争についてはお話しいたしません。私は、戦争をあまりに完全に同化してしまったために、それだけを切り離して考えることができないのです。戦争が私のうちにかきたてる希望や心配について、自分自身と区別できないほどに深く感じる感情を口にするようにしか語ることができないのです。私にとって、戦争は、（語の哲学的な意味での）対象であるというよりも、私自身とすべての対象とのあいだに介在する実体なのです（他のことを話しているときや、眠っているときでさえ感じ続ける神経痛というものをご存じでしょう）[11]。

プルーストは、第一次世界大戦という未曾有の出来事を「神経痛」のように絶えず感じ続けていることを打ち明けて、戦争が心理的にも身体的にも自己と「完全に同化」してしまったことを強調している。戦争に関する様々な言説に積極的に触れていただけでなく、戦争自体を振り払うことのできない「痛み」として強く認識していたことを考えれば、第一次大戦がプルーストの創作に重要な痕跡を残すのは当然のことかもしれない。小説のなかの戦争に関するエピソードの多くは、一九一六年にはすでに執筆されていたともいわれており[12]、その後も加筆が進められてゆくなかで、次第にその比重を増してゆく。『見出された時』の草稿断章のひとつに書きつけられた「戦争の章」という表現を見れば、小説のなかに第一次大戦が確かな位置を占めようとしていたことが理解できるはずだ[13]。そして実際、戦争に関する書き込みが集中する『失われた時を求めて』の最終巻は、全体の約半分近くが直接・間接に戦争を問題としているのである。

タン＝ヴァン・トン＝タットが指摘しているように、プルーストと戦争との関係を問うことで浮かび上がるのは、「歴史家の視線、モラリストの声、そして詩的エクリチュールの賭け金」であり、戦争を描くプルーストの視線は、様々な論調やジャンルの混淆を特質としている[14]。ここで、戦争の書き込みについていくつか具体例を見てみよう。敵機来襲の緊迫感とはかけ離れた詩的、幻想的なイメージのもとに描き出される戦時下のパリ（IV, 380, 388 etc.）や、ポンペイに比較されるパリの闇に蠢くソドムの人々（IV, 412-413）、あるいはサン＝ルーが夜間の空襲にワーグナー的な美を見出すくだり（IV, 337-338）などは比較的よく知られた例だろう。

これに加えて戦争は、社交界における上下関係から女性のモードに至るまで、それまでの社会的な価値観・地位・構造を一転させる契機として巧みに描き出されている（IV, 301-313）。たとえば、開戦以前の社会と戦時下の状況とのあいだに断絶を認めようとする同時代の傾向に着目したプルーストは、ナショナリストだったブリショの目にさえ、あのドレフュス事件が「先史時代」の遠い出来事のように映っているという例を挙げている（IV, 306）。また、かつての勢いをすっかり失い、「完全に死んだ過去」へと追いやられたシャルリュス男爵は、彼を嫌悪するヴェルデュラン夫人から「戦前派」《avant-guerre》と呼ばれることで、その没落ぶりが強調されるのである（IV, 343）。あるいは、そのヴェルデュラン夫人の生活を通して、戦争を日々の会話の主題としてしか捉えていない当時の社交界の一側面が痛烈に皮肉られてもいる（IV, 308）。

祖国の名誉のために芸術を用いようとする姿勢への言及と批判（IV, 466-467）は、愛国主義的な文学の隆盛をみた時代状況を的確に捉えているといえるだろう[15]。プロパガンダを目的としたジャーナリスティックな言説のあり方――文体への影響や、流行語の濫用――が、新聞論説を書いていたブリショやノルポアといった登場人物を通して描かれる点も見落とせない（IV, 355, 357, 361-364）[16]。

そして、戦争による破壊をめぐっては、シャルリュス男爵と主人公との会話で、歴史的な教会建築の破壊の問題がとりあげられることに加え（IV, 372-374）、主人公が一九一六年に受け取ったジルベルトの手紙には、コンブレーを舞台とした、戦争による〈土地〉の破壊が描き出されるのである（IV, 334-335）。

プルーストの小説において特徴的なのは、「歴史の中心に登場人物がいるのではなく、歴史のほうが人間の視線を通して観られ、屈折させられている」ことであり、戦争が「主観的な変形の効果と、しばしば喜劇的な歪みの効果を伴った迂遠な方法で扱われている」点である[17]。これによって「歴史的真実」という観念そのものが再検討を迫られるとともに、いわゆる「記録文学」や、前線での体験を語った戦争文学とは一線を画した、プルーストのテク

図７－１　「打ち負かすことのできない敵の猛威」（『私はすべて知っている』1905年２月号）

ストの独自性が生み出されている。そこで重要なのは、小説に取り上げられた個々の事象が、単なる歴史的事実の書き込みにとどまらず、多くの場合、プルースト自身の文学理論と直接に結びついていることである。なかでも、第一次世界大戦がモニュメントにもたらした大規模な破壊をめぐる議論は、小説美学の根幹に関わる重要な問題だということができる。

もちろん、プルーストが生きた時代において、〈土地〉の破壊についての問題系は、戦争によって初めて表面化したわけではない。これまでにも確認したように、ラスキンやアレーが疑問視していた修復作業の意義をはじめ、「歴史的コンテクスト」との絆の喪失をうながした近代都市の開発、あるいは教会建築保存の問題を浮かび上がらせた政教分離政策[18]といった事柄を通して、人々は破壊の問題を強く意識していた。

また、「時の破壊力」に曝される都市＝モニュメントの老朽化も大きな問題となっていたことも、すでに見た通りである[19]。一九〇五年二月、ジャン・ロランが『私はすべて知っている』と題された雑誌に発表した論考「ヴェネツィアを救え！」は、まさに具体的な処置も施されないままに朽ちてゆくヴェネツィアの現状を問題にしたものである。そのなかに挿入された一枚の写真（図7-1）には、崩れ落ちた建築物が映し出され、次のような説明が加えられている。

図7-2　トラシー＝ル＝ヴァル教会　砲撃による破壊の前（左）と後（右）（『ガゼット・デ・ボザール』1916年6月号）

「打ち負かすことのできない敵の猛威。この割れ目や穴の数々は、眼前にあるものすべてを破壊する敵が通過したことを証言しているかのようである。ここでの唯一の敵は、時間なのだ。」[20]

モニュメントにおける「年月の堆積」の重要性を説き、「時」を「偉大な彫刻家」と呼んだのはヴィクトル・ユゴー（詩集『内心の声』［一八三七年］）であったが[21]、ヴェネツィアの惨状を訴えたロランの論考では、その同じ「時」が、建築を崩壊に導く「打ち負かし得ない敵」として提示されており、緩慢だが強力な、実体のないこの「唯一の敵」の力がもたらした破壊が写真によって生々しく映し出されている。

だがこの記事の発表から一〇年とたたないうちに、フランスではこの光景と非常に似通ったイメージが全く異なった文脈のなかで溢れかえり、人々に「時」とは異なる新たな「敵」の来襲を伝えることになる。「目の前にあるものすべてを破壊する敵」が、次々に押し寄せてくるドイツ軍に取って代わり、彼らとの戦闘によって破壊されたモニュメントに関する記事や論考が、その惨状を伝える写真とともに様々な媒体に発表されてゆくのである（図7-2）[22]。ルーヴル美術館の学芸員でもあった批評家アンドレ・ミシェル André Michel（一八五三―一九二五）が戦時中に語っているように、歴史的な建造物は「フランスの偉大な過去」であり、「民族の誇り」を象徴する「古の大地の装身具」としての価値を持っていた。[23] モニュメントは、歴史の豊かさや国の威信に結びつけられ、その「起源」と「アイデンティティ」を保証するものであっただけに、それが傷つけられ失われることの意味はことのほか重い。第一次世界大戦は、近代化の波、政教分離政策、あるいは「時」の破壊作用といった諸問題以上に鮮明で衝撃的なかたちで、フランスの大地と歴史的モニュメントの破壊を人々の目に突き付けたのであり、プルーストもそのことに無関心ではあり得なかった。というのも、芸術創造の理想を模索する過程において、作家は教会建築をはじめとしたモニュメントを強く意識しながら、その在り方と破壊の問題について複数の角度から考察を続けていたからである。そして第一次世界大戦は、彼の後半生におとずれた最後の大きな思索の契機であった。

2　ランス大聖堂とサン＝チレール教会

それでは、プルーストはこの契機をどう受け止め、どのような形で創作に反映させたのだろうか。ここではまず、それを問うための切り口として、開戦後まもなくの一九一四年九月、シャンパーニュ地方での激しい戦闘のなかで起きたランス大聖堂の破壊（当時は「殉教」とも呼ばれた）について一瞥しておきたい（図7-3・7-4）。これは戦争がもたらした破壊のなかでも、フランス国民にとってもっとも大きな事件のひとつであった。そして、国を代表する歴史的な建造物に対する攻撃は「史上最大の犯罪」[24]とも形容されることになる。以下に、この破壊をめぐる証言をいくつかを挙げてみよう。

若き日のジョルジュ・バタイユ Georges Bataille（一八九七—一九六二）は、一九一八年の執筆と推定されるカトリック信仰時代唯一の著作のなかで、一九〇〇年から一九一四年八月（三歳から一七歳）までの時期を過ごしたランスの破壊を次のように描きだしている。

九月一九日、この日は砲弾の炸裂だった。子供たち、女たち、老人たちが爆死した。［……］家々は倒壊し、

図 7－3　「恐るべき写真資料——燃え上がるランス大聖堂」（『イリュストラシオン』1914 年 10 月 10 日付）

図 7－4　戦時中のランス大聖堂外陣内部

人々は瓦礫に押しつぶされて死ぬか、生きたまま焼け死んだ。それからドイツ軍は大聖堂に火を放ったのだ。［……］たしかに大聖堂は、ずたずたに破壊され黒焦げになったレース状の石の透かし飾りにおいても依然堂々としてはいたが、しかし扉は閉められ、鐘塔は壊されて、生を供与することをやめてしまっていた。［……］私は考えた。破壊されて、ランスのノートル・ダム大聖堂のように壮麗な建築の内部がどこまでもがらんと空虚になってしまった教会の方が死骸よりもずっとよく死を表している、と。実際、大聖堂は、かつては生き生きとしていた石の表面に人間の顔面のようにひびが深く刻まれて、まさに骸骨が無理に笑いを装っているかのようになってしまっていたのだ。(25)

砲弾が直撃したこともさることながら、北西の塔を修復するために組まれていた足場や、聖堂内に収容していた傷痍兵のための藁敷きに火がついたことによって、大聖堂は壊滅的な被害を受ける。一九一五年一一月、父の葬儀のために一時的にこの街に戻ったバタイユの眼に映ったのは、もはや人々に「生」を給与することを止めてしまった大聖堂の残骸であった。「かつて生命に満ちていた石」を失ってしまったランス大聖堂は、人間の「死体」以上に「死」を鮮烈に表象することによって、キリスト教的情熱を胸に抱いていたバタイユに「教会の死」の光景を突きつけたのである。

モーリス・バレスは、大聖堂の爆撃と火災から二日後の一九一四年九月二一日付「エコ・ド・パリ」紙に記事をよせて、この破壊をフランスという国家の「根源」に対する蛮行と位置づけている。フランスを代表するモニュメントへの攻撃は、「フランス的なるものとして任ぜられ、古代文明の正当な継承者として聖別された場所」を打ちすえることを意味していたのだ。(26)そして「根」《racine》という語を用いて表現されたこのような視点は、バレス以外の作家・批評家たちのあいだでも少なからず共有されていた。二〇世紀初頭のフランス社会を蝕んでいた自民族中心主義を批判したロマン・ロラン Romain Rolland（一八六六—一九四四）ですら、事件当初に著した記事のなかで、大聖堂は「民族の樹木であり、その根は大地の最も深いところに埋まっている」との見解を示している。大聖堂を「殺す」ことは、「ひとつの民族の最も純粋な魂を虐殺する」ことでもあったのである。[27]

また、キリスト教図像学の権威エミール・マールは、ドイツ人が大聖堂を攻撃したのは、「彼らがフランスの歴史に通じていたからだ」と端的に指摘している。[28]「ゴシック建築の女王」と呼ばれたランス大聖堂は、たしかにフランス史の重みを背負った建築であった。かつてランスでは、しばしば歴代のフランス国王の戴冠式が執り行われた。また、初代フランク王クローヴィスが洗礼をうけた場所、あるいはジャンヌ・ダルクがシャルル七世を導いて聖別・戴冠させた場所としての歴史的価値は、大聖堂を見つめる人々にフランス国家の「起源」を強く意識させずにはおかなかったのである。[29]

ランス大聖堂の例に代表される破壊は、フランスとドイツのあいだに以前から根強く存在した文化的敵対の格好の題材ともなった。そこでは、歴史的建造物を躊躇することなく破壊するドイツの蛮行に対するフランスの批判、大聖堂を軍事利用していた冷徹なフランスに対するドイツの批判とが激しくぶつかり合い、歴史家や美術史家、建築史の専門家までをも巻き込んだ論争が繰り広げられる。[30]さきに見たエミール・マールの発言はその一例である。[31]またプルーストの周辺では、批評家オーギュスト・マルギリエ Auguste Marguillier（一八六二—一九四三）が、ドイツ側の論客パウル・クレメン Paul Clemen（一八六六—一九四七）らと論戦を交えている。[32]

いっぽう、炎上するランス大聖堂という鮮烈なイメージは、広く国内外でのプロパガンダに利用された。[33]フランス人が「粗暴な破壊者の王ヴィルヘルム」を吊るし上げて破壊の惨状を訴えれば（図7-5）、ドイツでは、フランス軍が大聖堂を軍事利用したことを批判するために、塔の天辺からサーチライトがのびる大聖堂のイメージをつくり出すことでこれに対抗する（図7-6）。そして大聖堂の破壊は、巷に溢れかえる絵葉書やポスター、挿絵のモチ

図 **7-5**　フランス製絵葉書「戴冠式——破壊者たちの王ヴィルヘルム」1914 年

図 **7-6**　ドイツ製絵葉書「フランス人はランス大聖堂を作戦基地として使用し，この芸術作品を破壊の危険にさらしている」年代不詳

ーフになったのみならず、愛国主義的な芸術の題材ともなった。女優サラ・ベルナール Sarah Bernhardt（一八四四—一九二三）は、七〇歳を越えた身体で、兵士の志気を高めるために前線を積極的に訪問していたが、その彼女が一九一五年の冬に主演した『大聖堂』（ポール・モランの父であるウジェーヌ・モラン Eugène Morand（一八五五—一九三〇）作）は「高貴な愛国主義」[34]を唱える典型的な作品のひとつとして位置づけられるだろう（図7-7）。ちなみに、ランスに訪れたサラ・ベルナールは絵画のモチーフともなり、ジョルジュ・ロシュグロス Georges Rochegrosse（一八五九—一九三八）の「大聖堂の内部」（図7-8）に（匿名ではあるが）描き込まれている。

　では、こうした時代状況に身をおいていたプルーストは、ランス大聖堂の破壊をどのように受け止めたのだろうか。一九一五年三月、ルイ・ダルビュフェラ Louis d'Albufera（一八七七—一九五三）に宛てた書簡で事件に言及したプルーストは、「ぞっとするような激情から大聖堂に『硫酸をかけた』」ドイツ軍を非難し、その「下劣な感情」は「巨大な罪」に匹敵すると指摘している。[35] そして、一九一九年に出版されたジャック＝エミール・ブランシュ Jacques-Emile Blanche（一八六一—一九四二）の著作『画家のことば』に寄せた序文のなかでも、同様の表現を用いてこの

図 7－7　サラ＝ベルナール劇場にて。フランスの大聖堂の寓意［中央奥の背景に浮かび上がっているのがランス大聖堂］（『イリュストラシオン』1915 年 11 月 13 日付）

図 7－8　ジョルジュ・ロシュグロス「大聖堂の内部」1915 年，ランス美術館

破壊行為を再び批判した[36]。また、一九一九年に出版された『模作と雑録』に、かつて政教分離法案批判を目的として発表した「大聖堂の死」(一九〇四年)という小論を再録した際、プルーストは論の冒頭に注を付して「一〇年たった今、『大聖堂の死』は、反教権的な議会による精神の破壊ではなく、ドイツ軍による石の破壊なのである」と書き記している(*PM*, 142)。ランス大聖堂への直接の言及はないものの、こうした配慮が物語るのは、プルーストにとって大聖堂の死=破壊という主題が、文脈を変えながらも依然として有効であり、戦争中に「石の破壊」が横行していたことに対して作家が極めて意識的だったことであろう。これは感情的・イデオロギー的なドイツ批判からは距離を取っていたプルーストにおいて、極めて明確な態度表明だということができる[37]。

そのランス大聖堂の破壊が『失われた時を求めて』で取り上げられるのは、最終巻『見出された時』でのことである(IV, 372-374)。戦争についてどこまでも饒舌に語る役割を与えられたシャルリュス男爵は、「人命」と「石」(芸術作品)との価値比較の問題について主人公と議論するなかでこの事件に言及している。男爵はそこで、歴史的・芸術的価値のある彫像の破壊だけでなく、「美しい青年たちの破壊」もまた立派な「破壊行為」《vandalisme》だと主張して同性愛的嗜好を露呈するいっぽう(IV, 372)、時代の思潮を反映するかのようにして、大聖堂の持つ唯一無二の歴史性を強調している(IV, 374)。また、こうした男爵の主張に対して、「石のために人間を犠牲にしてはならない」(*Ibid.*)という主人公の指摘を対比させ、さらには「ランス大聖堂そのものも、我らが歩兵たちの命に比べれば、それほど高価なものではない」(IV, 374-375)というバレスの主張を挿入して議論が展開される点には、ひとつの事象を複数の視点から語るプルースト的手法の一例を認めることができるだろう[38]。しかし大聖堂の破壊に言及する男爵の真意は、むしろ次のような発言に込められているのではないか。

「モニュメントについていえば、ランスの大聖堂のようにその質において唯一無二の傑作も、私にとってそれが消滅するのはそれほど恐ろしいものではない。むしろ怖いのは、フランスの小村を教訓豊かで魅力的にしていた、あの数多くの建築群が壊滅されるのを見ることなのです。」私はただちにコンブレーのことを思った[……]。(IV, 373)

男爵は、「ささやかな村」の教会建築の破壊を、フランス国家を代表する「ゴシック建築の女王」の破壊と等価な（あるいはそれ以上の）ものと位置づけている。その姿勢には、政教分離政策に反対するバレスが展開した「村の教会」を称揚する視点を認めることもできよう。バレスによれば「全くもって同じ田舎の教会は二つと存在せ」ず、そのどれもが「フランスの精髄」の証言者として、「わが大地の歌声」として[39]、あるいは「魂の形成」に寄与する「教育的価値」を備えたものとして[40]、是非とも保護されるべきものであった。しかしここで強調すべきなのは、男爵の発言を契機として、コンブレーという「ささやかな村」が想起され、さらにはその中心に建つサン＝チレール教会が示唆されることではないだろうか。シャルリュス氏はさらに、次のように続けている。

自分の出自や血縁関係を過度に誇ろうとするつもりなどないのですし、そもそもそれが問題ではないのです。[……]コンブレーは、どこにでもある、ほんの小さな村でしかありませんでした。しかし、私たち一族の先祖が、寄進者として教会のステンドクラスに描かれていますし、別のステンドグラスには一族の紋章がはめこまれてもいました。私たちはそこに一族の礼拝堂を持ち、墓所を持っていたのです。しかしこの教会は、ドイツ軍が監視所として用いていたために、フランス軍とイギリス軍の手で破壊されてしまいました。フランスという、いまも生き残っている歴史と芸術とのこの混合物のすべてが破壊され、しかもそれはまだ終わってはいないのです。もちろんのこと、自分の一族に関わるからといって、コンブレー教会の破壊を、[……]ゴシック様式の大聖堂の奇跡ともいうべきランス大聖堂の破壊に比較するような、あるいはアミアン大聖堂の破壊に

比較するような、ばかげたことをするわけではないのです。(IV, 374)

強く否定することで逆に関心の在処を露呈してしまう、シャルリュス特有の語り口がここで明らかにしているのは、愚かな真似と形容されるランスとコンブレーの比較こそが男爵の目的だったという事実である。たとえば、ランス大聖堂を爆撃したドイツ側の主張(仏軍による大聖堂の軍事利用)と全く同じ言い分——独軍による教会の軍事利用——で、英仏軍がサン=チレール教会を破壊するという設定には、男爵曰く「どの国もそれぞれおなじ御託を並べている」状況の一例を読むことも可能だし(IV, 375)、ドイツびいきを隠そうとしないシャルリュス一流の皮肉が滲んでいると考えることもできる。だが、男爵にとってそれ以上に重要なのは、ゲルマント一族の歴史と密接に関わってきたコンブレーの教会が、他の著名な教会建築と同様に、「フランスという、いまも生き残っている歴史と芸術との混合物」であることを示すことであった。サン=チレール教会を形容するこの表現自体、「モニュメント」ないしは「史的建造物」と称される建築全般の特質を端的に表したものであるといえる。そして、一族の「礼拝堂」であり「墓所」である建築を、ランス大聖堂という国家的モニュメントと同等あるいはそれ以上の高みに位置づけることこそ、男爵の望むところだったはずだ[41]。

サン=チレール教会について語る直前、シャルリュスは、戦前からフランス芸術に強い関心を示していたアメリカ国民が、多くの作品を高値で買い取って自国に持ち帰っている現状を批判的に取り上げている[42]。ここで示唆的なのは、「バレス氏ならば根こぎにされた芸術というであろうこれらの芸術」に対比するかたちで、「フランスという国の甘美な装飾となっているもの」が称揚され、さらには後者の例として、「城館」や「教会」といった大地に「根ざした」芸術の価値が強調される点である(IV, 374)。これは、フランスの歴史そのものと密接に絡みあい、〈土地〉に根づいた教会建築によって象徴される、貴族としての出自を意識した指摘であり、みずからの「血統と姻戚関係」を誇る男爵ならではの発言といえる。プルーストは、ランス大聖堂とサン゠チレール教会とを並置して、そこにゲルマント一族の歴史を反映させながら語ることによって、第一次世界大戦という未曾有の破壊行為が浮き彫りにした、〈土地〉と歴史（過去の記憶）、あるいは起源とモニュメントとの関わりを問う契機としているのである。

サン゠チレール教会はコンブレーという「どこにでもあるような街」の中心に位置して、そこにひとつの統一を与える「村の教会」である。プルーストがそれを意識していたことは疑い得ない。たしかに教会は、「街を要約し、代表し、街のために街のことを遠くの人々に語って聞かせる」ような存在であり、「羊飼いの娘」が「羊」を連ねるようにして家々をその建築のまわりに束ねる中心点だった（I, 47）。それは街の住民にとっても、主人公゠語り手にとっても、「私たちの教会」（《notre Eglise》［I, 58］）として〈土地〉を支える存在だったのである。あえて「教会」の頭文字を大文字で表すことで、この建築が彼らにとって唯一無二の存在であることが示されている点にも留意しよう。そしてまた、この教会は、ステンドグラスや紋章、あるいは墓石というかたちで、〈土地〉の歴史（〈土地〉の貴族であるゲルマントの歴史）が刻まれたモニュメントでもあった。

だが、教会が長い時を経て今日にいたっていることを意識しながらも、主人公゠語り手がこの歴史的建築からすくいとろうとするのは、何よりも「極私的な歴史なき断片」であり、個人的な印象と記憶であった(43)。ゲルマント一族の「起源」を可視化し、これを保証するという意味において、あるいはフランス的な田園生活の精神的な支柱として大地に根ざすという意味において、サン゠チレール教会は「歴史」に結びつけられたモニュメントであった。だが同時にこの教会は、コンブレーという〈土地〉をめぐる主人公の私的な想い出を身にまとっていた。その意味でもまた、教会はひとつの「モニュメント」であり、歴史とは別な位相における「記憶を喚起するもの」としての役割をあてがわれていたということができる。第5章で取り上げたように、ピエール・ノラは、一九世紀末に生じた記憶の変容、すなわち「歴史的なものから心理的なものへ、社会的なものから個人的なものへ、伝達可能なものから主観的なものへ、繰り返すものから思い出すものへ、という記憶の移行」を指摘している。「両世紀間の作家」といわれるプルーストは、移行期の人として、あるいは「中間［の状態］」《entre-deux》をその美学の本質のひとつとする者として[44]、世紀転換期において揺れた記憶の公共性（歴史）と個人性（私的な想い出）という二つの側面に触れていた。そのことを示すようにして、プルーストは、朽ちてゆくゲルマント家の命運によって前者を、そして作家を目指す主人公の私的印象との関わりにおいて後者を描き出すのである。サン＝チレール教会は、『失われた時を求めて』のなかで描き出されるこの二つの「記憶」を一手に託された場であり、両者が交錯する特異なモニュメントだということができるだろう。

3　コンブレーの破壊——〈土地〉の記憶との訣別

シャルトルの近郊に位置し、現実の街イリエを色濃く反映するはずのコンブレーを、プルーストは激しい戦闘が繰り広げられたシャンパーニュ地方に移し替えることによって、意図的に戦火に曝す。この地理的な位置の変更に伴って『失われた時を求めて』にもたらされた修正を検証したアニック・ブイヤゲは[45]、草稿の段階でいったんはシャルトル近郊に設定されたコンブレーが、一九一三年の『スワン家のほうへ』の出版にいたって、シャルトルとの近さを示す指標が削除され、場所的な限定を回避する性格を強めることになったことを指摘している。そして作家の修正はそこに留まらず、ひとたび宙に浮いたこの街は、その後の執筆過程で、前線のあるランスとランの近郊に移し替えられ、戦場と化すのである。一九三〇年代の終わりにプルースト作品における地理学的な側面を研究したアンドレ・フェレは、この移動を「南西から北東への漂移」と表現している[46]。しかし、コンブレーの地理的な「漂移」が興味深い事実として語られるいっぽう、物語上の矛盾を冒す危険をはらんだこの変更の意義については、これまで十分な理由づけがされてこなかったようにも思われる。

架空の街コンブレーと史実としての世界大戦とが交わることによってもたらされる効果については、すでに幾通りかの解釈がなされている。『見出された時』には、戦争の描写とともに、「一九一四年八月」「一九一六年」(IV, 301)といった具体的な年月、ないしは「九時半」「九時三五分」(IV, 313)といった細かい時間の書き込み、あるいは時期の特定を可能にするような史実への言及が認められる。トン＝タットが確認しているように、時間の限定を回避する傾向にある『失われた時を求めて』においては例外的なこの「歴史家の視点」によって、小説世界は歴史的な現実との接点を獲得している[47]。コンブレーが第一次世界大戦の戦場となることもまた、虚構と史実との交錯を生む機能を果たしており、この戦争をめぐって「歴史と詩のあいだ」で揺れ動くプルースト独自のエクリチュールの生成に寄与していると考えることもできるだろう[48]。また、プレイヤッド版の注にもあるように、コンブレーでの戦闘(「メゼグリーズの戦い」と呼ばれる)にヴェルダンの戦い(一九一六年)を重ね合わせることによって、この戦闘でなされた勇敢な行為の数々をコンブレー近郊のサン＝タンドレ＝デ＝シャン教会が示す「フランスとその魂の偉大さ」(IV, 424)に結びつけようとしたと推察することもできるのかもしれない[49]。あるいは、地理的な移動がおこなわれることによって、規模において非対称な二つの教会建築＝モニュメントの比較が、より効果的になったと考えることもできる。だが、こうした視点もさることながら、戦争との関わりでまず問わねばならないのは、明確な意図のもとにコンブレーの喪失が描かれることの意味ではないだろうか。

戦場となったコンブレーの光景は、「前線の生活」をおくるジルベルトが主人公に宛てて一九一六年に綴った手紙のなかで語られる[50]。彼女はまず、自分が「一九一四年末」にタンソンヴィル(コンブレー近郊)に赴いた理由について、迫りくる戦火から逃れるためではなく、ドイツ軍の脅威から自分の城館を守るためであったと回想し、次のように書く。

私は、あの愛しいタンソンヴィルが危険に曝されていると知ったとき、我が家の管理人ひとりにそれを守らせる気にはなれませんでした。私がいるべき場所は、彼の傍らなのだと思ったのです。そして、結局のところ、そう決心したおかげで、どうにか館を救うことができたのです。いっぽう、取り乱した所有者たちがうち捨てていった近隣の城館の数々は、ほとんどすべてが、跡形もないほどに破壊されてしまいました。館を救っただけではないのです。パパがあれほど大切にしていた貴重なコレクションもまた、救うことができました。(IV, 334)

新聞紙上で讃えられ、叙勲まで検討されてたというジルベルトの行動によって、城館そのものは破壊から免れ[51]、スワンの貴重な収集品も救われた。だが、放棄された近隣の城館がすべて「跡形もないほどに」破壊されたこともまた事実であった。そして、前線に近いこのタンソンヴィルで二年を過ごした彼女が見た悲惨な現実はそれだけではなかった。戦闘の要所となったコンブレーでは「メゼグリーズの戦い」が繰り広げられ、この〈土地〉に悲劇的な結果をもたらしていたのである。ジルベルトは続けて次のように書く。

いったい何度思い浮かべたことでしょう。あなたのことを、そして、あなたのおかげで甘美なものとなった散歩のことを。一緒に散策したあの土地も、今日ではすっかり荒廃し、あなたがあれほど好きだった小径や丘、何度も一緒に出かけていったあの小径や丘を奪うために、大規模な戦闘が繰り広げられていました。[……]メゼグリーズの戦いは八ヶ月以上続き、ドイツ軍はそこで六〇万人以上も失いました。彼らはメゼグリーズを破壊しましたが、奪取するには至りませんでした。［……］サンザシの小径が尽きるところにある広大な麦畑こそ、あの有名な三〇七高地で、あなたも公式発表でしばしばその名前をご覧になったに違いありません。フランス軍は、ヴィヴォンヌ川にかかる小さな橋を爆破したのですが、あなたはあの橋が、望んでいたほどに子供のころを思い出させてくれないとおっしゃっていましたね。(IV, 335)

八ヶ月以上におよぶ戦闘に曝されたことによって「甚大な損害を被った」コンブレーは、もはやかつての面影を何一つ留めていない。コンブレーに降り注ぐ破壊の炎を描いたプルーストは、空爆を受けるパリをポンペイの街に譬えたように、ゲルマント一族＝ソドムへと通じるゲルマントの方と、ヴァントゥイユ嬢（モンジューヴァン）＝ゴモラへと通じるメゼグリーズの方を炎に包もうとしたのだろうか。呪われた種族の「起源の土地」に対する攻撃という意味において、コンブレーという戦場で繰り広げられた光景は、パリの空襲以上に徹底したものであったと考えることもできる。(52) しかしそれだけでは、幼年時代の記憶と結びついた数々の場所——こよなく愛した散歩道やヴィヴォンヌ川にかけられた橋、サンザシの咲く坂道、あるいはサン＝チレール教会——の破壊の意味を説明することはできないだろう。興味深いのは、手紙への言及のあと、本来ならばこの破壊が主人公にもたらしてしかるべき喪失感が一切記されていないことである。かけがえのない場所が失われたにもかかわらず、主人公は傷ついた様子を見せることなく事態を受け止めているかのようであり、そうした姿勢は感傷的な語り口で破壊を語るジルベルトと好対照をなしている。そればかりか、親しんだ〈土地〉が破壊されるいっぽうで、閉ざされた自己満足の行為として否定された「芸術の独身者」スワンの「コレクション」が生き残ってしまう皮肉な状況すら、主人公＝語り手の動揺を招きはしないのである。

悲しみの欠如というかたちで間接的に描き出される、意外なまでの落ち着きは何を意味しているのか。ここではその背景に、プルーストが抱くに至ったひとつの文学的な確信を読み取りたい。戦前にタンソンヴィルを訪問した主人公は、その機会にコンブレー再訪を果たした。しかし、ジルベルトの手紙にも示唆されている通り、郷愁に駆られた再訪は、期待していたような気持ちの高まりをもたらさなかったばかりか、想い出の場所に対する予想外の幻滅を引き起こすことにすらなった（IV, 266-268）。決して交わることはないと思っていたコンブレーの二つの散歩道が意外なほど簡単に結ばれ得ることを知るという、小説全体の構造に直結した発見の陰に隠れてしまうからだろうか、実際には想い出の〈土地〉に対する幻滅のほうが大きなインパクトを与えた事実は見落とされがちである(53)。プルーストは、この幻滅の体験について、次のような一節を書いている。

自分が昔の年月を生き直すことがいかに少ないかを知って、私は悲しみを覚えていた。私には、引き船道に沿ったヴィヴォンヌ川が、貧弱で、醜いもののように思えた。私が覚えていたものごとが、物質的に随分とねじ曲げられていたということではない。しかし、再び横切ることになった場所の数々から、まったく異なる生活によって切り離されていたので、それらの場所と私とのあいだの隣接性は失われていた。その隣接性があってこそ、想い出は、それと気づくよりも早く、直接的に、心地よく、全的に燃え上がるのである。（IV, 267）

実際にコンブレーに足を踏みいれたにもかかわらず、期待していたような記憶の再生が起きることはなかった。「いったいどうしたというのでしょう？　あなたがむかし登っていたこの坂道を歩いてみても、何もお感じにならないのですか？」（*Ibid.*）主人公の無感動を理解しかねたジルベルトの言葉が、予想外の状況の置かれた彼に追い打ちをかける。幼少時代の記憶に結びついた場所を再び訪れることで知ったのは、かつての場所と自分とのあいだにあったはずの「隣接関係」がもはや失われているという、予期せぬ事実であった。現実の〈土地〉との接触が想い出を取り返す契機とはならない事実に直面すること。それは、想い出を通じて深く根ざしていたはずの〈土地〉

とのあいだに、知らぬ間に生まれていた距離を目の当たりにし、大切な記憶が層をなしていたはずの場所からの「乖離」を認識する経験にほかならない[54]。主人公がここで覚えた感覚に、イタケーに帰還したオデュッセウスの感じた失望を重ね合わせることもできるだろう。オデュッセウスについて論じたジャンケレヴィッチの読みは、プルーストの主人公の体験の意味を説き明かしているように思える。

ただたんなる空間上の旅行だったとしたら、オデュッセウスは失望しなかったことだろう。取り返しのつかないこと、それは流浪の旅に出るために生まれた土地を去ったことではない。取り返しのつかないのは、生まれた土地を二十年前に去ったことだ。流浪のオデュッセウスは、ただたんに生まれた場所だけではなく、かつてその場所に住んでいたころ若者だった自分自身もふたたび見いだしたかったのだろう[55]。

「郷愁」についての指摘がそうであったように、ここでもまた、空間の可逆性に対する時の不可逆性《l'irréversible》が問われている。帰還の喜びが失望に変わるのを味わったオデュッセウスと同じく、コンブレーを再訪した『失われた時を求めて』の主人公もまた、かつてそこに住んでいた自分の幻影をもとめ、それを再び見出すことができない現実に、驚きと失望を覚える。主人公の語る「記憶の爆発」への期待とは、過去の自分の蘇りへの期待であり、特定の場所とのあいだに求めていた「隣接関係」とは、〈土地〉とかつての自分とのあいだに築かれた近さでしかなかった。

自分の源泉、起源、無心さに年老いて戻る人間は、自分が決して行ったことのないところへ戻り、かつて見たことのないものをふたたび見るのだ。しかも、この誤認はほんとうの確認よりもいっそう真実だ[56]。

コンブレーに帰還した主人公は、いっそうの真実をつきつけるこの「誤認」による痛みを感じている。「郷愁」は

「失望」へと変貌するであろうし、〈痛み〉のない〈帰郷〉は存在しない。そして、思想家の言葉を裏付ける経験をしながら、その結果を受け止めた主人公＝語り手は、それまで抱き続けてきた現実の〈土地〉への期待をぬぐい去ることを選択するのである。

コンブレーへの再訪と幻滅をめぐるこのような経験を問題にしたあとで、戦場と化した想い出の〈土地〉の破壊を描くことには、前者のうちに示された心理的な決別を、物理的な破壊によって決定的なものにする意味があったのではないか。幼い日に見たサン＝チレール教会の鐘塔は、「つねに立ち返るべき場所」であり、「私の前に神の指のごとくにそそり立って、不意をつく高みから家々をまとめ、一切を支配している」存在であった（I, 66）。そして休暇でこの街を訪れる際に、汽車の窓から最初に目に入るのもまた、この鐘塔であった。カンパニーレにも匹敵するこのランドマークの喪失こそ、懐古的な帰還の可能性が失われ、その必要性が否定されたことを端的に示している。歴史との絆を保証する建築、あるいは大地に根ざした貴族の記憶装置としてこの教会を位置づけるシャルリュス的なスタンスとも、創作のために〈土地〉との接触を必要としたネルヴァルの立ち位置とも異なり、プルーストにとっては（あるいは作家への道を歩みつつある主人公にとっては）、記憶と関わる物質的な場に接触する機会や、そうした場所自体の消滅こそが積極的な意味を持つ。幻滅を受け入れるだけでなく、〈土地〉との絆を断つ破壊へと踏み切る姿勢は、何よりもまずそのことを物語っているはずだ。かつて訪れた場所への空間的な故郷回帰——記憶の源泉を求めたかつての場所への帰還——が持つ意義への疑問提起と、それに対するプルースト自身の解答は、崩れ去るヴェネツィアの光景を経由して、コンブレーの中心をなす教会の鐘楼と、想い出と結びついた数々の場の物理的な喪失によって、読み手の目にも決定的に突きつけられることになる。

〈土地〉と過去との密接な絆に対する思いを切り捨てようとする力、あるいは〈土地〉からのこのような精神的乖離は、モロー断章においてすでに素描されていた命題、すなわち「内的な魂」こそが芸術家の「真の祖国」であり、現実の〈土地〉との関わりを求めても芸術創造は達成されないというテーゼを想起させる。

彼ら「内的な魂を持ったすべての人々」は、どこか別の場所を欲するやいなや、もはや真の祖国にはいなくなっている。というのも、別のものに対する欲求は、感情という国からの亡命だからである。(*EA*, 672)

仮にそれがコンブレーであっても、「内的な魂」以外の場所を欲することは「祖国」を離れて「流謫の身」となることであり、創造の営みから遠ざかることを意味している。だとするならば、「コンブレーをまた訪れたいという欲求」を喪失することは、最終的な啓示に向かって物語が加速するなかで、主人公＝語り手が自分の「祖国」に腰を据えて執筆を開始する契機を掴むために不可欠なステップであったといえるはずだ。すでに分析したように、〈土地〉との絆の切断という主題は、芸術作品の在り方として求められるとともに、芸術創造に携わる芸術家自身の在り方にも深く関わっている。その意味で、第一次世界大戦がもたらした破壊は、〈土地〉からの乖離を決定的なかたちで描き出す、またとない主題だったはずである。

戦争によってサン＝チレール教会が崩壊したという事実に直面した主人公＝語り手が動揺しないのは、もはやこの〈土地〉に戻る必要がないことを感じとっていたことのあらわれである。「真の祖国」を見定めつつある以上、コンブレーの在処を示していた「地平線に刻まれた忘れがたい［鐘塔の］姿」(I, 62) を認めることができなくても、目指すべき〈土地〉の本質の在り処を見失うことはない。コンブレーが失われることは、最終的な文学の啓示へと物語が収斂するなかで、主人公＝語り手をつなぎ止めていた最も強固な土地の絆がついに断たれ、芸術家として歩みはじめる（すなわちその「真の祖国」に根を張る）準備が整いつつあったことを意味していたのである。

終章　書物について——「個」と「普遍」

ラスキン美学との出会いによって芽生えた〈土地〉に対する問題意識は、『ジャン・サントゥイユ』での試みと挫折、母とともに送った「翻訳の時代」、あるいは文芸批評の実践といった文学的営為のなかで徐々に深められてゆく。プルーストは、思想や建築、記憶と〈土地〉とのあいだに築かれる絆を強く意識するいっぽう、文学的な成熟とともに、〈土地〉に根ざすことの重要性を唱えた当時の芸術的・社会的・政治的な言説との距離を測りながら、そうした絆の切断、あるいは〈土地〉からの乖離を積極的に肯定する姿勢を打ち出していった。〈土地〉に根ざすこと（あるいは根ざさないこと）をめぐる独自のヴィジョンはそのなかで培われ、『失われた時を求めて』に結実する小説美学の核を形成するまでに至る。

戦争によるコンブレーの破壊は、いわばその到達点のひとつであったと考えられる。このエピソードには、作品創造へと歩みをすすめる上で、〈土地〉の絆を断つことが帯びる決定的な意味が込められていた。改めて強調するまでもなく、コンブレーは小説全体の基盤として機能しており、この街に関する記憶の網の目が湧きあがり、広がってゆくことで初めて、長い物語の幕が開かれる。そして、主人公の「私」が経験する一切のこともまた、「ゲルマントのほう」と「スワン家のほう」を二つの柱としたこの〈土地〉から派生し、同時にすべてがこの〈土地〉へと収斂してゆく。しかし物語の最後で示されたのは、この場所の大切さを高らかに歌い上げる姿勢などではなく、再訪を遂げた現実の場所に対する幻滅と、幼い日の記憶が層をなしていたはずの場所の物理的な喪失であった。そして、そこにこそ、作家の求めた文学的理想を志向する、積極的な力の作用を認めることができる。

それでは、モニュメントとしての〈土地〉を否定＝破壊したさきに生みだされるはずの作品＝書物それ自体は、〈土地〉とのあいだにどのような関係性を築くことを求められたのだろうか。周知の通り、物語の主人公が書くことになる書物も、プルーストの手になる『失われた時を求めて』も、ともに作品構造の本質的な部分で壮大な教会建築に比較される。作家自身が意識し続けたこのアナロジーが、未完に終わる危険性をはらみながら構築が続けられる、有機的な作品にふさわしいものであることは間違いない。だが、「建築」という場所的な限定をうけた事物の性質と矛盾するようにして、作家の思い描いた作品もまた、ひとつの「芸術作品」として〈土地〉との絆から解き放たれた状態を指向していたのではないか。『失われた時を求めて』を代表する芸術家の一人である作家ベルゴットが、「デルフトの眺望」の出展された展覧会場で死亡するエピソードを締めくくる一節には、その点に関して示唆的なイメージが織り込まれている。

ベルゴットは埋葬された。しかし、葬式のあった日は一晩中、明るく照らされたショウウィンドウに、三冊ずつ彼の著作がおかれて、翼を広げた天使たちのように、寝ずの番をしていた。それは、もはやこの世に存在しない者にとっての、再生の象徴のように思われた。(III, 693)

埋葬され（大地にかえされ）、「死の場所」が定められることによって、ベルゴットの死は動かし難い明白な事実となるだろう。そこには墓標が建てられるであろうし、今は亡き作家を想い、その作品に魅せられた人々が折に触れてそこを訪れる（「巡礼」の場とする）ことにもなるのだろう。だが、作家は果たして「永遠に死んでしまったのか」(III, 693)。書店のショウウィンドウに展示され、光のなかで作品群が形づくる「翼を広げた天使たち」のイメージは、この問いに対して用意された答えであった。これまで幾度となく指摘されてきたように、この場面が物語るのは、作家の死後に残された作品が、それを生み出した人物の「再生の象徴」たり得るのだというプルーストの確信である。

しかし、翼を広げて羽ばたこうとするこの「再生の象徴」は、天空を駆けながら作家の死後の生を生きる作品の姿であると同時に、〈土地〉との絆からは自由であるべき、作品の本質的な在り方を象徴してもいるのではないか。それは、場所的・時間的な限定を断ち切って飛翔する芸術作品＝「賛嘆すべき『無国籍者』」の象徴として読みかえることもできるはずだ。(1)

「飛翔する書物」のイメージについては、ヴィクトル・ユゴーの『ノートル＝ダム・ド・パリ』（一八三一）の一節を想起できるかも知れない。ユゴーは同書で、大聖堂を典型とする旧来の芸術である建築と、印刷術の発展がもたらした新たな芸術としての書物とを対置させて、思想の保存・伝達をめぐるパラダイムの変化を浮き彫りにしようと試みた。そして、一八三二年の第八版で挿入された「これ、かれを滅ぼさん」《Ceci tuera cela》(2)と題された章では、書物と思想との関わりについて次のような主張をしている。

印刷という形で表現された思想は、未曾有の不滅性をおびるようになった。思想は伝播し易いもの、捉え難いもの、破壊し難いものとなった。思想は天翔る力を獲得したのである。建築が人智を代表していた時代には、思想は巨大な建築として表現され、一世紀、一地方を睥睨していたのだが、今や一群の鳥と化し、東西南北の風の吹き散らすままに、大気と空間とのありとあらゆる場所を、いっぺんに占めてしまうようになった。繰返して申し上げるが、印刷という形で表現されるようになってからは、思想は不朽のものと化したのである。何びとがこれに異議を挿めよう？　かつては堅牢な石に刻まれた思想は、いまや永遠の生命を授かるようになったのだ。持続を旨とした思想は、いまや不滅の生命に恵まれるようになったのだ。建築は破壊することができ

よう、だが地上のあらゆる場所を占める印刷物をどのようにして根絶やしにしようというのか？(3)

「石の書物」としての建築とは異なり、どこにでも持ち運ぶことができて、複製も極めて容易な書物のなかに身を宿すことによって、思想は空を自由に飛翔する鳥となる。建築を通して「ひとつの世紀」と「ひとつの場所」に固定されていた「石の思想」は、複製技術に支えられた「印刷された思想」となることで、石の持つ強固さだけでは逃れることができなかった「破壊」を回避し、特定の場所に縛られることのない「遍在性」を獲得するのである。ここに描かれるのは、教会建築に記憶装置としての絶対的な機能を認めたラスキンとは正反対の展望である。

ラスキン的な建築観の消化と乗り越えを図ったプルーストの思想に通じる要素を、ユゴーのうちに認めることができるだろうか。たしかに、〈土地〉に縛られた作品の在り方は作家の強く反発するところであったし、書物による建築の乗り越えは達成すべき目標であった。また、自己の精神に宿った思想（プルーストはそれを「新しい観念」と呼ぶ）を、喪失から免れさせるために取るべき手段は、「安全な一冊の本のなかに移しかえる」こと以外にはなかった（IV, 614）。つまりは、作家にとって、書物は「破壊」を回避するための唯一の手段だったのである。しかしながら、はたして最終的にプルーストが、ユゴーの突きつけた書物の大量生産（同一テクストの大量複製）の可能性をめぐる現実を称揚したかというと、その点には疑問が残るように思われる(4)。

作家が書物にすべてを賭けたのは、それがあくまで、実現のために他者の力を借りることのできない、自分に残された唯一の作品だと考えたからである。なるほど『失われた時を求めて』の主人公＝語り手は、「私が書かなければならないのは［……］数多くの人々にむけられたものだった」と語る（IV, 620）。だがそれは、物質としての書物の複製と多方面への伝播を念頭においたものではない。たしかに〈土地〉からの解放について考えをめぐらせていたプルーストのうちに、複製による思想の伝播への意識がなかったとは言えまい。ベルゴットの書物が、広く流通することを期待された「商品」としてショウウィンドウに飾られている場面も、そうした伝播の可能性を示唆するものとして読むこともできる。また、ラスキンの翻訳に携わった背景にも、この美術史家の美学を広く紹介する意図がなかったとは言い切れまい。しかし、書物の「飛翔」によって意味されるのは、どこにでもにそれを見出すことができる「偏在性」《ubiquité》であるよりは、誰もがその本のなかに自己を見出すことのできる「普遍性」《universalité》への志向だったのではないか。ドゥカズヴィル教会のモロー作品群について、それらが「青と紫の翼を永遠に折り畳む」ことで「土地の魅力」を獲得すると語ったかつての視点（*JS*, 366）とは対照的に、「翼」を大きく広げた天使＝書物のイメージが表しているのは、書物もまた〈土地〉の束縛を断つことによって、芸術作品としての「普遍」を獲得し得るのだというプルーストの信念であろう。それは、アミアンに根づいた聖母像に象徴された「個」からの脱却と、場所を問わず本質的な美を放つことのできる「モナ・リザ」によって描かれた「普遍」への接近でもある。

また、事実として忘れてはならないのは、プルーストの死とともに後生に残されたものが、複製による同一性が保証された総体としての書物である以上に、矛盾を内包化した「差異と生成の論理」[5]の支配する草稿群であったことである。全人生と等価であることを目指した書物の定めとして、作者の死とともに未完のまま残された作品は[6]、同一性＝複製の枠をはみ出すことにこそ、その本質を宿らせているともいえるだろう。

晩年のプルーストと親交の深かった詩人ジャン・コクトー Jean Cocteau（一八八九—一九六三）は、一九二七年の『カイエ・マルセル・プルースト』に掲載された「大聖堂の教え」という記事のなかで、プルーストが他界した翌日のアパルトマンの様子を伝えている。ギュスターヴ・モローがそうであったように、作家＝芸術家の死後、作家の精神世界を構成する数々の断片によって埋め尽くされた（あるいはそれらによって構築された）特異な場が遺される。そこに足を踏み入れたコクトーが、作家の枕元に山と積まれた草稿帳を見て語った一節は、プルーストが残した作品の本質を鋭く射抜いたイメージに満ちている。

> 傾いたノートの山は、不慮の災厄を好む向きには気に入らないだろうが、彼の完全な文学の一作品《ウーヴル・コンプレット》だったのだ、というよりも文法的に正確に言うならばマルセルの全作品《ウーヴル・コンプレ》だったのだ。／彼の左手の所にあるこの紙の山は、まるで死んだ兵士の手首につけられている時計のように生き続けていた。／私はそこからもう目を放すことができなかった。少しずつ部屋は消えていった、紙の感動的な山、それだけが大きくなり、さらに大きくなっていった。そのぎざぎざの角や隅は、壁、アーチ、バラ窓、穹窿、丸天井、尖塔、屋根組で様々に編みなされる無数のゴシック装飾になっていった。／紙でできた大聖堂（私はランスの大聖堂が崩れ、雷のような音をたて、炎をあげ、死せる大聖堂を煙でできたもう一つの幻の大聖堂が飾るのを目撃したことを思い出していた）、そこから『失われた時を求めて』はそびえ立っていき、中空に身廊を打ち建てるのだ[7]。

限られた時間しか残されていないなかで作品を創り上げる以上、死に追い立てられる恐怖を感じないわけにはいかなかった。プルーストは主人公＝語り手の口を借りて、死の危機に対する恐れを直接的に語っている（IV, 615 et sqq.）。しかし、作家はまた、死が豊穣をもたらすことも知っていた。

> 私に言わせれば、芸術には残酷な法則というものがある。それは、人が死ぬことによって、そして私たちがあらゆる苦しみを味わい尽くした後に息絶えることによって、草が生長するということだ。そしてそれは、忘却の草ではなく、永遠の生命の草であり、生い茂る豊かな作品の草なのである。（IV, 615）

枕元に積み上げられた草稿帳の山は、作家の死のあとに生い茂る「永遠の生命の草」である。それを芸術家の「全作品《ウーヴル・コンプレ》」と捉え、その作品が、まさに彼の死後も息づいて時を刻んでいるとするコクトーの視点は、作家プルーストの生涯の本質を的確に捉えているといえる(8)。

しかし、さらに読み込むべきなのは、詩人の目に映った「紙でできた大聖堂」の幻影が持つ象徴的な意味だろう。松澤和宏氏がまとめているように、日本でいうところの「草稿」を意味するフランス語の「マニュスクリ」《manuscrit》の来歴をたどってゆくと、《manuscriptum》なる複合語があらわれる。その語義のひとつに「自筆証書」という意味があり、「作者の人格的存在を喚起し、記念碑《モニュマン》という相を指し示している」とするならば(9)、さきに見た「心を動かす紙の山」は、はからずもプルーストの「死の場所」に建てられた「墓所」《monument funéraire》としての姿を現すことになるだろう。

だが、作家の望みを知ってか知らずか、この「モニュメント」は、プルーストの全生涯を背負い込みながらも、特定の〈土地〉に根を張ることはない。「大聖堂」が草稿の山と重なり合い、過去に見た炎上するランス大聖堂が呼び水となって、コクトーの視界から「少しずつ寝室が消えてゆ」く特異な光景は、プルーストの作品がアパルトマンの一室という具体的な場所との関係に収まるものではないことを端的に表しているように思える。軽業師と呼ばれ、飛翔の感覚にも通じていたコクトーは、プルーストが残したこの「モニュメント」の本質を直観していたのだろうか。燃えさかるランスでコクトーが見た「煙でできた幻のランス大聖堂」のように、死の床に残された「全作品《ウーヴル・コンプレ》」は、〈土地〉から解き放たれて飛翔する。『失われた時を求めて』という「大聖堂」に相応しい〈場所〉があるとするならば、それは、芸術家が本能で編みあげる「蜘蛛の巣」と同じように、あらゆる限定を回避した「中空」《en l'air》に見出されるはずだ。そして、〈土地〉という主題をめぐってプルーストの小説美学が描いてきた長い軌跡は、まさに飛翔する「紙の大聖堂」をその到達点としている。

＊

記憶と〈土地〉との関係、そして芸術作品としての書物と〈土地〉との関係をめぐって深められたプルーストの思想は、このようにしてその核心を浮かび上がらせる。ここでいま一度確認しておきたいのは、プルーストがあくまで、モニュメントとしての〈土地〉の在り方、すなわち個々の場が持つ「記憶を喚起するもの」としての機能を否定しているという点である。

作家は、その美学的な変容と発展を遂げるにあたって、節目ごとに「導き手」を必要とし、自らの立ち位置をはかる「指標」を必要としていた。言うまでもなく、ジョン・ラスキンは（サント＝ブーヴと並んで）そうした存在の典型であり、プルーストの文学的成長を理解する上で、「ラスキンに抗する／寄りかかる」《contre Ruskin》という視座（「抗する」と同時に「寄りかかる」というその二重性への配慮）を欠かすことはできない[10]。これまでにも触れたように、建築と〈土地〉との絆をめぐるラスキン的な経験は、モニュメントと記憶との結びつきに対する意識を高めることであると同時に、そこから距離をとり、その意義について疑問を呈することでもあった[11]。

ラスキンの影響が色濃かった時代のプルーストは、〈土地〉とラスキンの記憶との結びつきを信じた「巡礼」の人でもあった。そして、場所や歴史的建造物はあるがままの状態で保たれねばならないという思想に通じていたからこそ、手つかずの〈土地〉はプルーストにとって大きな意味を持っていた。しかし、戦場と化したコンブレーを描いた作家は、こうしたラスキン的な考えから遠く離れたところにいる。「ヴェネツィアの廃墟」以上に鮮明な方法で、想い出の数々が刻まれたはずの〈土地〉を消去しようとしたプルーストを支えていたのは、記憶や印象が、〈土地〉との絆とは別なかたちで、まったく別な「場所」に保存されていることへの確信である。ヴェネツィアの記憶も、そして「コンブレー全体」も、現実の〈土地〉に赴くことによって再生するのではなく、場所を選ぶことのない「敷石の感覚」や「一杯の紅茶」から溢れ出るという事実がそれを裏付けている。
一九〇八年一二月、プルーストはエミール・マールに宛てた書簡で、モニュメントの「保存」や「修復」を叫ぶことに対する違和感を滲ませて、むしろ一人の作家として「私的な印象が持ちうるわずかばかりの詩情」を書き残すことの重要性を示唆した。これは、「印象」を文章として定着させることこそが、〈土地〉の本質を喪失から「救う」ことになるのだという、控えめだが確固たる態度表明であり、来るべき小説創造にむけた大きな一歩だった。すなわち、記憶装置としての〈土地〉に取って代わるものとして、作家がその喪失の先に見据えていたのが、自らの過去を唯一の素材とした書物だったのである。『見出された時』のなかで、それは「未知の記号《シーニュ》でできた内的な書物」と名付けられることになる（IV, 458）。それは「現実が私たちに書き取らせた唯一のもの」であり、「現実そのものによって、私たちのなかに『印刷』＝『印象』《impression》として残されたたったひとつのもの」（IV, 458）であった。現実の場所に見切りをつけ、崩れ去る〈土地〉を描く背景には、その記憶もまた、すでに主人公＝語り手の「内的な書物」に刻み込まれているという確信があったのだろう。

しかし、当然のことながら、作家の語る「内面の書物」は、そのままの状態で作品として成立しているわけではなかった。作品を創造するただひとつの方法は、この「我々にとっての唯一の書物」（書物を構成する「未知の記号《シーニュ》」）を「解読」することにある。無の状態から作品を創り上げるのではなく、すでに自己の内に蓄積されていて、そのままでは肉体の死とともに消え去ってしまうはずのものを、理解可能なかたちに書き換えること。あるいは、ひとつの「生」の過去に溢れかえる「無数の陰画」を「現像」することで、「他人」にも「自分」にも見えないままに終わったはずの「真の印象」＝「私たちの固有の生」を明るみにだすこと。プルーストにとって、芸術家の創造行為とはこのような営みであった。作家はそれを、次のようにも表現している。よく知られた一節ではあるが、あらためて引用しておきたい。

［……］この本質的な書物、ただ一つの真の書物、大作家は一般的な意味でそれを作り出す必要はない。というのもそれはすでに私たちのなかに存在するからで、作家はそれを翻訳しなければならないのだ。私はそのことに気づいたのだった。作家の義務と務めは、翻訳家のそれなのである。(IV, 469)

プルースト自身が経てきた模索の経緯に鑑みれば、この「翻訳」という行為は、恐らくは「現像」や「解読」といった比喩以上に、具体的かつ切実な意味を持ってきたはずである。実際、ラスキンの著作を翻訳した経験を持つプルーストは、ある言語から別の言語への書き換え（ここでは英語からフランス語への転換）の営みを続けるなかですでに、異なった次元での「翻訳」、すなわち『見出された時』で与えられることになる「翻訳」の第二義を念頭においていた。

『アミアンの聖書』や『胡麻と百合』とともに過ごした「翻訳の時代」が、作家の思想形成や文体の洗練にとって不可欠であったことは事実である。また、少なくとも翻訳作業を開始した当初は、プルーストはたしかに、翻訳対象への強い思い入れとともに作業を進めていた。翻訳作業には母親やマリー・ノードリンガーといった協力者の存在が欠かせなかったが（作家は彼女たちの作成した第一稿に手を入れるかたちで訳文を練り上げた）、周囲から英語運用能力のなさを揶揄された際には、「英語は分かると言い張るつもりはないが、ラスキンは分かるといいたい」[12]と言いきるほどに、ラスキンの思想体系と文体への深い理解を示していたのである。言語能力を超えた「一種の直観」[13]による作家の読解には眼を見張るものがあり、結局のところプルーストが知っていたのはラスキンの英語だけだったという皮肉めいた証言も、言語的な相違の向こう側に生じうる本質理解の特異性を強調しているようにも思われる。また、完成した翻訳書が、結果としてラスキン批判を多分に含んでおり（序文や訳注が批判の舞台となった）、プルーストによるラスキンの乗り越えの過程を跡づけるものであったとしても、翻訳に際して貫いた作家の哲学自体がぶれることはなかった。自由な翻案や省略、誤訳が溢れていた時代にあって、あくまで原著者の意図と原文の肌触りに忠実であろうとしたのであり、その成果は実際に高い評価を獲得してもいる[14]。

しかし、言葉を移しかえる行為について、作家は可能なかぎりすべてを翻訳しようと努めるいっぽう、その可能性を過信していた様子はない。

私の翻訳の試みに対する大変ご親切なお言葉に、心から感謝しております。私が、試み、と申しますのも、ご存じの通り、「翻訳」することができるのはごくわずかでしかないからであって、魅力の半分は、この危険な旅の始まりで消え去ってしまい、別の言語が持つ、あまりに異なった環境のなかで生きぬくことができないからです。私は可能なかぎり注意を払ったつもりです。しかし、それでもなお、花の散りはてた小枝ばかりを運んでいるように感じているのです[15]。

自分の翻訳に対する謙遜の意味合いを差し引いたとしても、作家が「翻訳」が伴うリスクを意識していたことは十分に理解できる。異なった言語に書き換えることは、「異なった環境」におくことであり、「翻訳」とはいわば、ある土地から別の土地へと移動する「危険な旅」であった。そして作家は、伝えるべき本質が、場所をかえてもなお、そこに根づいて生い茂ることの困難を強く意識していたのである。プルーストが、この「翻訳」を通じて、ラスキンの仕事を世に紹介することに一定の意義を認めていたことはたしかだろう。しかし、果たして〈土地〉を変えることで萎れてしまうことなく、「植えかえ」や「危険な旅」に本質が左右されることなく、在り続けることを可能にするような営みは存在するのだろうか。存在するとすれば、それはいったい如何なるものであろうか。

作家は、生涯を捧げるべき仕事として翻訳を位置づけていたわけではない。ラスキンの著作と向き合いながらもつねに作品創造の重要性を思い、依然として創作に身を捧げることができずにいる状態を、次第にもどかしく感じるようになっていく。そしてその思いは、やはり「翻訳」という語によって、簡潔に表現されることになる。

私にはまだ、やらなければいけないラスキン［の翻訳］が二つありますが、そのあとで、自分の不毛な魂の翻訳を試みてみようかと思っています。そのあいだに朽ちてしまわなければという話ではありますが。[16]

「翻訳」するべきは、他者の思想（の断片）ではなく、自分自身の「魂」である。『胡麻と百合』の出版にもまだ間があった一九〇四年の段階で、作家はこのように確信していた。一九〇六年、ノードリンガーに宛てた手紙では、母とともに過ごした「翻訳の時代」が終わりを迎えたことを告げるいっぽう、とりかかるべきは「自分自身の翻訳」《traductions de moi-même》であることを、それができずにいる不甲斐なさとともに書き残している。自分の目に映る「現実」を、絵画でも音楽でもなく、自ら選択した文学という芸術領域の言語を用いてどのように描くのか。あるいは、一個人の内面をいかに「翻訳」し、それに芸術的な形象を与えるのか。問題となるのは、他者の言語であらわされた他者の思想ではなく、自分自身のうちに積み重ねられてゆく生の現実である。

意外にもプルーストは、それを表現する土台となるのが母国語としてのフランス語であるという事実を、〈土地〉の問題系のなかで焦点化することはなかった。[17] たしかに作家は、常に困難を伴う翻訳が「危険な旅」であり、「異なる環境」への移し替えであるとの見方を示している。だが、絶えず書くことに意識的であり続け、フランス語をめぐる同時代の議論に通じていながらも、自らの創作と母国語との関係を反省したり、そこに切断すべき絆の存在を見て取る様子が認められない。作家の関心は、表現の手段としての言語ではなく、あくまで表現の方法と目的にあったのか。芸術家が目指すべきは、あくまで「思考や文体といった表面的な様相の下」、あるいは「物質や経験や言葉の下」にあるもの、すなわち「真の印象」を探り出すことであった。そして、そのようにして見出したものを「人のために表現するとともに、自分たち自身の眼にも見せる」際に必要だったのが、もうひとつの意味での

「翻訳」という営みだったのである。

個人の内的世界をひとつの作品として実現することで、結果としてそれが普遍的な価値を獲得すること。その営みをプルーストは「翻訳」と呼び、作家の務めと位置づけた。言葉を用いた移し替えの営みは、作家においてこのように意味をかえ、『失われた時を求めて』の創作を支え続けることになる。

重要なのは、それが「個」を徹底的に掘り下げることによって「普遍」へと向かうプルースト的な運動に通じているという点であろう。写実主義文学や「記録の文学」《littérature de notation》のように、現実の〈土地〉をあるがまま、見えるがままに描こうとするのではなく、その〈土地〉が各人の「真の祖国」に刻んだ印象・記憶をもとにして再創造を試みること。それによってはじめて、対象の本質を捉えることができ、それを永遠のものとして定着させることができる。「特殊なもの」とは作家にとって「滅びうるもの」と同義であり（*PM*, 139）、「普遍」を志向することはすなわち、「永続」をもとめることでもあった(18)。

たとえば、いまや自分自身からは遠く離れてしまった人々や、彼らに対してかつて抱いていた感情の数々は、時の経過とともに「理解できないひとつの言葉」に過ぎなくなってしまうだろう。「だがしかし」とプルーストは書く。

［……］もし、この忘れられた言葉の数々を理解する手段があるならば、たとえまずその言葉を普遍的な言語に書き換える必要があるとしても、私たちはその手段に訴えるべきではないか？　普遍的な言語は、少なくとも永続するだろうし、もはやこの世に存在しない人たちを、そのもっとも真なる本質において、すべての人のために永遠に獲得してくれるのだ。（IV, 482）

「何ものも普遍的にならない限り持続できない」という命題のもとに、個人の特殊な経験から出発して、これを人々に共有される「普遍的な」真実として書き改めること、すなわち、プルースト的な意味での「翻訳」を完遂すること。「特殊な微笑み」をたたえたアミアンの「黄金の聖母」像と「モナ・リザ」との対比で問題となった、「個」ないしは「特殊」と「普遍（性）」をめぐる主題とその変奏とは、こうして一冊の書物を書くことの意義についての考察へと収斂していく。

*

プルーストは、芸術家がのこす作品の後生《posterité》（芸術家が死んだあとの作品の生）をつねに念頭におき、「書くこと」と同じように「読むこと」に対しても絶えず考えをめぐらせてきた。では『失われた時を求めて』という作品は、読み手とのあいだにどのような関係を築くべきものとして我々の前に置かれているのか。作家は、自分が生涯を賭して残した作品が、読者によってどのように受け止められ、どのように読まれることを求めているのだろうか。

「プルーストの作品の基盤となっているのは、読書についての省察であり、『書物は読者の魂と精神にどのように働きかけるか？』という問いに対する答えである。」鈴木道彦氏が指摘しているように、バンジャマン・クレミュー Benjamin Crémieux（一八八八―一九四四）が一九二四年に発表した評論集『二〇世紀』に書きつけたこの一節は[19]、プルーストの小説美学の核心を違うことなく突いている。[20]『ジャン・サントゥイユ』や『失われた時を求めて』に描かれた主人公の読書体験はもちろんのこと、ラスキンによる読書論『胡麻と百合』の翻訳に付した序文を通して、作家はあるべき読書の形態について省察を重ねていた。ラスキンのように、本に親しむことを著者との対話（ないしは友人との交際）に見立てるのではなく、プルーストはそれをあくまで自己への沈潜の契機と考えた。そこに他者との交流があるとすれば、それは「孤独のなかの交流」による思想の享受としてであった。しかし、その先にまちかまえている精神生活を切り開いてゆく――自己の内奥を探究し、「祖国」へと立ち帰る――のはあくまで自分自身であり、読書はそのきっかけを作るにとどまるものである。ラスキン批判を通じて表明されたこの考え方は、終生変わることがない。『失われた時を求めて』の主人公がやがて著すであろう書物（そして『失われた時を求めて』という作品自体）の役割もまた、究極的にはそうした読書体験をもたらすことにあったということができる。

作家は、「読者よ」と語りかける。だがそれは、序文や献辞で用いる不誠実な言葉によってできた習慣から言っているにすぎない。実際には、本を読むとき、それぞれの読者は、自分自身の読者なのだ。作品は、恐らくそれがなければ自分自身のなかに見ることのできなかったものをはっきりと見定めるために、作家が読者に与える一種の光学器械にすぎないのである。（IV, 489–490）

必要なのは、作家からの呼びかけでも、作家と読み手との対話でもない。作品は、あくまで一人ひとりの読者が新たなヴィジョンのもとで自己を見つめ直すための補助として存在するべきだ。一般論の体裁をとって書かれているものの、(21)これこそはプルーストの作品創造の過程において追い求められた理想である。鈴木氏が指摘するように、こうした普遍化の主体は、もはや作者ではなく読み手にほかならず、主人公の「私」は作者の分身であるとともに、読み手一人ひとりの分身でもある。そしてそこにこそ主人公の無名性の原因を求めることができる。(22)たとえば血統によって〈土地〉の記憶に深々と結びついたシャルリュスとは対照的に、主人公の名字や名前は明らかにされることがなく、それはあたかも、物語の主体であるはずの「私」が、特定の系統樹に組み入れられることを回避し、血のつながりがもたらす時間的・空間的な限定をも回避しているかのようである。ここにもまた、「個」から出発しながらも、あくまで「普遍」を志向したプルーストの小説美学を認めることができる。

「私」はこうして、すべての読み手にとっての「私」であることを志向する。主人公が自らの私的な過去を素材として作り上げる「一種の光学器械」は、フランソワーズが調理する「ブフ・モード」のようでもあると同時に、「一着のドレス」でもあれば、壮大な建築としての「大聖堂」でもあった。「大聖堂」という開かれた場は多くの人々を迎え入れる空間として屹立する。そして「一着のドレス」は、それを身にまとう人間を受け入れ、包み込むことでいっそうの輝きを放つだろう。なるほど、自分自身の抱いている作品の観念が、真理を内包した「ひとつの教会」となるのか、あるいはうち捨てられた「ドルイド教の遺跡」となるのか、作者自身にも見当がつきはしない(IV, 618)。だが、いまも信者が集う教会建築であれ、忘れられた異教の廃墟であれ、それが人々を受け入れるための〈場〉であったことには違いない。

作家は、後世にのこる作品が閉ざされた性格のものになることを望んではおらず、「普遍性」の獲得を視野に入れた、開かれた場への意識を失わなかった。(23) 先に触れた、作家の死と芸術の「残酷な法則」についての一節には、「永遠の生」への思いが込められた次のような続きがある。

> [豊饒な作品が生い茂る草]のうえには、後に続く世代の人々がやってきては、地中に眠る人々のことなど気にとめることもなく、愉快に自分たちの『草上の昼食』を楽しむだろう。(IV, 615)

本質は、読み手の一人ひとりが、自由な時を過ごすことのできる豊かな〈場〉を築くことにある。自己満足的な行為の結果としての作品、自己完結的な作品ではなく、あくまで外に対して開かれた場として作品を構築すること。自分自身の私的な過去について語るという意味で極めて特殊なものでありながら、一個人の時間的・場所的な絆に縛られることなく、「多くの人にむけられた」=「普遍的な」作品であること。つまりはプルーストにとって、創られるべき作品とは、そのような〈場〉として、読み手の前に広げられるべきものだった。

物語の事実上の出発点でもあるコンブレーを意図的に破壊することの先にプルーストが見据えていたのは、場所的・時間的な限定を受けた〈土地〉と記憶との関係の乗り越えであり、現実の〈土地〉から切断され、読み手に開かれた普遍的な〈場〉としての書物の創造であった。その意味で、『失われた時を求めて』の最終巻は、〈土地〉をめぐって追求される理論と、その文学的な実践とが共存し、互いを照らし出していることが分かる。

*

周知の通り、『見出された時』の後半部では、無意志的記憶をはじめとしたプルーストの文学理論が濃密なかたちで次々と提示され、主人公＝語り手が小説の創造への決意を表明したところで、物語全体の幕が下ろされることになる。主人公は、深く根ざしたコンブレーと物質的、精神的に断絶の時期を迎え、〈土地〉の絆をいっさい持たない独立した価値を標榜する作品の創造に着手することになるだろう。ここで、主人公がやがて創造するはずの作品と『失われた時を求めて』との同一性をめぐる問題を再検討するつもりはない。だが最後に、物語に与えられた円環構造にしたがって『スワン家のほうへ』の冒頭に描かれた「部屋」に立ちもどり、プルーストが試行錯誤ののちに生み出したこの特異な場と、そこに身を横たえる「私」の在り方を一瞥したい。〈土地〉の絆を断つことの意義とプルースト的美学との関わりについて考察したうえで改めて冒頭を再読したとき、とある寝室で、睡眠と覚醒のはざまを彷徨う一人の人間を描いたテクストに、何を読み取ることができるだろうか。

ロラン・バルトは、一九七八年一〇月にコレージュ・ド・フランスでおこなった講演のなかで、冒頭に描かれる睡眠の重要性を強調し、「眠りから生まれた」プルーストの作品が『時』(あるいはクロノロジー)の解体という「挑発的な原則」に立脚していることを指摘する。(24) プルーストの描いた「眠り」は、本来的な論理的秩序を取り除き、「『揺らぎ』と『障壁除去』のロジック」を構築する。物語の冒頭部では、「私」が横たわっている光景を時間的に限定する要素が巧みに排除されていることに加え、半覚醒の状態に身をおくこの「私」は、「時間の糸」《fils des heures》(I, 5) による規定にも縛られない可能性を秘めている。なるほどそこには、「時の＝論理」《chrono-logie》とは別のロジックを認めることができる。だが、時間的同定を回避したこの光景は、「私」における空間感覚の喪失の体験でもあったはずだ。明らかにこの寝室は、場所の特定を拒絶するかたちで描き出されている。それは、いわば「場所の＝論理」《topo-logie》が喪失した状態を志向しているのであって、そのことは、暗闇に佇む「私」のうちに、異なる場所＝寝室の数々が去来することを思い出すだけで十分に理解できる。「事物の不動性」が覆され、「もの、土地、年月すべてが闇のなかで回転する」状態に身をおく「私」は (I, 6)、時間にも〈土地〉にも束縛されることなく、闇のなかでたゆたっている。(25)

「解体」という名の新たな「組織化」、あるいは、混沌でありながらも、暴力的な無秩序とは異なった「論理《ロジック》」に支配された状況。物語を再読する者にとっては、記憶を支える基盤としてのコンブレーが崩壊し、つなぎ止められていた一切のものが浮遊した結果として生じた場のようにも読めるこの混沌を、作家は明確な意志を持って練り上げていた。『スワン家のほうへ』冒頭の一句の生成過程に関する詳細な分析にも明らかなように、(26) 小説が立ち上がる場面における時間的・空間的限定の有無は、プルーストにとって非常に重要な問題でありつづけた。そして、草稿上の試行錯誤を重ねた結果、作家はそうした限定を完全に排除するに至ったのである。また、最終的に、一人称の「私」と「複合過去」時制以外のいっさいが排除された「もっとも単純でもっとも短い文」が選択されたことは極めて示唆的であり、さらに言えば、そうした選択の結果として「私」の「声」が読み手のなかで「かつてないほどの衝撃力を持って響きわたる」ことを、作家は間違いなく意識していた。(27) この「声」自体が、夾雑物に囲まれた状況を回避して、「いっさいの特殊性」がそぎ落とされた状態を称揚するプルースト美学の本質を、端的に示しているとも考えられるからだ。そして『失われた時を求めて』を繙いた読み手は、この裸形の「声」に自らの声を重ね合わせることによって、作家の作品世界（それはすなわち自分自身の内奥にほかならない）に踏み込んでゆくことになる。

ある時代のある場所に生まれ落ちた一個人としての「私」。その「私」の過去を素材として構築された作品は、「私」をとりまくコンテクストから解き放たれることによって——すなわち「個」から「普遍」への「翻訳」を完遂することによって——、それ自体が他者を受け入れるための開かれた場となり、読み手を待ち受けることになる。小説冒頭の特異な世界は、読み手がその「場」に身をおくために跨がねばならない閾として、そこにおかれている。

想起されては消えてゆく幾多の寝室の重なりによって、絶えず輪郭が揺らぎ続ける特異な場に横たわり、名前による限定からも免れた「私」。そこには、あらゆる〈土地〉との係累を断たれ、絶対孤高の境地に棲むことを求められた芸術家の在り方が明瞭に示されている。一九一三年の『スワン家のほうへ』出版以来、多くの読者に強い驚きを与えてきた冒頭の光景は、小説全体を通じてプルーストが志向しつづける芸術理念の寓意と捉えることができるだろう。それは、やはりどこにも繋留されることのない作品を創造するために、作家自身が追い求め、時には自らに強いてでも身をおいた場所でもある。

そして、その結果として創られた書物もまた、そのような場所ならぬ場をその本質として、「個」を迎え入れ、「普遍」へと解き放つ作品であることを志向し続けるのである。

あとがき

ひとりの芸術家の生と作品を、彼が生きた時代の文脈のなかで捉えなおし、新たな角度から光を当てること。「コルク張りの部屋」という異界を作り上げてそこに根を下ろしながらも、時代との関係を断ち切ることなく、むしろそこから多くを吸収しつづけた作家の足取りを検証すること。そして、時代を特徴づける心性との距離や影響関係をはかりながら、作家特有の小説美学を芽生えさせた土壌へと目を向け、そこから翻って、いっさいの到達点としての『失われた時を求めて』をめぐる新たなテクスト読解の可能性をさぐること。本書全体の基本的な出発点は、このように要約できる。

今日のプルースト研究は、二〇〇八年に開始された草稿帳（フランス国立図書館所蔵）七五冊の出版に象徴されるように、草稿研究の分野で豊かな成果をもたらし続けるいっぽう、それと平行するようにして、文化的・社会的な事象を切り口として小説作品の成立背景を多角的・立体的に明らかにしようとする試みが積極的におこなわれている。本書は、そうした研究動向を念頭におきながら、広義での作品生成の問題を美学的思索の深化との関係において問うことを目的としている。

いくらか平板な印象を与えるかもしれないが、調査をはじめた私を強く惹きつけてやまなかったのは、過剰なまでに繊細な感受性をもつ意志の人としてのプルーストが、みずから描いた到達点の輪郭を徐々にはっきりさせながら、そこへと通じる道を模索し続けた、そのすがたであった。そして、実際に本書につながる論稿を書き始めてからは、方法論はどうであれ、可能なかぎりプルースト自身の試行錯誤に寄り添うことによって、孤独を覚悟した作家の思考の核心に迫りたいという思いが、執筆を進める大きな力となった。

モローやレンブラント、ラスキンに関するエッセーや断章、政教分離法案への反発を綴った新聞記事など、一八九〇年代末から一九〇〇年代初めの時期に書かれた文章――『失われた時を求めて』の執筆にはいましばらくの成熟が必要だったころの思索――を取り上げて重点的に分析を試みているのは、そうした関心と意図のあらわれでもある。また、なかでも重要と思われるいくつかの文章について、相互の連関を問いながら章をまたいで考察を重ねたのは、そうすることによってはじめて、作家が手探りのうちに深めつつあった思索のうねりが明らかになり、思考のひとつひとつを結ぶ「横断線」を浮かび上がらせることができるのではないかと考えたからである。

具体的な切り口や個々の考察については、充実に努めた注や書誌をふくめ、ぜひとも本文を繙いていただきたい。そのうえで本書での試みが、特定の時代を通してプルーストを見つめ直すきっかけとなり、さらにはプルーストを通して時代を考える機会となれば、これにまさる喜びはない。

本書の母体となっているのは、二〇〇五年四月に京都大学大学院文学研究科に提出した博士論文「プルーストとその時代――芸術作品と土地をめぐる研究」である。今回あらたに一冊の書物としてまとめ直すにあたっては、第Ⅲ部の構成に手を加えたうえで「終章」を書き下ろし、そのほかの部分は、論の流れや各章の連関を意識しつつ、全体にわたって可能なかぎり加筆修正を施している。

しかし、読むことも書くことも決してはやいとはいえず、効率よく分析を展開する能力もない自分にとって、いくつもの考察を積み上げてゆきながら、それをひとつの全体としてまとめ上げるまでには、本当にたくさんの支えが必要だった。

研究発表や研究報告、論文執筆の場がどれも貴重なものであったことは言うまでもない。「大学院演習」と呼ばれる院生全員参加のゼミは、自分自身の成長に欠くことのできない大切な時間であったし、すでに一〇年を超えてお世話になっている関西プルースト研究会のみなさんをはじめ、国内外を問わずこれまでに出会うことのできた多くの研究者の方々からは、専門の枠をこえた貴重な指摘を頂戴した。

そして、東京から京都、京都からパリ、そしてふたたび京都へと勉強の場をうつすなかで出会った友人たちに負うところも大きい。早稲田時代からの畏友は、そのしなやかな感性と言語感覚で、いまもむかしも変わらずに刺激を与えつづけてくれる。同じ時期に大学院生活を送ることのできた仲間たちからは、文学に限らず、数え切れないほどたくさんのことを学んだ。非常勤講師としていくつかの大学に出講するようになってからは、同世代の優れた同僚との出会いもあり、分野を越えて多くのことを吸収させてもらっている。そして、心から敬愛する先輩の存在やその愛すべきご家族との交流は、私にとってつねに大きな喜びであり、なによりの励みであり続けた。彼らとともに過ごすことのできた時間、一緒につくることのできた場の数々、彼らと交わした言葉のひとつひとつが、何物にも代えがたい豊かさとともに、本書のうちにしっかりと織り込まれている。表紙とて、例外ではない。果てなく広がる大地を俯瞰する視点にありながら、閃光のはしる中空を見上げているかのようでもあり、抽象的な痕跡を湛えた一幅のカンバスをも思わせる、モノクロームの光景。歩みをかさねる人の姿には創作の意志と孤独を、鮮烈に切れ込む一筋の道には、外皮を裂いて生成をつづける作品の胎動をみる思いだった。この写真とめぐり会うことができたのも、つまりは大切な友人とのかけがえのない交わりのおかげである。

そしてなによりも、二二歳ではじめてお会いして以来、つねに仰ぎ見てきた吉田城先生の存在がなければ、本書の成立はあり得なかった。いや、本書はおろか、いまの自分すらなかったと言わねばならない。

右も左も分からぬままに修士課程に転がり込んでからというもの、フランス留学中も博士論文執筆中もおぼつかない足取りでもがき続けた私を、たえず叱咤激励し、本当に最後の最後まで、見守り続けてくださった。そうしたお姿に、第一線で仕事を続ける研究者としての厳しさがあり、明るく開かれた教育者としての温かさがあった。

その吉田先生が逝去されて、四年が経とうとしている。

体調を崩されて入院されてからも、大学での近況や勉強の進捗状況をつねに気にかけてくださっていた。

「今度は何をするの？」

お見舞いに伺ったときのことだった。お疲れでないわけなどないのに、いつもとほとんどかわらぬ快活な調子でかけていただいたお言葉が、昨日のことのように響く。

どんなに言葉を連ねても、深い感謝の思いを言いつくすことなど到底できないだろうし、どれほど言葉を重ねてみたとしても、穿たれた空隙を埋めつくすこともできなければ、思いを直接に伝える機会が失われた悲しみを拭いさることも、できはしない。

たいした成長もできないままに過ぎた年月を振り返れば、ただ恥じ入るほかはない。しかし、いまはただ、かわらぬ手探りの日々から生まれた本書が、ささやかなご報告として先生のもとに届くことを、切に願いたい。

厳しい出版事情のもとでこのような機会を与えてくださった名古屋大学出版会には感謝の言葉もない。なかでも、直々に声をかけてくださり、企画段階から完成にいたるまで本書にお付き合いくださった橘宗吾さんに、こころからお礼申し上げる。お忙しい身でありながら、本書のテーマに関するアンテナを常にひろげていてくださったことが、本当に嬉しく、ありがたかった。はじめてお会いしてから三年。その穏和な表情と語り口、鋭くしなやかな読みと博識に裏打ちされた指摘の数々、そして時宜を得た励ましが執筆の支えとなった。慣例にしたがって末尾を謝辞の場所として選んだが、氏への感謝の気持ちは本書全体を貫いている。

なお、校正をはじめとした編集の実務は安田有希さんが担当してくださった。本文はもちろんのこと、注や書誌の隅々にまで行き届いた肌理の細かいお仕事には、ただ感服するばかりだった。そのおかげで見落とさずにすんだミスは一つや二つではないし、稿全体が入稿時よりもはるかに整えられているとすれば、それはひとえに安田さんのおかげである。記してお礼申し上げる。

二〇〇九年六月　京都にて

小黒昌文

《著者紹介》

小黒《おぐろ》 昌文《まさふみ》

1974年　東京都に生まれる
1997年　早稲田大学第一文学部卒業
1999〜2000年　エコール・ノルマル（フォントネー／サン＝クルー校）留学
1999〜2002年　パリ第三大学留学
2005年　京都大学大学院文学研究科博士後期課程研究指導認定退学
現　在　同志社大学非常勤講師，文学博士（京都大学）
論　文　« L'œuvre d'art et le "pays"——une réflexion sur la problématique du musée chez Marcel Proust »,『フランス語フランス文学研究』日本フランス語フランス文学会，2005年，第85・86号

プルースト　芸術と土地

2009年9月10日　初版第1刷発行

定価はカバーに
表示しています

著　者　小　黒　昌　文

発行者　石　井　三　記

発行所　財団法人 名古屋大学出版会
〒464-0814　名古屋市千種区不老町1名古屋大学構内
電話(052)781-5027/ FAX(052)781-0697

印刷・製本 ㈱太洋社　ISBN978-4-8158-0618-7
乱丁・落丁はお取替えいたします。

索　引

ア　行

カ　行

サ　行

タ　行

ナ　行

ハ　行

マ　行

ヤ　行

ラ　行

ワ　行

図版出典一覧

図 1 - 1　*La Jeunesse des musées : Les musées de France au XIXe siècle*, [Paris, Musée d'Orsay, 7 février-8 mai 1994], Réunion des musées nationaux, 1994.

図 1 - 2　*Ibid.*.

図 1 - 3　*Ibid.*.

図 1 - 4　*Ibid.*.

図 1 - 5　Émile Mâle, *L'Art religieux du XIIIe siècle en France. Etude sur l'iconographie du Moyen Âge et sur ses sources d'inspiration* [nouvelle édition, revue et corrigée], Armand Colin, 1902.

図 2 - 1　Frédérique Citéra-Bullot, *Trouville, Deauville à l'affiche : avec le prêt exceptionnel de la collection Yves Aublet, Deauville*, Cahiers du Temps, 2000.

図 2 - 2　*Ibid.*.

図 3 - 1　Karen Bowie éd., *Les grandes gares parisiennes du XIXe siècle,* Délégation à l'action artistique de la ville de Paris, 1987.

図 3 - 2　Francis Haskell, *The Ephemeral museum*, Yale University Press, 2000.

図 3 - 3　Eva Tahon et alli., *Impact : 1902 revisited : Early Flemish and Ancient Art Exhibition*, OKV, 2002.

図 4 - 1　Cahier 6 [N. a. fr. 16646], f° 35 r°.

図 5 - 1　Gérard de Nerval, *Sylvie* [préfacé par Ludovic Halévy : 42 compositions dessinées et gravées à l'eau-forte par Ed. Rudaux], L. Conquet, 1886.

図 6 - 1　Antonio Fradeletto ed., *Il campanile di San Marco : studi, ricerche, relazioni*, Cura del Comune, 1912.

図 7 - 1　*Je sais tout*, février 1905.

図 7 - 2　*Gazette des Beaux-Arts*, juin 1916.

図 7 - 3　*L'Illustration*, 10 octobre 1914.

図 7 - 4　*Guides illustrés Michelin des champs de bataille (1914-1918) : Reims et le fort de la pompelle,* Michelin, 1920.

図 7 - 5　*Mythes et réalités de la cathédrale de Reims : de 1825 à 1975*, Somogy, 2001.

図 7 - 6　*Ibid.*.

図 7 - 7　*L'Illustration*, 13 novembre 1915.

図 7 - 8　*Mythes et réalités de la cathédrale de Reims : de 1825 à 1975*, Somogy, 2001.

第 I 部扉　Mary Evans Picture Library [www.maryevans.com]

第 II 部扉　Bibliothèque nationale de France [gallica.bnf.fr]

第 III 部扉　Schusev State Museum of Architecture [www.muar.ru]

文献一覧

プルーストの作品

1.『失われた時を求めて』*À la recherche du temps perdu*

——Édition de référence

À la recherche du temps perdu / édition publiée sous la direction de J. -Y. Tadié. Gallimard, 1987–1989. 4 vol. (Collection "Bibliothèque de la Pléiade").

Comprend : t. I, *Du côté de chez Swann ; À l'ombre des jeunes filles en fleurs* [première partie] ; Esquisses, Introduction, Notices, Notes et variantes, Résumé, Table de concordance/avec la collaboration de Florence Callu, Francine Goujon, Eugène Nicole, Pierre-Louis Rey, Brian Rogers et Jo Yoshida. 1987. CLXXVII–1547 p.

.–t. II, *À l'ombre des jeunes filles en fleurs* [deuxième partie] ; *Le Côté de Guermantes* ; Esquisses, Notices, Notes et variantes, Résumé, Table de concordance / avec la collaboration de Dharntipaya Kaotipaya, Thierry Laget, Pierre-Louis Rey et Brian Rogers. 1988. 1991 p.

.–t. III, *Sodome et Gomorrhe ; La Prisonnière* ; Esquisses, Notices, Notes et variantes, Résumé, Table de concordance / avec la collaboration d'Antoine Compagnon et Pierre-Edmond Robert.1988. 1934 p.

.–t. IV, *Albertine disparue ; Le Temps retrouvé* ; Esquisses, Notices, Notes et variantes, Résumé, Table de concordance, Note bibliographique, Index des noms de personnes, Index des noms de lieux, Index des œuvres littéraires et artistiques / avec la collaboration d'Yves Baudelle, Anne Chevalier, Eugène Nicole, Pierre-Louis Rey, Pierre-Edmond Robert, Jacques Robichez et Brian Rogers. 1989. 1707 p.

—— Autres éditions consultées

À la recherche du temps perdu / édition publiée sous la direction de Jean Milly. Flammarion, 1984–1987. 10 vol. (Collection "Garnier-Flammarion").

À la recherche du temps perdu /[texte de la Bibliothèque de la Pléiade] ; avec la collaboration d'Antoine Compagnon, Pierre-Louis Rey, Thierry Laget et Brian Rogers. Gallimard, 1988–1990. 8 vol. (Collection "Folio").

À la recherche du temps perdu / avec la collaboration d'Elyane Dezon-Jones, Bernard Brun, Nathalie Mauriac Dyer, Françoise Leriche et Eugène Nicole. Librairie Générale Française, 1992–1993. 7 vol. (Collection "Le Livre de poche").

À la recherche du temps perdu / préf. et introduction de Bernard Raffali ; avec la collaboration de Michèle Berman, François Bouchet, Pierrette Crouzet-Daurat, Françoise Gacon, Dominique Frémy, Thierry Laget, André Alain Morello, Julie Paolini, Martine Reid, Philippe Michel-Thiriet et Jo Yoshida. Robert Laffont, 1987. 3 vol. (Collection "Bouquins").

Albertine disparue : édition originale de la dernière version revue par l'auteur / édition établie par Nathalie Mauriac et Étienne Wolff. Grasset, 1988. 223 p., 4 p. de pl.

Albertine disparue : édition intégrale / texte établi, présenté et annoté par Jean Milly. Librairie Honoré Champion, 1992. 425 p.

2．その他のプルーストの作品

Contre Sainte-Beuve ; (suivi de) *Nouveaux mélanges* / préf. de Bernard Fallois. Gallimard, 1954. 446 p.

Contre Sainte-Beuve ; (précédé de) *Pastiches et mélanges* ; (et suivi de) *Essais et articles* / édition établie par Pierre Clarac avec la collaboration d'Yves Sandre. Gallimard, 1971. X-1022 p. (Collection "Bibliothèque de la Pléiade").

Jean Santeuil ; (précédé de) *Les Plaisirs et les Jours* / édition établie par Pierre Clarac avec la collaboration d'Yves Sandre. Gallimard, 1971. X-1123 p. (Collection "Bibliothèque de la Pléiade").

Textes retrouvés / recueillis et présentés par Philip Kolb ; édition revue et augmentée ; avec une bibliographie des publications de Proust (1892-1971). Gallimard, 1971. 427 p. (Cahiers Marcel Proust ; 3).

Le Carnet de 1908 / établi et présenté par Philip Kolb. Gallimard, 1976. 207 p. (*Cahiers Marcel Proust* ; 8).

L'Indifférent / préf. de Philip Kolb. Gallimard, 1978. 69 p.

Matinée chez la Princesse de Guermantes : cahiers du *Temps retrouvé* / édition critique établie par Henri Bonnet en collaboration avec Bernard Brun. Gallimard, 1982. 494 p.

Écrits de jeunesse : 1887-1895 / textes rassemblés, établis, présentés et annotés par Anne Borrel, avec la collaboration de Alberto Beretta Anguissola, Florence Callu, Jean-Pierre Halévy, Pierre-Edmond Robert, Marcel Troulay, Michel Bonduelle. Illier-Combray : Institut Marcel Proust international : Société des Amis de Marcel Proust et des Amis de Combray, 1991. 297 p., [12] p. de pl.

Carnets / édition établie et présentée par Florence Callu et Antoine Compagnon. Gallimard, 2002. 446 p.

3．書簡

PROUST (Marcel) et RIVIÈRE (Jacques). *Correspondance : 1914-1922* / présentée et annotée par Philip Kolb. Plon, 1955. XIX-324 p.

PROUST (Marcel) et GALLIMARD (Gaston). *Correspondance : 1912-1922* / édition établie, présentée et annotée par Pascal Fouché. Gallimard, 1989. XXVIII-669 p.

Correspondance avec Daniel Halévy / texte établi, présenté et annoté par Anne Borrel et Jean-Pierre Halévy. Éditions de Fallois, 1992. 250 p.

Correspondance de Marcel Proust / texte établi, présenté et annoté par Philip Kolb. Plon, 1970-1993. 21 vol.

Lettres : 1879-1922 / sélection et annotation par Françoise Leriche. Plon, 2004. 1353 p.

参考文献

各章ごとに以下のような構成でまとめる。
a．プルーストに関する研究（各章の主題に関わるものに限る）
b．同時代の言説（プルーストの時代を中心に）
c．その他

序

GAEHTGENS (Thomas), «Présentation historique de la problématique du contexte. XIXe-XXe siècle», *Patrimoine, temps, espace. Patrimoine en place, patrimoine déplacé* [Actes des Entretiens du Patrimoine], Fayard ; Editions du patrimoine, 1997, p. 47-65.

POMMIER (Édouard), «Présentation historique de la problématique du contexte. XVe-XVIIIe siècle.», *Patrimoine, temps, espace. Patrimoine en place, patrimoine déplacé* [Actes des Entretiens du Patrimoine], Fayard ; Editions du patrimoine, 1997, pp. 17-46.

ヴァルター・ベンヤミン「プルーストのイメージ」『ベンヤミン・コレクション2　エッセイの思想』浅井健二郎編訳，三宅晶子・久保哲司・内村博信・西村龍一訳，ちくま学芸文庫，1996年，pp. 413-441。

吉田城「マルセル・プルーストと中世芸術との出会い」『テクストからイメージへ——文学と視覚芸術のあいだ』京都大学学術出版会，2002年，pp. 4-55。

第1章

【1-a】

ADORNO (Theodor Wiesengrund), «Valéry Proust Musée», *Prismes : critique de la culture et société*, Payot, 1986, p. 152-163 ［邦訳：テオドール・W・アドルノ「ヴァレリー　プルースト　美術館」『プリズメン——文化批判と社会』ちくま学芸文庫，1996年］.

COMPAGNON (Antoine), «Proust au musée», *Marcel Proust : l'écriture et les arts*, Gallimard ; Bibliothèque nationale de France ; Réunion des musées nationaux, 1999, pp. 67-79.

GENETTE (Gérard), «Combray-Venise-Combray», *Figures IV*, Seuil, 1999, pp. 263-281.

KATO (Yasué), «Proust et sa muséologie : le "musée imaginaire" d'*À la recherche du temps perdu*» (à paraître dans *Marcel Proust 6*, "La Revue des lettres modernes", Minard). Cf. Intervention du même titre faite le 19 septembre 2003 à l'Université de Kyoto, dans le cadre du colloque international «Proust sans frontières».

——, «Le texte génétique/transgénétique : la préface de *La Bible d'Amiens* comme la matrice de la *Recherche*», in *Proceedings of the Third International Conference : Le Texte et ses genèses*, Graduate School of Letters Nagoya University, 2004, pp. 69-76.

泉美知子「見出された中世芸術——19世紀のゴシック研究とプルースト」『超域文化科学紀要』東京大学大学院総合文化研究科超域文化科学専攻，7号，2002年，pp. 83-104。

井上究一郎「芸術作品」『井上究一郎文集II（プルースト篇）』筑摩書房，1999年，pp. 95-139。

湯沢英彦『プルースト的冒険——偶然・反復・倒錯』水声社，2001年。

吉川一義『プルースト美術館——「失われた時を求めて」の画家たち』筑摩書房，1998年。

【1-b】
HALLAYS (André), « En flânant —— la superstition des musées », *Journal des débats*, 10, 17 et 24 novembre 1899.
HOUSSAYE (Henry), « Les musées de province », *Revue des Deux Mondes*, 1er avril 1880, pp. 546-565.
HUYGHE (René), « Le Rôle des musées dans la vie moderne », *Revue des Deux Mondes*, 15 octobre 1937, pp. 775-789.
LA SIZERANNE (Robert de), « Les prisons de l'art », *Revue des Deux Mondes*, 1er novembre 1899, pp. 114-138.
——, *Les Questions esthétiques contemporaines*, Hachette, 1904.
——, « Le démembrement du "Salon Carré" au Louvre », *Revue des Deux Mondes*, 15 octobre 1919.
MORICE (Charles), *Pourquoi et comment visiter les musées*, Armand Colin, 1913.
MICHEL (Émile), « Le Musée du Louvre », *Revue des Deux Mondes*, 1er juin 1904, pp. 636-666.
QUATREMÈRE DE QUINCY, *Considérations morales sur la destination des ouvrages de l'art*, Fayard, 1989 (1815).
VALÉRY (Paul), « Le problème des musées » [1921], *Œuvres*, t. 2, Gallimard, "Bibliothèque de la Pléiade", 1960, pp. 1290-1293 [邦訳：ポール・ヴァレリー「博物館の問題」渡辺一民・佐々木明訳『ヴァレリー全集 10　芸術論集』筑摩書房，1983 年［初版 1967 年］].
【1-c】
BARRÈS (Maurice), *Scènes et doctrines du nationalisme*, Editions du trident, 1987 [邦訳：モーリス・バレス『国家主義とドレフュス事件』稲葉三千男訳，創風社，1994 年].
DAGEN (Philippe) et *alii*., « Le contexte des œuvres dans les musées », *Patrimoine, temps, espace. Patrimoine en place, patrimoine déplacé* [sous la présidence de François Furet], Fayard ; Editions du patrimoine, 1997, pp. 261-287.
DAGOGNET (François), *Le Musée sans fin*, Champ Vallon, 1993.
DUTHUIT (Georges), *Le Musée inimaginable*, 3 vol., José Corti, 1956.
FLAUBERT (Gustave), *Dictionnaire des idées reçues*, « Folio », 1999 [邦訳：フロベール『紋切型辞典』小倉孝誠訳，岩波文庫，2000 年].
FROMENTIN (Eugène), *Maîtres d'autrefois, Œuvres complètes*, Gallimard, "Bibliothèque de la Pléiade", 1984 [邦訳：フロマンタン『オランダ・ベルギー絵画紀行——昔日の巨匠たち』高橋裕子訳，岩波文庫 1992 年].
GALARD (Jean), *Visiteurs du Louvre*, Réunion des musées nationaux, 1993.
GERMAIN (Marie-Odile), « Barrès : le musée, ou l'art déraciné ? », *Revue d'histoire littéraire de la France*, nº 1, 1995, pp. 36-44.
GEORGEL (Chantal), « Le musée, lieu d'enseignement, d'instruction et d'édification », *La Jeunesse des musées : les musées de France au XIXe siècle* (sous la dir. de Chantal Georgel), Réunion des musées nationaux, 1994, pp. 58-70.
——, « Montrer, éclairer, présenter », *La Jeunesse des musées : les musées de France au XIXe siècle*, Réunion des musées nationaux, 1994, pp. 188-206.
——, « The Museum as Metaphor in Nineteenth-Century France », *Museum Culture : Histories Discourses Spectacles* (sous la dir. de Daniel J. Sherman & Irit Rogoff), University of Minnesota Press, 1994, pp. 113-122.

HAMON (Philippe), *Imageries : littérature et image au XIXe siècle*, José Corti, 2001.
HARDY (Thomas), *Mémoires d'un jeune garçon* [traduit par Christine Raguet-Bouvart], Rivage, 1990.
MALEUVRE (Didier), *Museum Memories. History, Technology, Art*, Stanford University Press, 1999.
MALRAUX (André), *Le Musée Imaginaire*, Gallimard, "folio essais", 1996 [邦訳：マルロオ『東西美術論〈第1〉 空想の美術館』小松清訳，新潮社，1957年].
O'DOHERTY (Brian), *Inside the White Cube. The Ideology of the Gallery Space*, University of California Press, 1999.
POMIAN (Krzysztof), *Collectionneurs, amateurs et curieux. Paris, Venise : XVIe-XVIIIe siècle*, Gallimard, 1987 [邦訳：クシシトフ・ポミヤン『コレクション――趣味と好奇心の歴史人類学』吉田城・吉田典子訳，平凡社，1992年].
――, « Musées français, musées européens », *La Jeunesse des musées : les musées de France au XIXe siècle* (sous la dir. de Chantal Georgel), Réunion des musées nationaux, 1994, pp. 351-364.
POULOT (Dominique), *Musée, nation, patrimoine. 1789-1815*, Gallimard, 1997.
RÉAU (Louis), *Archives, bibliothèques, musées*, L. Cerf, 1909.
RUSKIN (John), *Pages choisies* (avec une introduction de Robert de la Sizeranne), Hachette, 1909.
――, *Les Sept lampes de l'architecture suivi de John Ruskin* par Marcel Proust (traduit de l'anglais par G. Elwall), Denoël, 1987.
SHATTUCK (Roger), « The Tortoise and the Hare : Valéry, Freud, and Leonardo da Vinci », *The Innocent Eye*, MFA Publications, 2003.
SZAMBIEN (Werner), « Les musées tueront-ils l'art ? À propos de quelques animadversions de Deseine », *Les Collections. Fables et programmes*, Champ Vallon, 1993, pp. 335-340.
VOUILLOUX (Bernard), « Le contexte de l'œuvre d'art à l'épreuve du lieu », *Effets de cadre. De la limite en art*, Presses Universitaires de Vincennes, 2003, pp.131-152.
岡田温司『もうひとつのルネサンス』平凡社ライブラリー，2007年。
多木浩二『ベンヤミン「複製技術時代の芸術作品」精読』岩波現代文庫，2000年［「複製技術時代の芸術作品」（野村修訳）を収録］。
湯沢英彦「ボルタンスキーの初期作品について――1969年―1973年」『明治学院論叢』698号，2003年3月，pp. 1-75。
――『クリスチャン・ボルタンスキー――死者のモニュメント』水声社，2004年。
吉田城「大美術館の誕生」『武蔵野美術』104号, 1997年，pp. 4-9。

第2章

【2-a】

AOYAGI (Risa), « Le Chaix de Marcel Proust ―― Le beau train généreux d'une heure vingt-deux » 『年報フランス研究』35号，関西学院大学フランス文学会，2001年，pp. 5-18。
BAUDELLE (Yves), « Le chemin de fer dans *À la Recherche du temps perdu* », *Écritures du chemin de fer*, Klincksieck, 1997, pp. 109-123.
GODEAU (Florence), « Paris-Balbec, Hambourg-Davos-Platz. Voyage en chemin de fer et formation du héros », *Écritures du chemin de fer*, Klincksieck, 1997, pp. 95-107.
MILLY (Jean), « Proust ou le voyage intérieur », *Ecrire le voyage*, Presses de la Sorbonne nouvelle,

1994, pp. 179–188.
MIGUET-OLLAGNIER (Marie), « Réécriture, échos : la gare, l'atelier, la chambre dans "Noms de pays : le pays" », *Bulletin d'informations proustiennes*, n° 24, 1993, pp. 111–118.
MONNIN-HOMUNG (Juliette), *Proust et la peinture*, Droz-Giard, 1951.
吉田城「都市空間とテクスト――プルーストとその時代」『都市と文学――ヴェネツィア, フィレンツェ, リヨン, パリ, 京都』平成元年科学研究費補助金（一般研究 A）研究成果報告書, 1990 年。
【2-b】
D. (E.), « Des gares », *Le Bulletin de l'art ancien et moderne*, 28 juillet 1900.
GAUTIER (Théophile), « Inauguration du chemin de fer du Nord », *La Presse*, 16 juin 1846.
――, « De l'art moderne », *L'Artiste*, 1er juin 1853, p. 136.
――, « Revue des théâtres », *Le Moniteur Universel*, 13 juillet 1868.
――, « Chemin de fer » [15 octobre 1837], *Fusains et eaux-fortes*, L'Harmattan, 2000, pp. 187–195.
――, « Utilité de la poésie » [janvier 1842], *Fusains et eaux-fortes*, L'Harmattan, 2000, pp. 209–215.
MAINDRON (Ernest), *Les Affiches illustrées (1886–1895)*, G. Boudet, 1896.
T. (Ch.), « La Nouvelle Gare Saint-Lazare », *L'llustration*, 17 juillet 1886.
【2-c】
BAROLI (Marc) éd., *Lignes et lettres : anthologie littéraire du chemin de fer*, Hachette, 1978.
BELVÈS (Pierre) éd., *100 ans d'affiches des chemins de fer*, La Vie du rail, 1980.
BENJAMIN (Walter), *Paris, capitale du XIXe siècle : le livre des passages*, Editions du Cerf, 2000.
CITÉRA-BULLOT (Frédérique), *Trouville-Deauville à l'affiche*, Cahiers du Temps, 2000.
DETHIER (Jean), « La gare : nouvelle tour de Babel », *Le Temps des gares* [catalogue d'exposition (Paris, 13 décembre 1978–9 avril 1979)], Centre national d'art et de culture Georges Pompidou, 1978.
FOUCART (Bruno), « Petit indicateur pour voyager dans les gares », *Monuments historiques*, n° 6, 1978, pp. 2–9.
LISCH (René), « Les Gares de Paris et Juste Lisch », *Les Grandes gares parisiennes au XIXe siècle*, Délégation à l'action artistique de la Ville de Paris, 1987, pp. 159–169.
Manet, Monet : la gare Saint-Lazare [catalogue d'exposition (Paris, Musée d'Orsay, 9 février–17 mai 1998 ; Washington, National Gallery of Art, 14 juin–20 septembre 1998)], Réunion des musées nationaux, 1998.
PRÉVOST-MARCILHACY (Pauline), « Le décor du Buffet de la Gare de Lyon », *Les Grandes gares parisiennes au XIXe siècle*, Délégation à l'action artistique de la Ville de Paris, 1987, pp. 143–157.
SCELLES (Christiane), *Gares, ateliers du voyage : 1837–1937*, Rempart ; Desclée de Brouwer, 1999.
WALTER (E.), « Invitation au voyage : le décor des gares », *Monuments Historiques*, n° 6, 1978.
天野知香『装飾／芸術　19-20 世紀フランスにおける芸術の位相』ブリュッケ, 2001 年。
ヴォルフガング・シヴェルブシュ『鉄道旅行の歴史――19 世紀における空間と時間の工業化』加藤次郎訳, 法政大学出版局, 1982 年。
小倉孝誠『19 世紀フランス夢と創造――挿絵入新聞「イリュストラシオン」にたどる』人文書院, 1995 年。

スティーヴン・カーン『時間と空間の文化：1880-1918年』［上巻：『時間の文化史』，下巻：『空間の文化史』］浅野敏夫・久郷丈夫訳，法政大学出版局，1993年。
松浦寿輝『知の庭園——19世紀パリの空間装置』筑摩書房，1998年。

第3章

【3-a】

COMPAGNON (Antoine), « Proust au musée ». （1-aを参照）
DELEUZE (Gilles), *Proust et les signes*, Presses universitaires de France, « Quadrige », 1996［邦訳：ジル・ドゥルーズ『プルーストとシーニュ——文学機械としての「失われた時を求めて」』（増補版）宇波彰訳，法政大学出版局，1977年］.
SUGANUMA (Jun), « En automne 1902, Proust à Bruges —— les Primitifs flamands ou une école méconnue », *Cahiers d'études françaises*, Université Keio, n° 7, pp. 64-77.
YOSHIDA (Jo), « Proust et les ballets russes. Autour de Nijinski », *Bulletin d'informations proustiennes*, n° 31, 2000, pp. 51-64.
YOSHIKAWA (Kazuyoshi), « Proust et Rembrandt » *Marcel Proust 6. Proust sans frontiènes* 1, "La Revue des lettres modernes", Minard, 2007, pp. 105-120.
川名子弘『プルースト的エクリチュール』早稲田大学出版部，2003年。
津森圭一「プルーストにおけるパノラマ的視点——ラ・ラスプリエールの風景をめぐって」『仏文研究』34号，京都大学フランス語フランス文学研究会，2003年，pp. 81-95。
芳野まい「ヴェルデュラン夫人の「音楽の殿堂」——シャンゼリゼ劇場をめぐって　プルーストにおける外国文化の問題に関する一考察」『ヨーロッパ研究』1号，東京大学大学院総合文化研究科・教養学部ドイツ・ヨーロッパ研究室，2001，pp. 161-177。
和田章男「プルーストとオランダ絵画」『大阪大学大学院研究科紀要』44号，2004年，pp. 39-77。

【3-b】

ALEXANDRE (Arsène), « L'exposition Rembrandt », *Le Figaro*, 25 et 29 septembre 1898.
ANONYME, « The Rembrandt Exhibition at Amsterdam (First Article) », *The Times* (London), september 9, 1898.
BARRÈS (Maurice), « La querelle des nationalistes et des cosmopolites », *Le Figaro*, 4 juillet 1892.
——, *Mes Cahiers*, t. II [février 1898-mai 1902], Plon, 1930.
BRUNETIÈRE (Ferdinand de), « Le cosmopolitisme et la littérature nationale » [octobre 1895], *Etudes critiques sur l'histoire de la littéraire française*, t. 6, Hachette, 1911, pp. 289-316.
DE VOGÜÉ (Eugène-Melchior), « La défunte Exposition », *Revue des Deux Mondes*, 15 novembre 1900, pp. 380-399.
——, « Au seuil d'un siècle. Cosmopolitisme et nationalisme », *Revue des Deux Mondes*, 1er février 1901, pp. 677-692.
GAUTIER (Théophile), « Revue des théâtres ». （2-bを参照）
HALLAYS (André), « De l'influence des littératures étrangères », *En flânant*, Société d'édition artistique, 1899, pp. 3-30.
——, « Amsterdam. L'exposition de Rembrandt », *En flânant*, Société d'édition artistique, 1899, pp. 386-390.
——, *En flânant à travers l'Exposition de 1900*, Perrin, 1901.

MERKI (Charles), « L'Exposition de Bruges », *Mercure de France*, octobre 1902, pp. 119–134.
MICHEL (Émile), « L'exposition Rembrandt à Amsterdam », *Gazette des Beaux-Arts*, 1er novembre 1898, pp. 355–368 ; 1er décembre 1898, pp. 467–480.
MENDÈS (Catulle), « L'œuvre wagnérienne en France », *Revue de Paris*, 15 avril 1894, pp. 180–203.
MORICE (Charles), « Le couronnement de la reine de Hollande et l'exposition de Rembrandt », *Mercure de France,* novembre 1898, pp. 289–316.
NICOLLE (Marcel), « L'exposition Rembrandt à Amsterdam », *La Revue de l'art ancien et moderne*, nº 20, novembre 1898, pp. 411–428 ; nº 21, décembre 1898, pp. 541–558.

【3–c】

BALZAC (Honoré de), *La Recherche de l'Absolu, Etudes philosophiques I*, Gallimard, "Bibliothèque de la Pléiade", t. IX, 1950［邦訳：バルザック『「絶対」の探求』水野亮訳，岩波文庫，1978 年］.
BONNEFOY (Yves), « Sur la peinture et le lieu », *L'Improbable et autres essais* suivi de *Un rêve fait à Mantoue*, Gallimard, 2001, pp. 181–186［邦訳：イヴ・ボヌフォワ「絵画と場所について」『ありそうもないこと――存在の詩学』阿部良雄ほか訳，現代思潮社，2002 年］.
COMPAGNON (Antoine), « Faits, effets et méfaits de l'exposition », *Critique*, nº 649–650, juin–juillet 2001, pp. 518–529.
DIDI-HUBERMAN (Georges), *L'Étoilement. Conversation avec Hantaï*, Minuit, 1998.
HAMON (Philippe), *Expositions : littérature et architecture au XIXe siècle*, José Corti, 1989.
HASKELL (Francis), *The Ephemeral Museum. Old Master Paintings and the Rise of the Art Exhibition*, Yale University Press, 2000.
LACAMBRE (Geneviève), *Maison d'artiste, maison-musée. Le musée Gustave-Moreau*, Réunion des musées nationaux, 1997.
PROCHASSON (Christophe), *Paris 1900. Essai d'histoire culturelle*, Calmann-Lévy, 1999.
TAHON (Eva) *et alii, Impact : 1902 revisited : Early Flemish and Ancient Art Exhibition*, OKV, 2002.

第 4 章

【4–a】

AUTRET (Jean), *L'Influence de Ruskin sur la vie, les idées et l'œuvre de Marcel Proust*, Droz, 1955.
BALES (Richard), *Proust and the Middle Ages*, Droz, 1975.
BORREL (Anne) éd., *Voyager avec Marcel Proust*, "La Quinzaine littéraire", Louis Vuitton, 1994.
FRAISSE (Luc), *L'Œuvre Cathédrale. Proust et l'architecture médiévale*, José Corti, 1990.
——, « Proust et Viollet-le-Duc : de l'esthétique de Combray à l'esthétique de la *Recherche* », *Revue d'histoire littéraire de la France,* janvier–février 2000, pp. 45–90.
——, « Proust historien de Paris malgré lui », in *La Mémoire des villes/The Memory of Cities* [sous la dir. de Yves Clavaron et Bernard Dieterle], Publications de l'Université de Saint-Étienne, 2003, pp. 69–88.
MIGUET (Marie), « Proust et Barrès », *Barrès. Une tradition dans la modernité*, Honoré Champion, 1991, pp. 287–306.
ROGERS (Brian), *Proust et Barbey d'Aurevilly. Le dessous des cartes*, Honoré Champion, 2000.
YOSHIKAWA (Kazuyoshi), « Marcel Proust en 1908 —— Comment a-t-il commencé à écrire *A la*

Recherche du temps perdu ?», *Etudes de langue et littérature françaises*, nº 22, mars 1973, pp. 135–152.
泉美知子「宗教建築の生とは何か――プルーストとバレスの文化遺産保護運動」『*Résonances* 東京大学大学院総合文化研究科フランス語系学生論文集』1号，2002年，pp. 75–83。
プルースト＝ラスキン『胡麻と百合』吉田城訳，筑摩書房，1990年。
【4–b】
BARRÈS (Maurice), «André Hallays», *L'Echo de Paris*, 15 février 1911.
――, *La Grande Pitié des églises de France*, Emile-Paul frères, 1914.
BAZIN (René), *La Douce France*, Plon-Nourrit, 1913.
CHANTAVOINE (Henri), «Le Pèlerinage de Port-Royal», *Journal des Débats*, 19 février 1909.
HALLAYS (André), *En flânant*, Société d'édition artistique, 1899.
――, *En flânant à travers la France. Autour de Paris*, t. I, Perrin, 1910.
――, «Mérimée : inspecteur des monuments historiques», *Revue des Deux Mondes*, 15 avril 1911, pp. 761–786.
――, *En flânant à travers la France. Autour de Paris*, t. II, Perrin, 1921.
――, *En flânant à travers la France. Paris*, Perrin, 1921.
――, *Essais sur le XVIIe siècle* [t. 1 : *Madame de Sévigné* ; t. 2 : *Jean de la Fontaine* ; t. 3 : *Les Perrault*], Perrin, 1921–1926.
LA SIZERANNE (Robert de), *Ruskin et la religion de la beauté*, Hachette, 1897.
Libres Entretiens. Première série 1904–1905. Sur la séparation des Eglises et de l'Etat, l'Union pour l'Action morale, 1905.
MICHEL (André), «Causerie artistique. La Cathédrale d'Amiens», *Journal des Débats*, 16 août, 13 septembre et 11 octobre 1901.
PEREIRE (Alfred), *Le Journal des débats politiques et littéraires : 1814–1914*, Honoré Champion, 1914.
SOREL (Albert), «Pèlerinage de beauté», *Le Temps*, 11 juillet 1904.
【4–c】
MAYEUR (Jean-Marie), *La Séparation des Eglises et de l'Etat*, Les Editions ouvrières, 1991, p. 7.
――, *La Vie politique sous la Troisième République. 1870–1940*, Seuil, "points/histoire", 1994.
POULOT (Dominique), *Patrimoine et musées : l'institution de la culture*, Hachette, 2001.
RÉAU (Louis), *Histoire du vandalisme : les monuments détruits de l'art français*, [édition augmentée par Michel Fleury et Guy-Michel Leproux], Robert Laffont, 1994.
NORA (Pierre), «Entre Mémoire et Histoire. La problématique des lieux», *Les Lieux de mémoire* (sous la dir. de Pierre Nora), t.1, Gallimard, «Quarto», 2001, pp. 23–43 [邦訳：ピエール・ノラ「記憶と歴史のはざまに」長井伸二訳［谷川稔監訳『記憶の場――フランス国民意識の文化＝社会史』第1巻，岩波書店，2002年所収］].
SHERMAN (Daniel J.), *Worthy Monuments. Art Museums and the Politics of Culture in Nineteenth-Century France*, Harvard University Press, 1989.
SCHLUMBERGER (Jean), «Ne touchez pas aux ruines», *Œuvres*, t. VI, Gallimard, 1960, pp. 150–152.
ピエール・ノラ編『記憶の場――フランス国民意識の文化＝社会史』全3巻，谷川稔監訳，

岩波書店，2002-2003 年。

第 5 章

【5-a】

BERNARD (Michel), « Sylvie ou le pourpre proustien », *Bulletin Marcel Proust*, n° 46, 1996, pp. 72-108.

HONG (Kuo-Yung), *Proust et Nerval : études sur l'Univers imaginaire et poétique du récit*, thèse de doctorat, Université de Paris IV, 2003.

MEIN (Margaret), « Nerval : a Precursor of Proust », *Romanic Review*, n° 67, 1971, pp. 99-112.

MIGUET (Marie), « De la lecture de *Sylvie* à l'écriture de la *Recherche* », *Bulletin Marcel Proust*, n° 34, 1984, pp. 199-215.

REY (Pierre-Louis), « Proust lecteur de Nerval », *Bulletin d'informations proustiennes*, n° 30, 1998, pp. 19-27.

SIMON (Anne), « De *Sylvie* à la *Recherche* : Proust et l'inspiration nervalienne », *Romantisme*, n° 95, 1997, pp. 39-49.

YOSHIDA (Jo), « La quête de la Mère chez Nerval, Proust et Akutagawa », *Nerval ailleurs* [Jean-Nicolas Illouz et Claude Mouchard éd.], Laurence Teper, 2004, pp. 247-268.

井上究一郎「プルーストのヴィジョンを開花させたネルヴァル」『井上究一郎文集 II（プルースト篇）』筑摩書房，1999 年，pp. 5-31。

和田章男「プルーストとネルヴァル批評」『大阪大学大学院文学研究科紀要』47 号，2007 年，pp. 27-45。

【5-b】

ALBARAT (Antoine), « Le centenaire de Gérard de Nerval », *Le Figaro. Supplément littéraire,* 6 juin 1908.

BARINE (Arvède), « Essais de littérature pathologique IV. La folie. — Gérard de Nerval », *Revue des Deux Mondes*, 15 octobre 1897, pp. 794-826 ; 1er novembre 1897, pp. 124-160.

BARRÈS (Maurice), « Gérard de Nerval ou le peintre du Valois », *L'Auto*, 28 septembre 1906.

——, *Discours prononcés dans la séance publique tenue par l'Académie française pour la réception de M. Maurice Barrès*, Institut de France, 1907.

BOULENGER (Jacques), *Au pays de Gérard de Nerval*, Honoré Champion, 1914.

BOULENGER (Marcel), *Au pays de Sylvie*, Ollendorff, 1904.

——, *Lettres de Chantilly*, H. Floury, 1907.

CLOUARD (Henri), *Les Disciplines. Nécessité littéraire et sociale d'une renaissance classique*, Marcel Rivière, 1913.

GANDERAX (Louis), « Lettres de Georges Bizet », *Le Figaro*, 3 novembre 1908.

GAUTHIER-FERRIÈRES (Léon), *Gérard de Nerval. La vie et l'œuvre 1808-1855*, Alphonse Lemerre, 1906.

HEARN (Lafcadio), « A Mad Romantic » [1884], *Essays in European and Oriental Literature*, Dodd, Mead and Company, 1923, pp. 43-54.

LASSERRE (Pierre), *Le Romantisme français. Essai sur la révolution dans les sentiments et dans les idées au XIXe siècle*, Garnier frères, 1907.

LE CARDONNEL (Georges), VELLAY (Charles), *La Littérature contemporaine (1905) : opinions*

des écrivains de ce temps, Mercure de France, 1905.
LEMAITRE (Jules), *Jean Racine*, Calmann-Lévy, 1908.
MAUCLAIR (Camille), «Notes sur la technique et le symbolisme de M. Rodin», *Renaissance latine*, 15 mai 1905, pp. 200-220.
MONFORT (Eugène), «Un Romantique que nous pouvons aimer. Gérard de Nerval», *Les Marges. 1903-1908*, Bibliothèques des marges, 1913, pp. 8-16.
MULLER (Jean), PICARD (Gaston), *Les Tendances présentes de la littérature française*, E. Basset, 1913.
RIVIÈRE (Jacques), «La Nouvelle Revue Française», *La Nouvelle Revue Française* [Kraus Reprint], t. 13, 1919, pp. 1-12.
ROUSSEAUX (André), «Promenade au pays de Sylvie», *La Revue française*, 23 juillet 1923, pp. 93-94.
SAUVEBOIS (Gaston), *L'Equivoque du classicisme*, L'Edition libre, 1911.
SYMONS (Arthur), «Gérard de Nerval» [1880], *The Symbolist Movement in Literature*, Constable, 1908, pp. 10-36.
THIBAUDET (Albert), «L'esthétique des trois traditions», *La Nouvelle Revue Française* [Kraus Reprint], t. 9, 1913, pp. 5-42 ; pp. 355-393.

【5-c】

DÉCAUDIN (Michel), *La Crise des valeurs symbolistes : vingt ans de poésie française 1895-1914*, Slatkine, 1981.
DEPUY (Valérie), «Province et mémoire : l'espace et le temps dans Sylvie de Gérard de Nerval», *Province-Paris. Topographie littéraire du XIXe siècle*, Publications de l'Université de Rouen, pp. 145-158.
GAUTIER (Théophile), *Histoire du romantisme, dans Œuvres complètes*, t. XI, Slatkine Reprints, 1978.
GÉNETIOT (Alain), *Le classicisme*, PUF, 2005.
ILLOUZ (Jean-Nicolas), *Le Symbolisme*, Le Livre de Poche, 2004.
KOFFEMAN (Maaike), *Entre classicisme et modernité.* La Nouvelle Revue Française *dans le champ littéraire de la Belle Époque*, Rodopi, 2003.
MARX (William), *Naissance de la critique moderne. La littérature selon Eliot et Valéry 1889-1945*, Artois Presses Université, 2002.
——dir., *Les Arrière-gardes au XXe siècle. L'autre face de la modernité esthétique*, PUF, 2004.
NERVAL (Gérard de), *Œuvres complètes*, 3 vol., Gallimard, "Bibliothèque de la Pléiade", 1989-1993.
PEYRE (Henri), *Qu'est-ce que le classicisme ?* [édition revue et augmentée], A.-G. Nizet, 1965.
VALÉRY (Paul), «souvenir de Nerval», *Œuvres*, t. 1, Gallimard, "Bibliothèque de la Pléiade", 1957, pp. 590-597.

第 6 章

【6-a】

BIZUB (Edward), *La Venise intérieure. Proust et la poétique de la traduction*, Editions de la baconnière, 1991.

CARASSUS (Émilien), *Le Snobisme et les lettres françaises. De Paul Bourget à Marcel Proust. 1884-1914*, Armand Colin, 1966.
COLLIER (Peter), *Proust and Venice*, Cambridge University Press, 1989.
COMPAGNON (Antoine), « Proust contre Ruskin », *Relire Ruskin*, Ecole nationale supérieure des Beaux-Arts : Musée du Louvre, 2003, pp. 147-178.
MAURIAC DYER (Nathalie), « Genesis of Proust's "Ruine de Venise" », *Proust in perspective. Visions and Revisions* [edited by Armine Kotin Mortimer and Katherine Kolb], University of Illinois Press, 2002, pp. 67-84.
YUZAWA (Hidehiko), « Deux usages de la mémoire : Maurice Barrès et Marcel Proust » (à paraître dans *Marcel Proust 7*, "La Revue des lettres modernes", Minard). Cf. « Les lieux de mémoire : Maurice Barrès et Marcel Proust », intervention faite le 18 septembre 2003 à l'Université de Kyoto, dans le cadre du colloque international « Proust sans frontières ».
YOSHIDA (Jo), « Proust contre Ruskin : la genèse de deux voyages dans la *Recherche* d'après des brouillons inédits », thèse de Doctorat de 3e cycle, Paris IV, 1978.
吉田城『「失われた時を求めて」草稿研究』平凡社，1993 年。
——「ヴェネツィアと死の表象——シャトーブリアン，バレス，プルースト」『流域』54 号，2004 年，pp. 30-35；55 号，2005 年，pp. 50-57。
【6-b】
BARRÈS (Maurice), *Amori et dolori sacrum, Romans et Voyages*, Robert Laffont, "Bouquins", 1994.
BERTAUT (Jules), « Une folie littéraire. Venise », *Mercure de France*, 16 octobre 1910, pp. 606-619.
BONNARD (Abel), « Trois "Venise" », *Le Figaro*, 28 septembre 1908.
FERT (Ludovic), « Pie X et le Campanile de Venise », *Le Gaulois du dimanche*, 27-28 avril 1912.
FRADELETTO (Antonio) ed., *Il campanile di San Marco riedificato : studi, ricerche, relazioni*, Cula del Comune, 1912.
HALÉVY (Daniel), « Vénétie et Toscane », *Revue de Paris*, 1er août 1898, p. 590-608 ; 1er septembre 1898, pp. 71-94.
LESUEUR (Daniel), « Les Ruines du Campanile », *Les Annales politiques et littéraires*, 21 avril 1912.
LORRAIN (Jean), « Sauvez Venise ! », *Je sais tout*, février 1905, pp. 143-150.
LOÜYS (Pierre), « La ville plus belle que le monument » [19 juillet 1902], dans *Archipel*, Fanquelle, 1906, pp. 211-221.
DECORI (Félix) éd., *Correspondance de George Sand et d'Alfred de Musset*, E. Deman, 1904.
MARIÉTON (Paul), « Encore G. Sand et Musset », *Renaissance latine*, 15 juillet 1904.
MARINETTI (Filippo Tommaso), *Discours futuriste aux Vénitiens*, Poligrafia italiana, 1913.
MORAND (Paul), *Venises*, Gallimard, "L'Imaginaire", 2003.
R. C., « L'Inauguration du Campanile de Venise », *Le Gaulois du dimanche*, 27-28 avril 1912.
ROUJON (Henry), « Rêverie vénitienne », *Le Figaro*, 15 septembre 1908.
SOUZA (Robert de), « Venise en danger », *Revue de Paris*, 1er août 1900, pp. 654-672.
THOREL (René), « Le Campanile », *Les Annales politiques et littéraires*, 21 avril 1912.

【6-c】
BABELON (Jean-Pierre), CHASTEL (André), *La Notion du patrimoine*, Editions Liana Levi, 1994.
BASCH (Sophie), *Paris-Venise 1887-1932. La «folie vénitienne» dans le roman français de Paul Bourget à Maurice Dekobra*, Honoré Champion, 2000.
BÉGHAIN (Patrice), *Guerre aux démolisseurs ! Hugo, Proust, Barrès. Un combat pour le patrimoine*, Editions Paroles d'aube, 1997.
BERCÉ (Françoise), *Des monuments historiques au patrimoine du XVIII*^{e} *siècle à nos jours*, Flammarion, 2000.
BRAUDEL (Fernand), *Venise*, Arthaud, 1984［邦訳：フェルナン・ブローデル『都市ヴェネツィア——歴史紀行』岩崎力訳，岩波同時代ライブラリー，1990 年］.
CHOAY (Françoise), *L'Allégorie du patrimoine*, Seuil, 1999.
DIETERLE (Bernard), «Ruines et chantiers de la mémoire», *La Mémoire des villes/The Memory of Cities*, Publications de l'Université de Saint-Etienne, 2003, pp. 7-11.
GODO (Emmanuel), *La Légende de Venise. Barrès et la tentation de l'écriture*, Presses universitaires du Septentrion, 1996.
HEWISON (Robert), *Ruskin and Venice*, Thames and Hudson, 1978.
JANKÉLÉVITCH (Vladimir), *L'Irréversible et la nostalgie*, Flammarion, 1974［邦訳：ヴラジミール・ジャンケレヴィッチ『帰らぬ時と郷愁』仲澤紀雄訳，国文社，1994 年］.
LEFEVBRE (Henri), *Le Droit de la ville*, Anthropos, 1968.
LISTA (Giovanni), *Futurisme. Manifestes, proclamations, documents*, L'Age d'homme, 1973.
NELSON (Robert S.), OLIN (Margaret) ed., *Monuments and Memory, Made and Unmande*, University of Chicago Press, 2003.
POULOT (Dominique), *Musée, nation, patrimoine. 1789-1815.* (1-c を参照)
RAMBAUD (Vital), «La querelle de Venise», *Cent ans de littérature française. 1850-1950* [mélanges offerts à Jacques Robichez], SEDES, 1987, pp. 191-196.
RIEGEL (Aloïs), *Le Culte moderne des monuments* [traduit de l'allemand par Daniel Wieczorek], Seuil, 1984.
RUSKIN (John), *Seven Lamps of Architecture* in *The Works of John Ruskin*, vol. 8, Library Edition, 1903［邦訳：ジョン・ラスキン『建築の七燈』杉山真紀子訳，鹿島出版会，1997 年］.
——, *Les Pierres de Venise* [traduit par Mathilde P. Crémieux], Librairie Renouard, 1906.
——, *La Bible d'Amiens*, traduction, notes et préface par Marcel Proust, COBRA Editeur, 1997.
TSCHUDI-MADSEN (Stephan), *Restoration and Anti-Restoration. A Study in English restoration philosophy*, Universitetsforlaget [Oslo], 1975.
URBAIN (Jean-Didier), «Le monument et la mort : deuil, trace et mémoire», *L'Abus monumental ?* [Actes des Entretiens du Patrimoine], Fayard ; Editions du Patrimoine, 1999, pp. 49-58.
VALLET (Odon), «Les mots du monument : linguistique comparée», *L'Abus monumental ?* [Actes des Entretiens du Patrimoine], Fayard ; Editions du Patrimoine, 1999, pp. 45-48.
フランソワーズ・ショエ『近代都市——19 世紀のプランニング』彦坂裕訳，井上書院，1983 年。
キャロライン・ティズダル，アンジェロ・ボッツォーラ『未来派』松田嘉子訳，PARCO 出版，1992 年。
鳥越輝昭「ヴェネツィア像の軌跡——墓場から未来派へ」『神奈川大学創立七十周年記念論

文集』神奈川大学，1998 年，pp. 349-374。

――「ヴェネツィア，未来派，過去主義者」『ロマン主義のヨーロッパ』［神奈川大学人文研究所編］，勁草書房，2001 年，pp. 150-178。

――『ヴェネツィア詩文繚乱――文学者を魅了した都市』三和書籍，2003 年。

ジョン・ラスキン『アミアンの聖書』竹中隆一・髙橋昭子・茅野宣子訳，ぱる出版，1997 年。

――『ヴェネツィアの石』福田晴虔訳，全 3 巻，中央公論美術出版，1994-1996 年。

第 7 章

【7-a】

BOUILLAGUET (Annick), « Combray entre mythe et réalités », *Marcel Proust 3. Nouvelles directions de la recherche proustienne* 2, Minard, 2001, pp. 27-44.
COMPAGNON (Antoine), *Proust entre deux siècle*, Seuil, 1989.
FERRÉ (Andre), *La Géographie de Marcel Proust*, Sagittaire, 1939.
MAHUZIER (Brigitte), « Proust, écrivain de la Grande Guerre. Le front, l'arrière et la question de la distance », *Bulletin Marcel Proust*, n° 52, 2002, pp. 85-100.
MORAND (Paul), *Le Visiteur du soir*, La Platine, 1949.
SAKAMOTO (Hiroya), *Les Inventions techniques dans l'œuvre de Marcel Proust*, thèse de doctorat, Université de Paris IV, 2008.
SCHMID (Marion), « Ideology and Discourse in Proust : The Making of "M. de Charlus pendant la guerre" », *The Modern Language Review*, n° 94-4, pp. 961-977.
TON-THAT (Thanh-Vân), « Points de vue proustiens sur la guerre : fin d'un monde et monde à l'envers », *Ecrire la guerre* [études réunies par Catherine Milkovitch-Rioux et Robert Pickering], Presses universitaires Blaise Pascal, 2000, pp. 167-178.
坂本浩也「パリ空襲の表象（1914-1918）――プルーストと『戦争文化』」『フランス語フランス文学研究』n° 91，日本フランス語フランス文学会，2007 年 9 月，pp. 155-167。
――「賛同と超脱のあいだで――『見出された時』における戦争，芸術，愛国心」『フランス文学』立教大学フランス文学研究室，2009 年，pp. 87-105.
湯沢英彦『プルースト的冒険』（1-a を参照）
吉田城「プルーストとコクトー：飛行の詩学」『仏文研究』30 号，京都大学フランス語学フランス文学会，1999 年，pp. 145-164.

【7-b】

Anonyme, « Vandalisme germanique », *Le Temps*, 21 septembre 1914.
――, « La Cathédrale de Reims », *Le Figaro*, 21 septembre 1914.
――, « Rançon et symbole », *Le Temps*, 22 septembre 1914.
――, « La destruction de la cathédrale de Reims », *Journal des Débats*, 22 septembre 1914.
――, « Reims », *Journal des Débats*, 22 septembre 1914.
――, « La destruction de la cathédrale de Reims et l'opinion universelle », *Le Temps*, 24 septembre 1914.
ASHMEAD BARTLETT (E.), « Un des plus grands crimes de l'histoire. Récit d'un témoin du bombardement de la cathédrale de Reims », *L'Illustration*, 26 septembre 1914, pp. 231-233.
BARRÈS (Maurice), « La cathédrale en flamme », *L'Écho de Paris*, 21 septembre 1914.

——, «Leur volonté de détruire la cathédrale», *L'Écho de Paris*, 24 septembre 1914.
BATAILLE (Georges), «Notre-Dame de Rheims» [1918], *Œuvres complètes I* [Premiers Écrits : 1922-1940], Gallimard, 1992, pp. 611-616 [邦訳：ジョルジュ・バタイユ『ランスの大聖堂』酒井健訳，みすず書房，1998 年].
CLEMEN (Paul), «Notre protection des monuments des arts en temps de guerre» [traduit par Louis Dimier], *Correspondance historique et archéologique*, n° 4, janvier-décembre 1915, pp. 244-265.
COCTEAU (Jean), *Le Cap de Bonne-Espérance*, Gallimard, "Poésie", 1997.
GRAUTOFF (Otto), *Kunstverwaltung in Frankreich und Deutschland*, Max Drechsel, 1915.
Guides illustrés Michelin des champs de bataille (1914-1918) : Reims et le fort de la pompelle, Michelin, 1920.
HALLAYS (André), *L'Opinion allemande pendant la guerre. 1914-1918*, Perrin, 1919.
LA SIZERANNE (Robert de), «Ce qu'ils n'ont pu détruire : les tapisseries sauvées de la cathédrale de Reims au Petit Palais», *Revue des Deux Mondes*, 1er juin 1915, pp. 657-678.
LEZEAU (Robert de), «Le point de mire», *Le Figaro*, 21 septembre 1914.
MÂLE (Émile), «La cathédrale de Reims», *L'Art allemand et l'art français du moyen âge*, A. Colin, 1917, pp. 219-251.
MARGUILLIER (Auguste), «Sur un plaidoyer allemand. Réponse à M. Clemen», *Mercure de France*, 1er juillet 1916, pp. 74-86.
MICHEL (André), «Dans les ruines de nos monuments historiques : conservation ou restauration ?», *Revue des Deux Mondes*, 15 novembre 1917, pp. 397-416.
——, «La Guerre aux monuments», *Revue hebdomadaire*, 6 et 20 mars 1915.
——, «Ce qu'"ils" ont détruit», *Gazette des Beaux-Arts*, juin 1916, pp. 177-212.
MOREAU-NÉLATON (Étienne), *La Cathédrale de Reims*, Librairie centrale des Beaux-Arts, 1915.
RODIN (Auguste), *Les Cathédrales de France*, Armand Colin, 1914.
ROLLAND (Romain), «Pro aris», *Au-dessus de la mêlée*, P. Ollendorff, 1915, pp. 9-20.
SAUNIER (Charles), «Les Artistes et la Guerre», *La Grande Revue*, juin 1915, pp. 598-605.
【7-c】
BARRES (Maurice), *La Grande Pitié des églises de France*, Émile-Paul frères, 1914.
BÉGHAIN (Patrice), *Guerre aux démolisseurs !* (6-c を参照)
COLIN (Geneviève), BECKER (Jean-Jacques), «Les écrivains, la guerre de 1914 et l'opinion publique», *Relations internationales*, n° 24, hier 1980, pp. 425-442.
CORBIN (Alain), *Les Cloches de la terre. Paysage sonore et culture sensible dans les campagnes au XIXe siècle*, Flammarion, 2001 [邦訳：アラン・コルバン『音の風景』小倉孝誠訳，藤原書店，1997 年].
LE GOFF (Jacques), «Reims, ville du sacre», *Les Lieux de mémoire*, t. 1, Gallimard, 1998, pp. 649-733.
LAMBOURNE (Nicola), «Production versus Destruction : Art, World War I and art history», *Art History*, vol. 22, n° 3, September 1999, pp. 347-363.
Mythes et réalités de la cathédrale de Reims : de 1825 à 1975 [ouvrage collectif], Somogy, 2001.
PROCHASSON (Christophe), RASUMUSSEN (Anne), *Au nom de la patrie. Les intellectuels et la première guerre mondiale (1910-1919)*, Editions La Découverte, 1996.

RIEGEL (Léon), *Guerre et littérature. Le bouleversement des consciences dans la littérature romanesque inspirée par la Grande Guerre. Littératures française, anglo-saxonne et allemande 1910–1930*, Klincksieck, 1978.
SHERMAN (Daniel J.), *The Construction of Memory in Interwar France*, The University of Chicago Press, 1999.
VAUCHEZ (Andrè), « La cathédrale », *Les Lieux de mémoire*, t. 3, Gallimard, 1997, pp. 3109–3140.
WINTER (Jay), « Victimes de la guerre : morts, blessés et invalides », *Encyclopédie de la Grande Guerre 1914–1918. Histoire et culture* [Stéphane Audoin-Rouzeau et Jean-Jacques Becker dir.], Bayard, 2004, pp. 1075–1085.
桜井哲夫『戦争の世紀――第一次世界大戦と精神の危機』平凡社新書，1999 年。
若林幹夫『都市のアレゴリー』INAX 出版，1999 年。

終　章

BARTHES (Roland), « Longtemps, je me suis couché de bonne heure », *Œuvres complètes*, tome 3 [1974–1980], Seuil, 1995, pp. 829–830.
COCTEAU (Jean), « La leçon des cathédrales », *Œuvres complètes de Jean Cocteau*, t. 10, Marguerat, 1950, pp. 249–252 [邦訳：ジャン・コクトー「大聖堂の教え」牛場暁夫訳［『マルセル・プルースト全集』別巻，筑摩書房，1999 年所収］].
CRÉMIEUX (Benjamin), *Le XXe siècle*, Gallimard, 1924.
DERRIDA (Jacques), *Papier Machine. Le ruban de machine à écrire et autres réponses*, Galilée, 2001. [ジャック・デリダ『パピエ・マシン』中山元訳，ちくま学芸文庫，2005 年]
HUGO (Victor), *Notre-Dame de Paris*, Gallimard, “Bibliothèque de la Pléiade”, 1995.
――, *Les Voix intérieures*, Gallimard, “Poésie”, 1999 [邦訳：ヴィクトル・ユゴー『内心の声』『ヴィクトル・ユゴー文学館第 1 巻　詩集』辻昶，稲垣直樹，小潟昭夫訳，潮出版社，2000 年].
――, *Guerre aux démolisseurs*, L’Archange Minotaure, 2002.
Journal de l’abbé Mugnier. 1879–1939, Mercure de France, 2003.
清水徹『書物について――その形而下学と形而上学』岩波書店，2001 年。
清水徹＝宮川淳『どこにもない都市　どこにもない書物』水声社，2002 年。
鈴木道彦『プルーストを読む――「失われた時を求めて」の世界』集英社新書，2002 年。
松澤和宏『生成論の探究――テクスト・草稿・エクリチュール』名古屋大学出版会，2003 年。
湯沢英彦「回帰と彷徨　二十世紀の〈古典〉としての『失われた時を求めて』」『ユリイカ』特集プルースト，青土社，2001 年 4 月，pp. 186–193。

注

序

（1） ヴァルター・ベンヤミン「プルーストのイメージ」『ベンヤミン・コレクション2 エッセイの思想』浅井健二郎編訳，三宅晶子・久保哲司・内村博信・西村龍一訳，ちくま学芸文庫，1996年，p. 414。Cf. Walter Benjamin, « L'image proustienne », *Œuvres II* [traduit par Maurice de Gandillac, Pierre Rusch et Rainer Rochlitz], Gallimard, "folio/essais", 2000, pp. 135–155.

（2） W・ベンヤミン，前掲論文，p. 414。

（3） はやくも1930年代の終わりには，プルースト作品における地理学的な要素を研究象とした著作が出版されており，この事実がすでに〈土地〉の問題の重要性を物語っている。André Ferré, *La Géographie de Marcel Proust*, Sagittaire, 1939.

（4） Robert de la Sizeranne, *Ruskin et la religion de la beauté*, Hachette, 1897. 単行本として出版される以前に，『両世界評論』で1895年12月から1897年4月までのあいだ連載されていた。プルーストとこの著作との関わりについては，たとえば次の論考に詳しい。吉田城「マルセル・プルーストと中世芸術との出会い」『テクストからイメージへ——文学と視覚芸術のあいだ』京都大学学術出版会，2002年，pp. 4–55（『ラスキンと美の宗教』に関しては，とりわけpp. 21–35を参照のこと）。

（5） エマソンは，トマス・カーライル Thomas Carlyle（1795–1881）と並んで世紀転換期のプルーストの芸術観に大きな影響を与えたことが指摘されている。

（6） 吉田城，前掲論文，p. 25。

（7） 芸術作品とそれを取り巻く環境が論じられるとき，作品がおかれるその環境ないしは場所を指す言葉として，しばしば「コンテクスト」« contexte » という語が用いられる。Cf. Édouard Pommier, « Présentation historique de la problématique du contexte. XVe–XVIIIe siècle », *Patrimoine, temps, espace. Patrimoine en place, patrimoine déplacé* [Actes des Entretiens du Patrimoine], Fayard ; Editions du patrimoine, 1997, pp. 17–46 ; Thomas Gaehtgens, « Présentation historique de la problématique du contexte. XIXe–XXe siècle », *Patrimoine, temps, espace*, éd. citée, pp. 47–65.

（8） ちなみに，バレスが『国民的エネルギーの小説』*Le Roman de l'énergie nationale* 三部作——『根こぎにされた人びと』*Les Déracinés*（1897），『兵士への呼びかけ』*L'Appel au soldat*（1900），『彼らの顔』*Leurs figures*（1902）——に描いた国家主義者たちの闘争によって浮かび上がるのは，共和国の近代主義に対するアンチテーゼとしての「根」の論理，あるいは第三共和制が象徴する普遍性と理性，均一のフランスの対立項としての地方ごとの伝統と固有性という構図であり，両者の対立によって編まれる第三共和制の歴史そのものであったことも確認しておこう。

（9） *EA*, 686. サンドル自身が示しているように，この表現自体はセルジュ・ドゥブロフスキーの次の著作からの引用である。Serge Doubrovsky, *Pourquoi la nouvelle critique*,

Mercure de France, 1968, p. 67.

（10） 2009年4月18日と19日の2日間にわたって東京の日仏会館で開催された日仏シンポジウム「プルーストとその時代：小説生成の文化的コンテクスト」Proust en son temps : contextes culturels d'une genèse romanesque はその最新の成果である。

（11） 湯沢英彦による『プルースト的冒険――偶然・反復・倒錯』（水声社，2001年）は数少ない例のひとつであり，〈土地〉の問題に対するアプローチにひとつの具体的な方向性を提示したということができる。

第1章　プルーストと美術館というトポス

（1） Cf. Antoine Compagnon, « Proust au musée », *Marcel Proust : l'écriture et les arts*, Gallimard ; Bibliothèque nationale de France ; Réunion des musées nationaux, 1999, p. 73. ここでコンパニョンが指摘しているように，1900年前後の『ガゼット・デ・ボザール』誌が，ヨーロッパの美術館や特別展についての記事を多く掲載しているという事実は興味深い。こうした関心の背景には，美術館制度がヨーロッパ各国に根づいて発展を遂げていたという事実や，万国博覧会をきっかけとして世界各国の芸術動向に対する関心が高まっていたという事情があるだろう。また，鉄道をはじめとした交通手段が急速に発展したことにより，国外での美術鑑賞を目的とした旅行が盛んになっていたことも指摘できる（この点に関しては第3章で詳しく取り上げる）。美術館をめぐる時評は，そうした移動のための情報源ともなったはずだ。ちなみに，美術館に関連した新聞・雑誌記事の数の多さだけでなく，ウジェーヌ・フロマンタン Eugène Fromentin（1820-1876）が著わした『昔日の巨匠たち』（1876）が好評を博して1910年までの間に21版を重ねたという事実も，美術鑑賞旅行の隆盛を裏付けているように思われる。そしてプルースト自身，この著作を「ガイドブック」として用いたのである。

（2） Krzysztof Pomian, « Musées français, musées européens », *La Jeunesse des musées : les musées de France au XIX*^e^ *siècle*, Réunion des musées nationaux, 1994, pp. 356-357.

（3） Chantal Georgel, « The Museum as Metaphor in Nineteenth-Century France », *Museum Culture : Histories Discourses Spectacles*（Daniel J. Sherman & Irit Rogoff éd.), University of Minnesota Press, 1994, p. 113.

（4） とりわけ女性にとって，美術館は芸術を学べる数少ない「学校」のひとつであった。ゴンクール兄弟は，『マネット・サロモン』や『日記』のなかで，溢れかえる女性コピストたちの様子を辛辣な調子で描いている。また，美術館が芸術家の教育の場として機能していたことは，たとえば，エミール・リトレの『フランス語辞典』（1863-1873）にも読み取ることができる（「美術館――今日では，学習のための場所，あるいは，美術や科学における金字塔や古美術品を集めおくための場所。」« musée. ――Aujourd'hui, lieu destiné soit à l'étude, soit à rassembler les monuments des beaux-arts et des sciences, les objets antiques, etc. »）

（5） Ch. Georgel, « Le musée, lieu d'enseignement, d'instruction et d'édification », *La Jeunesse des musées : les musées de France au XIX*^e^ *siècle*, Réunion des musées nationaux, 1994, p. 66. こうした点は，1897年に問題となった美術館の入場料制度の導入をめぐる議論でも浮き彫りになる。というのも，導入反対の立場をとる人々が，「教育に関するいっさい」

は無償であるべきだという考えを繰り返し主張することになったからである（*Ibid.*, p. 70）。

（6） René Huyghe, « Le Rôle des musées dans la vie moderne », *Revue des Deux Mondes*, 15 octobre 1937, p. 775.

（7） K. Pomian, *Collectionneurs, amateurs et curieux. Paris, Venise : XVIe–XVIIIe siècle*, Gallimard, 1987, p. 27–30（クシシトフ・ポミヤン『コレクション――趣味と好奇心の歴史人類学』吉田城・吉田典子訳，平凡社，1992 年，p. 34–37）.

（8） 国家の到達レベルや威信を対外的に示す機能は，第一次世界大戦を背景として国家主義と結びつくことで極端な形をとる。Cf. K. Pomian, « Musées français, musées européens », pp. 354, 361.

（9） Gustave Flaubert, *Dictionnaire des idées reçues*, « Folio », 1999, pp. 541–542. また，エミール・ゾラの『居酒屋』のなかの一場面で，ジェルヴェーズの結婚を祝うために集まった一行が，着飾ったまま連れだってルーヴル美術館に行く場面を思い出すこともできる。一行は，「勉強になるものを見学にゆく」（『居酒屋』古賀照一訳，新潮文庫，p. 128）ためにこの美術館を訪れ，建物の巨大さや作品の数の多さに圧倒されながら，それぞれの視点で作品を眺めてゆく。そのなかで，ボッシュやビビ・ラ・グリヤードといった面々には猥雑な視点があてがわれており，彼らは「裸体の女を横目の目配せでちらちら示しあってはにやにや笑っていた」（p. 134）かと思えば，村祭りの情景を描いたルーベンスの『ケルメス』をまえにして，卑猥な冗談を婦人たちに投げかけるのだった（p. 136）。

（10） A. Compagnon, *art. cit.*, p. 68–70.

（11） *Corr.* II, 367 ; à Pierre de Chevilly［13 octobre 1899］.

（12） テオドール・W・アドルノ「ヴァレリー　プルースト　美術館」『プリズメン――文化批判と社会』ちくま学芸文庫，1996 年， pp. 265–287。なお，この論考については，以下のフランス語訳も参照した。Theodor Wiesengrund Adorno, « Valéry Proust Musée », *Prismes : critique de la culture et société*, Payot, 1986, pp. 152–163.

（13） 谷川渥は，比較芸術学と美の近代的鑑賞，そして美術館という形象をめぐる考察のなかで，アドルノの論考を視野に入れながら，プルースト的な近代的観照主体の特質を論じている。谷川渥『美学の逆説』ちくま学芸文庫，2003 年［IX 比較芸術学と美術館的知（pp. 281–321）］。

（14） ブルジョワ愛好家に対する批判という意味では，すでに『ジャン・サントゥイユ』のなかにも，これと類似した文章が残されている。「デロッシュ夫人の館」と題された断章に含まれたその文章では，愛好家に関する具体例とともに，「室内空間」の観相学をめぐる作家の見解が書き込まれている。「それぞれの家族の周りに集められることで，家具は，その楽しみの道具として，好みのイメージとして，時代の象徴として，その家族をとりまいているように思われた。［……］家具調度は，持ち主の個人性，職業，社会階級が並んでその存在をとどめ，生活を定着させ，夢を語り，記憶を預けた，ある種の歴史のように思われた。［……］今日では状況はもはや同じではない。少なくとも，「社交界」と呼ばれ，社会の一部をなす部分においては。［……］名医や有名弁護士，大銀行家，大貴族の細君に会いに行ってみるがよい。彼女がそうした立場にあることを告げることができるのは，決して彼女が住居としている城館やアパルトマンではない。［……］それが見せてくれるのは，ルイ 14 世式，ルイ 15 世式，ル

イ16世式，あるいは帝政式の美しい美術品の数々か，あるいはマルプの家具や壁紙だけだろう。たとえば，一度も歴史を学んだことのない女性が，図書館の版画資料室で二年間にわたって，芸術家，あるいは芸術家の知りあいがいなければ目利きの人間と連れだって，自分の邸宅について「勉強」をする［……］。また，何一つ読んだことのない女性が，自室がルイ16世式だということを理由にして，部屋のテーブルの上に一冊だけ，テュルゴの『王室大全』を放り出しておくことがあるのだ。」(*JS*, 435) 室内装飾，家具調度品，あるいは家というもののあり方を考察した約2ページあまりのこの断章は，論の流れや，扱われているモチーフをみても，『花咲く乙女たちのかげに』の一節の下敷きとなっていることが分かる。だが，そこで論じられているのは，芸術作品を取り巻く理想的な環境についてではない。プルーストいわく，本来，家具というものは，それによって取り巻かれていた住人の人生や夢などが刻まれており，これまでに流れた時間＝歴史を読み取れるはずのものである。しかし，付け焼き刃で作られた今日のブルジョワ邸宅には，そうした過去の堆積が認められない。住まいや，家具調度品と，記憶の層（歴史）との密接な関わりを指摘したこの断章は（そうした視点自体は『失われた時を求めて』の主人公の祖母が持つ趣向を想起させる），むしろ，コンテクストからの切断を重要視する『失われた時を求めて』の一節と対照的であるといえるだろう。詳述する余裕はないが，この断章は，ベンヤミンやマリオ・プラーツらがブルジョワ蒐集家の邸宅に投げかけた視線との比較を通して読むことで，場所と記憶をめぐる新たな考察の糸口となるようにも思われる。

(15) これは美術批評家シャルル・モリスが，1913年の著作『なぜ，いかにして美術館を訪れるか』のなかで示した現状認識である（Charles Morice, *Pourquoi et comment visiter les musées*, Armand Colin, 1913, p. 19［Ch. «Qu'est-ce qu'un musée ?»］)。芸術と美術館がもはや不可分な相関関係にあることを指摘する批評家は，「手の施しようのないほどに混乱しながらも，称讃すべき場所」である美術館が，展示作品や鑑賞者にとって否定的な状況にあることを認めるいっぽう，制度自体には，芸術そのもの，あるいは芸術家や大衆に対する有効性を認めようとしている。

なお，美術館の展示環境への批判は決して少なくなく，「すべての人が同時に発言している議会」（ロベール・ド・ラ・シズランヌ），あるいは，展示作品の「同時鑑賞システム」（アンドレ・アレー）などと揶揄されることもあった。また，フランス人以外の目にも状況は同じように映っていたようで，たとえばトマス・ハーディはそれを，作品群が奏でる「耳をつんざくような途方もないコーラス」と形容している（Thomas Hardy, *Mémoires d'un jeune garçon*［traduit par Christine Raguet-Bouvart］, Rivage, 1990, p. 272)。優れて視覚的な鑑賞の場であり，静寂を求められる場であるはずの美術館について語る際に，聴覚にもたらされた不快感・混乱が形容の道具として持ち出されている点も興味深い。

(16) 1904年，美術批評家エミール・ミシェルは，ルーヴル美術館にあるサロン・キャレの装飾が絵画鑑賞の障害となることを指摘している（Émile Michel, «Le Musée du Louvre», *Revue des Deux Mondes*, 1er juin 1904, pp. 653–654)。

(17) Ch. Georgel, «Montrer, éclairer, présenter», *La Jeunesse des musées : les musées de France au XIXe siècle*, Réunion des musées nationaux, 1994, p. 197.

(18) Gérard Genette, «Combray-Venise-Combray», *Figure IV*, Seuil, 1999, p. 269.

(19) 装飾的要素を排し，白色の壁にかこまれたニュートラルな展示空間。1920年代末以

降，鑑賞者の注意を作品に集中させる理想的な空間のひとつと考えられるようになった。「ホワイト・キューブ」については，たとえば次の文献を参照のこと。Brian O'Doherty, *Inside the White Cube. The Ideology of the Gallery Space*, University of California Press, 1999.

(20) M. Proust, «Ruskin à Notre-Dame d'Amiens», *Mercure de France*, avril 1900, p. 65. 既述したように，この論考は『アミアンの聖書』翻訳序文の第2部を構成する。そして1919年には，若干の加筆修正とともに『模索と雑録』に再録されることになる。本書では1900年当時の作家の思考により忠実な『メルキュール・ド・フランス』発表の初出原稿を参照することとする。なお加筆修正箇所については，分析の必要に応じて取り上げる。

(21) 教会建築の本来的な用途——キリスト教信仰との密接な関わりを持つ場としての——に対するプルーストの意識は，1905年に可決される政教分離法案についての種々の言説においても表明される。法案に反対していた作家は，美的・芸術的観点から，という留保をつけながらではあるが，あくまで，教会建築が他の用途に転用されることへの反対姿勢を貫くことになる。この点に関しては，第4章で改めて取り上げたい。

(22) Cf. Quatremère de Quincy, *Considérations morales sur la destination des ouvrages de l'art*, Fayard, 1989. カンシーにおける反美術館の論理（作品の「中和化」ないしは「異化」への抵抗）と時代の文脈との関わりについては，たとえば次の著作を参照のこと。岡田温司『もうひとつのルネサンス』平凡社ライブラリー，2007年［第7章「アンチ美術館の論理と倫理」］。

なお，キャトルメール・ド・カンシーとほぼ同じ時期に生きた反美術館の論客としては，ルイ＝ピエール・ドゥセーヌ Louis-Pierre Deseine（1749–1822）の名を挙げることもできる。芸術家の家庭に生まれたこの王党派のカトリック彫刻家は，伝統主義的な立場から美術館に関する批判的な議論を展開した。彼が残した *L'Opinion sur les musées*（1803）については次の論考を参照のこと。Werner Szambien, «Les musées tueront-ils l'art ?　À propos de quelques animadversions de Deseine», *Les Collections. Fables et programmes,* Champ Vallon, 1993, pp. 335–340.

そのほかにも，シャトーブリアンやラマルチーヌ，あるいはプルーストと同時代ではポール・ヴァレリーといった文学者たちも反美術館的視点を共有していた（この点については，湯沢英彦の次の論考および著作を参照のこと。「ボルタンスキーの初期作品について——1969年—1973年」『明治学院論叢』698号，2003年3月，pp. 51–60；『クリスチャン・ボルタンスキー——死者のモニュメント』水声社，2004年［とくに pp. 76–85］）。

ちなみに，フェルメールを再発見したとされるフランス人批評家テオフィール・トレ Théophile Thoré（1807–1869）［トレ＝ビュルガー Thoré-Bürger ないしはウィリアム・ビュルガー William Bürger の名も持つ］もまた，美術館＝博物館に対する危惧を表明した一人であった。その主張は『19世紀ラルース』の«musée»の項目を締めくくるものとして引用されている。「芸術が健全であり，潜在的な創造性があった時代には，美術館など決して目にしなかった。美術館は芸術の墓地でしかなく，命あったものの残骸が，ごちゃごちゃとした墓のなかに並べられているカタコンベでしかないのだ。［……］教会や宮殿，市庁舎，裁判所，特定の建築物のために，しかじかの道徳的ないしは歴史的意義や，しかじかの光の加減を念頭において，具体的な付随物と

一緒につくられた，そうしたもの全てが，ごちゃ混ぜになって壁に掛けられている。その壁は，精彩を欠いた百貨店《bazar neutre》，一種の死後の隠れ家，死の都市のものであり，もはや何も創造しない世代の人々が訪れて，その見事な残骸の数々を鑑賞するのである。」（T. Bürger, *Salon de 1861*, p. 84） プルーストが小説で描き出した文脈とは対照的に，《neutre》という形容詞が，美術館を否定する意味合いで用いられていることにも留意されたい。

(23) こうした状況が，芸術をめぐる「礼拝的価値」から「展示的価値」への移行，旧来の芸術の変容と「凋落」をめぐる問題を如実に反映していることにも留意。多木浩二氏は，複製が引き起こす芸術の「凋落」とベンヤミンとの関わりについて論じるなかで，ヘーゲルが『美学講義』において芸術の盛りがすぎたことに関する考察をおこなっている点に触れ，それが新たな美術館の誕生と重なりあうようにして書かれたことを指摘している。多木氏によれば，ヘーゲルをはじめとした当時の人々を見舞った経験は，まだ「アウラ」の消失をめぐる経験ではないものの，礼拝的価値から展示的価値への移行の経験であったことに間違いはなく，しかもそれは，美術館への作品の移動という，時代の新たな経験を背景としている（多木浩二『ベンヤミン「複製技術時代の芸術作品」精読』岩波現代文庫，2000 年，pp. 15–17 を参照のこと）。そこに認められるのが，芸術をめぐる「美の礼拝」への傾斜であり，作品の展示可能性への重心の移行であるとするならば，反美術館論者たちは，押さえきることのできないそのような変容への危機感と抵抗を表明していたともいえるだろう。

(24) アドルノは，「ヴァレリー　プルースト　美術館」の冒頭で，ドイツ語における「美術館＝ムゼーウム」と「霊廟=マウゾレーウム」との，発音上の類似を越えた結びつきを喚起している。テオドール・W・アドルノ，前掲論文，p. 265。

(25) Louis Réau, *Histoire du vandalisme : les monuments détruits de l'art français*, [édition augmentée par Michel Fleury et Guy-Michel Leproux], Robert Laffont, 1994 [1959].

(26) L. Réau, *Archives, bibliothèques, musées*, L. Cerf, 1909, p. 2. 引用文中の「芸術の監獄」についての一節が，以下で取り上げるラ・シズランヌの論考（《Les prisons de l'art》）を踏まえたうえでの発言であることは間違いない。

(27) G. Genette, *op. cit.*, p. 273.

(28) Robert de la Sizeranne, 《Les prisons de l'art》, *Revue des Deux Mondes*, 1er novembre 1899, pp. 114–138. この論考はのちに，以下の論文集に収録されることになる。*Les Questions esthétiques contemporaines*, Hachette, 1904, pp. 213–264.

(29) André Hallays, 《En flânant —— la superstition des musées》, *Journal des Débats*, 10, 17 et 24 novembre 1899.

(30) この批判の背景には，地方政治に携わる人々が，政治的な威信を高める手段となった美術館の建設に対して極めて積極的であったという事情がある。いっぽう開発による破壊は，ラ・シズランヌ自身が論の最後で指摘しているように，ジョン・ラスキンにも共通するテーマであり，鉄道の普及による土地開発がその例として挙げられる。

(31) 押し寄せる近代化の波（現代生活の侵食）と歴史的・伝統的な場との拮抗，科学的・技術的進歩と芸術とのあいだでの葛藤といった，時代の文脈を描き出すための資料としても，ラ・シズランヌの文章は有効であることを指摘しておきたい。単にラスキンとの関わりにおいてのみ取り上げるのではなく，プルーストが着目していた同時代の美術批評家の一人として位置付けたうえで，彼が残した論考の数々とプルーストとの

直接的・間接的な関わりを，時代背景を考慮しながら分析する必要があるだろう。

(32) R. de la Sizeranne, *art. cit.*, pp. 124, 128.

(33) A. Hallays, *art. cit.*, 24 novembre 1899. 強調は原著者。

(34) 本章では反美術館的立場に焦点をあてた資料収集をおこなったが，美術館への移動が作品の生命を絶つことがままあったのと同時に，保存や修復に対する反発に基づいたこのような判断が，重大な損失を招く可能性があったこともまた認めねばならない。

(35) ラスキンは『建築の七燈』のなかで次のように書いている。「修復という語の本当の意味は，公衆にも，公共のモニュメントに対して責任を持つ人々にも理解されていない。概してそれは，建築物を損ないうる最も全体的な破壊を意味している。それはいかなる残滓もかき集められないような破壊であり，壊された事物についての誤った描写を伴った破壊なのだ。」(John Ruskin, *Pages choisies*, Hachette, 1909, pp. 157-158)

なお，修復という主題をめぐって，プルーストがラスキンとアレーとのあいだに共通項を認めていたことは，以下に引用する『失われた時を求めて』の草稿の一節を見れば明らかである。「『あら，この教会は気に入らないわ，とアルベルチーヌは言った，修復されたみたいなんですもの！――どうしてそれがわかったんだい，アルベルチーヌ？　とてもよく見ているじゃないか。この教会は修復されているよ』。私がそう言ったのは，彼女を持ちあげるためであり，彼女を愛していたからだった。しかし，私は彼女があまり賢いとは思っておらず，そのとき私が考えていたことを言っても意味がないと判断していたのだった。私はこう考えていた（クロード・モネ――そして修復についてのエルスチール。アレーとラスキンの考えに含まれたばかげたこと）。」(IV, 1329 : Cahier 54［N. a. fr. 16694］, f° 35 v°)

(36) ヴァルター・ベンヤミン「複製技術時代の芸術作品」野村修訳［多木浩二，前掲書所収］，p. 140。

(37) M. Proust, « Ruskin à Notre-Dame d'Amiens », pp. 66-67.

(38) 吉川一義『プルースト美術館――「失われた時を求めて」の画家たち』筑摩書房，1999 年，pp. 180-182。

(39) ドゥカズヴィルはフランス中央山塊の南西，アヴェロン県にある実在の町。パリから約 600 キロの地点に位置する。

(40) 現地にわざわざ足を運ぶ人の姿には，プルーストがのちに批判の対象とする，偶像崇拝的ないしはディレッタントな趣向が見え隠れしているようにも思える。

(41) *EA*, 337 : « *Mes peintres favoris.* —— Léonard de Vinci, Rembrandt. » プルーストが回答した「質問帳」には 31 の問いがあった。「質問帳」はイギリスで流行が始まり，フランスでも裕福な家庭を中心として当時の流行となっていた。今日ではこうした形式そのものが，「プルーストの質問帳」« Questionnaire de Proust » と呼ばれることもある。

なお，この「質問帳」とは別に，幼なじみのアントワネット・フォール（フランス大統領フェリクス・フォールの娘）が持っていた「質問帳」に答えたものも残されている。こちらは英語で書かれた 24 の問いからなっており，プルーストは 13 歳か 14 歳の頃に回答したと推定されている（*EA*, 335-336）。

(42) Roger Shattuck, « The Tortoise and the Hare : Valéry, Freud, and Leonardo da Vinci », *The Innocent Eye*, MFA Publications, 2003, p. 84.

(43) 谷川渥『芸術をめぐる言葉』美術出版社，2000 年，pp. 105-106 を参照のこと。

(44) M. Proust, « Ruskin à Notre-Dame d'Amiens », p. 66.

(45) G. Genette, *op. cit.*, pp. 274–275. ジュネットはこうした図式化の問題が，「多くの場合，実地には解決できないだけに，理論上厄介な」ものであることを認めている。ちなみに，芸術作品（とりわけ建築の一部をなす彫刻作品や絵画）の移動と場との関わりの問題は，1996 年 1 月 23 日に開催されたシンポジウム《Entretiens du Patrimoine》のラウンド・テーブル「美術館における作品のコンテクスト」《Le contexte des œuvres dans les musées》において中心議題となっており，興味深い。*Patrimoine, temps, espace. Patrimoine en place, patrimoine déplacé* [sous la présidence de François Furet], Fayard ; Editions du patrimoine, 1997, pp. 261–287. 絵画形式に関しては，ミシェル・ラクロットの発言を参照のこと（pp. 276–283）。

(46) R. de la Sizeranne, *art. cit.*, p. 120.

(47) *Ibid.*, pp. 230–231. ウジェーヌ・フロマンタンは，『昔日の巨匠たち』（1876）のなかで，ブリュッセル王立美術館に所蔵されているルーベンスとヴェロネーゼを比較した際，「フランドルの風土にもたらされたことによってひとりでに変質してしまった」イタリア美術について語りつつ，次のように書く。「二人のうちのいずれに分があるだろうか。無論，この二人の画家によってかくも見事に語られる言葉のみを聴いた場合だが，どちらにより価値があるだろう。ヴェネツィアで用いられている正確で博識な修辞法か，それともアントヴェルペンの大仰で壮大で熱っぽく不正確な語り口か。ヴェネツィアでなら，われわれはヴェロネーゼに軍配をあげる。一方，フランドルにいるとリュベンスの方がよく理解できるのだ。」（『オランダ・ベルギー絵画紀行――昔日の巨匠たち』高橋裕子訳，岩波文庫，上巻，p. 18）画家が作品を通して語る「言葉のみ」に耳を傾けるとしながらも，結果的には，作品の理解やその価値判断には，郷土という環境が重要なファクターとなることが示唆されている（Eugène Fromentin, *Maîtres d'autrefois, Œuvres complètes*, Gallimard, “Bibliothèque de la Pléiade”, 1984, p. 573）。

(48) Paul Valéry, 《Le problème des musées》, *Œuvres*, t. II, Gallimard, “Bibliothèque de la Pléiade”, 1960, p. 1293（「博物館の問題」渡辺一民・佐々木明訳『ヴァレリー全集 10 芸術論集』筑摩書房，1983 年 [初版 1967 年]，p. 197）。

(49) このような事情が，《musée de province》や《musée local》と呼ばれる，地域に根づいた美術館の急激な増加を促したことも想起のこと。

(50) Marie-Odile Germain, 《Barrès : le musée, ou l'art déraciné ?》, *Revue d'histoire littéraire de la France*, janvier-février 1995, pp. 36–44.

(51) 聖母像が「ひとつしかない」（あるいは，そこにしかない）ことに対して表明される失望感は，「アウラ」をまとった唯一無二の存在に対する幻滅ではない。もちろんそれは複製技術によって解決されるたぐいの問題でもない。むしろ興味深いのは，主人公の想像世界で作られた「複製」が，何ものにも代えがたい価値をおびている点であるように思われる。

(52) プルーストが，もうひとつのキータームである「無国籍者＝祖国なき者」《sans-patrie》とドレフュス事件との関わりを意識して用いていたであろうことは，かつてドンシエールにいた若い社会主義者たちの愛国心について『見出された時』に書き込まれた次の一節からも推察される。「[……] 私がかつてドンシエールに滞在していたあいだ，ドレフュス事件のさなかに，貴族の士官たちは社会主義者たちを「無国籍者」だと批判していたのだが，今では彼らは，その社会主義者たちのなかに自分たちとまったく同じ愛国心をみとめたのだった。」（IV, 321）

(53) Maurice Barrès, *Scènes et doctrines du nationalisme*, Editions du trident, 1987, p. 35.

(54) *EA*, 735.『アミアンの聖書』翻訳序文の「黄金の聖母」像と「モナ・リザ」との比較についての生成研究に関しては，次の論考を参照のこと。Yasué Kato, « Le texte génétique/transgénétique : la préface de *La Bible d'Amiens* comme la matrice de la *Recherche* », in *Proceedings of the Third International Conference : Le Texte et ses genèses*, Graduate School of Letters Nagoya University, 2004, pp. 69–76.

(55) こうした問題をめぐっては，1899 年頃の執筆と推定されている，ギュスターヴ・モローに関する断章も注目に値する。というのも，そこでは，芸術家にとっての「真の祖国」の在り処が問われ，それが「流謫」という主題とともに取り上げられているからである。特定の地理的な場所ではなく，内的な魂こそが「祖国」として位置づけられるいっぽう，そうした魂を所有していながらもそこにとどまり得ない人々は「知的な流謫者」« exilés intellectuels » と名付けられる（*EA*, 672)。断章の執筆時期と，その時代背景を考慮に入れるならば，そこにドレフュス事件をめぐる言説の影響を認めないわけにはいかない。

(56) 湯沢英彦『プルースト的冒険――偶然・反復・倒錯』水声社，2001 年，p. 47。

(57) 〈土地〉の過去と登場人物をめぐるこのような視点については，バルベ・ドールヴィイとプルーストとの比較研究でブライアン・ロジャーズがおこなっている分析が興味深い（Brian Rogers, *Proust et Barbey d'Aurevilly. Le dessous des cartes*, Honoré Champion, 2000, pp. 110–111［Chapitre IV « Terroir et Race », pp. 104–142］)。

(58) Philippe Hamon, *Imageries : littérature et image au XIX*^{e} *siècle*, José Corti, 2001, p. 84.

(59) « la Joconde de Vinci » と « la Vierge dorée d'Amiens » という表現に着目すれば，両者の対比が二つの「土地の名」(「ヴィンチ」は本来，村の名前であることを想起）の対照によって彩られていることも指摘できる。推論の域を出ないものの，作家は，あえて « la Joconde de Léonard » と語らずに，« la Joconde de Vinci » と表現したのではないかとさえ思わせる対照である。

(60) M. Proust, « Ruskin à Notre-Dame d'Amiens », p. 67.

(61) プルーストの解釈によれば，聖母像は芸術作品の範疇からはずされている。しかしこの彫像が，ベンヤミンのいう「いま，ここに在るという特性」(「それが存在する場所に，一回かぎり存在する」こと）を体現していることに違いはない。アミアン女となった聖母像は，あるべき〈土地〉から引き剥がされると，その本質が損われてしまうのである。では，「複製」となった聖母像は，変わらず〈土地〉の記憶と結ばれ続け，「歴史の証人」であり続けるのか。そして「事物の真正性」を保ち続けるのか。「想い出」という語には，「時間と空間の織りなす不思議な織物」としての「アウラ」に通じるものがあるようにも思える。だが，ここで「想い出」が伴う「憂愁」という語には，ある種の喪失感を感じとることもできる。「喪失」という語が強すぎれば，失われたものの残した悲しい「余韻」と言い換えてもよい。ここにいう「想い出」は，アミアンに流れた歴史的な時間ではなく，もはやプルースト自身の個人的な記憶が取って代わっていると解釈するべきなのかもしれない。

第2章　鉄道駅と美術館とのプルースト的交錯

（1）　*Corr.* V, 288 : à Robert Dreyfus［3 ou 4 juillet 1905］.

（2）　エミール・ゾラやポール・モラン Paul Morand（1888-1976），ジャン・コクトー Jean Cocteau（1889-1963）あるいはヴァレリー・ラルボー Valéry Larbaud（1881-1957）といった作家たちに加え，モネ Claude Monet（1840-1926），マネ Edouard Manet（1832-1883），カイユボット Gustave Caillebotte（1848-1894），ジャン・ベロー Jean Béraud（1850-1935）といった画家を挙げることができるだろう。文学者が鉄道と駅とについて書き残した様々な文章に関しては，次のようなアンソロジーがある。Marc Baroli éd., *Lignes et lettres : anthologie littéraire du chemin de fer*, Hachette, 1978. また，本章で取り上げることになるサン＝ラザール駅と，この駅をモチーフとして創作をした画家たちの関係については，次の展覧会カタログなどが参考になる。*Manet, Monet : la gare Saint-Lazare*［catalogue d'exposition（Paris, Musée d'Orsay, 9 février-17 mai 1998 ; Washington, National Gallery of Art, 14 juin-20 septembre 1998）］, Réunion des musées nationaux, 1998.

（3）　ヴォルフガング・シヴェルブシュ『鉄道旅行の歴史――19世紀における空間と時間の工業化』加藤次郎訳，法政大学出版局，1982年を参照のこと。同時代の証言に依拠しながらこの点について論じたものとしては，たとえば次の論考がある。小倉孝誠『19世紀フランス夢と創造――挿絵入新聞「イリュストラシオン」にたどる』人文書院，1995年［とりわけ第1章「鉄道と時空間の変容」］。また，19世紀末から20世紀初頭にかけての時間意識・空間意識の変遷を問題にした次の著作も参考になる。スティーヴン・カーン『時間と空間の文化：1880-1918年』［上巻：『時間の文化史』，下巻：『空間の文化史』］浅野敏夫・久郷丈夫訳，法政大学出版局，1993年。

（4）　Théophile Gautier, « Inauguration du chemin de fer du Nord », *La Presse*, 16 juin 1846.

（5）　W・シヴェルブシュ，前掲書，pp. 210-212。

（6）　Th. Gautier, « De l'art moderne », *L'Artiste*, 1er juin 1853, p. 136.

（7）　鉄道駅は，一旦完成を見たのちは不変のモニュメントとしてあり続けるのではなく，常に社会的な発達＝進化の流れのなかで変化拡大し続ける場である。たとえばサン＝ラザール駅は，パリ－サン＝ジェルマン線の開通とともに建設されて以降，1889年の万博を射程とした大がかりな改築に至るまで，じつに4回の拡張工事がなされ変貌を遂げてきた。いっぽう大聖堂もまた，建築としての完成を見るまでのあいだ（あるいは完成を見たのちも），長い年月を経て変貌を遂げてゆく。駅と大聖堂とのアナロジーには，建築的な規模にくわえて，こうした性格も反映されているかもしれない。

（8）　装飾や建物の一部を成し，固有の用途を持っていたはずの芸術作品が陥っている状況について，ゴーチエは次のように書いてもいる。「現在の芸術は，政府からの注文と肖像画だけで生き延びており，主題も定められた場所も持たない，切り離された作品しか創っておらず，いったいどの道を取るべきかで，絶えず躊躇しているのだ」（*Ibid.*）。特定の場所を持たない「切り離された作品」に対する不安は，前章で見た，作品本来のコンテクスト（使用目的）をめぐる議論に通じる問題であることを確認しておく。最初から美術館やサロンでの展示を目的とした作品制作も，結果としてこうした傾向に拍車をかけたとも考えられるだろうか。

（9） この点に関しては次の著作に詳しい。天野知香『装飾／芸術――19-20世紀フランスにおける「芸術」の位相』ブリュッケ，2001年。

（10） ゴーチエのほかにも，モネやクールベ Gustave Courbet（1819-1877）といった画家たち，あるいはベルギーの政治家・作家であるジュール・デストレ Jules Destrée（1863-1936）らが，鉄道建築と新しい芸術との交流を求めた主張を展開したことが指摘されている。Cf. Jean Dethier, « La gare : nouvelle tour de Babel », *Le Temps des gares* [catalogue d'exposition (Paris, 13 décembre 1978-9 avril 1979)], Centre national d'art et de culture Georges Pompidou, 1978, pp. 10-11.

（11） この試みを知ったゴーチエは，当然のことながらそれを極めて高く評価した。Th. Gautier, « Revue des théâtres », *Le Moniteur Universel*, 13 juillet 1868.「彫像作家や画家にとって，世界中の人々が年に何回も行き来するこの場所以上に，その名を世に知らしめるために都合の良い場所があるだろうか？ ［……］ われわれは，夢が広がるにまかせて，このように語っていた。するとどうだろう，その夢が実現したのである。20年の後，好意的な微笑みをたたえてわれわれの話に耳を傾けてくれていた誰かがそれを思い出してくれた。リヨン駅の壁には，まるでタペストリーのように，幅9メートル，高さ5メートルもの巨大な4枚の絵画が並べられることになるのだ。それは，鉄道が結ぶ4大都市であるパリ，モンプリエ，マルセイユ，ジュネーヴをあらわしている。」

（12） J. Dethier, *art. cit.*, p. 10.

（13） 1901年に完成し，現在では歴史的建造物に指定されているパリ－リヨン駅のビュッフェに施された装飾絵画も例外ではない。Cf. Pauline Prévost-Marcilhacy, « Le décor du Buffet de la Gare de Lyon », *Les Grandes gares parisiennes au XIXe siècle*, Délégation à l'action artistique de la Ville de Paris, 1987, pp. 143-158 ; E. Walter, « Invitation au voyage : le décor des gares », *Monuments Historiques*, n° 6, 1978.

（14） *Corr.* XI, 59 : Robert de Montesquiou à Marcel Proust [peu avant le 21 mars 1912]. 強調は原著者。

（15） この感情は，『失われた時を求めて』のなかにも「パリのなかで最も醜い界隈のひとつ」（I, 65）としてさり気なく書きこまれるほどであった。ただし，騒音や汚れに対して人一倍敏感なプルーストでなくとも，当時の人々は駅周辺地帯を忌避する傾向にあったようだ。都市に穿たれた巨大なスペースとしての駅は，ただちに周囲の景観との融合を成し得たわけではなく，長いあいだ一種の「異物」として存在した。当初，工業で汚染されていると考えられた駅周辺は「工場街と無産階級街の汚名」をうけたという（W・シヴェルブシュ，前掲書，pp. 209-210）。

（16） Cf. *Corr.* VI, 312 : à Mme Gaston de Caillavet [8 décembre 1906] :「それは，埃や木々といった，私が逃げ回るすべてのものにかこまれた，ひどく醜いアパルトマンです。私がそれを選んだのは，お母さんが知っていたことが分かった唯一の物件だったからです。」ちなみにプルーストは，ルネ・ペテール René Peter（1872-1947）やジョルジュ・ド・ロリス Georges de Lauris（1876-1963）らの協力を得て，17区のマルグリット通りやテオデュール・リボー通り，16区のラ・ペルーズ通り，8区でも比較的西側に位置するベリー通りやワシントン通り，シャトーブリアン通りをはじめとした，おびただしい数の物件を調査している。しかし，ジャン＝イヴ・タディエも指摘しているように，友人たちの努力にも関わらず，プルーストのなかにオスマン大通り以外の

選択肢は大きな比重を占めていなかったようである（Jean-Yves Tadié, *Marcel Proust, biographie*, Gallimard, 1996, p. 566）。

（17） Ch. T., «La Nouvelle Gare Saint-Lazare», *L'Illustration*, 17 juillet 1886. ちなみにこの数字に続くのは東バスチーユ駅の 1000 万人，北駅，東駅の約 700 万人であるから，サン＝ラザールの利用者の数は圧倒的である。首都の郊外に路線が展開しているということがこの数字につながっているようで，同駅からの乗客のじつに 90% は郊外へ向かう人々であった。

（18） プルーストは，ジャック＝エミール・ブランシュ Jacques-Emile Blanche（1861–1942）の著作『画家のことば』（1919）に寄せた序文のなかで，青春期に過ごしたオートゥイユについて言及して，サン＝ラザール駅から級友とともに汽車に乗った時の想い出を次のように書いている。「[……] 青春期のオートゥイユの想い出を，気が向くままに語ろうとおもう。学校の友人たちが持っていないような特権，つまり不当にも特権と呼ばれるようなものを拠りどころにするのは，性分からしても，受けた躾からしても，私にはもっとも悪趣味なことのように思われたはずだ。私と同じくオートゥイユへと帰る生徒たちにサン＝ラザール駅で出くわしたとき，いったい何度，私は顔を赤らめ，彼らに見られないように，一等車室の切符を隠したことだろう。また，いったい何度，彼らと同じように三等車室に乗り込んで，他の車室などこれまでに一度も経験したことがないような素振りをしたことだろう。」（*EA*, 574）

（19） ルイ・ヴェイユの所有であった時代からオスマン大通り 102 番地の管理人だったアントワーヌ・ベルトロムは，プルーストの知り合いでもあるアンドレ・ベナック André Bénac（1858–1937）のつてでサン＝ラザール駅での仕事を見つけていたといわれている。プルーストが従者や小間使いなどとの会話を好んだことを思えば，ベルトロムとの関係を通して，旅行者としての視点だけでなく，駅に勤める者が内側から見たサン＝ラザールにも通じていた可能性もあるだろう。ちなみに，1910 年 7 月下旬，カブールからレイナルド・アーンに宛てた手紙のなかで，プルーストが旅行の際，アントワーヌに駅での荷物の登録を任せたこと，そして彼が間違えて登録したために荷物が紛失してしまったことに不満をこぼしている（Cf. *Corr.* X, 144）。

（20） リッシュについては，次の論考を参照のこと。René Lisch, «Les Gares de Paris et Juste Lisch», *Les Grandes gares parisiennes au XIXe siècle*, éd. citée, pp. 159–169. 1874 年にヴィオレ＝ル＝デュックのあとを継いでアミアン大聖堂の修復にたずさわるなど，彼の活動は多岐に渡っている。

（21） Cf. III, 1022 : Esquisse XI（Cahier 47［N. a. fr. 16687］). ここではシャルリュスとモレルの出会いの場所がサン＝ラザール駅に設定されている。

（22） 第 1 回目のバルベック旅行が母との離別の悲しみによって幕を開け，2 回目の滞在が「心情の間歇」によって祖母の死に結び付けられることによって，駅と鉄道は悲劇と死の色をまとうことになる。とりわけこの草稿には，それが極めて象徴的なかたちで表されているように思われる。「名状し難いほどの悲しみと，それと同じほどもあろうかという怒りと怨恨をたたえた」眼差しをした，死んだはずの祖母が容姿を乱しながら駅に急ぐ姿は，主人公の罪の意識をかき立てて止まない。そして，彼の呼びかけに答えることなく，駅員の出発の合図とともに列車に乗り込もうとする祖母を，主人公はもはや追うことができないのである。

また，伝記的な側面から見ても，鉄道と死との結びつきが認められる。1906 年の

ヴェルサイユ滞在中，叔父ジョルジュ・ヴェイユの容態悪化を知らされたプルーストは，急きょパリに駆けつけるのだが，急な旅の疲れもあって喘息の発作に見舞われ，サン＝ラザール駅に2時間近く留まることを余儀無くされる。そのうえ，容態が回復しないまま，死去した叔父の葬儀に参列することも断念せねばならなかったという，極めて苦い想い出が作家にはあったのである。

そもそも当時のヴェルサイユ滞在には母の死と深い関わりがあった。最愛の母がこの世を去ったのち，「私［＝プルースト］にとって本当の意味での墓地であり，愛すべき墓地であるクールセル街のアパルトマンと，未知のもの，すなわち母とはまったく無縁な世界とのあいだとの移行のための場所」として，ヴェルサイユが選ばれたのである。喪に包まれたこの土地への窓口として開かれていたのが，他ならぬサン＝ラザール駅であった。後年，そのヴェルサイユを想うプルーストが，「記憶の優しさに満ちた奥底から立ち上るように現れるのをルナンが見た，あのイスの都のように思える」と回顧するとき（それが直接的にはルネ・ペテールへの感謝の気持ちを表したものであるということを考慮に入れても），パリの終着駅と，そこからのびる一本の郊外線はさらに神秘的な色合いを帯びるだろう。ブルターニュの伝説に語られる，水没した都市イスから聞こえる教会の鐘の音が，死者の世界から聞こえる声のようだと形容するルナンの一節を想起することによって，サン＝ラザールは，「記憶の優しさに満ちた奥底」であり「死者の世界」への入り口としての相貌を獲得するのである。

(23) 吉田城「都市空間とテクスト——プルーストとその時代」『都市と文学——ヴェネチア，フィレンツェ，リヨン，パリ，京都』平成元年科学研究費補助金（一般研究A）研究成果報告書，1990年，p. 34。

(24) こうした解釈が可能ないっぽうで，サン＝ラザール駅をモチーフとしたクロード・モネやホイッスラーらの美学と，プルーストのこの一節との距離の開きを強調しながら，後者に聖と俗の「アイロニカルな関連づけ」による「冒涜の精神」を探る試みもなされているが，これはいささか深読みに過ぎるように思われる。Cf. Juliette Monnin-Hornung, *Proust et la peinture*, Droz-Giard, 1951, p. 172.

(25) 実際主人公は，アルベルチーヌとの生活によって味わう退屈さや苦痛，そして彼女との別離の可能性について語るなかで，母との別れの場面（就寝時および駅）を引き合いにだしている。「［……］これほど待ったのだから，どうにか受け入れることができる瞬間がおとずれるまで，あと何日か待たないというのは馬鹿げているだろう。さもないと，母親が二回目のおやすみを言わないままに私のベットから離れていってしまった時や，駅で私に別れを告げた時とまったくおなじ憤激を覚えながら，彼女が出立するのをみる羽目になるかも知れない。」(III, 895)

(26) 鉄道会社の広告ポスターに関しては，たとえば次の書物を参照。Pierre Belvès éd., *100 ans d'affiches des chemins de fer*, La vie du rail, 1980.

(27) Ernest Maindron, *Les Affiches illustrées (1886–1895)*, G. Boudet, 1896, pp. 132–133.

(28) パリの終着駅を飾った様々な社会的発展の寓意的な像にも，女性のモチーフが多用された。パリ－リヨン駅の「蒸気」と「電気」，あるいはオーステルリッツ駅の「産業」と「農業」などはその例である。

(29) ここで主人公は，窓から差し込む日の光というプルースト的なモチーフによって「自然に溶け込んだ生活」へと導かれる。何よりも自然との交わりを大切にする祖母を前にして描かれるこの場面は，彼女の趣向に対するささやかなオマージュと解釈するこ

ともできるだろう。

(30) Marie Miguet-Ollagnier, « Réécriture, échos : la gare, l'atelier, la chambre dans "Noms de pays : le pays" », *Bulletin d'informations proustiennes*, n° 24, 1993, p. 112.

(31) Jean Milly, « Proust ou le voyage intérieur », *Ecrire le voyage*, Presses de la Sorbonne nouvelle, 1994, p. 184. 汽車のなかで見た広告をめぐるエピソードはその典型的な例だろう。

(32) テオドール・W・アドルノ「ヴァレリー　プルースト　美術館」『プリズメン――文化批判と社会』ちくま学芸文庫，1996 年，p. 272。

(33) 松浦寿輝氏は，自動車による移動と汽車による移動との対比について，前者が「地続きのコンテクスト」を提示し実感させるのに対し，後者は「想像力の奇跡的な飛躍」をもたらす結合の力を秘めていると指摘している（松浦寿輝『知の庭園――19 世紀パリの空間装置』筑摩書房，1998 年，p. 113）。ここにもまた，コンテクスト＝〈土地〉からの乖離を肯定的に捉えるプルーストの姿勢を認めることができる。ちなみにプルーストには，ラスキンが展開した汽車批判に同調した時期もあった。これは汽車による移動が，「土地の魅力」をじかに体感する可能性を奪い去り，移動経路中の〈土地〉を文字通りの「背景」としてしまうことに対するラスキンの否定的な姿勢を受け入れたためであった。「ジョン・ラスキン」（1900）のなかでプルーストは次のように書いている。「ある土地の魅力は個人のそれであり，特急列車という一歩で七里をいく鬼の長靴を持っていなければ，あるいは昔のように，目指す場所にたどり着くためにいくつもの田園を通り抜けねばならなかったとすれば，我々はその魅力をもっと強く感じることができるだろう。その田園の数々は，目的の場所に次第に似てゆくのだが，それはまるでグラデーションの効いた調和を持つ地帯のようであった。そして，異質なものがそこに容易に浸透できないようにしながら，兄弟どうしのような，穏やかで神秘的な類似とともに目的地を守りながら，自然の中にそれを包み込むだけでなく，我々の心のなかにも準備してくれるのだ。」（*PM*, 122–123）『花咲く乙女たちのかげに』の汽車旅行と美術館に関する一節は，このような見解に対するアンチテーゼとなっているのである。

(34) Antoine Compagnon, « Proust au musée », *Marcel Proust : l'écriture et les arts*, Gallimard ; Bibliothèque nationale de France ; Réunion des musées nationaux, 1999, p. 67.

(35) *Ibid.*, p. 71.

(36) たとえば鉄道駅には，此処ではない様々な土地（主として，それぞれの鉄道会社の鉄道網がめぐらされた土地）の描かれた広告ポスターや装飾が溢れかえり，それを見る人々に，異郷に身をおいた感覚 « dépaysement » を与えていた。批評家によっては駅舎のこうした光景を「真の絵画美術館」と形容したり，「風景画家の美術展」に譬えたりしたといわれている（Cf. P. Prévost-Marcilhacy, *art. cit.*, p. 150–151）。

いっぽう美術館に関しては，たとえばフロマンタンが，世界各地から集められたルーヴル美術館の豊かなコレクションを見て回ることを「周遊」に譬えている。この作家にとって，美術館のオランダ絵画コレクションを鑑賞することは，オランダ旅行にも匹敵するものだった。『昔日の巨匠たち』には次のように書かれている。「オランダに行ったことはないけれどルーヴル美術館なら知っているという場合，オランダ美術について正確に判断することができるだろうか。もちろんできる。［……］ルーヴルのコレクションはオランダ画派の全体像を明らかにしてくれるものといって差し支え

ない。オランダ絵画の本質や特徴はいかなるものであるか，どういう点で傑出しているのか，どれほど多様なジャンルを含んでいるか［……］――われわれはルーヴルでこうしたことを理解しうるのである。」（フロマンタン『オランダ・ベルギー絵画紀行――昔日の巨匠たち』高橋裕子訳，岩波文庫，上巻，p. 285）また，数ページ先では次のようにも記される。「［……］ここであらためて次の確信を得た。つまり，誰かルーヴル美術館周遊記というようなものを書いてくれたら，われわれに対するその人の貢献は絶大なものとなるだろうということである。範囲を限って，名品を集めたサロン・カレ一間だけの周遊記でもいいし，さらに限定して，いくつかの作品のみを取り上げたささやかな規模のものになってもよい。［……］わざわざ遠くまで行かなくても，これは面白い発見のたびになるに違いないし，このルーヴル周遊の，現代における教育的価値は多大なものであろう。」（同書，p. 289）Eugène Fromentin, *Maîtres d'autrefois, Œuvres complètes*, Gallimard, "Bibliothèque de la Pléiade", 1984, pp. 684–686.

(37) Walter Benjamin, *Paris, capitale du XIXe siècle : le livre des passages*, Editions du Cerf, 2000, p. 41. 以下に引用する『ジャン・サントゥイユ』の一節が示すように，プルーストにも芸術家の部屋に備えられた家具に積極的な関心を示していた時期があった。詩人の部屋が「裸形」であるべきだという認識があることを認めながらも，そこに芸術家個人の記憶の痕跡が残されており，その痕跡には相応の価値があると考えていたのである。「人はいったい何時になったら，芸術的な家具は芸術家の家にあって初めて興味をそそることができるのだということを理解するのだろう？　というのも，芸術家のアパルトマンは，それが誠実で饒舌なものであれば，ブルジョワや貴族，行政官や銀行家のアパルトマンと同じぐらいに，我々の関心をそそるからである。そこに太陽の弱々しい光を注意深く迎え入れるためにも，詩人の部屋が［……］いわばむき出しでなければならないと想像することができるとはいえ，エドモン・ド・ゴンクールの家，アナトール・フランスの家，ロベール・ド・モンテスキウの家は，小説家の興味をひき，描写するべき素材，つまり，詩人の過ごす日々を再生させる素材となるのだ。」（*JS*, 436）

(38) この空間が「全ての人々」に対して開かれていることを強調する姿勢には（*EA*, 672），閉鎖的で自己満足的な性格の個人蒐集に対する反発の感情も含まれているのではないか。

(39) 松浦寿輝，前掲書，pp. 113–114。

(40) 旅が主人公に突きつける「差異」の力の大きさは，『スワン家のほうへ』第3部「土地の名―名」の冒頭で，バルベックでの滞在先であるグランド・ホテルの部屋が，コンブレーの部屋ともっともかけ離れたものであることが強調されること（I, 376）によって，すでに予告されている。

第3章　プルーストと〈展覧会〉をめぐる問題

(1) 実際に美術館として開館するのは，モローの死後5年近くが経過した1903年1月13日である。美術館に変貌するまでの経緯については次の書物を参照のこと。Geneviève Lacambre, *Maison d'artiste, maison-musée. Le musée Gustave-Moreau*, Réunion des musées nationaux, 1997.

（2） Cf. Christine Scelles, *Gares. Ateliers du voyage 1837–1937*, Rempart ; Desclée de Brouwer, 1999, p. 66.

（3） Théophile Gautier, « Revue des théâtres », *Le Moniteur Universel*, 13 juillet 1868.

（4） Honoré de Balzac, *La Recherche de l'Absolu, Etudes philosophiques I*, Gallimard, "Bibliothèque de la Pléiade", t. IX, 1950, p. 492 :「パリはコスモポリットな都市であり，時代を娶った男たちの都市である。彼らは，科学と芸術と権力の腕でその時代を抱きしめるのだ。」

（5） このような状況を背景とした文化的な動向に関しては，たとえば次の書物に詳しい。Christophe Prochasson, *Paris 1900. Essai d'histoire culturelle*, Calmann-Lévy, 1999.

（6） Eugène-Melchior de Vogüé, « Au seuil d'un siècle. Cosmopolitisme et nationalisme », *Revue des Deux Mondes*, 1er février 1901, p. 678.

（7） *Ibid*., p. 684.

（8） ド・ヴォギュエへの言及箇所（*EA*, 659）を含むネルヴァル断章については，第5章で詳しく取り上げる。その思想的特質を示す例として，このアカデミー会員はたとえば，外国人との優劣について論じるなかで，「死者と大地の思想」を如実に反映させ，「我が死者たちの灰によってできた大地のうえに在ることに関して，私はイギリス人やドイツ人よりも大きな権利を持っている」と書く（E.-M. de Vogüé, *art. cit.*, p. 690）。また，「国際色に富んだ《コスモポリット》精神」が「教会」や「伝統」に敵対することも指摘している。「我々の疑念は，国際色に富んだ《コスモポリット》精神にしかむけられていない。その精神は，我が国の伝統の総体に対して敵意を持ち，攻撃的であって，それらを破壊するような人々，全ての教会に反抗する人々に共通している。」（p. 691）

　一方でド・ヴォギュエは，1880年代フランスおけるドストエフスキーやトルストイといった作家の流行に寄与した（Cf. *Le Roman russe*, E. Plon, 1886 ; *Cœurs russes*, A. Colin, 1893）。自国の伝統に固執していたド・ヴォギュエが，コスモポリットな交流に加担したことは意外な感がある。だがその背後には，異なるものを受け止めることのできるフランスの度量，揺らぐことのない基盤というものに対する自負が感じとれる。批評家は次のようにも書いている。「フランスの精髄には，自らを豊かにするなかで変質してしまう心配など一度としてなかった。引き籠もりや食摂生［すなわち外国文化を摂取しないこと］ほど，国家の伝統に反したものはないのである」（p. 688）。伝統主義批評家アンドレ・アレーも，外国文学流入についての記事を残している（André Hallays, « De l'influence des littératures étrangères », *En flânant*, Société d'édition artistique, 1899, pp. 3–30）。ロシアに加えてドイツ，イギリス，スカンジナヴィアの文学の影響を描き出している批評家がここで，「芸術，文学において，愛国主義はナンセンスだ」と主張するのもまた，ド・ヴォギュエと同様の視点に立ってのことであろう。

（9） モーリス・バレスは，1892年7月4日付の「フィガロ」紙に「ナショナリストとコスモポリットの拮抗」と題した記事を発表する（Maurice Barrès, « La querelle des nationalistes et des cosmopolites », *Le Figaro*, 4 juillet 1892）。これは世紀末フランスにおいて急増した外国文学の翻訳と，その流行を問題にした論考であった。そこで作家が描いたのは，外国文学の流入を積極的に受け入れて創作に反映させてゆく若い世代と，輸入された外国文学に描かれていることはすでにフランス文学において実現されていると主張して，流入を拒絶する世代――ジュール・ルメートル Jules Lemaitre

(1853–1914) や，ゴンクール兄弟 les frères Goncourt (Jules [1830–1870] ; Edmond [1822–1896])，アルフォンス・ドーデ Alphonse Daudet (1840–1897) ら——との対立である。二つの潮流の拮抗は，文学の領域にもはっきりと影を落としていた。文学作品の国際的《コスモポリット》な流通の隆盛を示す史実として，1886 年，国際的な著作権の保護を目的としたベルヌ条約が締結されたことを思い起こすこともできる。

注意しておきたいのは，バレスがここで描くのはまだ政治的な対立ではなく，フランスの古典的伝統の擁護者と，外国文学を称揚する人々との拮抗だという点である。しかし，ここに示された文学的ナショナリズムと政治的なそれとの距離がわずかであり，その移行をおこなったのもまたバレスであったことがシャルル・モーラス (*Le Nationalisme intégrale*) によって指摘されている (M. Barrès, *Mes Cahiers*, t. 2, Platine, n. 1, p. 248)。この点については，ブリュヌチエールの次の論考も参照のこと。Ferdinand de Brunetière, «Le cosmopolitisme et la littérature nationale» [octobre 1895], *Etudes critiques sur l'histoire de la littéraire française*, t. 6, Hachette, 1911, pp. 289–316.

(10) E.-M. de Vogüé, «La défunte Exposition», *Revue des Deux Mondes*, 15 novembre 1900, p. 397.

(11) 湯沢英彦『プルースト的冒険——偶然・反復・倒錯』水声社，2001 年，pp. 49–50。このような言説の布置に照らし合わせて，1900 年に発表されたプルーストのラスキン論が結果として「普遍的な博覧会に抗う視点からなされている」とする指摘はたいへん興味深い。事実，作家は一貫して，意図的に再構成された現実に対して批判的であった。パノラマに対して注がれたプルーストの批判的視線（津森圭一「プルーストにおけるパノラマ的視点——ラ・ラスプリエールの風景をめぐって」『仏文研究』34 号，京都大学フランス語学フランス文学研究会，2003 年，pp. 81–95 を参照）や，アルベール・ロビダ Albert Robida (1848–1926) が万博の催しとして「再構築」した「古のパリ」«Vieux Paris» に対する作家の批判的な視線 (*EA*, 485) にそうした姿勢が表れている。万博にさしたる関心を示さず，開催期間中（4 月 11 日から 11 月 12 日）に，現実の〈土地〉との接触を求めたヴェネツィア旅行を 2 度も敢行したことを思えば，作家は虚構としてのこの祭典を否定したと解釈することもできるだろう。

ただ第 1 章でも見たように，ラスキンを論じた当時のプルーストのなかに，「普遍性」への志向と，現実の〈土地〉との絆からの解放という主題が芽生えていたこと（それが「普遍的な博覧会」に触発されたかどうかはまた別の問題であるが）も確かであった。あくまで，二つの異なるベクトルの拮抗がこの時期のプルーストの思考を特徴づけていたことを再確認しておきたい。

(12) E.-M. de Vogüé, «La défunte Exposition», p. 389 :「この瀟洒な国際通りは，世界を結ぶ，なんと素敵な散歩道であることか！　それはなんと見事に，フランスの歓待を象徴していたことだろう！　外国の館のほとんどは，優れた地方色を身にまとっていた。見識のある審美眼が，館の設備と装飾とを取り仕切っていた。館のうちの幾つかは，まさに民族の魂を含んでいて，土地の持つ特徴的な相貌を旅行者に思い起こさせるのだった。」

(13) A. Hallays, *En flânant à travers l'Exposition de 1900*, Perrin, 1901, pp. 203–204. 多くの博覧会主催者たちと同様，アレー自身も万博にフランス的な伝統のあらわれを読み取ろうと努めている。批評家は，雑然とした雰囲気が支配している万博に，「中庸」，「繊細さ」，「適切さ」といったフランスの精髄を見出すことの困難を指摘しながらも，「フ

ランス的な様式の圧倒的な優位」（*Ibid*., p. x）を強調している。

（14） 芳野まい「ヴェルデュラン夫人の「音楽の殿堂」――シャンゼリゼ劇場をめぐって プルーストにおける外国文化の問題に関する一考察」『ヨーロッパ研究』1号，東京大学大学院総合文化研究科・教養学部ドイツ・ヨーロッパ研究室，2001，pp. 161-177。

（15） 芳野氏が指摘するように，外国芸術家の「専属通信員」であったはずの夫人は，戦争をきっかけに外国文化を捨て去ってしまう。「モダン・スタイル」から「古いフランスの家具」へと好みをかえる（IV, 310）ことがその一例であった（同上論文，pp. 167-168）。1900年の時点で，万国博覧会の一角をなしたモダン・スタイルの作品をアンドレ・アレーが否定していることを確認しておこう。汎ヨーロッパ的な性格を前面に出し，〈土地〉固有の伝統を体現し得ないことから，この様式は「コスモポリット」であり「雑多で不調和」であると批判されるのである（A. Hallays, *En flânant à travers l'Exposition de 1900*, pp. 256-257）。

（16） 9月15日閉会の予定であったが，好評を博したため会期は20日間延長されている。プルーストはこの延長期間に足を運んだ。

（17） Francis Haskell, *The Ephemeral Museum. Old Master Paintings and the Rise of the Art Exhibition*, Yale University Press, 2000 [*Le Musée éphémère. Les Maîtres anciens et l'essor des expositions* [traduit par Pierre-Emmanuel Dauzat], Gallimard, 2000]. 問題のレンブラント展に関しては，第6章«Patriotism and the Art Exhibition»（pp. 98-106）を参照のこと。なお，アントワーヌ・コンパニョンはこの書物に書評を寄せている（Antoine Compagnon, «Faits, effets et mefaits de l'exposition», *Critique*, n° 649-650, juin-juillet 2001, pp. 518-529）。

（18） 作品貸与が可能となった理由のひとつとして，この展覧会がオランダ女王の戴冠を記念しておこなわれたものだったことが挙げられる。王家の祝典としての意味合いが，ヴィクトリア女王をはじめとした各国の王族の積極的な寄与を促し，さらにはこうした王族の参加が，美術館や蒐集家たちの参加を呼んだのである。Cf. Émile Michel, «L'exposition Rembrandt à Amsterdam (premier article)», *Gazette des Beaux-Arts*, 1er novembre 1898, p. 356.

（19） F. Haskell, *op. cit*., pp. 101-102.

（20） この展覧会に足を運んだアンドレ・アレーは，このイベントの一過性を「即興の美術館」«musée improvisé»と表現し，「[そこ]で過ごした時間こそは，教示と瞑想に満ちた，豊かな時間である！」と語っている（A. Hallays, «Amsterdam. L'exposition de Rembrandt», *En flânant*, Société d'édition artistique, 1899, p. 386）。

（21） Anonyme, «The Rembrandt Exhibition at Amsterdam (First Article)», *The Times* (London), september 9, 1898 :「はじめて，本当の意味で全世界的《コスモポリタン》な寄与への呼びかけが計画されたのだ。皇族関係者，公共のギャラリー，ヨーロッパ全土の古くからの所有者や新しい蒐集家たちが，互いに競い合うようにして，かつておこなわれたいかなる展覧会とも似ていない，この展覧会を作り上げたのである。[……]そして，これまでに一度も集められたことのないようなコレクションこそが，その成果なのだ。」

（22） Arsène Alexandre, «L'exposition Rembrandt», *Le Figaro*, 25 et 29 septembre 1898.

（23） Marcel Nicolle, «L'exposition Rembrandt à Amsterdam I», *La Revue de l'art ancien et moderne*, n° 20, novembre 1898, pp. 412-414. Cf. A. Compagnon «Proust au musée», *Marcel Proust : l'écriture et les arts*, Gallimard ; Bibliothèque nationale de France ; Réunion des

musées nationaux, 1999, p. 71.

(24) A. Compagnon, «Proust au musée», p. 71. くしくもアレーは，先に触れた展覧会についての文章で，アムステルダム訪問とバイロイト巡礼とを結びつけている。「その時期のアムステルダムでは，人々は，ほとんどバイロイトにおけるのと同じように，信心と幻想とに開かれた巡礼者の感情を抱いている。」(A. Hallays, «Amsterdam», p. 387)

(25) 1828年4月，デューラーの死後300年を祝ったニューレンベルグでの祭典にしても，その12年後にアントワープでおこなわれた，ルーベンスの死後200年を記念する式典にしても，まだ当の芸術家の回顧展がおこなわれなかった一方で，行列や演説などの催しは，教会の鐘の音，祝砲，トランペットなどを伴った，愛国的な雰囲気に満ちていたという。ハスケルによれば，1875年9月のミケランジェロ生誕400年祭（フィレンツェ）において，過去の巨匠を記念する式典と，作品の回顧展とが結びつけられ，巨匠が放つ威光を，彼を生んだ街や国の威光に帰するという傾向が強まることになる（F. Haskell, *op. cit.*, pp. 134–136)。

(26) Charles Morice, «Le couronnement de la reine de Hollande et l'exposition de Rembrandt», *Mercure de France*, novembre 1898, p. 298：「オランダは，国際的な状況のなかでそのもっとも正当な貴族叙任状を世に示すために，非常に時宜を得たかたちで，首都において，この国が生んだもっとも偉大な息子の作品の展覧会を組織した。その息子とは，すなわちレンブラントだ。」

(27) *Ibid.*, p. 303.

(28) É. Michel, *art. cit.*, p. 355.

(29) フロマンタンは次のように書いている。「われわれはまず，オランダの画家たちの際立った特色である深い率直さ，熱烈な愛郷心，目立たないささやかな片隅に寄せる愛について知っておく必要がある。それによって初めて，彼らがわれわれに残してくれた故郷の町アムステルダムの肖像が，生き生きした愛すべき肖像画を十分に理解することができるだろう。」(Eugène Fromentin, *Maîtres d'autrefois*, *Œuvres complètes*, Gallimard, «Bibliothèque de la Pléiade», 1984, p. 732；フロマンタン『オランダ・ベルギー絵画紀行——昔日の巨匠たち』高橋裕子訳，岩波文庫，1992年，下巻，p. 102)；「オランダ画派は，多くの大画派の最後を飾るものである。もっとも独特の個性を備えた画派かも知れない。もっとも地域性豊かな画派であることは確かである。」(*Ibid.*, p. 653 ; 同邦訳書，上巻，p. 209)

(30) すでに触れたように，19世紀になると，芸術がもともとあった場所から引き剥がされて新たな空間装置としての美術館に場所を移す時代が訪れる。芸術が大衆によって鑑賞されるこの時代は，芸術の「礼拝的価値」から「展示的価値」への移行がすすみ，「アウラ」の消失が決定的なものとなった時期でもあった。興味深いのは，人々がこの「展示的価値」を自明のこととして受け入れながら展覧会場に足を運ぶいっぽうで，「いま・ここにある」という関係性が生む「アウラ」へのこだわりが顕著に認められることだろう。ワーグナーを目的としたバイロイト旅行と同様，人々のあいだには，展覧会への「巡礼」，という意識が明らかにあった。ここでは「芸術文化にたいして抱く一種の共同幻想」がかきたてられ，崩壊したはずの「芸術と伝統についての信念」が頭をもたげている（多木浩二『ベンヤミン「複製技術時代の芸術作品」精読』岩波現代文庫，2000年，p. 46)。ベンヤミンは，「アウラ」の消失という歴史的な事実を受け止めずに，「数々の伝来の概念を——創造性や天才性，永遠の価値や神秘の

概念を――」保とうとすることの政治的な危険性（芸術がファシズムに利用される危険性）への危機感を表明している（ヴァルター・ベンヤミン「複製技術時代の芸術作品」野村修訳［多木浩二，前掲書所収］，p. 136）。第一次世界大戦へと向かう国際的な競合のなかで，展覧会をめぐって紡がれた種々の言説にも，それに近いニュアンスを感じとれるかもしれない。

(31) プルーストとこの展覧会については，たとえば次の論考を参照のこと。Jun Suganuma, « En automne 1902, Proust à Bruges —— les Primitifs flamands ou une école méconnue », *Cahiers d'études françaises*, Université Keio, n° 7, pp. 64–77. ちなみにこの展覧会によって，ブリュージュは「死都」の相貌を失うほどに活気づいたという。また，レンブラント展と同様，画期的な作品の移動や，外国人訪問客の多さなどが強調された。Cf. Charles Merki, « L'Exposition de Bruges », *Mercure de France*, octobre 1902, p. 119 :「今年，フランドル・プリミティヴ派の展覧会がブリュージュに大勢の人々を惹きつけたため，この町は少なくとも一時的に，死の都としての伝統的な相貌を失った。［……］この展覧会は，通常は方々に散逸している作品群，教会が後生大事に所持しているか，世界各国の個人所有者が持っている作品群を，いちどきに研究する唯一の機会だったのである。十分に理解していただきたいのは，外国人が詰めかけたことで，風景の美だけでなく寂寥感にも起因していた特別な魅力が街から失われたものの，それが展覧会自体の構成していた見事な芸術のスペクタクルによって，十分に埋め合わされたということである。」

(32) 作家は 1904 年 4 月，はじまって間もないこの展覧会に足を運んでいるが（*Corr.* IV, 111 : à Marie Nordlinger［17 ou 24 avril 1904］），どこまで両国の対立関係を意識していたのかは定かではない。二つの展覧会のあいだに生じた対抗意識に関しては，ハスケルの前掲書（pp. 105–106）とコンパニョンの美術館についての論考に短くまとめられている（A. Compagnon, « Proust au musée », p. 73）。なお，プルーストが晩年に訪れたジュ・ド・ポムでのオランダ絵画展は，仏蘭両国の対抗意識を反映したものではなく，戦争で破壊されたフランス東部の復興資金を集める目的で開催されたという（F. Haskell, *op. cit.*, p. 160）。

(33) M. Proust, « Ruskin à Notre-Dame d'Amiens », *Mercure de France*, avril 1900, p. 71.

(34)『アミアンの聖書』翻訳の序文草稿には「私はアムステルダムのレンブラント展に行く」（*PM*, n. 5, 71）という記述を認めることができる。また後年，『模作と雑録』に問題の記事が収録された段階では，引用中「ある展覧会」とだけあった箇所が「アムステルダムでフランドル・プリミティヴ派の展覧会を訪れる」（*PM*, 71）と書き換えられている。フランドル・プリミティヴ派の展覧会はアムステルダムではなくブリュージュで開催されたという齟齬はあるものの，結果としてプルーストは，自分が経験した外国への展覧会訪問を，二つともにスノビスムの流行として片付けているのである。

(35) M. Proust, « Ruskin à Notre-Dame d'Amiens », p. 56.

(36) *CSB*, 233–242. ちなみにプルーストは，第一次世界大戦と芸術の関わりについて語るなかで初めて，芸術家とその「祖国」の栄光とを強引に結びつける姿勢を批判する。「開戦当初からバレス氏は言っていた，芸術家たるもの（ここではティツィアーノを指すが），何よりもまず祖国の栄光に奉仕しなければならない，と。しかし，芸術家は，芸術家であることによってしか祖国に奉仕することはできない。つまり［……］自分の前にある真理以外には――それが祖国であったとしても――何一つ考えないと

いう条件によってしか奉仕できないのだ。」(IV, 467) プレイヤッド版の校訂者が付した注にもあるように，バレスの主張に関してはプルーストの記憶違いがあり，実際にはプルーストの考えに近いものであった (IV, n. 3, 467)。しかしいずれにしても，この一節に芸術家と祖国との関係についての作家の思想が端的に語られていることは間違いない。

(37) Catulle Mendès, «L'œuvre wagnérienne en France», *Revue de Paris*, 15 avril 1894, pp. 190–191.

(38) Ch. Prochasson, *op. cit.*, pp. 115–116.

(39) *PM*, 146–147 :「バイロイトでのワーグナーの上演は［……］シャルトル大聖堂でおこなわれる荘厳ミサに比べれば，なにほどのものでもないといえる。」

(40) 『失われた時を求めて』において，ベルゴットがフェルメールの絵画から啓示を受けたのがパリの展覧会場であったという設定は，芸術作品の本質が理解される舞台として用意された場所が，画家や絵画と関係の深いオランダやデルフトではなかったという意味でも示唆的である (III, 692–693)。

(41) M. Proust, «Ruskin à Notre-Dame d'Amiens», p. 66.

(42) Kazuyoshi Yoshikawa, «Proust et Rembrandt», *Marcel Proust 6. Proust sans frontières 1*, "La Revue des lettres modernes", Minard, 2007, pp. 105–120. および，吉川一義『プルーストと絵画――レンブラント受容からエルスチール創造へ』岩波書店，2008 年，pp. 11–46［第 1 章「闇に射すレンブラントの「思考の光」」]。

(43) プルーストにおける〈住まい〉というモチーフについては，以下の著作に詳細な分析がある。川中子弘『プルースト的エクリチュール』早稲田大学出版部，2003 年。とりわけ第 3 章「住まい探求」pp. 245–339 を参照。

(44) 芸術家ないしは芸術作品の「祖国」をどこに求めるかという問題は極めて重要である。そのことに関して，たとえば，『失われた時を求めて』でヴァントゥイユのソナタを構成する小楽節が，スワンとオデットの恋にとっての「国歌」と呼ばれるエピソードを想起したい (I, 215–216)。スワンは，この芸術作品を通して，作曲家の「内的な祖国」(あるいは楽曲の持つ「彼ら［＝スワンとオデット］とは無縁の，内在的で固定された美」) を探求しようとするかわりに，自分の感情を支配する「恋愛」という名の「国」との関わりしか認めることができずにいる。ここに，芸術の独身者としてのスワンの限界を読み取ることもできるだろう。

(45) Gilles Deleuze, *Proust et les signes*, Presses universitaires de France, «Quadrige», 1996, p. 218.

(46) *EA*, 672 :「芸術家の家は，すでにほとんど美術館になっていて，彼という個人は，もはやほとんど，ひとつの作品が完成される場でしかなかった。」

「蜘蛛の巣」によってもっとも象徴的に示される場＝作品についての思索は，『失われた時を求めて』に登場するサン＝ルー嬢にその到達点を見ることができるように思う。ジルベルトとサン＝ルーとのあいだに生まれた一人娘に思いを馳せた主人公は，「過ぎ去った「時」の観念」をもたらしたというこの少女のなかに何を認めるのか。『見出された時』には次のように書かれている。「ほとんどの人たちと同じように，彼女は森の中にある「円形広場」の合流地点のようではなかったか。そこには，私たちの人生におけるのと同様，実に多様な地点からやってくる道が収斂してゆくのである。サン＝ルー嬢に至る道，そして彼女の周囲に放射状に広がる道は，私にとって数の多

いものだった。」（IV, 606）作品の支柱となっている二つの「方」をはじめとして，主人公と関わりのあった様々な場所と人，それらにまつわる過去が交差するこの「円形広場」が，小説作品の核＝中心に位置することは間違いない。つまり，そこから放射状にのびる数々の「道」が，「網の目」としての『失われた時を求めて』を織り上げていることになる。印象的なのは，その「円形広場」を象徴するサン＝ルー嬢を見た主人公が，彼女のうちに「若き日の自分」の似姿を認めることであろう。このとき，「過去」を唯一の素材として創作をする小説家として，自らの過去によって編まれた「網の目」の中心に身をおこうとしている主人公の姿を思わずにはいられない。そして，そこに立つことによって（「時」の観念をもたらす彼女に自らを重ね合わせることで），主人公はまさに「作品の成就される場所」へと変貌を遂げるのである。

(47)　この断章において，詩人の「霊感」とはこの「真の祖国」に入り込むことのできる瞬間を指し，「制作」は，そこでの創造的な営みのあいだ，この領域に夾雑物が何一つ入り込まないようにするための努力と解釈される（*EA*, 670）。ここにすでに，美術館の一室に見る「裸形の空間」への志向を認めることもできる。

(48)　この指摘は，ディディ＝ユベルマンが«Fables du lieu»というコンセプトのもとに著わした諸著作の出発点となっている。Cf. Georges Didi-Huberman, *L'Étoilement. Conversation avec Hantaï*, 1998 ; *La Demeure, la souche. Appartement de l'artiste*, 1999 ; *Etre crâne. Lieu, contact, pensée, sculpture*, 2000 ; *Génie du non-lieu. Air, poussière, empreinte, hantise*, 2001 ; *L'Homme qui marchait dans la couleur*, 2001（出版社は全て Les Editions de Minuit）.

(49)　プルーストは 1900 年 2 月 10 日付の「フィガロ」紙に，「フランスにおけるラスキン巡礼」と題したラスキンの追悼記事を発表しているが（ラスキンは 1900 年 1 月 20 日に死去），芸術家の死について書かれた次の一節は，明らかにモロー断章の蜘蛛をめぐる一節を下敷きにしている。「ラスキンが死去した。彼は死ぬことができたのだった。種が自分とともに絶えてしまわぬよう，昆虫が自分たちの死後に生き残る子供たちのなかに，その特性を手つかずの状態で託すのと同じように，ラスキンは，滅ぶべきその脳から貴重な思考の数々を取り出し，彼の書物のなかに住み処を与えたのだった。その住み処は，恐らくは永遠のものでないにしても，少なくとも，それらの思考が人類に対して為しうる奉仕に比例して持続することになるだろう。」（*EA*, 443）モロー断章で問題となった芸術家が，モローのような画家＝詩人ではなく一人の著述家であれば，後世に残されるべき大切な思想が宿る住み処は，「書物」のうちに実現されなければならない。自らの死とともに失われるかもしれないものを，「書物」として書き残すことによって救おうとする姿勢は，プルースト自身の生涯を貫き，そのようにして書かれたはずの『失われた時を求めて』にも，その姿勢は芸術家の目指すべき理想として書き込まれることになるのである。

第 4 章　批評家アンドレ・アレーとの距離

(1)　Maurice Barrès, «André Hallays», *L'Echo de Paris*, 15 février 1911 :「ボーマルシェについての著作，4 冊の旅行記，ポール・ロワイヤル，ナンシー，アヴィニョンへの画趣に富んだ 3 つの巡礼，『ジュルナル・デ・デバ』紙への 27 年間にわたる熱のこもった寄

稿。これらが，今日に至るまでの，アンドレ・アレー氏の全著作である。そもそもすべての文人に知られたその著作を，ここであらためて一冊ずつ読み返してゆくつもりはない。むしろごく手短に，この極めて優れた作家の才能と，ほとんど使徒的な活動ともいえる仕事について，その特徴を示してみたいと思うのだ。」

（2） ジャン・シュランベルジェ Jean Schlumberger（1877-1968）は，1940 年 5 月 25 日付の「フィガロ」紙に「廃墟に手を触れるな」«Ne touchez pas aux ruines» と題した時評を掲載して，プロヴァンス地方のフレジュスという街を再訪した時の体験を語っている。そこで，修復による町の景観や教会の変貌を嘆いた批評家は，「旧友アンドレ・アレー」に言及しながら次のように書く。「彼らはあの古い教会の何を変えてしまったのか？　いかなる潤色が，教会をあれほどに冷たく見せるのか？　旧友のアンドレ・アレーがそこにいるのは，建築家たちに対して，壁を補強し，屋根と雨樋をなおすよう切願するためではく，彫刻の模作にとりかからぬよう（ランスでは何一つ彫り直さないように注意をはらった），そしてとりわけ，『かつてそうであったであろうように』再建する目的で古いモニュメントをうち崩したりしないよう，懇願するためなのである。」（Jean Schlumberger, *Œuvres*, t. VI, Gallimard, 1960, p. 150）

（3） André Hallays, *En flânant à travers la France. Autour de Paris*, t. 1, Perrin, 1910, pp. II-III.

（4） Cf. Alfred Pereire, *Le Journal des débats politiques et littéraires : 1814-1914*, Honoré Champion, 1914, pp. 137-138. アレーは史的建造物監督官であったプロスペル・メリメを非常に高く評価していたことも注記しておく。Cf. A. Hallays, «Mérimée : inspecteur des monuments historiques», *Revue des Deux Mondes*, 15 avril 1911, pp. 761-786.

（5） M. Proust, «Ruskin à Notre-Dame d'Amiens», *Mercure de France*, avril 1900, p. 66.

（6） アレーにおけるこうした理論の徹底ぶりは，この批評家をして一部の美術館に対して寛容な態度をとらせるほどであった。アレーは美術館への作品の回収を嘆くいっぽうで，各地で生まれた芸術作品が，少なくともその所縁の〈土地〉に留まることを可能にするという意味で「地方美術館」«musée de province» を（消極的にではあるが）評価している。興味深いのは，その流れで批判されるのが，巨大な求心力を持ったパリのルーヴル美術館だという点である。「整理されたこれらの品々はどこに行くことになるのだろう？　残念なことに，美術館なのだ！　少なくとも，もっとも美しいものがパリに移住してしまわぬよう願いたい。[……] どうか芸術作品が，何年も以前から，そしてしばしば何世紀も以前から存在するその地方に，その町にとどまらんことを。そこに生まれた作品でなくとも，それらはいわばそこに帰化しているのだから。[……] フランス全土の財産をたったひとつの美術館に詰めこもうとする熱意ほど，危険で無分別なことはない。ルーヴル美術館の壁のなかに積み上げるために，フランスを飾る作品の数々を，そのフランスから盗み取ることは，まさに真の破壊行為であろう。」（A. Hallays, «En flânant», *Journal des Débats*, 17 janvier 1907, pp. 65-66）アレーは，フランス国家を象徴する「唯一無二の美術館」のなかに，地方で生まれ，あるいは地方に「帰化」したあらゆる富を集めることを真の「破壊行為」と解釈する。こうした地域主義的な視点は，第 1 章の最後で触れた「地方」対「パリ」の構図とも無関係ではない。

（7） 書簡でのアレーに対する直接の言及はさほど多くないものの，フィリップ・コルブのつけた注にも指摘されているように，プルーストは折に触れて，アレーの記事に対する示唆をおこなっている。Cf. *Corr.* I, n. 2, 205 ; *Corr.* III, 429 ; *Corr.* V, n. 17, 286 ; *Corr.*

IX, 141 ; *Corr.* XIX, 84, etc.

（8） A. Hallays, *Autour de Paris*, t. I., pp. 61–62.

（9） サンリス大聖堂にある聖母像を極めて高く評価したアレーが，この彫像を「農民の女」と形容していることも想起しておこう。「13 世紀の彫刻が残したすべての聖母のイメージのなかでも，このサンリスの聖母以上に感動的なものを私は知らない。それは農民の女，鈍重な目鼻立ちと忍従の面持ちをした，純朴な農民の女なのだ［……］。」（A. Hallays, *Autour de Paris*, t. I, p. 63）これは，批評家が中世芸術の本質的な主題である〈土地〉との結びつきに通じていることを示すだけでなく，プルーストが『失われた時を求めて』で描き出す中世建築の彫像と庶民とのアナロジーを考察する切り口ともなる。プルーストが 13 世紀中世彫像の獲得する人間的な優しさを感じ取ったうえで，サン＝タンドレ＝デ＝シャン教会の聖女像を農民の女＝〈土地〉の女になぞらえることを想起されたい。泉美知子「見出された中世芸術——19 世紀のゴシック研究とプルースト」『超域文化科学紀要』東京大学大学院総合文化研究科超域文化科学専攻，7 号，2002 年，pp. 83–104 を参照のこと。

（10） A. Hallays, « En flânant », *Journal des Débats*, 11 janvier 1907, p. 65.

（11） Jean Jaurès, *La Dépêche*, 30 avril 1905 ; cité dans Jean-Marie Mayeur, *La Séparation des Eglises et de l'Etat*, Les Editions ouvrières, 1991, p. 7.

（12） 1903 年 7 月末，ジョルジュ・ド・ロリスに宛てて書かれた長文の手紙は，エミール・コンブ Emile Combes（1835–1921）の反教権法案に賛同するロリスと，これに反対するルイ・ダルビュフェラとのあいだに起きた口論を契機として書かれており，プルーストはそこでキリスト教文化が見舞われるであろう危機についての考えを大きく展開している（*Corr.* III, 381–389 : à Georges de Lauris［29 juillet 1903］）。

（13） *PM*, n. 2, 144 :「しかし，当然のことながら，ブリアンの草案は他と比べてもずっとましである。恐らくは偏狭な精神の作り出したものではあるが，いくつかの側面では，全くもって優れている。」

（14） プルーストはブリアン当人がこの記事を読むべきだとも書いている。1904 年 5 月 1 日に社会高等学院でおこなわれたこの講演の概要については *PM*, n. 2, 144 を参照のこと。

（15） 泉美知子「宗教建築の生とは何か——プルーストとバレスの文化遺産保護運動」『*Résonances* 東京大学大学院総合文化研究科フランス語系学生論文集』1 号，2002 年，p. 76。この論考には政教分離法をめぐる時代状況と歴史的背景が簡潔にまとめられている。

（16） Louis Réau, *Histoire du vandalisme : les monuments détruits de l'art français*,［édition augmentée par Michel Fleury et Guy-Michel Leproux］, Robert Laffont, 1994, p. 811 et sqq. レオーは，政教分離法がもたらした被害について次のように語っている。「1905 年 12 月 9 日，反教権的な政治家たちによって可決された政教分離法案は，フランスの芸術的な国家遺産の観点からも，国外にむけたフランスの発展の観点からも，もっとも悲惨な結果をもたらした。」（p. 813）

（17） *EA*, 782 :「つまり，我々は，こうしたことのすべてに，芸術的な価値しか援用していない。ブリアンの草案がそれ以外の価値を脅かしていないとか，我々がそれに無関心だということではない。しかし結局のところ，我々はそうした立ち位置に身をおきたかったのである。聖職者が芸術家たちの支持を突き返すようなら，それは間違いだろ

う。」プルーストの記事がこうしたスタンスで書かれていたということは，当時の読み手にも理解されていた。ポール・デジャルダンが発行する機関誌が主催する「自由討議」《Libres Entretiens》と題された討論会の，政教分離問題をめぐる第4回会合（1905年1月29日）の報告書を見ると，モニュメントが朽ち果てることへの危惧感を表明するアナトール・ルロワ＝ボーリュウ Anatole Leroy-Beaulieu（1842–1912）の発言についての注釈に，プルーストの「大聖堂の死」への小さな言及がある。「しかしながら，感情として抱くことが許されるのは，古代の信仰が持つ荘厳さに，それがあてがわれたはずの枠組みが欠如していることに対する後悔の念である。この芸術家としての後悔は，『アミアンの聖書』の訳者にして注釈者であるマルセル・プルースト氏によって，『大聖堂の死』と題された記事（1904年8月16日付『フィガロ』紙）において，非常に見事に表明されている。」（*Libres Entretiens. Première série 1904–1905. Sur la séparation des Eglises et de l'Etat*, l'Union pour l'Action morale, 1905, p. 220）

(18)　「大聖堂の死」の発表とほぼ同時期の1904年7月に発表された「そぞろ歩き」で，修復されたコンピエーニュの教会建築について語るアレーが「凍るように冷たい」《glacial》という形容を用いていることを思えば，ここを含めてプルーストが随所に用いる「凍る」《se glacer》，「凍った」《glacé》といった語とのあいだに照応関係を認めることもできる。「コンピエーニュの森のただ中にあるサン＝ジャン＝オー＝ボワは，修復者によって再建された12世紀の教会である。この教会は，ひょっとするとその独創的な図面ゆえに，まだ幾人かの考古学者の興味を引くかも知れない［……］。しかし，この特異な構造は，今日この建築が保っているただひとつの長所である。それは清潔で新しいが，冷え切っており《glacial》，死んでしまっているのだ。」（A. Hallays, 《La Vallée de l'Oise》, *Autour de Paris*, t. 1, pp. 128–129）

(19)　「ドーソンヴィル伯爵夫人のサロン」と題して1904年1月4日付の「フィガロ」紙に発表された記事（*EA*, 482–487）で，ドーソンヴィル伯爵がコペに所有する城館（スタール夫人から継いだもの）を描写する際，プルーストはこの城館が由緒ある過去に満ちた住まいであることを指摘する。18世紀にまでさかのぼるこの住まいが「歴史的で生命に満ちて」おり，「『様式』を持つとともに生命も持った後裔によって住まわれている」のだとするその視点は（*EA*, 485），明らかに大聖堂について語るそれと重複していることに留意する必要がある。この城館では，「生活の無意識的な継続」という過去から現在への流れのなかで，「再構成された古きパリ」では感じられないような「過去の香り」を事物が強く放っている。教会と同様に，そこでは「過去と現在とが隣り合わせになっている」のである。いわゆるサロン評のなかで，プルーストがこのような視点を描いた背景には，アカデミー・フランセーズ会員であったドーソンヴィル伯爵自身が，政教分離に反対する「緑の枢機卿」《cardinaux verts》の一人であったという事実があった。その社交的な体裁には収まり切らない作家の主張が書き込まれているという意味でも，この6ページ足らずの記事は，プルーストの思想形成の流れのなかで，より重要な位置を与えられるべきだろう。

(20)　作家自身が意識していたように，この問題は，著名な大聖堂に限られたものではなく，フランス各地に点在する名も無い教会群にも同じようにあてはまる。「大聖堂の死」にはつぎのようにある。「大聖堂について私が語ったことは，フランスのすべての美しい教会にもあてはまる。そして，周知の通り，そうした教会は何千と存在するのだ。

イワオウギの田園とリンゴ園のあいだを抜けるフランスの道をたどってゆけば，ほとんど一歩ごとに，嵐模様の地平，あるいは晴れ渡った地平に［……］鐘楼が屹立しているのを目にするのだ。」（*EA*, 781）プルーストは，1918年9月，リュシアン・ドーデに宛てた手紙のなかで，モーリス・バレスから「大聖堂の死」を称讃する手紙を受け取ったことについて触れている（*Corr.* XVII, 356）。バレスからプルーストに宛てられた手紙は残されていないが，この一節で問題となる教会群が，バレスの擁護する「村の教会」（『フランス教会の大いなる嘆き』）にあたることを思えば，バレスの評価も頷ける。

また，プルーストによれば，カトリック教会における典礼とフランス人のカトリック信仰が保たれてこそ，大聖堂は「フランスの芸術でもっとも美しいモニュメント」でありつづけ，果たすべき機能に忠実でありながら「十全な生」を生きつづけることができる（*PM*, 143）。バレスが残した次の一節を読めば，「村の教会」の擁護者は，この点でもプルーストに共感したであろうことが理解できるはずだ。「［……］我々の教会は［……］村における宗教的な生活が保たれている限りにおいてのみ，十全に保護され得るのである。教会が，その過去ゆえに象徴される事物，すなわち興味深いモニュメント，ドルメンやメンヒル，クロムレックのようなもの，要するに丘の上の巨大な骨董品になってしまうとき，それらの教会は失われてしまうだろう［……］。」（M. Barrès, *La Grande pitié des églises de France*, Emile-Paul frères, 1914, p. 361）

(21) A. Hallays, « Vézelay », *En flânant*, Société d'édition artistique, 1899, pp. 215–219.

(22) A. Hallays, « En flânant », *Journal des Débats*, 18 janvier 1907, p. 114.

(23) *Corr.* V, 27 ; à Paul Grunebaum-Ballin [6 janiver 1905].

(24) コルブも引用しているように，プルーストのつけた脚注には次のように書かれている。「レオン・ブランシュヴィックの名著『精神生活序説』第3章にはこれと反対の考え方が述べられている。『もはや建築のよしあしでなく真に美なるものとして美的快楽を味わい，建築を鑑賞するためには，それがもはや外的目的ではなくて，現在の意識の内的状態と調和したかたちで感得しなければならない。だからこそ，本来の用途をもはや失ってしまったり，用途が早々と忘れ去られてしまっていたりする古い建築物であっても，美的鑑賞にこれほど容易かつ完璧に応えてくれるのである。ひとつの大聖堂は，そのなかに救済の道具や，都市社会生活の中心を見ないときに芸術作品となるのだ。別の見方をする信者にとっては，それはまた別の物となる』。」（*La Bible d'Amiens*, p. 254 ; cité par Philip Kolb dans *Corr.* V, n. 13, p. 27. 強調はプルーストによる）

プルースト自身が強調した一文にあらわされている視点は，まさに，ひとつの作品と，それをとりまく様々な文脈＝〈土地〉との関わりについての作家の思考（ある作品が「芸術作品」であるための条件についての指摘）と，見事な一致をみる。

(25) 「デバ」紙の書き手の一人は，同僚であったアレーについて次のように語っている。「文人，歴史家そして芸術家である，我々の同僚にして友人アンドレ・アレー氏はたぐいまれな巡礼者である。」（Henri Chantavoine, « Le Pèlerinage de Port-Royal », *Journal des Débats*, 19 février 1909, p. 305）

(26) プルーストは，1903年8月末から10月上旬までのエヴィアン滞在の行きと帰りを利用して，アヴァロンやヴェズレー，ディジョン，ブール＝アン＝ブレス，ボーヌなどを訪れている。「高まる好奇心をもって，次第に具合の悪くなる身体を引きずりながら，私はロマネスクの拝廊からゴシックの後陣に至るまで，フランス各地を散策しま

した。私が訪れた数々のモニュメントのなかでは，唯一ボーヌの施療院が，病気のひどい状態にある私に適していました。」（*Corr.* III, 427 : à Marie Nordlinger［18 ? octobre 1903］）

(27) すでに触れたラ・シズランヌの「芸術の監獄」が 1904 年の著作に収録された際，景観を守るためにフィレンツェで結成されたある同盟についての一節に注を加えた著者は，アレーの名前を引いて次のように書いている。「この文章が『両世界評論』にはじめて発表されて以来，景観の保護を目的とした同様の同盟がフランスにおいても発足し，また，アンドレ・アレー氏によって非常に熱のこもった運動がおこなわれた。フランス的な洗練された鑑識力の名誉のためにも，それを忘れずにおくことは当然である。」（Robert de la Sizeranne, « Les prisons de l'art », *Les Questions esthétiques contemporains*, Hachette, p. 224）アレーが「美術館に対する盲信」の冒頭でラ・シズランヌの文筆活動を評価していることを思えば（A. Hallay, « En flânant —— la superstition des musées », *Journal des Débats*, 10 novembre 1899），両者が互いの主張に共感を覚えていたことは明らかである。

(28) *Corr.* VII, 249 : à Émile Mâle［8 août 1907］.

(29) *Ibid.*.

(30) 「ボーヌにある 15 世紀の施療院は，その井戸や洗濯場［……］（ひとつの時代が，消え去りながらそこに忘れていったかのようなすべてのもの，それ以降いかなる時代にも同様のものが生まれなかった以上，その時代にのみ属していたすべてのもの）とともに，手つかずの状態で保たれているが，そのボーヌのような街を散策する時には，少しばかりの幸福が感じられる。また，ラシーヌの悲劇作品やサン＝シモンの著作の一冊のただ中を彷徨うときにも，人は少しばかりの幸福を感じるのだ。」（*PM*, 191）

(31) プルーストは建築家の残した著作（*Dictionnaire raisonné de l'architecture française du XIe au XVIe siècle*）を評価しながらも，彼がフランス各地でおこなった修復作業については批判的であった。「技量を持ちあわせながらも情熱のないままに非常に多くの教会を修復したことによって，ヴィオレ＝ル＝デュックがフランスを傷つけたのは不幸なことです。それらの教会は廃墟の状態にあったほうが，考古学的な応急修理や，現物と同じでありながらそこから何一つ保っていない複製などよりも，よっぽど心に訴えかけるでしょうから。」（*Corr.* VII, 288 : à Mme Straus［8 octobre 1907］）。プルーストとヴィオレ＝ル＝デュックについては，たとえば次の論文を参照のこと。Luc Fraisse, « Proust et Viollet-le-Duc : de l'esthétique de Combray à l'esthétique de la *Recherche* », *Revue d'histoire littéraire de la France*, janvier–février 2000, pp. 45–90.

いっぽう，建築家に対するアレーの批判は激烈を極め，過去に存在した数々の破壊者たち以上に罪深い存在として位置づけられる（以下に引用する文章は，「大聖堂の死」のなかでプルーストが引用したアレーの一節の直前に位置するものである）。「教会を破壊し，算段で彫像を打ち壊したユグノー派の人々や，大修道院長たちのゴシック様式の旧館を壊した 18 世紀の聖職者たち，正門のティンパヌムを破損した革命家たち，こうしたすべての破壊者たちは，修復の熱にかられたヴィオレ＝ル＝デュックほどには罪深くない……この男は一派を成して，フランスの北から南まで，建築家たちの軍隊が過去の作品を作り直すことに執心しているのだ！」（A. Hallays, « Vézelay », p. 216. 強調は原著者）

(32) *Corr.* XVII, 546–548 ; à Émile Mâle,［10 ou 11 décembre 1907］.

(33) リュック・フレースは，実現せずに終わったプルーストのこの試みが，『ヴァンダリスムの歴史』（ルイ・レオー）を先取りするものになり得ただろうと指摘している。L. Fraisse, « Proust historien de Paris malgré lui », *La Mémoire des villes* [sous la dir. de Yves Clavaron et Bernard Dieterle], Publications de l'Université de Saint-Étienne, 2003, p. 78.

(34) すでに触れたように，1903 年夏，プルーストはエヴィアン滞在の前後を利用してブルーやアヴァロン，ヴェズレー，ボーヌなどを積極的に訪れた。パリに戻って 10 日ほどしてから，プルーストはオーギュスト・マルギリエ Auguste Marguillier（1862–1943）に手紙を書き，これらの土地のモニュメントに関する記事が必要ではないかどうか，『カゼット・デ・ボザール』誌の編集長シャルル・エフリュッシ Charles Ephrussi（1849–1905）に問い合わせるよう頼んでいる（*Corr.* III, 428–429 : à Auguste Marguillier [20 ? octobre 1903]）。プルーストはこの書簡のなかでも，緻密な研究というものに対する才能の欠如を認めていた。しかし，記事を書くにあたって「正確であるための最近の記憶」は持ち合わせていると語るプルーストが念頭においていたのは，まだラスキン的，マール的，あるいはアレー的な文章の影響から脱し切らないスタイルのものだったのではないか。同書簡でアレーの記事についての記憶の糸をたぐり寄せていることや，翌年 1904 年に発表される「教会の死」にマールからの引用がまとめられ，アレー的な理論への目配りを認めることができるという事実を想起しよう。1919 年に『模作と雑録』に収録された際に付けられた注で，この論考が「ひどくつまらない」ものだったといわれるのは（*PM*, 142），恐らくは単なる謙遜ではなく，後に追求することになるスタイルが実現していなかったことにも原因があるだろう。

(35) プレイヤッド版の注でも確認されているように，この箇所はエミール・マールの著作『13 世紀フランスの宗教芸術』*L'Art religieux du XIIIe siècle en France*（1898）を大いに下敷きにしていることが明らかになっている（II, n. 1, 198）。同注にも引かれているが，この点をいち早く指摘したのは次の研究書である。Jean Autret, *L'Influence de Ruskin sur la vie, les idées et l'œuvre de Marcel Proust*, Droz, 1955. なお，マールの著作の影響については，吉田城編著『テクストからイメージへ——文学と視覚芸術のあいだ』京都大学学術出版会，2002 年，pp. 3–55 [「プルーストと中世芸術との出会い」とりわけ pp. 47–52] も参照のこと。

(36) アレーは「ヴァレ・ド・ロワーズ」と題された記事で，自動車という発明が果たして各地の史的建造物を見て回るのに有効であるかどうかを，自分の経験に則して考察している。1904 年 7 月初出のアレー版「自動車旅行の印象」とも呼べるこの記事は，プルーストの記事の特異性を浮かび上がらせる格好の比較対象である（A. Hallays, *Autour de Paris*, t. 1, pp. 111–131）。

(37) こうしたアプローチは，吉田城氏が『胡麻と百合』翻訳の序文に関して指摘している「逆説的な語り」の技法，すなわち子供時代の「読書について」語りながらも，実際には読書そのものが考察対象となるのではなく，読書がおこなわれた日々の日常が描き出されるというスタイルを想起させる。プルースト = ラスキン『胡麻と百合』吉田城訳，筑摩書房，1990 年，pp. 233–234。

(38) 多木浩二『ベンヤミン「複製技術時代の芸術作品」精読』岩波現代文庫，2000 年，p. 47。ベンヤミンのいうアウラはここで，対象から発散するものである以上に，芸術に対する集団の幻想として位置づけられている。

(39) ストロース夫人から 1908 年に贈られた縦長のメモ帳。全部で 4 冊あり（カルネ 1 ～

カルネ4)，創作手帳として用いられた。カルネ1は1908年から1910年頃にかけて用いられ，読書のメモや小説のアイディアなどが書き込まれている。この手帳は，小説執筆の端緒となる1908年を中心とした多くの書き込みがあることから，作品生成を考える上でも重要な資料と位置づけられている。

(40)　Carnet 1, f° 12 v° : *Carnets* [édités par Florence Callu et Antoine Compagnon], Gallimard, 2002, pp. 52–53.

(41)　「複製」あるいは「修復」に関するこの視点は，『ソドムとゴモラ』と『囚われの女』に描かれるマルクーヴィル＝ロルグイユーズの教会をめぐるエピソードに通じるように思われる（III, 402–403 ; III, 673)。教会の新しさを嫌う画家エルスチールの意見に倣って，修復されたこの教会を醜いものと考えるアルベルチーヌに対して，主人公の「私」は印象主義的な視点から穏やかに反論し，次のように語る。「でもそれはエルスチール自身の印象主義と矛盾しているんじゃないかな？　というのも彼は，建築を，それが含まれている全体の印象から引き出して，それが溶かしこまれた光の外へと運び出して，建築自体の本質的な価値を考古学者として吟味しているのだから。」(III, 673)

そして主人公はさらに，「新しい界隈」の「印象」について次のような豊かなイメージを展開することで，「手付かずの状態で保存されている街」に対するこだわりとも距離を取ろうとしている。「ファサードは太陽の光で焼けていたし，マルクーヴィルのあの浮彫りの聖人たちも光のなかに浮かび上がっていたのを覚えているでしょう？　古く見えさえするんなら，建物が新しくてもかまわないんじゃないかな？　いや，古く見えなくてもいいんだよ。古い界隈の含み持っている詩情が徹底的に吸いとられてしまっても，新しい街に建てられた金のあるプチブルの家には，切り出したばかりの石が白く目にうつるものがあるじゃないか？」(*Ibid.*)

プレイヤッド版の注にもあるように，エルスチールの立ち位置がエミール・マールを念頭において書かれたものであることは，草稿帳（カイエ54。「カイエ」については第5章注(13)参照。）に残されたプルースト自身のメモをみれば明らかである（「修復の善し悪しについてのエルスチール（マール）の意見」(III, n. 2, 402 ; [Cahier 54, f° 56 v°])。また，おなじカイエ54のf° 35 v°には，アルベルチーヌの意見に同意できない主人公が，モネ，アレー，ラスキンといった名前を挙げて考えをめぐらせている一節も認められる（「しかし私は［アルベルチーヌ］があまり賢いとは思っておらず，そのとき自分が考えていたことを彼女にいっても意味がないと判断していたのだった。私が考えていたのは（クロード・モネ――そして修復についてのエルスチール。アレーとラスキンの考えに含まれたばかげたこと)」(IV, 1329)［第1章注(35)を参照］)。これらの書き込みをみれば，プルーストは，問題のエピソードで，「古い石」を評価し続けたマール，ラスキン，そしてアレーの美学（さらにはエルスチールの矛盾？）を，あくまで「印象」を重視する視点を徹底することで乗り越えようとしていることが分かる。

(42)　この時期のプルーストがネルヴァルに対して強い関心をもっていたことを裏付けるように，アレー批判の書き込みの前後で，ネルヴァルに関する重要な言及がなされる(Carnet 1, f° 11 r°, f°s 13–14)。また，すでに確認されているように，1908年5月がネルヴァル生誕100年にあたり，この作家が新聞・雑誌で話題となった影響も忘れてはならない（井上究一郎「プルーストのヴィジョンを開花させたネルヴァル」『井上究

一郎文集 II（プルースト篇）』筑摩書房，1999 年，pp. 13–14)。

(43) Carnet 1, f° 42 r° : *Carnets*, éd. citée, pp. 102–103.

(44) 「ジェラール・ド・ネルヴァル」出口裕弘，吉川一義訳［『プルースト全集 14』筑摩書房，1986 年所収］p. 295 注 41 を参照のこと。

(45) プルーストが見たジュベールとサント＝ブーヴの関係については，プレイヤッド版『サント＝ブーヴに反論する』に収録されたジュベールに関する 1 ページ強の断章（*EA*, 650–651）と，次に挙げる 2 つの記事を射程に入れて考察する必要があるだろう。Sainte-Beuve, « M. Joubert », *Portraits littéraires*, t. 2, Garnier, pp. 306–326 ; « Pensées, essais, maximes et correspondance de M. Joubert », *Causerie du Lundi*, t. 1, Garnier, pp. 159–178. いっぽうアレーに関しては，フィリップ・コルブも指摘する通り，1908 年 7 月 10 日付の「そぞろ歩き」に « Maison de Sylvie » と題した記事を寄せている。これは，17 世紀の詩人テオフィル・ド・ヴィオー Théophile de Viau（1590–1626）（1623 年に「シルヴィの家」というタイトルの詩を残している）が晩年に隠遁したシャンティイの城館が，「シルヴィの家」として復興されたことを取り上げたものだった。記事の発表された時期から考えても（「アレー主義」に対する言及は同年の秋と推定されている），このタイトルがプルーストの眼を惹いたと考えるのは強引なことではない。しかしそこにネルヴァルに対する言及は無い。サント＝ブーヴがネルヴァルをほとんど「黙殺」しきったことをむしろ幸いだと考えたように（*CSB*, 233），アレーがシャンティイやシルヴィという名について語りながらもネルヴァルを取り上げなかったことを，プルーストは不幸中の幸いと捉えようとしたのだろうか。

(46) 前掲「ジェラール・ド・ネルヴァル」p. 295 注 42 を参照のこと。

(47) ブーランジェは 1904 年に『シルヴィの土地にて』という著作を発表している。しかし，この短編集で取り上げられるのはネルヴァルの『シルヴィ』ではなく，既述したテオフィル・ド・ヴィオーとその作品であり，「シルヴィの土地」はシャンティイを指している（Marcel Boulenger, *Au pays de Sylvie*, P. Ollendorff, 1904）。Cf. M. Boulenger, *Lettres de Chantilly*, H. Floury, 1907.

(48) この解釈の要となるのは « et dont le sentiment [...] » 以下 « [...] et M. Boulenger » までの文章である。この一節は，バレスがネルヴァルの土地を喚起するためにおこなっていること（名前を引用し，一見伝統的な物事について，プルーストが引用したように語ること）を否定的に修飾するものではない。これはむしろ，ぎこちなく挿入されたプルースト自身の意見表明であって，バレスがヴァロワをめぐって演説のなかでおこなっていることを，他の伝統主義者との比較において再評価する好意的な分析を試みていると考えた方が前後とのつながりもはっきりするように思われる。吉川氏が的確に指摘するように，1909 年 2 月 17 日付のバレス宛の書簡（*Corr.* IX, 36–37）に書かれた評価が社交的に誇張されている可能性は否定できない。だが同時に，そこにはバレスに対する評価がある程度の真実とともに表されているようにも思える。この読解をめぐっては，マリー・ミゲの次の論考にも若干の修正が求められるだろう。Cf. Marie Miguet, « Proust et Barrès », *Barrès. Une tradition dans la modernité*, Honoré Champion, 1991, pp. 287–306.

(49) A. Hallays, « Vézelay », p. 218 :「地平，賛嘆すべき地平。そこでは，フランスの美しき風景の優美さと中庸とが，なだらかで青々とした丘に波打っている。」

(50) Carnet 1, f° 37 r° : *Carnets*, éd. citée, p. 96.

第5章　古典復興運動とプルーストのネルヴァル観

（1） プルーストとネルヴァルに関しては，たとえば以下のような論考が挙げられる。Michel Bernard, « Sylvie ou le pourpre proustien », *Bulletin Marcel Proust*, n° 46, 1996, pp. 72–108 ; Margaret Mein, « Nerval : a Precursor of Proust », *Romanic Review*, n° 67, 1971, pp. 99–112 ; Marie Miguet, « De la lecture de *Sylvie* à l'écriture de la *Recherche* », *Bulletin Marcel Proust*, n° 34, 1984, pp. 199–215 ; Pierre-Louis Rey, « Proust lecteur de Nerval », *Bulletin d'informations proustiennes*, n° 30, 1998, pp. 19–27 ; Anne Simon, « De *Sylvie* à la *Recherche* : Proust et l'inspiration nervalienne », *Romantisme*, n° 95, 1997, pp. 39–49 ; Kuo-Yung Hong, *Proust et Nerval : études sur l'Univers imaginaire et poétique du récit*, thèse de doctorat, Université de Paris IV, 2003 ; Jo Yoshida, « La quête de la Mère chez Nerval, Proust et Akutagawa », *Nerval ailleurs* [Jean-Nicolas Illouz et Claude Mouchard éd.], Laurence Teper, 2004, pp. 247–268. 井上究一郎「プルーストのヴィジョンを開花させたネルヴァル」『井上究一郎文集 II（プルースト篇）』，筑摩書房，1999年，pp. 5–31；和田章男「プルーストとネルヴァル批評」『大阪大学大学院文学研究科紀要』47号，2007年，pp. 27–45。

（2） I, 446 ; IV, 498.

（3） この点で，注（1）に挙げた和田章男氏の論考は貴重な例外である。和田氏は，ネルヴァル批評の変遷を検証しながら，プルーストが接触し得た批評と作家のネルヴァル観とのあいだの影響関係を，「狂気」の問題や象徴主義批評との関連で解きほぐしている。

（4） 『現代文学』というタイトルで1905年にまとめられた文学アンケート集の序文には，当時の文学界が「非常に多様で，絶えずその様相を変える」ものであり，そこには「不明瞭で，矛盾をはらみ，不確かな」数々の文学動向が含まれているということが指摘されている。「文学界は，極めて多岐にわたり，たいへんに流動的であるため，そこで実施できるアンケートを正当化し，説明をくわえることには意味がないようにも思える。[……] しかしながら，今日の文学にも，明らかにするべき諸傾向が存在する。恐らくは不明瞭で，矛盾をはらみ，不確かな傾向である。だが，まさにそうであるからこそ，さらなる忍耐とともにそれらを研究し，いっそう明確に定義するべきなのだ。」（Georges Le Cardonnel, Charles Vellay, *La Littérature contemporaine (1905) : opinions des écrivains de ce temps*, Mercure de France, 1905, p. 5）ちなみに，著者の一人であるル・カルドネルは，1920年1月にプルーストの諸作品を高く評価する記事を著わしており（*Minerve française*, vol. 4, 15 janvier 1920, pp. 219–223），それを読んだプルーストは，同月，この批評家に宛てて感謝の手紙を送っている（*Corr.* XIX, 72–73 ; à Georges le Cardonnel [peu après le 15 janvier 1920]）。

（5） Michel Décaudin, *La Crise des valeurs symbolistes : vingt ans de poésie française 1895–1914*, Slatkine, 1981, p. 128.

（6） 南仏地方を例にとるまでもなく，各地での出版物の増加とともに，文学における「地方主義」« provincialisme » もまた，大きな飛躍を遂げることになる。この点に関しては，とりわけデコーダンの著作の次の箇所を参照のこと（*Ibid.* pp. 128–140）。ちなみに，デカダンス文学や象徴主義文学に対して地方主義が示した反発は，文学的古典復

興の流れにも通じている。

（7） Gaston Sauvebois, *L'Equivoque du classicisme*, L'Edition libre, 1911, p. 19.

（8） 古典主義に訴えることの有用性は，それが文学の美点を回復することにあると指摘したガストン・ソヴボワは，その美点を次のように列挙している。「文学作品のかたちを取って再び現れるであろう明快さ，調和，中庸，自然，そして鑑識力は［……］現在提唱されている『古典復興』に帰するべきものとなるだろう。」（*Ibid.* p. 45）この著作の冒頭を飾る，「古典復興の問題は，こんにち，文学のもっとも重要な関心事である」という一節が，件の文学的動向の高まりを端的に証言していることも，あわせて確認しておこう。作者はこれにつづけて，古典復興がもはや歴史の一事項となっていると述べて，「未来のブリュヌチエール，ランソン，ファゲたち」は，好むと好まざるとに関わらず，この時代の研究をするうえで古典復興には言及せざるを得ないはずだと勢い込んでいるが（*Ibid.*, p. 1），すでに見たように，この思惑は見事に外れることになる。

（9） 批評家アンドレ・テリーヴ André Thérive（1891–1967）は 1925 年 11 月 13 日におこなった公演のなかでこの点に言及し，古典復興運動が批評的な性格の強い運動であることを暗に認めている。しかしテリーヴは，古典復興を支持した批評家ピエール・ジルベール Pierre Gilbert（1884–1918）の論集『標柱の森』（*La Forêt des Cippes : essais de critique*, Champion, 1918）や，のちに取り上げるアンリ・クルアールの理論的著作などが，単なる批評的実践以上のもの（文学創造に匹敵するもの）であるとも主張している（André Thérive, *Le Mouvement de renaissance classique*, Cercle de la librairie, ［1925 ?］, pp. 9–10）。

（10） William Marx, *Naissance de la critique moderne. La littérature selon Eliot et Valéry. 1889–1945*, Artois Presses Université, 2002, pp. 79–82.「古典復興の支持者たちにとって，マラルメこそは打倒すべき詩人であり，くだくだしいビザンティン人的議論癖と象徴主義的な退廃の呪われた権化を体現している。」（p. 79）また，文学的・美学的なスタンスだけではなく，マラルメのドレフュス主義支持の姿勢も，古典復興支持者の反感をあおった可能性も指摘されている。

（11） Pierre Lasserre, *Le Romantisme français. Essai sur la révolution dans les sentiments et dans les idées au XIXe siècle*, Garnier frères, 1907. この著作が巻き起こした論争については M. Décaudin, *op. cit.*, p. 310–330 を参照のこと。

（12） W. Marx, *op. cit.*, pp. 77.

（13） 前章で触れたカルネとは別に，プルーストは「カイエ」« cahier » と呼ばれる草稿帳を用いており，そこには主として『失われた時を求めて』の草稿が書き込まれていた。作家は数々のカイエを手の届くところにおいて参照し，加筆修正を加えていたのである。プルーストと草稿帳については，吉田城『「失われた時を求めて」草稿研究』平凡社，1993 年，pp. 36–48［『失われた時を求めて』誕生小史］を参照のこと。なお，フランス国立図書館所蔵のカイエ全 75 冊を刊行するプロジェクト（CHORUS プログラム［日本学術振興会・フランス研究庁］）の一貫として，「カイエ 54」が 2008 年に出版された。M, Proust, *Cahier 54*, 2 vol ［v. 1 : fac-similé ; v. 2 : transcription diplomatique, note et index］, Bibliothèque nationale de France ; Brepols, 2008.

（14） Jules Lemaitre, *Jean Racine*, Calmann-Lévy, 1908. 1907 年から 1908 年にかけての冬にソシエテ・デ・コンフェランスにおいて 10 回にわたっておこなわれた講演原稿をまと

めた著作。

(15) Maurice Barrès, *Discours prononcés dans la séance publique tenue par l'Académie française pour la réception de M. Maurice Barrès*, Institut de France, 1907. アカデミー・フランセーズの公式ウェブサイトでも，バレスとヴォギュエの演説原稿を確認することができる。
http://www.academie-française.fr/immortels/discours_reception/barres.html（バレス）
http://www.academie-française.fr/immortels/discours_reception/vogue.html（ヴォギュエ）

(16) *CSB*, n. 2, p. 233. 同注で指摘されるように，プルーストはこの表現を草稿（N. a. fr. 16636）にメモしている。サント＝ブーヴからの引用については，それぞれ次の箇所を参照のこと。Charles-Augustin Sainte-Beuve, *Nouveaux Lundis*, t. IV, Calmann Lévy, 1885, p. 454 ; *Causeries du lundi*, t. XIV, Garnier frères, [sans date], p. 82.

(17) *PM*, 190. この序文は，翻訳の出版（1906年）に先立って，1905年6月15日付の『ラテン復興』誌に発表された（その際のタイトルは「読書について」）。

(18) プルーストはのちに，現代の女性をモチーフとした画家エドガー・ドガの古典理解に関しても同様の指摘をおこなう。*Corr.* XII, 390 : à Gabriel Astruc [seconde quinzaine de décembre 1913] :「私が言いたいのは，本当に古代的なもの，現代芸術においてとげを抜く若き英雄と等価なものとは，古代様式であると記すアカデミーの絵画ではなく，ドガによって描かれた，爪の手入れをしたり足の皮をむしったりしている現代の女性なのだということです。」ドガの描く踊り子とヘレニズム期のブロンズ像『棘を抜く人』との重ね合わせは，『花咲く乙女たちのかげに』にも描かれることになる（II, 302）。拙論「『失われた時を求めて』における視覚的調和——モネの「睡蓮」とドガの「踊り子」をめぐって」『仏文研究』30号，京都大学フランス語学フランス文学研究会，1999年，pp. 134-135を参照のこと。

(19) Camille Mauclair, «Notes sur la technique et le symbolisme de M. Rodin», *Renaissance latine*, 15 mai 1905, pp. 200-220.

(20) これに対して当時の英語圏の批評家たちは，フランスに先んじるかたちで，ネルヴァル作品の本質に近づいていたようにも思われる。ネルヴァルを「狂えるロマン派詩人」と呼んだラフカディオ・ハーンや，象徴主義の先駆的存在として位置づけようとしたアーサー・シモンズなどがその例であり，どちらの論考も1880年代に発表されている。Lafcadio Hearn, «A Mad Romantic» [1884], *Essays in European and Oriental Literature*, Dodd, Mead and Company, 1923, pp. 43-54 ; Arthur Symons, «Gérard de Nerval» [1880], *The Symbolist Movement in Literature*, Constable, 1908, pp. 10-36.

(21) Eugène Monfort, «Un Romantique que nous pouvons aimer. Gérard de Nerval», *Les Marges. 1903-1908*, Bibliothèques des marges, 1913, pp. 8-16. 創刊以来，1908年4月までに出版された「レ・マルジュ」計8号は，すべてモンフォール一人によって書かれるという極めて変則的なスタイルをとっていた。これらは1913年に一冊の書物にまとめられている。

(22) *Ibid.*, p. 12 :「ロマン主義者たちのなかで生活し，彼らの運動にも十分に溶けこんでいたものの［……］，ジェラール・ド・ネルヴァルはその影響を受けることもなく，現代の独創性からは距離をとっていたがゆえにいっそう守るのが難しかった，ひとつの独創性を保ち得たのである。先ほどゴーチエはこう言った，ネルヴァルは彼らのなかでただひとりの文人であり，誰よりもフランス的であり続けていたのだ……と。」（強

調は原著者）なお，モンフォールが引用したゴーチエの一節は次の通りである。ここに語られるネルヴァル像も，プルーストの批判の対象となったイメージに通じる要素を含んでいる。「ジェラールは，語の 18 世紀的な意味において，我々のあいだでも唯一人の文人であった。彼は客観的である以上に主観的であり，イメージよりも観念に関心を寄せ，ややジャン＝ジャック・ルソーのような仕方で，自然を人間との関係において理解していた。絵画と彫刻については凡庸な審美眼しか持っていなかったが，ドイツと積極的に交流し，ゲーテにも親しんだにもかかわらず，民族，気質，精神において，我々の誰よりも，ずっとフランス人的であり続けたのだった。」（*Ibid.*, p. 11）モンフォールはこの引用のレフェランスを明記していないが，これは『ロマン主義の歴史』からの一節である。Théophile Gautier, *Histoire du romantisme*, dans *Œuvres complètes*, t. XI, Slatkine Reprints, 1978, p. 18.

（23） E. Monfort, *op. cit.*, p. 226［《Deux mots d'explication》（avril 1907）］.「ジェラール・ド・ネルヴァルは，ロマン主義運動に対置される。彼はロマン主義時代にも古典的であり続けることができたのだ。」（cité dans Michel Décaudin, *op. cit.*, p. 222）

（24） M. Barrès, 《Gérard de Nerval ou le peintre du Valois》, *L'Auto*, 28 septembre 1906.

（25） Gérard de Nerval, *Sylvie*［préfacé par Ludovic Halévy ; 42 compositions dessinées et gravées à l'eau-forte par Ed. Rudaux］, L. Conquet, 1886. 井上究一郎氏は，リセ・コンドルセ時代の学友ダニエル・アレヴィの父リュドヴィクがこの書物に序文を付していることに着目し，件のエディションが青少年時代のマルセルに『シルヴィ』を印象づけた可能性を指摘している（井上究一郎，前掲書，p. 15）。なお，1895 年にはアメリカで英訳が出版され，1981 年にはその復刻版［*Sylvie : recollections of Vallois*, AMS Press, 1981（reprint of New York : Home Book Co., 1895）］も刊行されている。

なお，ネルヴァルが描き出した世界に対するこのような視線は，第一次世界大戦後も失われることはなかった。1923 年 7 月 23 日付でネルヴァル特集を組んだ『ルヴュ・フランセーズ』誌は，その記事のひとつで，『シルヴィ』の美しい田園生活が，役者たちによって実際にヴァロワ地方で再現された模様を伝えている。「先だっての日曜日，繊細かつ田舎風な，田園風かつパリ的な，貴族的かつ庶民的な，文学的かつ素朴なお祭りが，魅力に満ちあふれたヴァロワ地方のなかでももっとも魅力的な場所であるサンリス近郊で開かれた。ひとりの洗練された作家に思いを馳せ，敬意を表するためのお祭りである。［……］7 月 9 日，村から村へと移動しながら，ポルト＝サン＝マルタンの役者であるマグナ譲とルネ・ベシェ氏が，あの魅力的な『シルヴィ』のエピソードを幾つか演じることで，ジェラール・ド・ネルヴァルが称えられたのである。」（René Brécy, 《À la gloire de Gérard de Nerval》, *La Revue française*, 23 juillet 1923, p. 94）

（26） Jules Lemaitre, *op.cit.*, pp. 323-324.

（27） ちなみにアンドレ・アレーもこの街について記事を残している。アレーはラ・フォンテーヌの故郷について語ったテーヌの文章を引用し，「中庸」や「穏やかさ」をラ・フォンテーヌの土地に見出だすテーヌの姿勢に強く共感している。「私が思うのは，テーヌがラ・フォンテーヌについての研究の冒頭に位置づけた文章である。彼はそこで，フランスの風景のなかにガリア的な精神の美点そのものを発見するのである。［……］『山々はなだらかな丘になっていた。森は，ほとんど植え込みのようでしかなかった……優美な微笑みをたたえながら，何本もの小さな川が，ハンノキの木立を

ぬって蛇行していた。ここではすべてが中庸で節度があり，力よりも洗練へと向かっているのだ。』まったくその通りではないか！　ラ・フォンテーヌの天分と，彼の故郷の風景との関わりには，非の打ち所がないのである。」(André Hallays, « La Ferté-Milon », *Autour de Paris*, t. 1, Perrin, 1910, p. 23)

(28)　プレイヤッド版の解説にもあるように，『シルヴィ』という作品は，アドリエンヌという登場人物の存在によって，単なる田園小説の枠組みを超えている（G. de Nerval, *Œuvres complètes*, tome III, Gallimard, "Bibliothèque de la Pléiade", 1993, pp. 1214–1215［« Notice de *Sylvie* » par Jacques Bony］）。語り手が惹きつけられるこの少女は，古のフランス王家の血をひくことで〈土地〉に結ばれた娘である以上に，「半ば夢のような想い出」のなかに登場し，風貌も曖昧なままに消え去ってゆく存在である。プルーストは彼女が登場する章の重要性を感じ取り，そのなかの一節を単なる伝統賛美と解釈することに反発を覚えたのであろう。

(29)　Henri Clouard, *Les Disciplines. Nécessité littéraire et sociale d'une renaissance classique*, Marcel Rivière, 1913, p. 99.

(30)　クルアールは『規律』のなかで，ロマン主義や自然主義をはじめとした19世紀の文学的な試みの大半が失敗に終わったことを指摘するいっぽう，スタンダール，フロマンタンとともにネルヴァルの作品が例外的な成功だったと語っている（*Ibid.*, pp. 127–128）。ちなみにクルアールは，ネルヴァルについてのモノグラフィーも出版している。H. Clouard, *La Destinée tragique de Gérard de Nerval*, Bernard Grasset, 1929.

(31)　G. de Nerval, *Œuvres choisies*［édition établie par Henri Clouard］, Garnier frères, 1924, p. v［préface de Clouard］.

(32)　たとえばポール・ヴァレリーは，ネルヴァルについて書き残した数少ないテクストである「ネルヴァルの想い出」（1944年）のなかで，ロマン主義詩人のうちに「不安のしみ込んだ知性」« intelligence pénétrée d'inquiétudes » や「不確かさの領域」« un *domaine d'incertitude* » を認めている。Paul Valéry, « souvenir de Nerval », *Œuvres*, t. 1, Gallimard, "Bibliothèque de la Pléiade", 1957, pp. 590–597.

(33)　A. Hallays, *Autour de Paris*, t. I, Perrin, 1910, p. 116 :「貴重で洗練された教会のないイル＝ド＝フランスの集落などひとつもない。まさにここ，王家の領土であるこの大地においてフランスの魂は培われたのだ。我が国の芸術は，ここにおいてこそ生まれたのである。」また，批評家の17世紀フランス文学への傾倒については，すでに触れた著作の数々のみならず，1905年のド・ヴォギュエの発言が端的に証明している。同時代の文学動向についてのアンケートのなかで，古典復興という動向の有無について問われたド・ヴォギュエは，次のように答えている。「古典復興についてはいかがですか？――アナトール・フランス氏のような大作家や彼の追随者たちとともに，18世紀の復興がおきていることは分かります。ですが，アンドレ・アレー氏やシャルル・モーラス氏といった，純粋な想像力による作品にはほとんど馴染みのない，何人かの孤立した人たちをのぞいては，17世紀までさかのぼっているかどうかは疑わしいと思います。」（G. Le Cardonnel, Ch. Vellay, *op. cit.*, p. 205）17世紀の復興に寄与する数少ない人物の一人としてアレーを挙げていること，そしてアレーの名がシャルル・モーラスと肩を並べているという事実が，この批評家の活動の重要性を物語っている。

　プルーストはアレーの新古典主義的価値観を見落としはしなかった。そのアレーが，「ラシーヌ巡礼」と題された記事で，ラシーヌについてのルメートルの講演を絶讃し

ているという事実は極めて示唆的である。「ジュール・ルメートル氏はある演説をおこない，ポール・ロワイヤルについて，『フェードル』のジャンセニスムについて，ラシーヌの善良さと優しさについて，比べようもないほど美しい言葉を語った。文章は小高い丘のように波打っていた。批評家の柔軟な思考は，ラシーヌの天分が生む律動そのものを刻んだのだった。それは甘美な時であった。この演説を読みたまえ。そして再読したまえ。それは，フランスの作家がこれまでにラシーヌの栄光について書いたもっとも美しい文章のひとつ，恐らくは最高のものなのだ。」（A. Hallays, «Pèlerinages raciniens», *En flânant*, Société d'édition artistique,［1899 ?］, p. 323）

また，この論考で，「もし注文をつける点があるとするならば」という留保のもとにアレーが漏らしたのは，ルメートルがサント＝ブーヴの功績に言及しなかったことへの不満であった。この事実は『サント＝ブーヴに反論する』を取り上げるうえで興味深い。というのも，プルーストが問題にするアレー，ルメートル，サント＝ブーヴがここで結びつくことになるからである（ちなみに，1908 年の『ジャン・ラシーヌ』では，ルメートルはサント＝ブーヴへの言及をおこなっている）。ただし，アレーに注がれたプルーストの批判的な視線は，より大きな潮流としての古典復興の動向を捉えていたことを忘れてはならない。

（34） *CSB*, 237.

（35） IV, 801［Esquisse XXIV. 1 : Cahier 58（N. a. fr. 16698）］:「いっとき線路に沿っていた小川のなかに，私はこんなにもたくさんの種類の花々と苔が空の美しい反映と溶けあっているのを見ていた。それは，文学によって描かれたもっとも芸術的な情景が，鉄道の線路上に，たしかに現実のものとして存在することに驚きを覚えるほどであった。」

（36） *La Revue blanche* du 15 juillet 1896, pp. 69–72（*EA*, 390–395）.

（37）「ジェラール・ド・ネルヴァル」出口裕弘，吉川一義訳［『プルースト全集 14』筑摩書房，1986 年所収］p. 291 注 21。また，「晦渋に抗して」のなかで表明されたプルーストのフランス語観については，次の文献も参照のこと。Sylvie Pierron, *Ce beau français un peu individuel. Proust et la langue*, Presses universitaire de Vincennes, 2005.

（38） 一見すると，プルーストは「晦渋性」の批判から「平明さ」の批判へと大きく方向転換したようにも思える。だがこれを，作家の思想の根本的な変化と解釈するのは早計であろう。デコーダンが確認しているように，古典復興の旗手の一人であったガストン・ピカール Gaston Picard（1892–1962）は，1911 年 3 月，*L'Heure qui sonne* という文芸誌に掲載された記事で，若い世代の文学の二つの傾向として「象徴主義の継続」と「古典主義への回帰」を挙げている（M. Décaudin, *op. cit.*, p. 327）。ポール・ヴァレリーが象徴主義と新古典主義との統合を実現することによって「古典的象徴主義」の道を切り開いたとするならば（W. Marx, *op. cit.*, pp. 86–87），プルーストは，二つの同時代的な文学潮流の極端な現れ（clarté / obscurité）のどちらからも距離をとることによって独創性を模索したということができるのではないだろうか。プルーストの象徴主義批判がマラルメに続く世代，すなわち「若い詩人たち」«la jeunesse flagornée» を標的としていることも，そうした距離感を裏付けるはずだ（EA, 390–395 ; 395–396）。

（39） Louis Ganderax, «Lettres de Georges Bizet», *Le Figaro*, 3 novembre 1908 ; *Lettres de Georges Bizet. Impressions de Rome (1857–1860) ; La Commune (1871)*［préf. Louis Ganderax］, Calmann-Lévy, 1908.

（40） *Corr.* VIII, 276–277 : à Madame Straus［le 6 novembre 1908］.

(41) たとえばプルーストは，ガンドラックスについて，彼が「文法的な教義《ドグマ》の鎖」に捕らわれていることを批判している（*Corr.* VIII, 278）。

(42) 先に触れたモークレールのロダン論に引用された彫刻家の言葉のなかには，古代ギリシャ彫刻の表面的な模倣についての示唆的な指摘がある。「学校ではギリシャ人を模倣しなければいけないと教えているが，私は彼らを模倣したりはしない。思うに，肝要なのは，彼らの創作の手引きを見つけることである。しかしその手引きとは，レシピを記した帳面などではなく，そこに身をおくべき瞑想状態のことなのだ。」（C. Mauclair, *art. cit.*, p. 215）またロダンには，自然に対する理解を深めないままにギリシャ彫刻を模倣するだけでは，古代性にも現代性にも近づくことができず，ただ質の悪いものを生み出すだけだという主張が見て取れる。当時のプルーストがこの点に大きく共感したことは間違いない。

(43) H. Clouard, *op. cit.*, p. 230–241.

(44) 吉川一義氏によれば（「モレアス」［『プルースト全集 14』筑摩書房，1986 年所収］p. 395 注 46），この断章の執筆時期は 1910 年頃である。同年にモレアスが死去していることを考えれば，プルーストが詩人の死に触発されてこの断章を書き付けたと推測することもできる。

(45) 当時にあって，唯一プルーストだけがモレアス批判を展開したわけではなかった。たとえば『新フランス評論』創刊にも深く関わった批評家アンリ・ゲオンは，1909 年 7 月の同誌で，モレアス（およびモーラスとクルアール）の「懐古的な古典主義」を批判している。批評家は，モレアスの唱える「古典主義」（ゲオンは敢えてカギ括弧とつけて，その特異性を強調する）が擬古主義と模倣に基づいた，「退廃的で形式的，そして空虚な」ものでしかないと切って捨てるのである（Henri Ghéon, « Le classicisme et M. Moréas », *La Nouvelle Revue Française* ［Kraus Reprint］, n° 70, juillet 1909, pp. 492–503）。

　プルーストとゲオンは，モレアス的な美学の不毛さへの批判で意見の一致を見るようにも思われる。ただし，ゲオンが「我々の古典主義」のあるべき姿を描こうとするのに対して，プルーストは古典主義の再生には一切関心を示していない。

　そもそも作家は，自らが作り上げようとした作品を，「主義」や「流派」の枠で捉えることはなかった。そのことは，戦後，いくつかのメディアから求められたアンケートへの回答にもあらわれている。たとえば 1921 年 1 月，ロマン主義と古典主義の対立について意見を求められた際には，「真の芸術はすべて古典である」« tout art véritable est classique » と書き，さらには「ロマン主義者，写実主義者，デカダンなどと呼ばれた偉大な芸術家たち，その彼らが理解されない限りにおいて，私は彼らを古典的と呼ぶだろう」と主張する。作家は，« classique » という語を用いながらも，「古典主義」の枠には囚われない芸術観を展開していると見るべきだろう。*EA*, 617–618 : Réponse à l'« Enquête sur le romantisme et le classicisme. A propos de la controverse Raymond de la Tailhède-Charles Maurras », parue dans *La Renaissance, politique, littéraire, artistique* du 8 janvier 1921.

(46) Cf. *Hommage à Jean Moréas dans la Revue critique des idées et des livres* du 25 mars 1920 ; *La Minerve française* du 1er avril 1920 ［numéro consacré à Moréas］; Jean de Pierrefeu, « Un anniversaire », *Journal des Débats*, 31 mars 1920, etc.（*Corr.* XIX, n. 4, p. 172 を参照のこと）.

(47) プルーストは1920年3月末のジャック・リヴィエール宛書簡で，モレアスに関する当時の論調の「誇張」を疑問視する旨を記しているし（*Corr.* XIX, 172 : à Jacques Rivière [30 ou 31 mars 1920]），4月上旬にポール・モランに宛てた手紙では『スタンス集』の内容の薄さを批判し，純粋に書こうとする詩人の試みのうちに「無意識のパスティッシュ」を認めている（*Corr.* XIX, 206 : à Paul Morand [12 avril 1920]）。また，同じ時期にアンリ・ド・レニエに宛てた書簡では，「モレアスの名の下になされる復興が持続するとは思えない」と書き残している（*Corr.* XIX, 214–215 : à Henri de Régnier [14 avril 1920]）。

(48) *Corr.* XIX, 317 : à Jean de Pierrefeu [le 22 juin 1920].

(49) プレイヤッド版の注によれば，この「復興」はシャルル・モーラスの影響によって第一次世界大戦後に高まったものとされている。ちなみに，戦後『新フランス評論』の新たな編集長となったジャック・リヴィエールは，1919年6月に発表した記事で，単なる模倣に終始した戦前の「古典復興」とは異なった新たな「古典復興」の到来を予告している。「我々は古典の復興を優先させるように思われる一切のことを語るつもりだ。それは，戦前にモレアスの弟子たちや『ルヴュ・クリティック』の作家たちが主張し，定義したような，文面通りの純粋な模倣ではなく，深遠で内面的な復興である。」（Jacques Rivière, « La Nouvelle Revue Française », *La Nouvelle Revue Française* [Kraus Reprint], t. 13, 1919, p. 8）

そのリヴィエールが，ゴンクール賞を受賞したばかりのプルーストと「古典的な伝統」« tradition classique » との関わりを論じている点も興味深い。「現代的な古典主義」« classicisme moderne » を標榜する『新フランス評論』誌を牽引する立場として，リヴィエールはプルーストの作品のなかに，いま求められる「古典」の理想を見出そうとしていたのかもしれない。

また，この問題は，戦後の文学動向とプルースト受容との関わりを考える上でも貴重な材料を提供してくれるはずだ。J. Rivière, « Proust et la tradition classique », *La Nouvelle Revue Française*, 1er janvier 1920, pp. 192–200.

(50) 問題の重要性にも関わらず，プルーストについて書かれた多くの伝記・評伝にモレアスへの言及が認められないのは不思議である。すでに引用した例以外にも，プルーストは戦後におこなわれたいくつかの文学関連のアンケートへの回答のなかで，「古典」への執着を批判している。作家にとってそれは「『古典的』であろうとする子供じみた欲求」でしかなく（*EA*, 645 : Enquête sur le renouvellement du style [22 juillet 1922]），「古典作家の模倣者たちは，そのもっとも輝かしいときにおいても，それ自体たいした価値のない，学識や趣味の喜びしかもたらさない」のである（*EA*, 617 : classicisme et romantisme [janvier 1922]）。

(51) A. Hallays, « Senlis », *Autour de Paris*, t.1, p. 61.

(52) かつてプルーストは，サン＝マルコ寺院を映した写真を見たことでヴェネツィア滞在の記憶が想起されるという経験をし，それが「不揃いの敷石」をめぐる無意識的記憶の考察を芽生えさせる契機となったこと（Carnet 1, f° 10 v°）を想起されたい。サン＝マルコ寺院という史的建造物の写真を通したこのような経験もまた，アレー的論理との決別のきっかけとなるのではないか。そこに蘇るのは，建造物によって体現された「歴史」などではなく，自らが経験し，ひとたび失った「過去」であり，その蘇生を促すのは，「アウラ」をまとった唯一のものではなく，写真という「複製」なので

ある。

(53) Pierre Nora, « Entre mémoire et histoire : la problématique des lieux », *Les Lieux de mémoire*, t. 1, Gallimard, 1998, p. 33 :「想起せよという命令が下されたが，自身を想起するのは自身の役目である。記憶の歴史的変容に伴い，個々人の真理へと重点は決定的に移行した。この二つの現象はきわめて密接に関連しており，それらが時間的にも全く同時に起こっているということを指摘しないわけにはゆかない。事実，19 世紀の末，とくに農村社会の崩壊などで伝統的なバランスが決定的に揺らぎはじめたと意識された時，記憶は，ベルグソンによって哲学的考察の中心に，フロイトによって精神的自我の中心に，またプルーストによって自伝文学の中心に置かれたのである。農村社会という，大地により体現される，記憶のイメージそのものだった者が侵されたということと，個々人のアイデンティティの中心に記憶が位置するようになったということとは，いわば同じ断絶の二つの側面であり，今日爆発的に進行しつつある過程の開始だったのである。」（ピエール・ノラ「記憶と歴史のはざまに」長井伸二訳［谷川稔監訳『記憶の場――フランス国民意識の文化＝社会史』第 1 巻，岩波書店，2002 年所収］，pp. 42–43）

第 6 章　崩れ去るヴェネツィアと〈土地〉の記憶

（1）『ソドムとゴモラ』第 2 部第 3 章に描かれたバルベックの軽便鉄道の運行と，停車場ごとに思い出される様々な出来事の描写（III, 461–497）が，場所と想い出との関係を典型的なかたちで表しているといえる。

（2）Fernand Braudel, *Venise*, Arthaud, 1984, p. 50（フェルナン・ブローデル『都市ヴェネツィア――歴史紀行』岩崎力訳，岩波同時代ライブラリー，1990 年，pp. 49–50）.

（3）建築保護のための法制度との関わりに限っていえば，この呼称はさほど古いものではなく，1830 年，当時内務大臣に就任して間もなかったフランソワ・ギゾー François Guizot（1787–1874）が「史的建造物監督官」« Inspecteur des Monuments historiques » のポストを作ったことに端を発している。ただしフランソワーズ・ショエによれば，« monument historique » という表現自体は，1790 年に（恐らくは最初の）用例を認めることができる。それは，フランス革命の混乱のさなかにおこなわれた文化財の破壊を背景とした言及であり，こうした時代背景が，それらを保存する諸施設や「歴史的な建造物」についての意識を高めたといわれる（Françoise Choay, *L'Allégorie du patrimoine*, Seuil, 1999, p. 38)。なお，定義をめぐる歴史的・制度的変遷に関しては，ショエの前掲書に加えて，たとえば次の文献を参照のこと。Françoise Bercé, *Des monuments historiques au patrimoine du XVIIIe siècle à nos jours*, Flammarion, 2000 ; Jean-Pierre Babelon, André Chastel, *La Notion du patrimoine*, Editions Liana Levi, 1994 ; Dominique Poulot, *Musée, nation, patrimoine. 1789–1815*, Gallimard, 1997 ; Aloïs Riegl, *Le Culte moderne des monuments* [traduit de l'allemand par Daniel Wieczorek], Seuil, 1984.

（4）オドン・ヴァレは次の 2 点を指摘している。第一に，墳墓やピラミッド，巨石など，初期のモニュメントは概して葬儀や埋葬と関係を持っていたこと。そして第二に « monument » にあたるギリシャ語 « mnemeion » が「想い出」« souvenir » を意味すると同時に，死者を「記念する＝記憶にとどめる」« commémorer » ことを主要な役割と

した建造物を指していた事実（Odon Vallet, « Les mots du monument : linguistique comparée », *L'Abus monumental ?*［Actes des Entretiens du Patrimoine］, Fayard ; Editions du Patrimoine, 1999, p. 46）。

（5） John Ruskin, *Seven Lamps of Architecture* in *The Works of John Ruskin*, vol. 8, Library Edition, 1903, p. 224. 同ページの注釈によると，記憶に関するくだりの草稿には，「換言すると，過去の全的な再生の感覚とともに記憶すること」との記載がある。この指摘に限って言えば，プルースト的な記憶の再生にもつうじる一節としても興味深い。

（6） F. Choay, *op. cit.*, pp. 104–105. ちなみに，ロベール・ド・ラ・シズランヌもラスキンのこうした側面を見抜いており，『ヴェネツィアの石』仏訳序文に次のような一節を残している。「彼は批評家だろうか？　歴史家だろうか？　否。ラスキンは，ヴェネツィア史のよく知られた局面のほとんどすべてを，わきに放っておいたのだった。」（J. Ruskin, *Les Pierres de Venise*［traduit par Mathilde P. Crémieux］, Librairie Renouard, 1906, p. viii）また批評家は次のようにも書く。「名もない群衆が寄せあつめた石の数々，恍惚とした，皮肉屋で陽気な，栄誉もないままに死んだ幾千もの芸術家が磨きをかけたその石の数々のもとでは，公の歴史が耳を傾けることのなかった，人々のつぶやきが聞こえている。そして，たちまちのうちに，すべての『ヴェネツィアの石』が語りだし，失われた世代からの活気に満ちた教えを我々に伝えるのだ。」（*Ibid.*, p. ix）

（7） J. Ruskin, *Seven Lamps of Architecture*, éd. citée, p. 225. ただし，1845 年 9 月，生涯で 3 度目となるヴェネツィア訪問を実現したラスキンが，都市の悲惨な現状（学術的な調査を欠いた恣意的な修復作業による建築物の「破壊」）を眼にして感じたのは，それまでの二度の滞在（1835 年と 1841 年）で，「楽園」に喩えるほどに親しんだ土地の景観が劣化していくことに対する心情的な危惧であったともいわれている。ジョン・ラスキン『ヴェネツィアの石』II，福田晴虔訳，中央公論美術出版，1995 年，pp. 505–506［訳者解題「ラスキンとヴェネツィア」］を参照のこと。

（8） F. Choay, *op. cit*, p. 15. 強調は原著者。

（9） Maurice Barrès, *La Grande Pitié des églises de France*, Émile-Paul frères, 1914, p. 133.

（10） 若林幹夫『都市のアレゴリー』INAX 出版，1999 年，p. 137。なお若林氏は，本来「記憶の装置」である「博物館」に「忘却の装置」としての機能を認め，次のように書く。「博物館という歴史主義の時代の産物は，『歴史』の発見を通じて現在を，『歴史的なもの』の力から切り離すことを可能にするのである。博物館とは記憶の装置だが，記憶の装置とは同時に忘却の装置でもある。博物館という記憶の装置の出現，そしてその増加は，都市の現在から『歴史的なもの』が失われつつあることに対する『反動』であると同時に，都市が歴史という意味を忘却し，それを自身から切り離すことを肯定する身ぶりなのだ。」（pp. 148–150）本書で着目した反美術館的姿勢は，こうした「忘却」や「切断」への抵抗であったことを再確認しておこう。

（11） F. Choay, *op. cit.*, p. 105. ショエが触れているように，ラスキンのこうした姿勢は 1854 年におこなわれたクリスタル・パレスに関する講演に認めることができる。Cf. J. Ruskin, *The Opening of the Crystal Palace Considered in some of its Relations to the Prospects of Art*［1854］, in Stephan Tschudi-Madsen, *Restoration and Anti-Restoration. A Study in English restoration philosophy*, Universitetsforlaget［Oslo］, 1975, pp. 110–118. ラスキンは，都市を構成する様々な建築物や街路の喪失に対する懸念が表明しているが，たとえばフランスのルーアンに関する次のような一節がある。「私がお話しするのは，ヴェネ

ツィアやフィレンツェ，ジェノヴァ，ルツェルン，そしてとりわけルーアンに対して，私の生涯のあいだにもたらされた数々の変化についてです。ルーアンは，数限りなく多様な街路が中世的な性格を保持しているために，町全体が計り知れないほどの価値を持っており，そうした街路に現存する，空き家になった家々の半分は，15 世紀ないしは 16 世紀初頭のものです。そしてルーアンは，いまもフランス的な古い住宅建築を集合体として見ることのできる，フランスに残された唯一の町なのです。」(p. 115)

(12) F. Choay, *op. cit.*, pp. 130–134.

(13) 革命期を過ぎても，様々にかたちをかえて続いていたモニュメントの破壊を憂いていたヴィクトル・ユゴーが『破壊者たちを倒せ！』*Guerre aux démolisseurs !* と題された短いテクストを著したのが 1825 年のことであった（これは 1831 年に至って『フランスにおけるモニュメントの破壊について』*De la destruction des monuments en France* というタイトルで発表され，1832 年にはさらに改稿されている）。モンタランベールは，ユゴーへの公開書簡として 1833 年 3 月 1 日付の『両世界評論』に「フランスにおける文化財破壊について。ヴィクトル・ユゴー氏への手紙」« Du vandalisme en France. Lettre à M. Victor Hugo » と題された論考を掲載し，作家の主張に対する強い共感を表明している。これらのテクストは，次の書物にまとめられている。Patrice Béghain, *Guerre aux démolisseurs ! Hugo, Proust, Barrès. Un combat pour le patrimoine*, Editions Paroles d'aube, 1997.

(14) J. Ruskin, *Seven Lamps of Architecture*, éd. citée, pp. 226–228.

(15) 都市に対するこのような考え方は，ヴェネツィアについて夢想する主人公のヴィションにも影を落としている。中世以来の住宅建築によって構成された町並みが「もっとも完全な美術館＝博物館」に譬えられていることからうかがい知れるのは，ヴェネツィアという都市の景観そのものが持つ芸術性や歴史的価値に対する評価の高さである。それはラスキン思想の投影であると同時に，19 世紀末から 20 世紀初頭にかけて人々が抱いていたヴェネツィアのイメージでもあった。旅に対する欲望の場合と同様に（第 2 章），幼い主人公の夢想はここでも同時代の傾向を反映する鏡として機能しているといえるだろう。「なるほど，ヴェネツィアは『ジョルジョーネの学舎であり，ティツィアーノの住処であり，中世の住宅建築の最も完全な美術館』なのだと，これから自分が目にするものに大きな価値を与えながら，くり返して自分に言いきかせるとき，私は幸せを感じていた。」(I, 384)

(16) F. Braudel, *op. cit.*, p. 50（ブローデル，前掲書，p. 50）。

(17) 書簡にも同様の指摘を認めることができる。1904 年当時，ピエール・メルシウ（マチルド・ペニエ＝クレミウ夫人の筆名）が用意しつつあった『ヴェネツィアの石』の翻訳について語るなかで，プルーストは次のように書いている。「まったくのところ，今日のフランス人がヴェネツィアに対して抱く大変強い関心も手伝って――モーリス・バレスやアンリ・ド・レニエ，そして新たに発表されたサンドとミュッセの書簡が，この都市の美を一新し，感動させる力をかきたてたのですが――このような著作［『ヴェネツィアの石』の翻訳］は，フランスの大衆にとって，たいへん魅力的なのです。」(*Corr.* IV, 364 : à Auguste Marguillier［vers décembre 1904］)

コルブが指摘するように，1904 年にはサンドとミュッセの書簡集が出版され，『ラテン復興』誌には未発表書簡が発表されている。同誌に寄稿していたプルーストがこ

れを目にしたことは確かだろう。Félix Decori éd., *Correspondance de George Sand et d'Alfred de Musset*, E. Deman, 1904 ; Paul Mariéton, «Encore G. Sand et Musset», *Renaissance latine*, 15 juillet 1904.

(18) Paul Morand, *Venises*, Gallimard, "L'Imaginaire", 2003, p. 33 :「ヴェネツィアの運河は，インクのように黒々している。それは，ジャン＝ジャックの，シャトーブリアンの，バレスの，プルーストのインクなのだ。そこに筆を浸すことは，フランス語の宿題《ドゥヴォワール》をする以上のことであり，端的に言って，ひとつの務め《ドゥヴォワール》なのである。」文学的トポスとしてのヴェネツィアについての研究書を著わしたソフィー・バッシュは，1887 年から 1932 年にかけてヴェネツィアを題材としたフランスの文学作品を年表形式のリストとしてまとめ，詳細な書誌を作成している（Sophie Basch, *Paris-Venise 1887–1932. La «folie vénitienne» dans le roman français de Paul Bourget à Maurice Dekobra*, Honoré Champion, 2000)。年表に関しては pp. 26–27 を参照のこと。

(19) Jules Bertaut, «Une folie littéraire. Venise», *Mercure de France*, 16 octobre 1910, p. 606.

(20) この点に関しては，次の書物を参照のこと。Émilien Carassus, *Le Snobisme et les lettres françaises. De Paul Bourget à Marcel Proust. 1884–1914*, Armand Colin, 1966, pp. 277–291.

(21) このような流行があったことは次の証言からも確認することができる。J. Bertaut, *art. cit.*, p. 618 :「社会との絆を断った世界中の恋人たち，すべての冒険家，漁色家，本物偽物を問わず，恋をするすべての人々とすべての詩人，文学に熱中したすべてのおしゃべり好き，そして，真の文人たちがそこに現れ，通りすぎてゆき，待ち合わせをし，身を隠すのである。」

(22) S. Basch, *op. cit.*, p. 75.

(23) バイロン卿が『チャイルド・ハロルドの巡礼　第四歌』(1818 年）でヴェネツィアにおける「滅びの美」をうたったことが，このようなトポスの形成に大きく寄与したと言われている（石川美子『旅のエクリチュール』白水社，2000 年，p. 75 を参照のこと)。ちなみに，同作品はターナーの創作にも大きな影響を与えており，画家はヴェネツィアを題材とした晩年の作品にバイロンの詩句を添えている（鳥越輝昭「ヴェネツィア像の軌跡——墓場から未来派へ」『神奈川大学創立七十周年記念論文集』神奈川大学，1998 年，pp. 352–361)。また，ラスキン自身も詩人に対する傾倒を隠そうとはしない。バイロン的なヴェネツィア像は，シャトーブリアンやヘンリー・ジェームズ，そしてバレスへと継承されてゆくことになる。なお，ヴェネツィアをめぐる死の表象という主題に関しては次の論考を参照のこと。吉田城「ヴェネツィアと死の表象——シャトーブリアン，バレス，プルースト」『流域』54 号，2004 年，pp. 30–35。

(24) S. Basch, *op. cit.*, pp. 22–23. バッシュは，こうした流れの要因として，イギリス人やドイツ人には決して見られることのない，イタリアに対するフランス人特有の親近感と心情的な共謀関係を挙げている。また，ヴェネツィアの流行に関する 20 世紀初頭の証言のなかには，ヴェネツィアの地理的な近さ，「国境から鉄道で半日」のところに位置していることが，流行の要因として見逃せないと指摘されている点も興味深い(J. Bertaut, *art. cit.*, p. 607)。

(25) J. Ruskin, *Les Pierres de Venise*, éd. citée, pp. 1–2 :「かくも弱々しく，かくも穏やかで，その魅力以外のいっさいを欠いた，海の砂に横たわる亡霊」という表現がみてとれる。

(26) Abel Bonnard, «Trois "Venise"», *Le Figaro*, 28 septembre 1908.

(27) Robert de Souza, «Venise en danger», *Revue de Paris*, 1er août 1900, pp. 654–672.

(28) *Ibid.*, p. 671 :「生気を感じさせる陰と静謐のうちに，想い出の数々を湧きあがらせている旧い街々は，『死』からは遠く離れた，砂漠のオアシスではないのか？　そうに違いないのではないか？」

(29) J. Bertaut, *art. cit.*, p. 607. 強調は原著者による。

(30) 都市をひとつの「作品」と見る視点はラスキン的でもあり，『都市の権利』を著わしたアンリ・ルフェーブルが近代以前の都市について述べた見解に通じるものでもある（Henri Lefebvre, *Le Droit de la ville*, Anthropos, 1968)。「たとえばアンリ・ルフェーブルが近代以前の都市を『作品』に譬える時，そこで意味されているのは，都市空間が歴史の中で作られ，時の積み重ねの中で共有されることによって，集合的な存在の基盤となっているような都市のあり方である。」（若林幹夫，前掲書，p. 136）

(31) この対立は，ヨーロッパにおける都市計画をめぐる「真の新旧論争」« une véritable Querelle des Anciens et des Modernes » とも呼ばれる。Cf. Bernard Dieterle, « Ruines et chantiers de la mémoire », *La Mémoire des villes/The Memory of Cities*, Publications de l'Université de Saint-Etienne, 2003, p. 9. なおフランソワーズ・ショエは，19 世紀以降の近代都市計画を捉え続ける一種の強迫観念として，過去へのノスタルジーと未来へのユートピア的思考との拮抗を挙げ，前者の思潮の代表としてラスキンやカミロ・ジッテ Camillo Sitte（1843–1903）を取り上げている（『近代都市——19 世紀のプランニング』彦坂裕訳，井上書院，1983 年，p. 7)。こうした拮抗の舞台のひとつとなったのが，優れてプルースト的な〈土地〉であるヴェネツィアであったという事実は興味深い。

(32) Nathalie Mauriac Dyer, « Genesis of Proust's "Ruine de Venise" », *Proust in perspective. Visions and Revisions*, University of Illinois Press, 2002, pp. 80–81.

(33) 鳥越輝昭「ヴェネツィア，未来派，過去主義者」『ロマン主義のヨーロッパ』［神奈川大学人文研究所編］，勁草書房，2001 年，p. 155。ビラに書かれたテクストは，1910 年 6 月 17 日付の『コメディア』*Comoedia* に「未来主義的ヴェネツィア」と題されて掲載される。ただ，ヴェネツィア人を「過去の奴隷」と非難し，過去追慕を拒絶する彼らの扇動的な言説は，逆に，水の都と過去との絆に対する意識の強さを鮮明に浮かび上がらせるともいえる。

(34) Filippo Tommaso Marinetti, *Discours futuriste aux Vénitiens*, Poligrafia italiana, 1913 (Giovanni Lista, *Futurisme. Manifestes, proclamations, documents*, L'Age d'homme, 1973, pp. 112–114).

(35) 土地の静寂と「速度」との関係について語った一節に，次のような指摘がある。「この狭いヨーロッパのいったいどこに，真の休息の場を見つけられるだろうか。我々は騒音と埃のなかで生活している。この世界の片隅に，まだスピードを出したりしない場所が存在するだろうか。自動車乗りは，我々の祖母たちが『田園ののどかさ』と呼んでいたものを混乱に陥れたのだ。［……］たったひとつだけ，選ばれし例外的な場所があり，そこでは生活の音が調和を保ち，足取りもゆっくりとしている。もはやヴェネツィアにしか静寂と平和は存在しないのだ。」(Henry Roujon, « Rêverie vénitienne », *Le Figaro*, 15 septembre 1908)

また，ヴェネツィアの象徴でもある運河の数々が埋め立てられて，こうした乗り物のための道路となってしまうのではないかという危機感が，人々のあいだで共有されていた。「もしもヴェネツィアが運河を街路に置き換えたら，都市は熱に浮かされ，

腐敗臭を放ち，瘴気をおびることになるだろう［……］。」（R. de Souza, *art. cit.*, p. 665）

（36） 未来主義的建築への具体的な道を開いたアントニオ・サンテリア Antonio Sant'Elia（1888–1916）が 1914 年 7 月 14 日に発表した「未来主義建築宣言」に見られる表現。建築家としての自己が，「破壊」行為と明確に結びつけられている。「我々はもはや我々自身を，大聖堂，宮殿，演壇をとりまく会合場の人間とは感じてはいない。我々は，大ホテル，鉄道の駅，広い通り，巨大な港，屋内市場，明るいアーケード，まっすぐな道路，そして有益な破壊の人間なのである。」（キャロライン・ティズダル，アンジェロ・ボッツォーラ『未来派』松田嘉子訳，PARCO 出版，1992 年，p. 183。「宣言」全文は G. Lista, *op. cit.*, pp. 233–235 を参照のこと）

（37） J. Ruskin, *Seven Lamps of Architecture*, éd. citée, pp. 225, 233–234.

（38） C・ティズダル，A・ボッツォーラ，前掲書，p. 197。

（39） 倒壊から 3 年後，ジャン・ロランが著わした記事によれば，1902 年当時，鐘楼と同様に総督宮殿も倒壊の危機にさらされており，むしろ鐘楼が崩れたことによって宮殿の地盤にかかる負担が軽減され，危機を回避したともいわれている。Jean Lorrain, « Sauvez Venise ! », *Je sais tout*, février 1905, p. 146.

（40） J. Ruskin, *Les Pierres de Venise*, éd. citée, p. xxiv［« Preface » de Robert de la Sizeranne］:「倒壊の前日のこと，悲しい知らせを受けるよりも早く，彼らはトリエステを出立してしまっていた。いまでは［ヴェネツィアに向かう］この船の乗客以外，全世界が知っていた。サン＝マルコのカンパニーレが倒壊してしまっていたのだ！ 船員たちはあわてふためいていた。どんなに注意深く見ても，ヴェネツィアがあるはずの場所にカンパニーレが見えなかったのだ。彼らの父祖は 600 年にわたって，そして彼ら自身も長年のあいだ，都市の他の部分が見えてくるまえに，この鐘楼を目にするのを習慣としていた。もはやカンパニーレが見えなかったために，このヴェネツィア人たちは，ヴェネツィアをそれと認識できなかったのである……」

（41） *Corr.* XXI, 613 : à Robert de La Sizeranne［juin 1906］. Cf. N. Mauriac, *art. citée*, pp. 76–77.

（42） Emmanuel Godo, *La Légende de Venise. Barrès et la tentation de l'écriture*, Presses universitaires du Septentrion, 1996, p. 218. なお，ゴドーはイタロ・カルヴィーノ作『見えない都市』に依拠しながらこの指摘をおこなっている。

（43） *Corr.* VI, 75 : à Madame Catusse［peu après le 6 mai 1906］.

（44） Cf. *CSB*, 242 :「マルセル・プレヴォならば，こう呟くだろう。家に留まっていよう。［土地への情熱］などというものは夢なのだ。」

（45） *Corr.* X, p. 53 : à Reynaldo Hahn［21 février 1910］.

（46） プルーストは戦後，アンドレ・ジッドに宛てた手紙のなかで，ヴェネツィアを訪れた際の経験について触れ，次のように書いている。「私に分別を捨てる決心をさせたのはヴェネツィアです。そこに到着したとき，私はあまりにひどい健康状態だったので，何の印象も感じ取ることができませんでした。しかし，それでも，ヴェネツィアが私のなかに刻みこまれなかったわけではありません。この都市のことを思い出すと，私は今でも，引き延ばされた悦びを味わっているのです。」（*Corr.* XX, p. 208 : à André Gide［23 avril 1921］）。終生ヴェネツィアに対して否定的な感情を持ち続けたジッドに対して，こう語りかけるプルーストの意図がどのようなものであったかは判然としない。だが，死の前年に書き残されたこの言葉から理解されるのは，作家のうちに

「刻みこまれた」かつての印象と，今も味わい続ける「引き延ばされた悦び」とが，『失われた時を求めて』のヴェネツィアを紡ぐ素地となっているということである。なお，モーリス・バレス研究者ヴィタル・ランボーによれば，若かりし日のジッドはヴェネツィアに対する憧れをいくらか抱いていたものの（書簡や『大地の糧』にその痕跡を認めることができる），バレスに対して作家が抱いた根強い反発の感情は，やがて水の都（＝優れてバレス的な土地）にも向けられることになったという（Vital Rambaud, « La querelle de Venise », *Cent ans de littérature française. 1850–1950* [mélanges offerts à Jacques Robichez], SEDES, 1987, pp. 191–196）。

(47) Cf. N. a. fr. 16746, f° 11 [troisième dactylographie corrigé de *La Prisonnière*]：「もしアイスを注文なさるんだったら，いまでは流行らないけれど，あの旧い型でよそってもらってくださいな。そうするとアイスが，フランボワーズの柱頭がある教会とか寺院に見えるのよ。まるでヴェネツィアにあるモニュメントみたいなの。そう！　ヴェネツィアなのよ！」（N. Mauriac, *art. cit.*, p. 79）

(48) 湯沢英彦『プルースト的冒険――偶然・反復・倒錯』水声社，2001 年，pp. 263–268。

(49) III, 888 :「しつこく迫るような，残忍で逃げ場のないかたちで，私を過去の探求へと誘う彼女は，むしろ，崇高な『時』の女神のように思われた。」

(50) N. Mauriac, *art. cit.*, p. 81.

(51) イタリア本土とのあいだに鉄道橋が架けられたのは比較的はやく，1846 年のことであった。しかし，潟を渡る自動車橋の完成は 1930 年代，マルコ・ポーロ空港の完成は 1950 年代になってからのことである。鳥越輝昭『ヴェネツィア詩文繚乱――文学者を魅了した都市』三和書籍，2003 年，p. 57。

(52) バルベックの海に漂うカモメが飛び立つのを見たカンブルメール夫人は，主人公やアルベルチーヌをまえにして，ボードレールの詩編「アホウドリ」からの一節 « Ses ailes de géant l'empêchent de marcher » を口にする（III, 209）。「カモメ」と「アホウドリ」の取り違えが生む夫人の滑稽さについての何気ない挿話のようにも思われるが，興味深いのは，「大空の王」であるアホウドリが甲板 =〈土地〉の上に引き摺り降ろされてしまったときの変わりよう（その醜さ）が，「カモメ」によって示されている点である。そこには，〈土地〉との絆に囚われたときのカモメ = アルベルチーヌの不自由なありようと，絆を断ったときのあるべき姿への暗示をおこなうプルーストの意図が垣間見られるのではないか。

(53) 「睡蓮」「カモメ」「少女たち」をめぐるイメージの連鎖については，拙論「『失われた時を求めて』における視覚的調和――モネの「睡蓮」とドガの「踊り子」について」『仏文研究』30 号，京都大学フランス語学フランス文学研究会，1999 年，pp. 123–144 を参照のこと。アルベルチーヌとは対照的に，コンブレーに「根」を張ったレオニー叔母をヴィヴォンヌ川の水生植物に譬える際，« nymphéa » とは区別して，「花柄」« pédoncule » によってつなぎ止められた « nénuphar » が用意されるのは偶然ではない（I, 166–167）。

(54) 記憶の繋留地ともいうべきヴェネツィアも，アルベルチーヌの記憶をつなぎ止めることはなく，フォルチュニーのモチーフや電報のトリックが一時的によみがえらせる過去も，彼女をめぐる「忘却」の作用を認識する機会にしかならない。過去の記憶と不可分であるはずのヴェネツィアは，アルベルチーヌとの恋をめぐって，皮肉にも「忘却の怪物」（IV, 222）に場所を譲るのである。

(55) 芸術作品などひとつも飾られていないパリのアパルトマンの光景をシャルリュス男爵に揶揄されたことをうけて，語り手はこう自問する。「それでも私の寝室は，それらすべて［芸術作品の数々］よりもずっと貴重な芸術作品を含みもっていたのではないか？　それはアルベルチーヌ自身だったのだ。」しかしながら，ピアノラの前に座る彼女を「音楽家の天使」という「芸術作品」に見立てた連想が繰りひろげられたのも束の間，語り手はそれを振り払うようにして，「いや，そんなことはない。アルベルチーヌは私にとって，すこしも芸術作品などではなかったのだ」とつけ加え，スワンに代表されるような蒐集家・芸術愛好家の視線への反駁と否定を展開することになる(III, 884–885)。アルベルチーヌとの同棲状態にあった時点での主人公の思惑はともかくとして，「芸術の独身者」に反発するプルーストにとって，「芸術家」として歩み出す主人公がスワンと同様の道をたどることはあり得なかった。その意味でも，彼女の出立はあらかじめ定められたものだったといえるだろう。

(56) 「定義という牢獄から絶えまなく脱走する爽快な孤児」（湯沢英彦，前掲書，p. 291）であるアルベルチーヌを敢えて定義しようとするならば，「モナ・リザはダ・ヴィンチのモナ・リザである」« La Joconde est la Joconde de Vinci. » と書きつけたプルーストの思想に鑑みて，「アルベルチーヌはプルーストのアルベルチーヌである」« Albertine est Albertine de Proust. » ということのみが可能なのかも知れない。それは「黄金の聖母」のように「一人のアミアン女」になるのではなく，一人の芸術家によって産み落とされ，その芸術家にのみ「帰属」する，一個の作品と捉えることでもある。

(57) N. Mauriac, *art. cit*., p. 79.

(58) J. Ruskin, *La Bible d'Amiens*, traduction, notes et préface par Marcel Proust, COBRA Editeur, 1997, p. 306.

(59) 吉田城『「失われた時を求めて」草稿研究』平凡社，1993 年，pp. 265–266［第 3 章 3「サン・マルコ洗礼堂の神秘」］。

(60) Jean-Didier Urbain, « Le monument et la mort : deuil, trace et mémoire », *L'Abus monumental ?*［Actes des Entretiens du Patrimoine］, Fayard ; Editions du Patrimoine, 1999, p. 50. ユルバンはここで，「碑文」が死者の場所に結びついたエクリチュールであることも確認している。だとするならば，サン＝マルコの聖所に佇む母親についての一節こそは，亡き人の「場所」を指し示す「碑文」にほかならない。そして，その「碑文」が，「幸福の墓地」の中心に建つサン＝マルコ聖堂という墓標について／のうえに「刻まれた」のは当然のことであった。

(61) この「不確かさ」は，死んだ祖母の不在を悲しみながら，その存在を日常の端々に感じ取り，「喪に服し」続ける主人公の母親の姿に投影された感情でもある。

(62) J. Ruskin, *Les Pierres de Venise*, éd. citée, p. xxiv.

(63) 「廃墟」について語ること自体が優れてヴェネツィア的な性格を帯びる以上，この都市の「魂」の喪失について語るには，単なる「廃墟化」以上の解体が求められたことは想像に難くない。そこには，ヴェネツィアをめぐる文学的なクリシェに対する配慮と同時に，〈土地〉の徹底的な「崩壊」（あるいは「溶解」）に対する作者のこだわりを垣間見ることができるだろう。

(64) このエピソードについては，*Corr*. II, 160–162［à sa mère : 1897 ?］および，*JS*, 411–423（「レヴェイヨン家での晩餐に関するジャンと両親の諍い」）を参照。「ジャンは立ち上がった。そして暖炉のほうに駆けたところで，ひどい物音を耳にした。母が 100 フラ

ンで買ってくれたヴェネツィアングラス，彼はそれを壊してしまったところだったのだ。」(p. 418)；「ジャンは母のもとを離れることができずにいた。そして小声で，ヴェネツィアングラスを壊してしまったことを告白した。彼は，母に叱りつけられて，酷い思いをするものと思っていた。しかし，かわらない優しさをたたえたままで，彼女は彼を抱きしめ，耳元でこういったのである。『ひとが寺院でするように，これが打ち壊すことのできない結びつきの象徴になりますよ。』」(p. 423)

(65) ヴェネツィアン・グラスが母からの贈り物であったように，ヴェネツィアでの滞在もまた，いわば母からの贈り物であった。『消え去ったアルベルチーヌ』第 3 章冒頭の一節を想起。「母は，ヴェネツィアで数週間を過ごすために私を連れ出していたのだった。」(IV, 202)

(66) N. Mauriac, *art. cit.*, p. 77.

(67) 吉田城，前掲書，p. 277–278。吉田氏自身の言葉によれば，主人公の「私」にとってこの洗礼堂は，「アルベルチーヌへの長い苦悩から解き放たれて，母と二人だけの時間を共有する，祝福の場所」にほかならない。

(68) Vladimir Jankélévitch, *L'Irréversible et la nostalgie*, Flammarion, 1974, p. 299（ヴラジミール・ジャンケレヴィッチ『還らぬ時と郷愁』仲澤紀雄訳，国文社，1994 年，p. 398).

(69) Hidehiko Yuzawa, «Deux usages de la mémoire : Maurice Barrès et Marcel Proust» (à paraître dans *Marcel Proust 7*, "La Revue des lettres modernes", Minard).

(70) フィリップ・コルブによると，この比較は，ラスキンが『ヴェネツィアの石』のなかでサン＝マルコ寺院とイギリスの大聖堂を対比したことに想を得ているという（*Corr*. IV, n. 4, 24)。

(71) N. Mauriac, *art. cit.*, p. 78. 残念ながら，草稿執筆当時，倒壊した後の鐘楼の命運について，プルーストがどのような思いをめぐらせていたかは明らかになっていない。しかし，毎朝「午前 10 時」に「太陽の光に輝くカンパニーレの黄金の天使像を眺める」習慣について書き（IV, 689)，さらには「午前 10 時のヴェネツィアを再び見たいという欲望」(IV, 692）について書かれていることは，報道を通じてプルーストが実際の崩壊の時刻（午前 10 時頃）に通じていたことを想像させるのみならず，鐘楼の不在に対する作家の意識を垣間見せるようにも思われる。

　また，この草稿に関してもうひとつ重要なのは，倒壊したこの歴史的な建築物が，それにまつわる私的＝詩的な印象との関係を中心として描かれている点である。史的建造物の一部を成す黄金の天使像は，ヴェネツィアの歴史＝過去について語りかけることはない。太陽の光を強く反射する彫像は，語り手がこの土地で過ごした時刻の，喜びに満ちた印象と結びついている。それがもたらすのは，「田舎について私が持った数々の印象の真実」(IV, 692）であり，ヴェネツィアという土地で「生活した年月」や，そこの結びついた「愛する人々」(IV, 693）なのである。1908 年に残されたこの一節もまた，すでに「自動車旅行の印象」に関して論じたプルーストの視点（教会建築を破壊という「死」から救う手段としてのエクリチュール）が，ヴェネツィアという都市をめぐって実践されていることを示しているはずだ。この意味では，作家にとって，鐘楼は修復の完成を待たずしてすでに「救われ」ていると言うことができる。

第7章　第一次世界大戦と〈土地〉の破壊

（1）Jay Winter, « Victimes de la guerre : morts, blessés et invalides », *Encyclopédie de la Grande Guerre 1914–1918. Histoire et culture* [Stéphane Audoin-Rouzeau et Jean-Jacques Becker dir.], Bayard, 2004, p. 1077.

（2）Cf. Christophe Prochasson, Anne Rasmussen, *Au nom de la patrie. Les intellectuels et la premiere guerre mondiale (1910–1919)*, Editions La Découverte, 1996.

（3）湯沢英彦『プルースト的冒険——偶然・反復・倒錯』水声社，2001年，pp. 96–100（「プロパガンダへの異和」）を参照のこと。たとえば哲学者アンリ・ベルグソン Henri Bergson（1859–1941）は，開戦後間もない1914年8月8日におこなった演説のなかで，この戦争を，ドイツの「野蛮性に対する文明の戦い」と位置づけているいっぽう，ライン川の向こうでは，戦争に熱狂していたトーマス・マン Thomas Mann（1875–1955）が，文化の理想と軍国主義の理想の一致を語っている。また，70歳を迎えていたアナトール・フランス Anatole France（1844–1924）は，陸軍に手紙を書いて兵籍に入れてくれるよう頼み込んだといわれているし，作曲家カミーユ・サン＝サーンス Camille Saint-Saëns（1835–1921）が展開したワーグナー批判は，ドイツ文化・思想に対する一方的な嫌悪と攻撃の有り様を典型的に示している（Cf. Camille Saint-Saëns, *Germanophilie*, Dorbon aîné, 1916）。

（4）フロイトが「集団心理学と自我の分析」（1921年）において「集団への同調」を論じたことの背景には，戦争にみた挙国一致体制と「敵」への憎悪という心理があったともいわれる。また，「生の本能」と「死の本能」との対立図式を描くきっかけとなったのは，総力戦がもたらした惨禍にみた攻撃欲動の解放であったという（桜井哲夫『戦争の世紀——第一次世界大戦と精神の危機』平凡社新書，1999年，p. 17–18）。

（5）戦争と文学に関しては，たとえば次の論考を参照のこと。Léon Riegel, *Guerre et littérature. Le bouleversement des consciences dans la littérature romanesque inspirée par la Grande Guerre. Littératures française, anglo-saxonne et allemande 1910–1930*, Klincksieck, 1978 ; Geneviève Colin, Jean-Jacques Becker, « Les écrivains, la guerre de 1914 et l'opinion publique », *Relations internationales*, n° 24, hiver 1980, pp. 425–442. 戦争と画家たちとの関わりについては，次のような同時代の証言もある。Charles Saunier, « Les Artistes et la Guerre », *La Grande Revue*, juin 1915, pp. 598–605.

（6）プルーストと戦争については，たとえば以下のような研究がある。また近年では，坂本浩也氏が積極的に考察をすすめ，豊かな成果をもたらしている。Annick Bouillaguet, « Combray entre mythe et réalités », *Marcel Proust 3. Nouvelles directions de la recherche proustienne* 2, Minard, 2001, pp. 27–44 ; Brigitte Mahuzier, « Proust, écrivain de la Grande Guerre. Le front, l'arrière et la question de la distance », *Bulletin Marcel Proust*, n° 52, 2002, pp. 85–100 ; Hiroya Sakamoto, *Les Inventions techniques dans l'œuvre de Marcel Proust*, thèse de doctorat, Université de Paris IV, 2008 [surtout la cinquième partie : « L'aviation ».] ; Marion Schmid, « Ideology and Discourse in Proust : The Making of "M. de Charlus pendant la guerre" », *The Modern Language Review*, n° 94–4, pp. 961–977 ; Thanh-Vân Ton-That, « Points de vue proustiens sur la guerre : fin d'un monde et monde à l'envers », *Ecrire la guerre* [études réunies par Catherine Milkovitch-Rioux et Robert Pickering], Presses

universitaires Blaise Pascal, 2000, pp. 167–178 ; 湯沢英彦，前掲書［第 2 章「血，接触，書き込み――『失われた時』における「ドレフュス事件」と「第一次大戦」」］；吉田城『『失われた時を求めて』草稿研究』平凡社，1993 年［第 4 章「都市，書物，神経症」1「プルーストとパリ」］；同「プルーストとコクトー：飛行の詩学」『仏文研究』30 号，京都大学フランス語学フランス文学会，1999 年，pp. 145–164；坂本浩也「パリ空襲の表象（1914–1918）――プルーストと『戦争文化』」『フランス語フランス文学研究』n° 91，日本フランス語フランス文学会，2007 年 9 月，pp. 155–167；同「賛同と超脱のあいだで――『見出された時』における戦争，芸術，愛国心」『フランス文学』立教大学フランス文学研究室，2009 年，pp. 87–105.

（7） Paul Morand, *Le Visiteur du soir*, La Platine, 1949, pp. 15–16.

（8） *Corr.* XIII, 284 : à Lionel Hauser［2 août 1914］:「信仰を持たない私ですが，それでもまだ，至上の奇蹟が，全面的な殺戮機械の稼働をぎりぎりのところで止めることを望んでいるのです。」

（9） *Corr.* XIV, 76 : à Lucien Daudet［11 mars 1915］.

（10） 株式仲買人リオネル・オゼール Lionel Hauser（1868–1958）との手紙のやり取りに関して指摘されているように，プルーストは株取引による資産の運用のために「世界情勢を意外なほどの細心さで追っていた」ことも指摘されている（湯沢英彦，前掲書，p. 93）。湯沢氏によれば，1914 年 8 月から 1918 年 11 月の講和条約締結までに交わされた書簡の数は，オゼール宛，プルースト宛，ともに 100 通以上になる。

（11） *Corr.* XVII, 175 : à Madame Soutzo［9 avril 1918］.

（12） I, p. XCI–XCII［« Introduction générale » de Jean-Yves Tadié］.

（13） Cf. IV, 782［Esquisse XIV : Cahier 74, ff^{os} 64 r° et 63 v°（N. a. fr. 18324）］:「戦争の章にある，ドイツに好意的な議論のいっさいは，客観的に提示されるのではなく，むしろシャルリュス氏によって，私との会話のなかで提示されるべきだろう。」

（14） T.-V. Ton-That, *art. cit.*, p. 167.

（15） IV, 843–845［Esquisse XXIX : notes des Cahiers 57（N. a. fr. 16694）et 74（N. a. fr. 18324）］もあわせて参照のこと。ちなみに『花咲く乙女たちのかげに』のゴンクール賞受賞（1919 年）をめぐる議論にも，こうした愛国主義文学の隆盛が影を落としている。というのも，プルーストの作品と並んで選考対象となったロラン・ドルジュレス Roland Dorgelès（1886–1973）の『木の十字架』*Les Croix de bois*（1919）は，当時大成功を収めた戦争文学の典型だったからだ。プルーストの受賞がこの作品を退けたうえでのことだったために，『花咲く乙女たちのかげに』は愛国主義的な文脈での批判にもさらされる結果となったのである。

（16） 戦争をめぐる新聞報道に対してプルーストは早い時期から疑問を感じており，限られた書き手のものしか評価していなかった。Cf. *Corr.* XIV, 151 : à Madame Catusse［peu après le 5 juin 1915］）:「戦争については，『デバ』紙のものか（たしかビドゥーのものだと思います），『ジュルナル・ド・ジュネーヴ』のフェレール陸軍大佐による『戦況報告』しか読む気になれません。ポリーブはどうかといえば，最初は好きだったのですが，滑稽な隠喩をむやみに使ったり，知ったことを，書く前にどうしても忘れてしまう傾向，あるいはミシュレもどきの偽りの簡潔さ，プリュドム風の道徳至上主義，デヌリー流のロマン主義が妨げとなって，彼の記事にふさわしい評価をすることができないのです。記事自体は大変にまじめで，正確でもあり，その有能さと無尽蔵の知

識とが大変な権威を与えてはいるのですが。」また同じ年には，新聞の「偽りの愛国心」に対する批判も書き残している（*Corr.* XIV, 175 : à Lucien Daudet［premiers jours de juillet 1915］:「私には新聞各紙の偽りの愛国心が神経に障るのです」）。プルーストが表明していた「プロパガンダへの異和」については，湯沢英彦，前掲書，pp. 96–100 を参照のこと。

（17） T.-V. Ton That, *art. cit.*, p. 171.

（18） 1914 年に出版されたモーリス・バレスの『フランス教会の大いなる嘆き』に収録された議会での数々のやり取りなどが示すように，この問題は第一次大戦の直前まで重要な懸案となっていた（Cf. Maurice Barrès, *La Grande Pitié des églises de France*, Émile-Paul frères, 1914, p. 347 :「今日，何ヶ月にもわたる戦いののち，この 1913 年末において，教会に対する陰謀がすべての人びとの眼前に立ち現れている［……］。フランスの教会を凋落させようとする，あの異臭を放って悪意に満ちた化け物は，もはやどこにおいても声を上げようとはせず，あえて死の作品群を誇りにすることもない。これは，この化け物が力を失ったことを意味しているのだろうか。そう思う人間は，極めて軽率である」）。

ちなみにプルーストは，1912 年 9 月 3 日の「フィガロ」紙に，コンブレーの教会を描いた『スワン家のほうへ』の抜粋を発表している。「村の教会」というタイトルが付けられたこのテクストは，次のような一節で始まっている。「真の『キリスト教精髄』を著した見事な書き手——モーリス・バレスのことである——は，恐らく，村の教会のための呼びかけへの反響が，一際大きくなっていることに気づくだろう。」（M. Proust, « L'église de village », *Le Figaro*, 3 septembre 1912）バレスに対するこのような言及も，政教分離法案採択の影響が，1912 年当初もまだアクチュアルな問題であったことを示している。そしてプルーストが，破壊の危機に曝された名もない「村の教会」までも擁護しようとしていたバレスの議論を念頭においてタイトルを選択していることが分かる。

（19） プルーストは，アメリカでの講演旅行（1903 年）をおこなったロベール・ド・モンテスキウに宛てた手紙のなかで，アメリカとイタリアを比較して，後者における芸術のずさんな管理体制を批判的に語っている。「本当に美的要素を欠いた土地とは，芸術がその種をまかなかった土地［アメリカ］ではなく，傑作に覆われていながらも，それを愛することも保存することも知らない土地のことなのです。そこではティントレットの作品群が，たとえすっかり塗りかえられたりしない場合でも，雨に曝されて徐々に消えるがままにされています。その土地は，数々の美しい宮殿を粉々に破壊して，強欲さにかられて破片を非常な高値で売ったり，その価値を知らないままに二束三文で売り飛ばしたりしているのです。」（*Corr.* IV, 374 : à Robert de Montesquiou［7 décembre 1904］）

（20） Jean Lorrain, « Sauvez Venise! », *Je sais tout*, février 1905, p. 149.

（21） 当時落成したばかりだった凱旋門について詩人が選んだ表現。Victor Hugo, « À l'Arc de triomphe », *Les Voix intérieures*, Gallimard, "Poésie", 1999, pp. 150–151.

（22） この図版を掲載しているアンドレ・ミシェルの論考は，破壊を被った建築の写真だけでなく，破壊以前の写真もならべることで，効果的な対比を生み出している。André Michel, « Ce qu'"ils" ont détruit », *Gazette des Beaux-Arts*, juin 1916, pp. 177–212. こうした提示の仕方は当時の典型的なスタイルを踏襲したものといってよいだろう。あるいは

視点をかえて，ドイツ軍が破壊できなかったものについても語られた。Cf. Robert de la Sizeranne, « Ce qu'ils n'ont pu détruire : les tapisseries sauvées de la cathédrale de Reims au Petit Palais », *Revue des Deux Mondes*, 1er juin 1915, pp. 657–678.

また戦火に曝された〈土地〉をめぐっては，戦後，その惨憺たる状況を広く知らしめることを目的とした「旅行ガイド」（観光スポットではなく破壊された場所を紹介するもの）が出版されたことも指摘しておこう。Cf. *Guides illustrés Michelin des champs de bataille (1914–1918) : Reims et le fort de la pompelle*, Michelin, 1920（ランスのほか，アミアン，ナンシー，リール，ヴェルダンなどが取り上げられている）．ただし戦後すぐの時期に旅行会社を中心としておこわれたこうした試みは失敗に終わったといわれている。しかし20年代が進むにつれて親しい人々の死の場所を訪れる人の数が増加し，28–29年に戦地への「巡礼」がピークを迎えることになる。Modris Eksteins, « Memory and the Great War », Hew Strachan ed., *The Oxford Illustrated History of the First World War*, Oxford University Press, 1998, pp. 309–310.

(23) A. Michel, « Dans les ruines de nos monuments historiques : conservation ou restauration ? », *Revue des Deux Mondes*, 15 novembre 1917, p. 416 :「フランスの偉大な過去について我々が救えるものすべてを守り，保存しよう。その過去は，多くの否認，損壊，蹂躙にもかかわらず，我らが民族の誇りであり，我らが古き大地の装飾であり続けるのだ。」フランソワーズ・ショエによれば，フランソワ・ギゾーが史的建造物監督官制度導入を訴えた報告（1830年）の冒頭においてすでに，「フランスの土地」はモニュメントによって象徴されるという視点が認められる（「フランスの地面をおおう歴史的な建造物は，学識のあるヨーロッパの称讃と羨望を生むのである」）。これは当時の歴史家に共通した見解であり，歴史的な建築は，「知」への貢献以上に「国家的な感情」への寄与をするべきものと考えられていたという。Françoise Choay, *L'Allégorie du patrimoine*, pp. 96–97. ギゾーの報告書は同書の補遺（pp. 249–251）に収録されている。

(24) E. Ashmead Bartlett, « Un des plus grands crimes de l'histoire. Récit d'un témoin du bombardement de la cathédrale de Reims », *L'Illustration*, 26 septembre 1914.『デイリー・レヴュー』のイギリス人記者バートレットのこの記事は，豊富な写真とともに事件の推移を簡潔に伝えている。また，大聖堂の破壊は，フランスのみならず世界各国にも衝撃を与えた。事件から数日後に発表された次の記事には，各国メディアの反応が複数引用されている。Anonyme, « La destruction de la cathédrale de Reims et l'opinion universelle », *Le Temps*, 24 septembre 1914.

(25) Georges Bataille, « Notre-Dame de Rheims », *Œuvres complètes I* [Premiers Écrits : 1922–1940], Gallimard, 1992, pp. 613–614（ジョルジュ・バタイユ『ランスの大聖堂』酒井健訳，みすず書房，1998年，pp. 12–14）．バタイユが，「静けさなどない巨大な墓地である平野に，聖堂が死骸のように横たわっている」（p. 615）光景に深く傷つきながらも，そこに「復活」の光を認めて不幸からの立ち直りを呼びかけていることにも注意する必要があるだろう。

(26) M. Barrès, « La cathédrale en flammes », *L'Écho de Paris*, 21 septembre 1914. バレスはこの悲劇的な状況を直視したうえで，本当に大切なのは建築自体ではなく，それを実現した「フランス人の血」（兵士の命）なのだと主張する。「少なくとも，これらの砲弾は，我々の軍隊，同胞，息子，そして国を守る者たちの上に落ちるのではない。フランスの精髄ではなく，それが生んだ傑作が滅びればよいのだ。我が民族の血ではなく，最

も美しい石の数々が破壊されんことを！　いまこのとき，不死に値する我らが傑作よりも，最も慎ましやかで，最も弱々しい歩兵のほうを私は好むのだ。」なお，のちに見るように，プルーストは小説のなかでこの主張に言及している（IV, 374–375）。

（27） Romain Rolland, « Pro aris », *Au-dessus de la mêlée*, P. Ollendorff, 1915, p. 10. ロランはここで，聖堂の破壊行為を語るのに「虐殺する」« assassiner » という語を用いている。プルーストもまた，戦後に『模作と雑録』でラスキン論をまとめた際に付けた総題（「虐殺された教会の想い出に」）にこの語を用いていることを想起しよう。

（28） Émile Mâle, « La cathédrale de Reims », *L'Art allemand et l'art français du moyen âge*, A. Colin, 1917, p. 222. 別の箇所では，「ドイツ人が戦争を仕掛けているのは我々に対してだけではない。我々の祖先，何度となくドイツ人を教化しようとした，寛大なかつてのフランス人たちに対しても戦争をしているのだ」とも述べ，過去の形象としての建築の意味を強調している（*Ibid.*, p. 240）。

（29） Cf. Jacques le Goff, « Reims, ville du sacre », *Les Lieux de mémoire*, t. 1, Gallimard, 1998, pp. 649–733.

（30） この点については，たとえば次の論考を参照のこと。Nicola Lambourne, « Production versus Destruction : Art, World War I and art history », *Art History*, vol. 22, n° 3, September 1999, pp. 347–363.

（31） たとえばマールは，ドイツこそはロマネスク芸術とゴシック芸術に優れた土地であるという幻想を打ち砕くことに著作の目的があるとして，次のように書いている。「以下に続くページで示されるのは，ドイツが創造的な大国に名を連ねる資格をまったく持たないということであり，ドイツではなくフランスにこそ，大聖堂を誇らしく身にまとう資格があるのだということである。我々よりも敵のほうがそのことをよく知っている。だからこそ彼らは，あれほどの憎しみを持ってランスの驚異的な傑作とソワッソンの傑作の数々を執拗に攻撃するのだ。」（E. Mâle, *op. cit.*, pp. 1–2）

（32） パウル・クレメンは 1902 年から 1935 年までのあいだボン大学の正教授の地位にあった中世研究者。ゴシック芸術にも精通していた彼は，19 世紀以来続いていた建築をめぐる「保存」と「修復」との対立にも深く関わり，積極的な「修復」を提唱し続けた（建築が朽ちるままにしておくことで「記憶の葬儀」を自然なかたちで全うさせようとしたラスキンとは対照的な位置にいたといえる）。戦争中，クレメンはドイツ政府からベルギーおよびフランス北部のモニュメントの管理を任されていた。建築破壊に関する彼の主張は，たとえば次の論考を参照のこと。Paul Clemen, « Notre protection des monuments des arts en temps de guerre » [traduit par Louis Dimier], *Correspondance historique et archéologique*, n° 4, janvier–décembre 1915, pp. 244–265. このテクストには訳者であるルイ・ディミエによる豊富な注が施されているが，そのほとんどがクレメンの主張に対する反駁を意図したものであった。

　クレメンの動きに対して，マルギリエは『メルキュール・ド・フランス』誌に連載していた「ミュゼとコレクション」のなかでドイツ側の行為を問題にし（Auguste Marguillier, « Musée et collection », *Mercure de France*, 1er juin 1915, pp. 360–362），1916 年 7 月には同誌に「あるドイツ側の弁護について。クレメン氏への回答」« Sur un plaidoyer allemand. Réponse à M. Clemen »（*Mercure de France*, 1er juillet 1916, pp. 74–86）と題した論考を掲載している。

　また，アンドレ・ミシェルは，1915 年 3 月 20 日付の『ルヴュ・エブドマデール』

誌に掲載された講演「モニュメントに対する戦争――サンリス・ソワッソン・アラス」のなかで，クレメンの主張を取り上げて批判している（A. Michel, « La Guerre aux monuments. Senlis, Soissons, Arras », *Revue hebdomadaire*, 20 mars 1915, pp. 304–325. Cf. « La Guerre aux monuments. Reims », *Revue hebdomadaire*, 6 mars 1915, pp. 5–21）。

(33) Marc Bouxin, « Le martyre de la cathédrale : la riposte de la satire ... », *Mythes et réalités de la cathédrale de Reims : de 1825 à 1975* [ouvrage collectif], Somogy, 2001, pp. 81–85. 庶民への浸透を図ってのことであろうか，絵葉書という日常的な媒体が多く使われていることも興味深い。次の論考も参照のこと。Yann Harlaut, « L'incendie de la cathédrale de Reims, 19 septembre 1914. Fait imagé ... Fait imaginé ... », *Mythes et réalités de la cathédrale de Reims*, éd. citée, pp. 70–79.

(34) 『イリュストラシオン』誌に掲載された『大聖堂』についての記事で用いられた表現（*L'Illustration*, 13 novembre 1915, p. 520）。しかし，神話化を目的としたかような事件の扱い方，あるいは「廃墟のスノビスム」« snobisme des ruines » とも呼ばれる態度は，必ずしもランス住民に好まれたわけではなかったことも指摘されている。David Liot, « Rodin, Bourdelle et la cathédrale de Reims : de la réalité au mythe », *Mythes et réalités de la cathédrale de Reims*, éd. citée, p. 87.

(35) *Corr*. XIV, 71 : à Louis d'Albufera [peu après le 8 mars 1915]. プルーストは聖堂の破壊について語るために「硫酸をかける」« vitrioler » という語を用いている。この表現は，女性の顔に硫酸をかけることでその美しさを台無しにしてしまうという事件を背景として，「美の破壊」を象徴する言葉となったといわれている。ちなみに，ミュニエ神父が残した『日記』のなかにも，プルーストが，ランス大聖堂についておなじ表現を用いて語っていたことが記されている（*Journal de l'abbé Mugnier. 1879–1939*, Mercure de France, 2003, p. 308 [23 avril 1917] :「[プルースト] は，シャルトルとランスの大聖堂について話してくれた。ランスの大聖堂は，それを持つことができないドイツ人によって，腹いせのために硫酸をかけられたという印象を彼に与えていた」）。

また，ジャン・コクトーも，大聖堂の火災について書いた詩のなかでこの表現を用いていたことに注意しよう。「ぼくジャンは破壊されたランスを目にした／そして，遠くでランスは煙を吐いていた／まるで一つの松明みたいに／[……]／大聖堂／ギピュール模様のゴルゴタ／煙を吐く島よ　ぼくは眺めている／硫酸をかけられたその顔を」(Jean Cocteau, « Géorgiques funèbres », *Le Cap de Bonne-Espérance*, Gallimard, “Poésie”, 1997, pp. 70–71)。プルーストは『画家のことば』序文でも同様の表現を用いているが（1918 年 1 月頃の執筆），1919 年 2 月に書かれたコクトー宛の手紙のなかで，自分がこのイメージを詩人の『喜望峰』から剽窃したわけではないということを必死に弁明している（*Corr*. XVIII, 100）。

(36) *EA*, 573 :「食堂の暗がりのなかで，ナイフレストがつくる虹が，壁に孔雀の羽の目玉模様を映し出しており，私にとってそれは，ランス大聖堂のステンドグラスと同じぐらい見事なものに思えた。粗野なドイツ人たちがあれほど愛していたあのランス大聖堂，彼らはそれを力ずくで獲ることができなかったために，硫酸をかけたのだ。」

(37) ただし，このような破壊を憂ういっぽうで，友人たちの死を思いながら，歴史的都市や史的建築物よりも人命を重んじる発言を残していることもあわせて指摘しておく。*Corr*. XVII, 270 : à Madame Straus [31 mai 1918] :「トルーヴィルの道をとても愛しておられるあなたであれば，私にとって，ひんぱんに訪れたこのアミアンの土地，ランや

ランスの土地がどのようなものでありうるかお分かりでしょう。ランではエマニュエル・ビベスコといっしょでした。彼はもう亡くなっています。事物よりも人間をこそ愛する必要があるのです。だからこそ私は，英雄的な行為，それは今日絶えることなくくり返されていますが，そうした行為を固定したものでしかなかった教会よりも，兵士たちのことを思って涙し，彼らを称讃するのです。」

(38) 本章注（26）を参照のこと。

(39) M. Barrès, *op. cit*., p. 212.

(40) *Ibid*., pp. 142–143.

(41) ゲルマント一族とサン＝チレール教会との結びつきは，戦争がもたらしたサン＝ルーの死によっても強調される。戦死した一族の貴公子がこの教会に埋葬されたことはもとより，埋葬の際に教会に張り巡らされた黒い幕のうえに，ただ「G」というイニシャルだけが記されていたことによって，彼が一族の場所にかえったという事実が示されるのである（IV, 429）。

(42) こうした事情については，次の論考を参照のこと。Louis Réau, *Histoire du vandalisme : les monuments détruits de l'art français*, [édition augmentée par Michel Fleury et Guy-Michel Leproux], Robert Laffont, 1994, pp. 890–895 [« Exportation en Amérique »].

(43) 湯沢英彦，前掲書，p. 175。

(44) Cf. Antoine Compagnon, *Proust entre deux siècle*, Seuil, 1989.

(45) A. Bouillaguet, *art. cit*., pp. 27–44（とりわけ pp. 36–42 [« histoire d'une délocalisation »]）.

(46) André Ferré, *Géographie de Marcel Proust*, Sagittaire, 1939, p. 101.

(47) T.-V. Ton That, *art. cit*., p. 168.

(48) *Ibid*., p. 167.

(49) IV, n. 2, 335. サン＝タンドレ＝デ＝シャン教会が極めて「フランス的」であることは『スワン家のほうへ』においてすでに強調されていることでもあり（I, 149),『見出された時』では戦争との関わりで取り上げられていることを考えれば（IV, 317, 424–425），戦時中の愛国的な精神との結びつきでこの教会を捉えようとする視点は興味深い。

(50) ブリジット・マユジエが指摘しているように，プルーストが描いた戦争は，1916 年をひとつの軸として構成されているということができる。また，ヴェルダンの戦いや，ラ・ソムの戦いのあったこの年は「フランスにおいても，ドイツやイギリスにおいても，もっとも深く集合的記憶のなかに刻まれた」年であった。プルーストが戦争に関する執筆を積極的におこない，物語に取り入れたことは，こうした時代状況と無縁ではない。B. Mahuzier, *art. cit*., p. 86.

(51) このエピソードは，プルーストの知己であるルメール夫人 Madeleine Lemaire (1845–1928）の実際の行動を下敷きにしたともいわれている。開戦後まもない 1914 年 9 月 19 日付の「フィガロ」紙には，そのルメール夫人に関する記事が掲載されており，彼女の機転が，城館を略奪の危機から救った旨が伝えられている。「クロミエ近郊のラ・マーム城館に向けて出立されたルメール夫人ならびにルメール嬢の安否を気遣っていた多くのご友人がたは，安心されるがよい。彼女たちの邸宅は占領されたが，この二人の勇敢な女流芸術家の冷静さと機知によって，略奪からは守られたのだ。二人は現在，安全な状態でレヴェイヨンに滞在している。」（« Echos », *Le Figaro*, 19 septembre 1914）

(52) ただしパリのソドムびとたちは，空襲を受けながらも，地下鉄構内に潜伏して快楽に耽り続けることにも留意されたい（IV, 413–415）。

(53) IV, 268 :「だが，私にとっていちばん衝撃的だったのは，この滞在のあいだに，自分がかつての年月を生き直すことがほとんどなく，コンブレーをもう一度見たいとも思わず，ヴィヴォンヌ川を痩せて醜い川だと思った，ということだった。」

(54) コンブレーをめぐる失望については，ヴィヴォンヌ川の水源をはじめて訪れた際の経験についても触れておく必要がある。コンブレーを再訪した主人公は，幼き日々，決して訪れることのできないと思っていた水源（地獄の入り口にもたとえられた）が，現実には小さな洗濯場のような場所に過ぎないことを知るのだった（IV, 268）。厳密に言えばこれは再訪ではなく，決して訪れることのできないと思われた場所についての，夢想と現実との差異が生む幻滅の経験である。しかし，〈土地〉を流れる川の魅力や，その水源に対する強い思い入れ（あるいはそれらと建築との関わり）が，極めてラスキン的なモチーフであることを思い起こせば，ヴィヴォンヌ川の水源に対する失望もまた，ラスキン的な美学からの訣別を示す記号のひとつとして解釈できるだろう。

(55) Veladimir Jankélévitch, *L'Irréversible et la nostalgie*, Flammarion, 1974, p. 300（ヴラジミール・ジャンケレヴィッチ『還らぬ時と郷愁』仲澤紀雄訳，国文社，1994 年，pp. 399–400）.

(56) 同上書，p. 410。

終章　書物について――「個」と「普遍」

（1） 飛翔する作品のイメージは，作者であるベルゴットが「死の場所」に結びつけられるのと対照的である。プルーストは，早い時期から，芸術家の生誕の地や墓所に対するこだわりはスノビスムの表れでしかないと考えていたはずだ。プルーストは芸術家自身が足を運んだ現実の場所に対する思いを強めるものの，思想や記憶と〈土地〉との関係をラスキンという存在とあわせて乗り越え，作品創造へとむかうのである。

（2） この表現は作品中で « Le livre tuera l'édifice » ; « La presse tuera l'église » ; « L'imprimerie tuera l'architecture » などと言い換えられている。

（3） Victor Hugo, *Notre-Dame de Paris*, Gallimard, “Bibliothèque de la Pléiade”, 1975, p. 182（ユゴー『ノートル・ダム・ド・パリ』辻昶・松下和則訳，河出書房，1950 年，pp. 193–194）.

（4） そのユゴーが自筆原稿に関して高い意識を持っていたことは知られている。詩人は印刷物の持つ力を称揚しながらも，そうした進歩の物語を一面的に享受していたわけでない。近代の活字テクストと草稿の関係史におけるユゴーの位置づけについては，次の著作を参照のこと。松澤和宏『生成論の探究――テクスト・草稿・エクリチュール』名古屋大学出版会，2003 年，pp. 2–4 他。また，記憶保存の機能をめぐってユゴーが示した構図や，書物が築く「第二のバベルの塔」をめぐって繰り広げた詩人の壮大な「幻想」ついては，清水徹『書物について――その形而下学と形而上学』岩波書店，2001 年，pp. 194–212 [「ヴィクトル・ユゴーと書物幻想」] を参照のこと。

（5） 松澤和宏，前掲書，p. 17。そもそも，数限りない複製の可能性を示す一冊の書物の姿

よりも，無限の解釈可能性を示す草稿としての姿で残されていることのほうが，遙かにプルースト的だといえるのかもしれない。

（6） 唯一プルーストだけが例外だとする見方があることは驚きではない。清水徹は次のように書いている。「[……] 作品とは作家の生涯のそのときどきに書かれたものだから，いわば作家は作品群によって分有されている。ひとりの作家の全生涯と等価の書物は，彼の死の地点において彼自身によって書かれねば存在しえないものなのだから，論理的帰結として，その当の作家によって書かれることはできない。ただひとり，『死と追いかけっこをするようにして』生涯にただひとつの本を書きつづけたプルーストの場合を例外として。」清水徹＝宮川淳『どこにもない都市　どこにもない書物』水声社，2002 年，p. 22。

（7） Jean Cocteau, « La leçon des cathédrales », *Œuvres complètes de Jean Cocteau*, t. 10, Marguerat, 1950, p. 252（ジャン・コクトー「大聖堂の教え」牛場暁夫訳［『マルセル・プルースト全集』別巻，筑摩書房，1999 年所収］），改行は「／」であらわした。

（8） それを「書物」と呼ぶのであれば，いわゆる物質としての書物のかたちを取っていないこの山については，フランス語でいう「リーヴル」« livre » であるよりも，ギリシャ語の「ビブリオン」« biblion » をあてるほうが適当か。ジャック・デリダが語るように「ビブリオンとは，必ずしも『書物』を意味するものではなく，『作品』を意味するものでも」なかった。それは「書き物《エクリチュール》の媒体を示すことのできる言葉」であり，換喩によって「書き物《エクリチュール》のすべての支え」を意味し，さらには「『書かれたもの』全般」にまで意味を広げてゆくという。また，デリダは「来るべき書物」と題されたこの講演で，「文字どおりの作品にせよ文学作品にせよ，最終的には厳密な意味で書物のようなものを身体としてまとう運命にあり，それが目的なのでしょうか」と問うている。プルーストの残した草稿の山もまた，この問題が導く「無数の問い」のひとつとして我々の前に置かれている。ジャック・デリダ「来るべき書物」『パピエ・マシン』上巻［物質と記憶］，中山元訳，ちくま学芸文庫，2005 年，pp. 24–25。

（9） 松澤和宏，前掲書，p. 12。

（10） Jo Yoshida, « Proust contre Ruskin : la genèse de deux voyages dans la *Recherche* d'après des brouillons inédits », thèse de Doctorat de 3e cycle, Paris IV, 1978 ; Antoine Compagnon, « Proust contre Ruskin », *Relire Ruskin*, Ecole nationale supérieure des Beaux-Arts : Musée du Louvre, 2003, pp. 147–178.

例えばタディエは，『アミアンの聖書』翻訳序文を例にとって，次のように書いている。「プルーストは，常に仲介者を必要とし，誰かに問題解決の糸口を与えてもらう必要があった。そうして誰よりも先にまで進むのだった。ラスキンの思想を再創造しながらも，おのれ自身の思想を十全に意識し，それを明るみに出そうとした。『アミアンの聖書』の序文で［……］著者にぴったりと寄り添ったあと，やがて距離をおき，「あとがき」では，美と真実を混同するラスキンの偶像崇拝を糾弾したのが格好の例である。この序文は，一篇の知的遍歴談とも考えられる。序章の「ラスキンによるアミアンのノートルダム聖堂」と題する文章は，プルーストのアミアン旅行をものがたり，第 2 章の「ジョン・ラスキン」は天才をあつかい，さらにその文章から，少しずつプルースト個人の美学が顔をのぞかせ，ついにイギリスの美学者と対立する，そんな物語になっているからである。」（Jean-Yves Tadié, *Marcel Proust, biographie*, Gallimard, 1996, pp. 451–452［ジャン＝イヴ・タディエ『評伝プルースト』吉川一義訳，

下巻，筑摩書房，2002年，p. 34]）

（11） また，プルーストにおける主要テーマのひとつである「名前」の働きに着目すれば，両者を次のように対比することもできる。ラスキンが魅力を与えたのは，その思想が触れた「世界のいくつかの個々の部分」すなわち「名付けられた部分」であり（*PM*, 138)，あくまで「特殊」な現実の〈土地〉であった。「個」とはすなわち「名前＝固有名」であり，その魅力が汲み尽くせないほどに大きいということは，「土地の名」をめぐる幾多の挿話が示している。しかし，作品創造にあたって重要なのは，「名前」のついた特定の〈土地〉との関係である以上に，その「名前」によって特定の場所と時間に束縛されることのない，中性的な（つまり美術館的な）場であった。エルスチールが事物を描く際，まずその事物から「名を剥ぎ取る」ことからはじめるという事実を想起してもよい。

（12） *Corr.* III, p. 221 : lettre à Constantin de Brancovan ［Seeonde quinzaine de janvier 1903］.

（13） 吉田城「プルーストと『胡麻と百合』」『胡麻と百合』筑摩書店，1990年，［訳者解題］p. 224。

（14） アンドレ・ボーニエは，1906年6月14日付の「フィガロ」紙に発表した『胡麻と百合』の書評記事で次のように書いている。「マルセル・プルースト氏は，甘美なまでの入念さと見事な技巧，果てることのない心づかいをもって，『胡麻と百合』の翻訳をしたばかりだ。文章のもっとも細かな部分やアクセント，そしていわば最初の衝動や，婉曲な言い回しにも注意を払うことで，彼はラスキンの文章に忠実であり，それを素晴らしいフランス語で書くことに成功している。これこそは優れた翻訳の手本であり，知的従順による傑作であり，驚くべき成功なのだ。」(André Beaunier, « Sésame », *Le Figaro*, 14 juin 1906)。なお，同じ記事のなかで，批評家が，プルーストがラスキンとのあいだに取ろうとしていた距離を誤ることなく読み取っていることもつけ加えておこう。

（15） *Corr.* V, p. 30 : lettre à Gabriel Mourey ［janvier ou février 1905］.

（16） *Corr.* IV, p. 93 : lettre à Maurice Barrès ［le 13, 14 ou 15 mars 1904］.

（17） 表現手段として用いられるフランス語をめぐっては，たとえばゲルマント公爵夫人やフランソワーズ，エメやセレストなどの話し言葉への関心が思い出されるが，それはむしろ，それぞれが用いる固有の「フランス語」を，その人の持つ個性のひとつとして捉えているかのようである。

（18） たとえば，バルベック教会をめぐる夢想と現実との差異も，同じ問題系をはらんでいたということができる。内面に思い描かれた教会が，決して傷つくことのない「普遍的な」姿であったのに対して，現実の土地に建てられた教会は，唯一の存在であるがゆえに，破壊の危険と隣り合わせになっているのである。

しかし，作家はこの問題について，ただひたすらに「永遠」への幻想を膨らませていたというわけではなく，むしろ自分の肉体と同様，作品にも永続が約束されるわけではないことを知っていた。プルーストは次のように書く。「恐らくは私の書物もまた，私の肉体的な存在と同じように，いつの日か死んでしまうのだろう。だが，死は甘受されねばならない。10年後には自分自身が，100年後には自分の書物が，もはや存在しないだろうという考えを，人々は受け入れる。永遠の持続は，人間に対してと同様，作品にも約束されてはいない。」(IV, 620–621)

（19） Benjamin Crémieux, *Le XX*[e] *siècle*, Gallimard, 1924, p. 15.

(20) 鈴木道彦『プルーストを読む――「失われた時を求めて」の世界』集英社新書，2002年，p. 226。

(21) 『見出された時』の結末近くでは，主人公＝語り手自身の著す本のこととして，引用したIV, 489-490の一文とほぼ同じ喩えとともに，次のように書かれている。「しかし，私自身のことに話を戻すなら，私は自分の書物について，もっと慎ましやかに考えていた。そもそも，それを読んでいる人々を念頭におきながら，私の読者，というのは不正確ですらあるだろう。というのも，私に言わせれば，彼らは私の読者ではなく，自分自身のことを読む読者だからだ。私の書物は，コンブレーの眼鏡屋がお客に手わたすような，一種の拡大鏡のようなものでしかない。私の書物，私はそれによって，彼らに自分自身を読む手段を与えることになるだろう。」（IV, 610）

(22) 鈴木道彦，前掲書，p. 229。

(23) 一見こうした主題とは無縁であるかに思える，蒐集家・美術愛好家に対してのプルーストの終始一貫した批判には，自己満足に陥りがちな閉ざされた性格への反発があり，そうした性質の対極としての，美術館の開かれた性質への関心を読み取ることができる。「モロー美術館」への関心が高まった理由のひとつは，こうした側面に求められるだろう。

　ちなみに，1920年，ルーブル美術館にイタリア美術特別展示室ができたことをきっかけとして，「オピニオン」紙は，果たしてフランス美術のための展示室も作るべきか，作るとすればどのような作品が展示にふさわしいかを問うアンケートをおこなった。プルーストは，それに対する回答のなかで，つぎのような一節をのこしている。「人々が自分のところにやって来るように求めるのではなく，芸術愛好家の都合に合わせて自ら赴くような［芸術家にとって都合がいい］芸術を，原則として私はあまり支持できません。」（*EA*, 601）美術館の一角が蒐集家の邸宅のようになることをへの牽制をこめたこの発言には，作家の思い描く芸術のあるべき姿を垣間見させる。

(24) Roland Barthes, « Longtemps, je me suis couché de bonne heure », *Œuvres complètes*, tome 3 [1974-1980], Seuil, 1995, pp. 829-830.

(25) 冒頭に描かれた混沌は，「私」をめぐる時間的・空間的状況のみにとどまらず，「私」という存在そのものの揺らぎによっても強調されている。眠りに落ちた「私」は，「教会」や「四重奏」あるいは「フランソワ1世とカール5世との抗争」（I, 4）といった事象との特異な交錯を遂げるのである。

　ここで，その事象のそれぞれが『失われた時を求めて』の「建築的，音楽的，歴史的な構成様式」を象徴していると解釈すれば，この状況は，記憶の混乱と同じく，あるべき秩序を喪失した混沌ともとれるいっぽう，「私」という存在と作品との密な関わり（ここに幕を開ける作品が「私」の全生涯と等価であること）を示唆していると読むこともできる。また，「芸術作品とは，その即自体においては，分析的言語によって書かれてはいない多層的な錯綜体，いわばひとつの混沌に他ならない」（清水徹＝宮川淳，前掲書，pp. 57-58）とするならば，小説冒頭部に広がる景色は，芸術作品のそうした性質を表象していると考えることもできるだろう。

(26) 吉田城『「失われた時を求めて」草稿研究』平凡社，1993年，pp. 51-74［第1章1「冒頭の一句をめぐって」］も参照のこと。

(27) 同上書，pp. 73-74。